Jessica Trapp

Der Kerker des Königs

Roman

Aus dem Amerikanischen von
Andrea Schwinn

MIRA®

MIRA® TASCHENBUCH
Band 25359
1. Auflage: März 2009

MIRA® TASCHENBÜCHER
erscheinen in der Cora Verlag GmbH & Co. KG,
Valentinskamp 24, 20350 Hamburg
Deutsche Taschenbucherstveröffentlichung

Titel der nordamerikanischen Originalausgabe:
Master of Desire

erschienen bei: Zebra Books
Published by arrangement with
Kensington Publishing CORP, New York, NY, USA
Dieses Werk wurde vermittelt durch die Literarische Agentur
Thomas Schlück GmbH, 30827 Garbsen

Konzeption/Reihengestaltung: fredebold&partner gmbh, Köln
Umschlaggestaltung: pecher und soiron, Köln
Redaktion: Bettina Steinhage
Titelabbildung: Harlequin Books S.A.
Satz: Buch-Werkstatt GmbH, Bad Aibling
Druck und Bindearbeiten: CPI – Ebner & Spiegel, Ulm
Printed in Germany
ISBN 978-3-89941-578-0

www.mira-taschenbuch.de

1. KAPITEL

Thornbury Abbey, England, 1487

Die merkwürdig lange und äußerst präzise Ausbuchtung, die sich in der scharlachroten Priesterrobe hervortat, machte Lady Ariana stutzig. Der Geistliche schritt vor dem Altar entlang und zündete eine Reihe hoher Kerzen an. Samt und Seide bauschten sich in üppigem Faltenwurf um ihn, doch die Wölbung blieb. Genau in Hüfthöhe.

Ihr Herzschlag beschleunigte sich, und sie spürte, wie ihre Kehle sich zuschnürte. Wäre sie wirklich die sittsame Untertanin ihres Königs gewesen, die sie zu sein vorgab, hätte sie gar nichts bemerkt. Ihre Erfahrung als Spionin hatte sie jedoch gelehrt, die Augen offen zu halten, und von der Stelle aus, wo sie vor dem Altar kniete, war es nicht zu übersehen.

Dieser Mann trug ganz eindeutig ein Schwert.

Sie faltete die Hände zum Gebet, senkte den Kopf und überlegte, was sie tun sollte. Eine Frau in ihrer Situation konnte es sich nicht leisten, einen Fehler zu begehen. Sie wagte es nicht aufzusehen, damit sie sich nicht durch einen unbedachten Blick verriet und den wahren Grund für ihre Anwesenheit enthüllte – sie musste die in ihrem Mieder versteckte winzige Schriftrolle in einem Geheimfach unter dem Altar hinterlegen. Das Pergament enthielt Informationen, die sie über Mitglieder des königlichen Hofstaats gesammelt hatte – Anrüchigkeiten, Geheimnisse, welcher Lord mit wem fleischlichen Gelüsten nachging.

Wenn es nach ihr gegangen wäre, hätte sie die Finger von dieser geschmacklosen Betätigung gelassen, aber zu viel stand auf dem Spiel. Ihr Erpresser hatte sich klar ausgedrückt: Entweder sie lieferte belastende Gerüchte über den Hochadel ab oder sie endete am Galgen – und ließ ihren Sohn als hilflose

Waise zurück.

Beim Gedanken an Jason, ihren siebenjährigen Sohn, kehrte ihre Entschlossenheit zurück. Kein Pfaffe, echt oder unecht, würde sie aufhalten. Sie würde alles für die Sicherheit ihres Kindes tun, sogar stehlen. Oder betrügen. Oder morden.

Nicht zum ersten Mal.

Eine Glocke läutete, und der Mann in Priesterkleidung näherte sich Ariana. Ein Geruch nach frischer Luft, Leder und Pferden ging von ihm aus, nicht der eher zu vermutende Duft von Weihrauch. Sie unterdrückte ein Schaudern. Männer mochte er mit seiner Verkleidung täuschen können, aber ihrem geübten Blick entging nicht, dass er kein Geistlicher war.

Aber wer war er dann? Er *roch* förmlich nach Gefahr.

Ein Riss im Mörtel des Fußbodens vor ihr zeigte wie ein Pfeil auf das Versteck unter einer lockeren Marmorfliese, in dem Ariana das Pergament hinterlassen sollte. Die Nachmittagssonne, die durch die Buntglasfenster der Kathedrale schien, malte Lichttupfer auf den Riss. Arianas Nervosität nahm zu.

Sie verlagerte ihr Gewicht und zog sich den Schleier tiefer über die Stirn. Es wurde Zeit, dass der Mann wegging. Das seidene Gewand schützte ihre Knie nicht vor der Härte der schwarzen Steinstufen, die zum Altar hinaufführten. Die langen Ärmel ihres blauen Gewandes streiften den Marmor, das etwas hellere Blau ihrer Unterröcke schimmerte darunter hervor. Im Kerzenschein glitzerten die Goldfäden, mit denen das Kleid bestickt war.

Der Mann kam ihrer stummen Aufforderung nicht nach, sondern trat noch dichter an sie heran. Der Saum seiner Robe raschelte über den Fußboden.

„Seid gesegnet, mein Kind“, murmelte er und verstummte dann, als sei er nicht ganz sicher, was er sagen sollte. Seine Stimme klang tief und sinnlich, zu einem Ort des Gebets passte sie nicht.

Heiser. Geheimnisvoll. Verführerisch. Die Stimme hätte sich vollkommen in das lüsterne Raunen in einem Badehaus an der Rose Street eingefügt. Ein Funken Verlangen – etwas, das sie schon seit Jahren nicht mehr empfunden hatte – glomm in ihr auf. Sofort verbannte sie diesen unschicklichen Gedanken wieder. Der Mann war ganz sicher kein Geistlicher. Ein Priester hätte niemals solche Empfindungen in ihr ausgelöst.

Sie wollte ihre Röcke zusammenraffen und fliehen, aber mit geschmeidigen Schritten kam er jetzt auf sie zu und stellte sich genau vor sie. Er bewegte sich viel zu selbstbewusst für jemanden, der sich eigentlich ausschließlich mit Büchern und Studien befasste.

Sie hielt inne und nagte an ihrer Unterlippe. In ihrem Kopf kreiste unablässig ein Vers aus den Sprüchen Salomons – „Wer seine Zunge hütet, bewahrt sein Leben." Keine plötzlichen Bewegungen, ermahnte sie sich. Warte, bis sich eine Gelegenheit bietet. Du brauchst List, um ihn zu überwinden, keine körperliche Kraft.

Der Mann räusperte sich. „Gott findet Gefallen an den Demütigen."

Sie faltete erneut die Hände zum Gebet und hoffte, dass ihr bußfertig gesenkter Kopf überzeugend wirkte.

Robuste schwarze Stiefel mit tiefen Furchen am Schaft lugten unter seinem prunkvollen Gewand hervor. Schmuckloses schwarzes Leder unter einem aufwendig bestickten Saum. Ein heiliger Mann hätte Sandalen getragen. Ihr Magen krampfte sich zusammen, als sie ihn unter halb gesenkten Lidern betrachtete. Die Stiefel liefen vorn leicht spitz zu, um die Knöchel herum waren sie abgewetzt. Ariana vermutete, dass sich an dieser Stelle sonst die silbernen Sporen eines Ritters befanden. Gütiger Himmel.

„Es ist gut, dass Ihr gekommen seid", sagte er.

Sie schloss die Augen, um sich nichts von ihren unheilvollen

Vorahnungen anmerken zu lassen. Doch da sie ihn nicht mehr sehen konnte, wurde ihre Aufmerksamkeit unweigerlich wieder auf seine tiefe, etwas heisere Stimme gelenkt.

In solch eine Stimme konnte eine Frau sich einhüllen und warm und geborgen einschlafen, nachdem sie vorher verbotene Sehnsüchte gestillt hatte. Gegen ihren Willen wurde Ariana ganz heiß bei dem Gedanken. Sie riss die Augen wieder auf. Sie hatte schon an zahlreichen Gelagen teilgenommen, um an die Informationen zu gelangen, die ihr Erpresser von ihr forderte. Sie war bereits dreimal verheiratet gewesen, also war sie weder blutjung noch unschuldig – aber noch nie hatte die Stimme eines Mannes eine solche Wirkung auf sie gehabt.

„Mögen Eure Gebete erhört werden." Er betonte jedes einzelne Wort.

„Meine Gebete ..." Plötzlich waren ihre Hände schweißnass. Er konnte doch unmöglich ihre Gedanken erraten haben. Sie presste die Handflächen fest gegeneinander und versuchte, ihre Fassung wiederzugewinnen. Jetzt musste sie an Jason denken, anstatt vor einem Mann zu schmachten, selbst wenn der ihr Blut glühend heiß in Wallung brachte.

„Weshalb seid Ihr hier?" Er streckte eine große Hand übersät mit Schwielen nach ihr aus.

Erschrocken raffte sie ihre Röcke zusammen und wollte aufstehen. „Ich habe meine Gebete soeben beendet. Ich werde Euch jetzt wieder Euren Aufgaben überlassen."

„Bleibt. Erlaubt mir, Euch zu segnen."

Ehe sie sich versah, hatte er die Hand auf ihren Kopf gelegt und zwang sie so dazu, sich wieder hinzuknien. Hinter ihren Schläfen begann es zu pochen – vor lauter Anstrengung, nicht unter seiner Berührung zusammenzuzucken.

Ihre Kopfhaut schien in Flammen zu stehen. Wie war es möglich, dass die Hand eines Mannes so heiß sein konnte? Schwielen strichen über den hauchzarten Schleier. Die Hand eines echten Geistlichen hätte sich ganz anders angefühlt.

„Warum seid Ihr hergekommen?"

Sie nahm sich zusammen und nannte den für solche Zwecke einstudierten Grund ihres Besuches der Abtei. „Ich wollte für meinen tauben Sohn beten und eine kleine Gabe in den Opferstock legen. Vielleicht hat Gott ja Erbarmen mit uns und schenkt ihm sein Gehör zurück."

„Wir heißen Euch in Thornton Abbey willkommen. Erleichtert Euren Geist und Eure Seele." Die langen, muskulösen Beine waren gespreizt, als wollte er sie eher zum Ritter schlagen als ihr einen kirchlichen Segen erteilen.

„Ich danke Euch." Sie fand, er sollte sie jetzt loslassen.

Er tat es nicht.

„Vielleicht solltet Ihr hier noch eine Mahlzeit einnehmen."

Vielleicht sollte sie einfach weglaufen. Doch in den letzten fünf Jahren hatte sie gelernt, wie wichtig es war, sich in Geduld zu üben, den Gegner richtig einzuschätzen und die Spielregeln kennenzulernen, ehe sie ihre oder Jasons Sicherheit unnötig in Gefahr brachte.

„Ich werde vor Einbruch der Nacht zu Hause zurückerwartet", wehrte sie ab für den Fall, dass er sie hier festhalten wollte. Ihre Burg lag nur wenige Meilen östlich von der Abtei, und es war ein einfacher Ritt dorthin.

Der Druck seiner Hand auf ihrem Kopf verstärkte sich kaum merklich. Mühsam gebändigte Kraft.

Ihr sträubten sich die Nackenhaare. Plötzlich stellte sie sich vor, wie er sein trügerisches Priestergewand abwarf und ihr ein Messer an die Kehle hielt. Ariana zwang sich, ganz ruhig zu atmen – und hielt verstohlen Ausschau nach dem nächstgelegenen Ausgang. Die zweifarbigen Bodenplatten erinnerten sie an ein Schachbrett. Sie wusste, dass sie immer der Bauer war – aber welche Spielfigur war er?

„Ich habe Euch hier noch nie gesehen." Sie neigte den Kopf

zur Seite, um dem Mann verstehen zu geben, wie ungebührend sie es fand, dass er sie so festhielt. „Seid Ihr neu in der Abtei?“

Seine Finger zuckten leicht, aber er nahm die Hand nicht von ihrem Kopf. „Ich bin hier, um etwas wiederzuerlangen, das ich verloren habe.“

Fest entschlossen herauszufinden, ob sein Vorhaben irgendetwas mit ihr zu tun hatte, legte sie den Kopf zurück. „Was habt Ihr denn verloren?“ Sie erschauerte, als seine Hand ihrer Kopfbewegung folgte.

„Etwas für mich sehr Kostbares.“ Auf der gebräunten Haut seiner sehnigen Unterarme zeichneten sich Adern ab. Da Ariana vor ihm kniete, kam er ihr riesig vor – ein Turm aus kriegsgestählter Kraft, mit breiten Schultern und langen, muskulösen Gliedmaßen.

Dann fiel ihr Blick auf sein Gesicht, und eisiges Entsetzen breitete sich in ihr aus. War ihr letzter Gemahl etwa wieder dem Grab entstiegen? Eine eiserne Faust umklammerte ihr Herz, und einen Augenblick lang vergaß sie fast zu atmen. Konnte sie nicht atmen. Erinnerungen an Ivans brutale Hände um ihren Hals stürmten auf sie ein.

Sie schüttelte leicht den Kopf und sah genauer hin. Nein, sie hatte sich geirrt. Dieser Mann war nicht Ivan.

Der Mann, der sie hier festhielt, hatte das gleiche dunkle Haar und ebenfalls grüne Augen. Er hatte den gleichen unnachgiebigen Unterkiefer. Die gleiche leicht gekrümmte Nase. Den gleichen spitz zulaufenden Haarsansatz über der Stirn und die gleiche Achtung gebietende Körperhaltung. Aber dieser Mann hier hatte winzige Lachfältchen um die Augen und eine Narbe, die sich von einer gut geschwungenen Unterlippe bis zum Kinn zog.

Ariana bekreuzigte sich hastig und zwang sich, gleichmäßig durchzuatmen. Er war *nicht* Ivan. Das Ungeheuer verrottete in der Erde, wie sie sich energisch in Erinnerung rief. Gestorben durch ihre eigene Hand.

„Wer seid Ihr?“ Ihre Stimme hallte im leeren Altarraum wider. Zum Glück hörte sie sich fest und sicher an.

Er deutete eine spöttische Verneigung an, gleichzeitig verstärkte er den Druck seiner Hand auf ihrem Kopf. Das in allen Regenbogenfarben schimmernde Licht, das durch die Buntglasfenster fiel, verlieh seinen Zügen einen strengen Ausdruck. Die einzelnen Teile seiner Priesterkleidung passten nicht zusammen, so, als hätte er sie in aller Hast aus der Kleiderkammer gestohlen. Auf seinem dichten schwarzen Haar thronte eine hohe weiße Mitra mit goldenen Stickereien, wodurch der Mann noch größer wirkte als ohnehin schon.

„Gabriel of Whitestone. Zu Euren Diensten, Mylady.“

Sie zog eine Augenbraue hoch. „Der Name eines Engels.“ Und das Gesicht eines Teufels. Sie kannte den Namen nicht, obwohl sie viele Stunden damit verbracht hatte, sich die Titel und Anreden der einflussreichsten Männer bei Hof einzuprägen, und sie wusste mehr über sie, als es sich einer guten Christin ziemte. Schlüpfrige Einzelheiten aus dem Leben von Earls und Dukes, und wer von ihnen die Gesellschaft von Männern vorzog. Arianas Fähigkeit, solche Dinge herauszufinden, war das, was ihr Erpresser am meisten ausnutzte, während sie in London gewesen war. Wieder ging sie in Gedanken die Namen durch. Vergeblich. Wer war dieser Mann? Und warum sah er aus wie der Geist eines Ungeheuers?

Seine Mundwinkel zuckten leicht. „Für einen Engel hat mich noch niemand gehalten“, murmelte er.

Ihr brach der kalte Schweiß aus. Alle Instinkte drängten sie zur Flucht, aber aus leidvoller Erfahrung wusste sie, dass sie das erst wagen durfte, wenn sie ihm gegenüber im Vorteil war. Einen Kampf gegen ihn konnte sie nicht gewinnen.

„Habt Ihr irgendwelche Sünden zu bekennen?“, fragte er. Die Hand auf ihrem Kopf schien sie abzuschätzen, zu prüfen wie eine auf dem Markt feilgebotene reife Frucht.

„Ihr seid kein Priester."

Er sah sie durchdringend an und runzelte die Stirn. „Und Ihr, Mylady, seid keine Dame." Seine Stimme klang weich und gedehnt, Ariana musste an über Stahl gezogenen Samt denken.

Sie spannte unwillkürlich die Beine an, bereit, jeden Moment aufzuspringen. „Ihr kennt mich?"

„Ihr seid Lady Ariana of Rosebriar."

Die Hitze, die von seinen Fingern ausging, schien ihre Kopfhaut zu versengen. Ariana hielt seinem Blick scheinbar unerschrocken stand. Was wusste er sonst noch? „Woher kennt Ihr mich?"

„Man sagte mir, Ihr hättet ein unschuldiges Gesicht, stelltet zu gezielte Fragen für eine Dame und …", sein Blick fiel auf ihre Wange, und er fing an zu schmunzeln, „… Ihr hättet drei kleine Sommersprossen unter Eurem linken Auge."

Ihr Herz klopfte zum Zerspringen. Verraten durch – Sommersprossen. Der nächste Ausgang befand sich etwa dreißig Schritte von ihr entfernt. Draußen wartete ihr an einen Eisenpfosten angebundenes Pferd. Sobald er die Hand fortnahm, würde sie aufstehen, ganz gelassen zur Tür gehen und erst draußen anfangen zu rennen. Wegrennen vor der Zukunft und der Vergangenheit, wie immer in den letzten fünf Jahren.

„Lasst mich los." Jetzt ging es nur noch ums Überleben für sie. Die Augen dieses Mannes verrieten ihr, dass er zu viel wusste. Sie versuchte, sich ein wenig aufzurichten.

„Euch loslassen?", wiederholte er lachend. Er krümmte die Finger und riss ihr mit einem Ruck den dünnen blauen Schleier vom Kopf. Ihr schweres Haar fiel ihr über die Schultern, die gelockten roten Spitzen berührten fast den Boden. „Ich bin gekommen, um Euch wegen Eurer Taten als *Spion der Nacht* vor den Richter zu bringen."

„Nein!" Ihr Herz setzte einen Schlag aus. Sie raffte ihre Röcke, reckte das Kinn und stieß mit aller Kraft gegen seine Beine, während sie aufsprang.

Er machte einen Satz zur Seite, um ihrem Angriff auszuweichen. Das lange Priestergewand ließ ihn ins Stolpern geraten, und er fiel auf die Knie.

Ariana stürmte an ihm vorbei und rannte auf die Kirchentür zu. Hinter sich vernahm sie seine schweren Schritte. Um seinen Lauf zu bremsen, stieß sie einen hohen eisernen Kerzenständer um. Wachs spritzte auf die Eichenbänke, brennende Kerzen rollten über den Boden.

Sie hörte ihn über die Priesterkleidung fluchen. Noch zehn Schritte, und sie hatte die Tür erreicht. Draußen konnte sie schon ihr Pferd Lacey wiehern hören. Hinter ihr klang es, als würde Stoff zerreißen, und sie wagte einen Blick zurück.

Im Laufen entledigte der Mann sich des falschen Priestergewands, die Mitra wurde unter seinen Stiefeln zermalmt. Gütiger Himmel! Er war ganz in Schwarz gekleidet – wie ein Abgesandter der Hölle. Flüchtig wurde ihr bewusst, dass sie sich geirrt hatte – er hatte gar kein Schwert bei sich. An seinem Gürtel hing eine gut zwei Ellen lange Armbrust. Die Waffe eines gedungenen Mörders.

Keuchend legte sie die letzten Schritte bis zur Tür zurück. Wieder wieherte ihr Pferd. Ariana packte den Eisenknauf und zog die schwere Holztür auf. *Freiheit.*

Der Mann legte seine großen Hände um ihre Taille und riss sie zurück. Die Tür fiel ins Schloss, der dabei entstehende Windzug blies ihr ins Gesicht und löschte ein paar Kerzen am Ausgang aus. Sie trat kräftig nach hinten und stieß gegen etwas Hartes.

Ein Paar unnachgiebiger Männerarme hielten sie eisern umfangen. Heißer Atem streifte ihr Ohr. Der Mann drückte sie fest gegen die Kirchentür und schob von hinten ein Knie zwischen ihre Beine, sodass sie ihn nicht mehr treten konnte.

„Lasst mich los!“ Ihre Kehle war plötzlich wie zugeschnürt.

„Nein.“ Mit seinem ganzen Körper presste er sie gegen das Holz. Wie groß er war! Er war sogar noch größer als Ivan.

Ihre Unterarme taten ihr weh, und ihre Knie begannen zu zittern. Sein Oberschenkel schob sich noch weiter zwischen ihre Beine, wodurch sie gezwungen wurde, sich auf die Zehenspitzen zu stellen, wenn sie nicht das Gleichgewicht verlieren wollte. Durch ihre Röcke hindurch konnte sie die Wärme spüren, die von seinem Körper ausging. „Lasst mich!“, rief sie erneut und versuchte, die Arme durchzudrücken, um ihn von sich wegzustemmen. Sie wünschte sich selbst zur Hölle. Warum war sie nicht gleich weggelaufen, sobald ihr aufgefallen war, dass er Stiefel trug?

„Ergebt Euch, Mylady.“ Seine Brust war wie ein Panzer.

„Lasst mich gehen.“

„Nein.“ Sein Atem vermischte sich mit ihrem, liebkoste ihre Haut, genau wie sie es sich nur wenige Augenblicke zuvor vorgestellt hatte.

„Bitte!“

„Nein.“

Ein Schauer überlief sie. Sie fing an, sich zu winden, doch sofort drückte er sie noch fester gegen die Tür. Das feine Tuch seines Gewandes streifte die nackte Haut ihres Nackens. Ihr langes Haar klemmte zwischen ihnen fest, sodass sie den Kopf weit nach hinten zurücklegen musste. Aus unerbittlichen grünen Augen sah er auf sie herab.

„Hört auf, Euch zu wehren. Ihr könnt mir nicht entkommen.“

Lieber Gott, steh mir bei. „Was wollt Ihr von mir?“

Wieder spürte sie seinen Atem an ihrem Ohr. „Ich möchte sehen, wie Ihr für Eure Taten bestraft werdet.“

„Bestraft?“

„Der König muss Euch verhören.“

Das Blut in ihren Adern gerann zu Eis. König Henry pflegte diejenigen, die seinen Unwillen erregten, zu enthaupten. Die Zahl der regelmäßig von ihm hingerichteten Feinde war legendär. Aus diesem Grund hatte sie sich auch für eine Zeit lang nach Rosebriar zurückgezogen.

„Warum? Ich habe gar nichts getan." Nichts, außer einen Mann ermordet und die Adeligen am Hof ausspioniert zu haben. Wenn eine Frau ihren Gebieter tötete, war das nach Meinung der Kirche das Gleiche, als wenn sie den König selbst ermordet hätte – also Hochverrat. Und wenn der Londoner Adel erfuhr, dass sie *der Spion* war, dann landete sie auf dem Scheiterhaufen, sobald sie auch nur einen Schritt durch das Stadttor tun konnte. „Habt Erbarmen, mein Sohn ist taub. Er braucht mich."

Gabriel sah sich um. „Warum ist er dann nicht bei Euch?"

„Er ist bei seiner Kinderfrau. Ich flehe Euch an, Sir, erlaubt mir, zu ihm nach Hause zurückzugehen."

„Seine Kinderfrau wird sich um ihn kümmern. Ihr kommt mit mir." Während er sie noch immer fest gegen die Tür presste, zog er einen dünnen Strick aus dem Beutel an seinem Gürtel.

„Nein! Lasst mich los." Wieder versuchte sie, ihn wegzustemmen, aber ohne Erfolg. Sie spürte das kühle Eichenholz an ihrer Wange, und aus Verzweiflung entstandener ohnmächtiger Zorn breitete sich in ihr aus. „Ihr schmutziger, barbarischer Bauer. Ich werde nicht mit Euch gehen."

Sie merkte, wie sein Körper sich anspannte, dann packte er ihr Handgelenk. „O doch."

Ariana entriss ihm ihre Hand. „Wie viel hat man Euch dafür gezahlt, eine Adelige zu belästigen?"

„Genug", gab er knurrend zurück.

Sie senkte ihre Stimme zu einem beschwörenden Flüstern. „Ich kann Euch mehr zahlen."

Er antwortete nicht.

Ariana hob den Fuß und trat ihm mit aller Kraft auf den Spann.

Fluchend verlagerte er das Gewicht auf sein anderes Bein und drückte sie noch fester gegen die Tür. Plötzlich spürte sie kalten Stahl an ihrem Hals. „Vorsicht, Mylady."

Obwohl ihr Kopf weit zurückgebogen war, versuchte sie, nach unten zu blicken. Ein schmales Messer blinkte im flackernden Schein der Kerzen, seine silberne Klinge war so lang wie eine Männerhand. Mit einem Mal hatte Ariana Mühe zu atmen. „Lasst mich gehen. Ich werde Euch fürstlich entlohnen."

„Ihr befindet Euch gar nicht in der Lage, zu verhandeln." Die Klinge drückte sich etwas tiefer in ihr Fleisch. Gabriel hielt die Hand ganz ruhig, und die Zeit schien stillzustehen. Das Messer verletzte Ariana nicht, wurde aber auch nicht weggezogen.

„Wie könnt Ihr es wagen", stieß sie hervor und ballte die Fäuste.

„Hört auf. Wenn es sein muss, werde ich Euch wie ein Paket verschnürt nach London bringen."

Schweiß trat auf ihre Stirn, und die Luft, die sie einatmete, war eigenartig beißend und brachte sie zum Husten. Sie drehte den Kopf leicht zur Seite, um nach einem weiteren Fluchtweg Ausschau zu halten.

Gelborangefarbene Lichter tanzten flackernd über die Kirchendecke. Ariana schrak zusammen. Die Empore stand in hellen Flammen. Eine der Wachskerzen war gegen die bis zum Boden reichenden Banner gerollt, und nun breitete sich das Feuer von Stoffbahn zu Stoffbahn mit furchterregender Geschwindigkeit aus.

Gütiger Gott im Himmel!

Ob das Feuer nun von Gott oder vom Teufel geschickt worden war – es bedeutete ihre Rettung. Ihre Gelegenheit war gekommen.

„Feuer!", rief sie laut, in der Hoffnung, ihn vorübergehend

ablenken zu können.

Wie erwartet drehte Gabriel sich um und ließ das Messer sinken. Ariana nutzte die Chance, fuhr schwungvoll herum und stieß ihm dann mit aller Kraft den Ellenbogen in die Rippen.

Er verlor das Gleichgewicht und stolperte nach hinten. „Verdammtes Frauenzimmer."

Doch sie riss bereits die Tür auf und rannte ins Freie. Ein wildes Triumphgefühl durchzuckte sie. An diesem Tag würde sich der Spion der Nacht jedenfalls nicht von einem einfachen Söldner fangen lassen.

Eine Hand legte sich um ihr Handgelenk. „Nicht so hastig, Mädchen."

2. KAPITEL

Lasst mich los!" Das Haar fiel ihr ins Gesicht, als sie verzweifelt versuchte, vor Gabriel und aus der brennenden Kathedrale zu fliehen. Ein Feuerball fiel von der Empore und landete krachend auf dem Altar. Sie zuckte zusammen, der Rauch brannte in ihren Lungen. „Lasst mich los, ehe wir beide umkommen!"

„Verdammtes Frauenzimmer!" Er packte ihr Handgelenk noch fester und zog sie mit sich. „Jetzt ist nicht der richtige Zeitpunkt, gegen mich anzukämpfen. Los, kommt."

Sie zerrte ihn in die Richtung, in der ihr Pferd stand, und sah sich über die Schulter hinweg noch einmal um. Glühende Hitzewellen schlugen ihr entgegen. Im Innern der Kirche platzte die Farbe von einer hölzernen Madonnenstatue ab. Kaltes Entsetzen breitete sich in Ariana aus. Sie hätte es nicht für möglich gehalten, ihrem Berg von Sünden noch eine weitere hinzufügen zu können. Wie würde wohl Gottes Strafe für das Abbrennen einer Kathedrale aussehen?

Gabriel zerrte sie vom Portal weg in die Gartenanlagen der Abtei. Dichte Rauchschwaden folgten ihnen und waberten in der Luft. Hinter ihnen war das Knistern der Flammen zu hören.

„Wasser! Holt Wasser!", brüllte Gabriel und achtete nicht weiter auf Arianas angestrengte Bemühungen, sich seinem eisernen Griff zu entziehen.

Im Schein der schon tiefer stehenden Nachmittagssonne zeichneten sich die Umrisse von Mönchen ab, die gerade ihre Gartengeräte säuberten und ihr Tagwerk beenden wollten. Ein paar von ihnen hielten in ihrer Tätigkeit inne und sahen zu ihm herüber. Im Vergleich zum rasenden Wüten der Flammen wirkten ihre Bewegungen seltsam verlangsamt.

Gabriel winkte mit seiner freien Hand. „Beeilt Euch! Die Kathedrale brennt!"

Die Mönche warfen ihre Gartengeräte zu Boden und hasteten auf die Kirche zu. Die Kapuzen ihrer Kutten rutschten herab und enthüllten ihre Tonsuren. Achtlos eilten sie an Gabriel und Ariana vorbei.

„Holt Wasser!“, rief der eine.

„Holt Hilfe!“, brüllte ein anderer.

„Holt Eimer!“

Ihre lauten Stimmen durchdrangen die Luft. In den Ausgängen der Abteigebäude erschienen Männer in priesterlichen Gewändern und strömten hinaus in den Garten. Der Boden schien zu beben unter dem Stampfen Hunderter von Füßen in Sandalen. Mönche rannten in einem unbeschreiblichen Durcheinander hin und her, wie Ameisen, in deren Hügel man herumgestochert hatte. Einige versuchten, eine Kette zu bilden, um Wasser vom Brunnen zur Kirche zu befördern. Andere wiederum drängten sich ins Innere der Kirche, um kostbare Artefakte und wichtige Dokumente zu retten.

Arianas Herz wurde schwer. Nicht Thornbury. Nicht *ihre* Abtei, in der sie selbst auch schon Blumen gepflanzt und immer wieder Zuflucht vor den Widrigkeiten des Lebens gesucht hatte.

Wie gelähmt stand sie da, während Mönche sie anrempelten und an ihr vorbeihasteten. Gabriel umklammerte fest ihr Handgelenk, seine Armbrust drückte gegen ihre Hüfte.

Ihr Pferd wieherte. Als Ariana sich umdrehte, sah sie, wie die Apfelschimmelstute gegen den Eisenpfosten trat; der Rauchgeruch versetzte sie offensichtlich in Panik, denn sie verdrehte angstvoll die Augen.

„Lacey!“ Das Herz schlug Ariana bis zum Hals. Verzweifelt versuchte sie, Gabriel ihre Hand zu entreißen, um zu ihrem völlig verängstigten Pferd laufen zu können.

Der Griff des „Engels“ verstärkte sich. „Ihr könnt nicht fliehen.“

„Mein Pferd.“ Lacey schlug aus und traf mit einem Huf den

eisernen Pfosten. Die Angst verlieh Ariana neue Kraft, und sie konnte ihm ihre Hand für einen kurzen Augenblick entziehen, doch dann hielt er sie bereits wieder am Oberarm fest. „Es wird sich verletzen."

Er zog Ariana mit sich zur Stute hinüber. „Ruhig." So versuchte er, das Tier zu beschwichtigen. Es stampfte nervös mit den Hufen und bäumte sich auf. Gabriel griff mit einer Hand nach den Zügeln, mit der anderen hielt er Ariana weiterhin fest. Wieder bäumte das Pferd sich auf, sodass sie gezwungen waren zurückzuweichen.

„Lasst mich endlich los", rief Ariana erbost.

Tatsächlich gab er sie jetzt frei, packte Lacey am Zaumzeug und löste die Zügel von dem Pfosten. „Ganz ruhig, Mädchen", redete Gabriel beruhigend auf das Tier ein. „Es ist alles gut." Seine warme samtige Stimme verfehlte nicht ihre Wirkung, die Nervosität des Pferdes ließ nach.

Das war die Chance, auf die Ariana gewartet hatte. Sie griff nach den Zügeln, zerrte Lacey von Gabriel weg und packte den Sattel, um aufzusitzen. Hoffentlich gehorchte das Tier wenigstens dieses eine Mal.

Hinter ihnen zerbarst lautstark Glas, als die Bleieinfassungen der Kirchenfenster schmolzen. Lacey riss sich los, stieß ein paar Mönche um und galoppierte durch den Klostergarten.

Ariana stockte der Atem. „Lacey!" Sie raffte die Röcke und eilte hinter dem durchgehenden Pferd her. Mönche rempelten sie an, Wasser schwappte aus Eimern auf den Boden, aufspritzender Schlamm beschmutzte ihr Kleid.

Im Garten herrschte mittlerweile ein vollkommenes Chaos. Männer schrien aufgeregt durcheinander, Hunde bellten. Immer mehr Fenster zersplitterten. Flammen züngelten inzwischen auch aus den höher gelegenen Luftschlitzen der Kathedrale. Der Geruch von Rauch und Zerstörung tränkte die Luft.

„Lacey, bleib stehen."

Die völlig verstörte Stute hatte eine niedrige Steinmauer erreicht und fuhr herum. Sie preschte an Gabriel vorbei und stieß ihn um. Plötzlich verfing sie sich mit der Hinterhand in den hölzernen Griffen einer Schubkarre. Mit einem dumpfen Geräusch gingen Pferd und Karre zu Boden.

„Lacey!“ Arianas Herz klopfte zum Zerspringen. Gerade, als die Stute sich wieder aufrichten wollte, konnte Ariana ihre Zügel erwischen. Lacey zitterte am ganzen Leib, in ihren großen braunen Augen lag ein verwirrter Ausdruck. Ihr Fell war dunkel vor Schweiß, und sie tänzelte nervös auf der Stelle.

Gabriel bahnte sich einen Weg durch die zahllosen Mönche. Wie ein schwarzer Schatten nahm sich seine hochgewachsene Gestalt vor dem Hintergrund der brennenden Kirche aus, oder eher wie eine Ausgeburt der Hölle, ein Dämon.

Ihr wurde flau im Magen. Blitzschnell griff sie nach dem Sattelknauf und schwang sich auf ihr Pferd. Lacey bäumte sich leicht auf, fasste dann aber Fuß und ließ sich von Ariana in Richtung Tor lenken.

„Ariana!“ Gabriels Aufschrei übertönte sogar das Prasseln der Flammen. Rücksichtslos stieß er zwei Mönche zur Seite, um ihr nachzueilen.

„Lauf, Lacey, lauf!“ Sie sandte ein Dankesgebet zum Himmel, dass die Stute sich wenigstens nicht verletzt hatte. Lacey sprang mit einem Satz über ein paar zu einem kleinen Stapel aufgetürmte Hacken und Rechen und preschte zum Tor hinaus. Ariana ritt um ihr Leben, Strähnen ihres lockigen roten Haares wehten ihr ins Gesicht und in die Augen.

„Ariana!“

Sie drehte sich kurz um und sah, dass die Kathedrale nun vollkommen in Flammen stand. Das Herz wurde ihr bleischwer, aber sie versuchte, dieses Gefühl zu verdrängen. Ganz flach beugte sie sich über Laceys Hals und ließ der Stute freien Lauf, die Richtung war ihr völlig gleichgültig.

Gabriel rannte ihnen auf der Straße ein Stück hinterher. Die Armbrust baumelte an seiner Hüfte, aber er machte keinen Gebrauch davon. „Ihr könnt nicht entkommen", brüllte er.

Dieses Mal drehte sie sich nicht mehr um.

Er drängte sich durch die Menge der durcheinandereilenden Mönche und rannte zu den Stallungen, um sein Pferd zu holen. Niedergeschlagenheit und Verzweiflung stiegen in ihm auf. Er hatte seine Beute entkommen lassen, nur um ein verdammtes Pferd zu beruhigen. Ein Pferd!

Am liebsten hätte er sich geohrfeigt. Sein jüngerer Bruder Eric verrottete in einem Londoner Verlies – die Hinrichtung war für Allerheiligen vorgesehen –, weil man ihn beschuldigte, *er* wäre der Spion der Nacht. Die einzige Möglichkeit, Erics Unschuld zu beweisen, bestand darin, den wahren Auskundschafter zum König zu bringen.

Und er hatte sie wegen eines Pferdes entkommen lassen.

Er stürzte in die Stallungen und eilte den langen Gang hinunter bis zum letzten Verschlag. Sein schwarzer Hengst schnaubte zur Begrüßung und stampfte mit den Hufen.

„Pferd, du musst jetzt so schnell sein wie noch nie in deinem Leben", beschwor Gabriel das Tier und streifte ihm hastig das Zaumzeug über. „Erics Leben hängt davon ab."

Er verzichtete auf den Sattel, um keine Zeit zu verlieren, schwang sich auf den Rücken des Hengstes und trieb ihn aus den Stallungen hinaus in den warmen Schein der späten Nachmittagssonne. Kieselsteine stoben unter den Pferdehufen auf, als das Tier zum Tor hinaus und die mit Kopfstein gepflasterte Straße entlangpreschte.

Hecken und niedrige Hütten aus Lehm und Flechtwerk verschwammen zu grünbraunen Schatten, die an Gabriel vorbeiflogen. Bauern sprangen erschrocken aus dem Weg, um ihre voll beladenen Gemüsekarren in Sicherheit zu bringen.

Gabriels Nackenmuskeln schmerzten vor Anspannung. Wo

zum Teufel steckte sie? „Ariana", rief er, obwohl er sich keine Hoffnungen machte. Selbst wenn sie ganz in der Nähe war, würde sie sicher nicht antworten.

Vor ihm gabelte sich die Straße in zwei schmalere Wege. Er brachte den Hengst zum Stehen und sah prüfend in beide Richtungen. Nichts. Er sog die Luft ein, in der unvernünftigen Hoffnung, wieder den Rosenwasserduft wahrnehmen zu können, der ihm in die Nase gestiegen war, als er ihr den Schleier heruntergerissen hatte. Nichts. Er hätte am liebsten vor Wut gebrüllt. „Verdammt." Sein Stolz war verletzt.

Seine Finger öffneten und schlossen sich um den Griff der Armbrust. Er hätte sie gleich erschießen sollen. Allerdings hätte er dann nicht den Beweis gehabt, den er so dringend benötigte. Gabriel knirschte mit den Zähnen. Er musste und *würde* es finden, das elende kleine Frauenzimmer.

Sie hatte ihm schon viel zu viel gestohlen. Ariana war mit seinem Halbbruder verheiratet gewesen, mit Ivan, dem Herrn von Rosebriar – dem Bruder, der legitim und mit einem Adelstitel zur Welt gekommen war. Im Gegensatz zu ihm selbst, dem Sohn einer Dorfhure. Sie lebte auf der Burg, die eigentlich *sein* Zuhause hätte sein sollen, und sie aß und trank die Dinge, die eher in seinen leeren Magen gehört hätten. Er und seine zahlreichen Geschwisterbastarde waren immer nur so gerade über die Runden gekommen, während sie und Ivan wie im Schlaraffenland gelebt hatten.

Doch jetzt ... Wenn er Arianas Schuld beweisen konnte, würde er damit nicht nur Eric retten, sondern auch Anspruch auf ihr Land erheben können. Land!

Diese Vorstellung faszinierte ihn im selben Maße, wie sie ihn abstieß. Einerseits widerstrebte es ihm, einer von diesen Landadeligen zu werden, aber andererseits musste er ja auch für seine Familie sorgen.

Er *durfte* sie nicht entkommen lassen.

Eine Frau mit einer weißen Kopfhaube und einem Wäschekorb in den Händen starrte ihn neugierig an. „Was verloren, Sir?“, fragte sie in starkem Dialekt.

„Eine junge Frau. Mit lockigem roten Haar. Sie reitet einen Apfelschimmel.“

„Da lang.“ Sie zeigte auf den Weg Richtung Süden.

Freudige Erregung durchzuckte ihn. Noch vor Einbruch der Nacht würde Ariana seine Gefangene sein.

In fliegendem Galopp ritt Gabriel an einem halb verfallenen, von Weißdorn überwucherten Bauernhaus vorbei; er preschte mitten durch eine Gruppe von Landarbeitern hindurch, die mit offenen Mündern stehen geblieben waren und zu dem aus der Kathedrale aufsteigenden Rauch gafften. Gabriels Hengst streifte einen Karren, auf dem ordentlich Äpfel gestapelt lagen. Wie eine Lawine ergoss sich die Ladung in den Straßengraben.

„Verfluchte Adelige“, schimpfte der Besitzer des Karrens und schwang die Faust. „Die glauben, das ganze Land gehöre ihnen! Erst diese Dame, und nun …“

„Entschuldigung“, rief Gabriel ihm über die Schulter hinweg zu. Er würde später ins Dorf zurückkehren und den Schaden begleichen.

Ein Stück weiter vorn, nur noch ein paar Heckenreihen von ihm entfernt, konnte er plötzlich seine Jagdbeute ausmachen. Sofort durchströmte ihn ein wildes Triumphgefühl. Ihr schimmerndes Haar wehte im Wind wie ein kupferrotes Banner.

„Ariana!“ Sie war jetzt so nah, dass es ihm in den Fingern kribbelte. Gleich hatte er sie. Die Vorstellung, sie zu fesseln und sich ihm gefügig zu machen, weckte einen heißen Funken des Verlangens in ihm.

Sie sah sich nach ihm um und spornte ihr Pferd weiter an.

Das Bedürfnis, sie zu ergreifen und zu erobern, wurde übermächtig. *Sie ist mein!* Sie ist mein, hallte eine innere Stimme unaufhörlich in ihm wider. Es war, als hätte das Jagdfieber auch sein Pferd erfasst, es wurde immer schneller. Geringer und geringer wurde der Abstand zu der Schimmelstute. Bald. Bald! Ja!

„Nein“, schrie Ariana auf, als er seinen Hengst neben sie lenkte. Ihre blauen Augen weiteten sich angstvoll, und sie riss die Stute herum. Durch eine Lücke in der Hecke verließ sie den Weg und galoppierte mitten in ein Feld hinein.

Gabriel folgte ihr und hatte sie schon kurz darauf wieder eingeholt. Er beugte sich weit nach vorn und machte dann einen Satz, um ihre Zügel zu packen. Wieder wich Ariana ihm aus.

Er musste sich mit beiden Händen am Hals seines Hengstes festhalten, um nicht vom Pferd zu fallen. „Haltet ein. Ihr könnt nicht entkommen.“ Er schloss die Schenkel fester um den Pferdeleib und versuchte es erneut. Mit den Fingerspitzen streifte er das Zaumzeug der Stute, doch abermals riss Ariana das Tier im letzten Moment zur Seite, sodass seine Hand ins Leere griff.

„Lasst mich in Ruhe.“

Ohne Steigbügel, die ihm Halt gegeben hätten, bereitete es ihm einige Mühe, sich bei diesen Ausweichmanövern sicher auf dem Hengst zu halten. Die Armbrust schlug gegen sein Bein, als die beiden Pferde Schulter an Schulter über das Feld preschten. Ein dünner Ast schlug gegen Arianas Stirn, und sofort rann ihr ein feines Blutrinnsal über das Gesicht.

Zu seiner Verärgerung empfand er beinahe so etwas wie ein schlechtes Gewissen. Geschieht ihr recht, rief er sich streng zur Vernunft.

Gabriel bündelte noch einmal all seine Kräfte und beschloss, dieser Hetzjagd ein Ende zu bereiten, ehe noch einer von ihnen beiden oder die Pferde zu Schaden kämen. Mit einer raschen Bewegung schnallte er die Armbrust ab und warf sie ins hohe Gras. Er konnte nur hoffen, dass die kostbare Waffe das heil überstand.

Dieses Mal ahnte er ihren nächsten Schritt voraus und griff direkt nach ihr und nicht nach den Zügeln, als er von seinem Hengst zu ihr hinüber hechtete. Ariana wehrte sich nach Leibeskräften, während sie beide seitlich von dem Sattel ihrer Stute rutschten. Noch in der Luft drehte er sich so, dass er beim Aufprall unter ihr zu liegen kam. Die Luft wich aus seinen Lungen, als sie auf ihm landete.

Wilde, ungestüme Verzweiflung machte sich in Ariana breit. Nur von ihrem Instinkt geleitet, hämmerte sie mit den Fäusten auf den unter ihr liegenden Mann ein. Wie konnte er es wagen. Erbittert um sich tretend, versuchte sie aufzustehen. Doch er schlang die Beine um sie und hielt sie fest. Sie schrie wütend auf und schlug wieder auf ihn ein, aber dann schlossen sich seine Finger mit eisenhartem Griff um ihre Handgelenke.

„Lasst mich los!" Sie wehrte sich nach Leibeskräften, aber es war sinnlos. Plötzlich war sie diejenige, die auf dem Rücken lag und von seinem Gewicht zu Boden gedrückt wurde. Entsetzt versuchte sie, einen klaren Gedanken zu fassen, doch seine Nähe machte das unmöglich. Er presste ihre Hände hoch über ihrem Kopf auf den Boden. Sein kantiges Gesicht – die breite Nase, die gezackte Narbe und der leichte Schatten eines nachwachsenden Bartes – war jetzt ganz dicht vor ihrem. Deutlich nahm sie seinen warmen Duft nach Holz und Erde wahr.

„Ihr seid meine Gefangene." Seine grünen Augen funkelten besitzergreifend.

Ihr Herz setzte einen Schlag aus. Er strahlte Macht aus – und eine beinahe glühende Hitze. Gleichermaßen furchteinflößend und faszinierend.

Durch ihr dünnes Seidengewand spürte sie, wie sich sein Geschlecht an sie drängte. Sie erschauerte. Wenn er beschloss, sie gleich hier zu nehmen, würde sie sich nicht gegen ihn wehren können.

„Bitte", flehte sie. Plötzlich hasste sie die Tatsache, dass sie nur eine Frau und ihm kräftemäßig weit unterlegen war.

„Was soll ich nur mit Euch machen?“ Eine Weile ließ er den Blick auf ihrem Gesicht ruhen, dann sah er weiter nach unten, als wolle er sie herausfordern.

Sie hörte auf, sich zu bewegen, weil sie nicht sein Verlangen schüren wollte. „Ich bitte Euch ...“

„Worum bittet Ihr mich?“

„Mich gehen zu lassen.“ Ihr Gewand war an einer Seite eingerissen, es hing nur noch lose über ihrer Schulter. Gütiger Gott, noch ein Stück weiter, und sie läge mit entblößter Brust vor ihm. Wieder überfiel sie ein Schauer. „Habt Erbarmen. Ich werde Euch reich bezahlen.“

„Ich bin an Eurem Gold nicht interessiert.“

Ein Mann, der kein Interesse an Gold hatte?

Gabriel verlagerte sein Gewicht. Ihr Gewand riss noch tiefer ein, und das, was sie befürchtet hatte, trat ein. Scham und Furcht wechselten sich in ihr ab. Wütend sah sie ihn an. „Hört auf, mich so lüstern anzustieren.“

Er hob den Blick wieder zu ihrem Gesicht. „Euch anzustieren?“ Der Anflug eines Lächelns huschte über seine Züge.

„Lasst mich aufstehen.“

„Nein.“ Er sagte das so ruhig und gelassen, als plauderten sie gerade über die neueste Mode bei Hof.

Plötzlich hatte sie das Gefühl, in Treibsand geraten zu sein. Sie *musste* sich befreien. Mit einem gellenden Schrei hob sie den Kopf und rammte ihn Gabriel ins Gesicht. Ein stechender Schmerz breitete sich hinter ihrer Stirn aus. Überrascht wich er zurück, und es gelang ihr, einen Arm freizubekommen. Sofort zog sie ihm die Fingernägel über das Gesicht.

„Was zum ...!“ Er packte ihre Hand und drückte sie wieder zu Boden. „Ihr könnt nicht gewinnen. Es ist zwecklos.“

Ihre Verzweiflung wurde übermächtig, und sie spuckte ihm ins Gesicht.

Der Blick seiner grünen Augen wurde kalt. „Ich habe schon Männer wegen geringerer Vergehen erschlagen."

„Ich bin aber kein Mann", zischte sie. „Und tot bin ich für Euch nicht mehr von Nutzen."

„Ach nein?" Ganz langsam umfasste er ihre beiden Handgelenke mit einer Hand. Mit der anderen griff er nach einer Strähne ihres Haares und wischte sich damit die Spucke fort.

Sie wand sich. „Bastard."

„Auch dafür könnte ich Euch schlagen."

„Nur zu, Schurke", gab sie zurück und versuchte, sich seinem eisernen Griff zu entwinden. „Ihr macht mir keine Angst."

„Sollen wir das einmal auf die Probe stellen?" Mit seiner freien Hand machte er sich bedächtig an seinem Gürtel zu schaffen. Eiskalte Furcht bemächtigte sich ihrer, und auf einmal war sie sich bewusst, wie töricht es gewesen war, ihn zu provozieren. Sein Gürtel war ein breiter Streifen dicken schwarzen Leders, ähnlich den Gürteln, die ihr Gemahl zu tragen gepflegt hatte. Erinnerungen stürmten auf sie ein, und ihr brach der Schweiß aus. Ein solcher Gürtel konnte stechende, alles andere auslöschende Schmerzen zufügen. Sie war fest entschlossen, alles zu ertragen, was er im Schilde führen mochte, und presste angestrengt die Augenlider zusammen. Im Geiste konzentrierte sie sich auf das Wiegenlied, das ihre Mutter ihr früher immer vorgesungen hatte. Genau das hatte Ariana auch immer getan, wenn ihr Gemahl sie mit dem Gürtel gezüchtigt hatte.

Gabriel lachte leise und holte sie damit in die Gegenwart zurück. Gereiztheit überlagerte ihre Furcht. „Worüber lacht Ihr, in Gottes Namen?"

„Ich mache Euch mehr als nur ein wenig Angst", stellte er fest. Mit einem leise schnalzenden Geräusch löste sich der Gürtel von seiner Taille.

Tränen brannten in ihren Augen. Selbst noch nach fünf Jahren ohne Gemahl hatte sie panische Angst davor, geschlagen zu werden. Du kannst das überleben, redete sie sich tapfer ein, während sie auf den ersten Hieb wartete. Sie wandte das Gesicht zur Seite, um sich so gut es ging zu schützen.

Ein Augenblick verstrich.

Und dann noch einer.

Sie öffnete die Augen einen winzigen Spalt. Gabriel starrte sie an, den Gürtel noch immer in der Hand. Er runzelte die Stirn, aber sein Gesichtsausdruck war nicht zornig. Stattdessen nagte er eher nachdenklich an seiner Unterlippe.

„Ich werde Euch nicht schlagen", sagte er sanft. „Ich war nur den unentwegten Streit leid."

Sie erwiderte seinen Blick und hasste es, dass er ihre nackte Angst zu sehen bekommen hatte. Aus dem Gefühl der Demütigung wurde Entrüstung. Wie konnte er es wagen, ihr solche Furcht einzujagen, und das nur, um ihr zu beweisen, dass er dazu in der Lage war. „Ich hasse Euch", stieß sie hervor, aber zu ihrem Leidwesen wusste sie, dass das nur bedingt der Wahrheit entsprach. Sie hatte Ivan wegen seiner Brutalität gehasst, aber nicht diesen Mann. Sie brachte es einfach nicht über sich, einen Menschen zu verabscheuen, der sich so vom Pferd hatte fallen lassen, um ihren Aufprall auf den Boden zu dämpfen. Oder der sein Leben aufs Spiel gesetzt und ihr Pferd beruhigt hatte, obwohl ihr das eine Gelegenheit zur Flucht verschafft hatte – beinahe jedenfalls, verbesserte sie sich.

Mit dem Handrücken strich Gabriel jetzt so sacht über ihre Wange, dass es sich anfühlte wie der Flügelschlag eines Schmetterlings. Dann war der Augenblick wieder verflogen, und er schlang den Ledergürtel fest um ihre Handgelenke.

3. KAPITEL

Gabriel betrachtete seine Gefangene, die ihn trotz ihrer Wutausbrüche eher an ein verirrtes Kätzchen erinnerte. Das Haar fiel ihr in wirren Strähnen ins Gesicht, kleine Zweige und Erdkrümel hatten sich in den rotgoldenen Locken verfangen. Ihr Seidengewand mit der Goldstickerei war zerrissen, und sie sah aus, als wären Raubtiere über sie hergefallen. Er hatte ein etwas schlechtes Gewissen, weil er für ihr Aussehen verantwortlich war, doch diesen Gedanken wischte er hastig beiseite.

Eric! Er musste jetzt an Eric denken. Und *diese* Frau musste schleunigst nach London gebracht werden. Mit dem Gürtelende in der einen Hand stand er auf und streckte ihr hilfreich die andere entgegen. „Kommt."

Das dicke Leder presste ihre Handgelenke fest zusammen, und ihre zarten Knochen wirkten dadurch zerbrechlich wie die eines Vogels. Sie bedachte seine ausgestreckte Hand mit einem so angewiderten Blick, dass er sich fragte, ob sich wohl plötzlich lauter Warzen darauf gebildet hatten.

Sein Schuldgefühl verflog endgültig. Verdammtes aristokratisches Frauenzimmer! All diese hochherrschaftlichen Leute hatten keine Skrupel, vom Schweiß und der Schufterei ihrer Bediensteten zu leben, aber einem Hurensohn wie ihm auch nur die Hand zu geben, dazu waren sie sich zu fein.

Seufzend griff er nach ihrer Hand und erwartete fast, dass sie wieder ihre Fingernägel in seine Handinnenfläche graben würde. Während er sie zu sich hochzog, warf sie ihm zwar einen Blick zu, der wahrscheinlich einen Fasan bei lebendigem Leib geröstet hätte, aber sie wehrte sich nicht.

Sehr gut. Etwas Einschüchterung würde ihm also nur hilfreich sein. Obwohl er keinen Zweifel an ihrer Schuld hegte – er hatte da seine Quellen –, so brauchte er dennoch *Beweise,* dass sie der Spion der Nacht war. Und wenn er ihr nun tödliche Angst einjagen müsste, um an diese zu kommen, dann würde er das eben tun. „Versucht gar nicht erst wegzulaufen." Er beugte sich ein Stück vor und entblößte die Zähne.

Sie erbleichte. Ausgezeichnet.

Sie hatte ihre Schuhe verloren, und nun lugten ihre kleinen, schmutzigen Füße nackt unter dem Saum ihres Gewandes hervor. Ihre Verletzlichkeit löste einen unerwünschten Beschützerinstinkt in ihm aus. Rasch verdrängte er dieses Gefühl. Wegen der schändlichen Taten dieser Frau lag sein Bruder frierend im Dreck der königlichen Verliese.

„Was habt Ihr mit mir vor?", wollte sie mit energisch vorgerecktem Kinn wissen.

„Das kommt ganz auf Euch an." Er überlegte, wie er sie am besten zum Reden bringen könnte.

Sie straffte unerschrocken die Schultern. „Das heißt?"

„Wie gut mir beispielsweise Eure Antworten auf meine Fragen gefallen. Warum wart Ihr in der Abtei?"

„Um zu beten."

Mit einem prüfenden Blick in ihr Gesicht versuchte er herauszufinden, ob sie die Wahrheit sagte, und entdeckte dabei nur ungewöhnliche Schönheit, gepaart mit Trotz und Sturheit. Wo der kleine Ast sie getroffen hatte, verunzierte ein schmales Rinnsal getrockneten Blutes ihre makellosen Züge und verband zwei der drei Sommersprossen auf ihrer lilienweißen Haut.

Ungehalten zerrte sie an dem Gürtel, mit dem ihre Handgelenke zusammengebunden waren. „Was habt Ihr mit mir vor?" Ihre Stimme klang ruhig, und doch schwang eine Spur von Angst darin mit.

„Ich werde Euch dem König übergeben." Er streckte die Hand aus, um ihr das Blut von der Wange zu wischen.

Sie wandte das Gesicht ab und zuckte zusammen, als seine Finger ihre Haut streiften, fast, als ob sie befürchtete, geschlagen zu werden.

„Wer seid Ihr?“, fragte sie.

„Der Jäger des Königs.“

Ihre Augen weiteten sich. „*Der* Jäger?“

„Ja.“ Unwillkürlich empfand er tiefe Befriedigung. Die Krone bestritt seine Existenz zwar in der Öffentlichkeit, aber sie hatte trotzdem von ihm gehört. Gut. Vielleicht benahm sie sich jetzt ein wenig vernünftiger. Sein Ruf als unbarmherziger Auftragsmörder war weit verbreitet, zumindest in der Unterwelt der Schmuggler, Verräter und Rebellen.

„Der Jäger ist doch nur eine Legende.“

„Genau wie der Spion?“

Er sah, wie sie kurz schluckte, dann senkte sich wieder die Maske der Gelassenheit über ihre Züge.

Gabriel hob die Armbrust vom Boden auf und untersuchte sie. Schloss und Bolzen waren zwar verdreckt, aber die Waffe selbst war unbeschädigt. „Kommt.“ Er zog sie am Gürtel hinter sich her und sah sich nach den Pferden um. Auf dem Feld standen nur vereinzelt ein paar Bäume. Einen Steinwurf entfernt kennzeichnete eine Reihe von Eichen und Weißdornbüschen den Beginn eines Waldes. Gabriels Pferd war gut ausgebildet, aber wahrscheinlich war es Arianas Stute weiter gefolgt, als es eigentlich sollte. „Wir müssen unsere Pferde finden.“

Sie stemmte die Füße in das weiche Gras, und ihre Augen funkelten. „Ich werde nicht mit Euch gehen.“

Vor Anspannung begann sein Nacken zu schmerzen.

„Ich bleibe hier“, fügte sie mit erhobener Stimme hinzu.

Er atmete tief durch und stellte sich vor sie. „Aufbegehren ist zwecklos. Ihr seid viel kleiner als ich, Ihr könnt nicht gewinnen.“

Sie wich zurück und sah ihn zornig an. Also hatte er sie immer noch nicht genügend eingeschüchtert. Wie schade. Das Leben würde für sie beide so viel leichter sein, wenn sie sich fügte.

„Stures Frauenzimmer. Ein Wunder, dass Ihr in der Ehe überhaupt überlebt habt.“ Damit packte er sie bei der Taille, hob sie hoch und schwang sie sich über die Schulter.

„Aufhören!“, schrie sie und trommelte mit den Fäusten gegen seinen Rücken.

Er versetzte ihr einen leichten Klaps auf die Kehrseite. „Still, Mädchen.“

Sie bearbeitete seinen Rücken nur noch heftiger.

„Es ist sinnlos, sich zu wehren.“ Ihre Wildheit amüsierte ihn. Gezähmtes Kätzchen oder ungebändigte Löwin – er würde sie nach London bringen. Ohne auf ihre Hiebe zu achten, trug Gabriel sie in den Wald hinein, um die Pferde zu suchen.

Eine Mischung aus Grün und Braun tanzte vor Arianas Augen, wie sie so kopfüber über seiner Schulter hing und zu Boden starrte. Sie hatte das Gefühl, als käme unaufhaltsames Unheil auf sie zu. „Lasst mich herunter!“ Wieder schlug sie mit ihren gefesselten Händen gegen seinen Rücken. „Schurke!“ Ihre anfängliche Furcht schlug um in Verzweiflung über die demütigende Behandlung, die ihr zuteil wurde. „Barbar!“

Ihre Gegenwehr schien ihn nicht weiter zu beeindrucken, während er auf den Wald zuschritt, nicht einmal, als er sich bückte, um ihre Schuhe aufzuheben. Er steckte sie in den Bund seiner Hose und setzte den Weg fort.

Bei jedem Schritt prallte sie gegen seinen Körper, seine Schulter bohrte sich in ihren Magen. „Ungeheuer!“

Auf einer Lichtung blieb er stehen. Für einen Moment hörte die Welt auf, sich vor ihren Augen zu drehen. „Versprecht mir, dass Ihr aufhört zu kämpfen, dann lasse ich Euch herunter.“

Sie war zwar immer noch wütend, wurde aber ganz still. „Einverstanden.“

Ganz langsam stellte er sie auf den Boden. Seine Hände scheuerten über die Seide ihrer Ärmel, als er sie an den Oberarmen festhielt, bis sie ihr Gleichgewicht wiedergefunden hatte.

Sie starrte ihn aufgebracht an und spielte mit dem Gedanken, ihm in sein arrogantes Gesicht zu schlagen. Doch sein entschlossen vorgerecktes Kinn verriet ihr, dass sie dann wohl wieder über seiner Schulter oder – schlimmer noch – über seinem Knie landen würde. Sein langes dunkles Haar fiel ihm ins Gesicht, und der Gürtel, mit dem ihre Hände gefesselt waren, hing lose zwischen ihnen herab.

„Was wollt Ihr von mir?“ Sie nahm eine selbstbewusste Haltung ein. Von ihm würde sie sich nicht einschüchtern lassen.

„Antworten.“

„Antworten worauf?“

„Warum wart Ihr in der Kathedrale? Was hofftet Ihr dort zu finden?“

Sie zögerte, weil sie Zeit brauchte, seinen gezielten Fragen auszuweichen. „Wenn ich es Euch sage, lasst Ihr mich dann gehen?“

„Nein.“

Ihr Zorn loderte wieder auf. „Geht zum Teufel mit Euren Fragen. Was hattet *Ihr* denn in der Kathedrale zu suchen?“

Er starrte sie an, und eine tiefe Unmutsfalte zeichnete sich auf seiner Stirn ab. „Ich versuche, meinem Bruder zu helfen.“

„Ist er etwa ein Pfaffe?“, stieß sie verächtlich hervor.

„Nein.“ Ein Muskel nahe seines Kiefers zuckte, und sie hätte schwören können, dass flüchtig ein schmerzerfüllter Ausdruck über seine Züge huschte. Dann drehte er sich um, packte das lose Ende des Gürtels und zog sie mit sich weiter.

Starke Muskeln zeichneten sich unter seinem ärmellosen Überwurf ab. Er war einfach zu groß. Zu arrogant. Und viel zu sehr Mann. Sie begriff, dass eine Flucht im Moment unmöglich war, und so folgte sie ihm. Fieberhaft versuchte sie, sich einen Plan auszudenken. Am besten, sie wartete, bis er schlief.

Gabriel führte sie zu einer Eiche und machte Anstalten, sie daran festzubinden. Erschrocken zuckte sie zusammen. Alles, nur das nicht. „Was habt Ihr vor?“

Er hob ihr die gefesselten Hände über den Kopf und schlang den Gürtel um einen Ast. Seine grünen Augen funkelten vor Entschlossenheit.

„Aufhören!“ Sie zerrte an dem Gürtel und trat nach Gabriel. Er wich dem Tritt aus. Sie versuchte, nach ihm zu schlagen, aber der Ledergürtel zwang sie zurück an den Baum. Die Rinde schabte schmerzhaft zwischen ihren Schulterblättern, und ihr war, als hätte man ihr einen schweren Stein um den Hals gehängt und sie damit ins Meer geworfen. „Bindet mich los!“

„Ich mache mich jetzt auf die Suche nach den Pferden und besorge uns etwas zu essen“, teilte er ihr ruhig mit. Seine Gelassenheit machte sie nur noch wütender.

„Bindet mich los, Schurke!“, wiederholte sie aufgebracht. Mit ihren nach oben gestreckten Armen fühlte sie sich bloßgestellt und verwundbar. Hilflos.

„Bewegt Eure Hände alle paar Augenblicke, dann schlafen sie Euch nicht ein.“

Wieder zerrte sie an dem Gürtel. Hatte sie diese Stimme jemals beruhigend gefunden? Falsch! Seine Stimme war genauso unerträglich wie das Geräusch, das eine über Stein kratzende Messerklinge auslöste.

„Ich werde nicht sehr lange weg sein, und ich werde auch nicht weit gehen“, beschwichtigte er sie. „Entspannt Euch.“

Sie knirschte mit den Zähnen.

Ein Zweig streifte seine breiten Schultern, als er zwischen den Bäumen verschwand.

„Halt!“

Leise lachend sah er sich nach ihr um. „Leise, Mädchen, Ihr verscheucht sonst noch unser Abendessen.“ Dann war er fort.

Sie fing an zu zittern, als sie auf die Stelle starrte, wo er eben noch gestanden hatte und nun nichts anderes mehr zu sehen war als Bäume und Blätter. Grünes und braunes Laub raschelte leise. „Ihr Bastard!“ Ihre Stimme hallte durch den stillen Wald.

Er erschien so lautlos, wie er verschwunden war, und seine Miene war finster. Eine dunkle Haarsträhne fiel ihm in die Stirn, und Ariana hielt erschrocken den Atem an. Er marschierte auf sie zu und blieb unmittelbar vor ihr stehen. Die Narbe an seinem Kinn war deutlich zu sehen.

„Ich habe Hunger“, sagte er grollend. „Seid still, ehe ich mich entschließe, dass mich nach *Eurem* Fleisch gelüstet und nicht nach dem eines Kaninchens.“

Sie bekam eine Gänsehaut und schluckte.

„Kein Wort mehr, sonst knebele ich Euch. Verstanden?“

Dieser Barbar! Trotzdem nickte sie nur stumm.

Er verschwand wieder im Wald.

Erst als er weg war, wagte sie wieder zu atmen. Noch nie hatte sie sich so schutzlos gefühlt, so einsam. Wie ein in der Falle gefangenes Kaninchen.

Die Schatten wurden länger und der Wind frischte auf, während die letzten Strahlen der Abendsonne durch die Zweige der Bäume fielen. Ariana lauschte angestrengt. Äste knarrten leise im Wind, Grillen zirpten, aber nirgends waren Schritte zu hören, die ihr hätten verraten können, ob Gabriel in der Nähe war.

Ihre Hände begannen zu kribbeln, und sie schüttelte sie leicht, aber sofort schabte das Leder hart über ihre Haut.

Die Nacht brach herein. Schon bald würde der Wald in tiefes Dunkel gehüllt sein. Bei dieser Vorstellung wurde ihr ganz flau im Magen. Es war eine Ironie, dass man ausgerechnet sie den Spion der Nacht nannte ... Nichts jagte ihr größeren Schrecken ein als die Dunkelheit.

Sie biss sich auf die Unterlippe. Langsam taten ihr die Arme weh. Bastard, dachte sie wütend, aber sie wagte es nicht, es laut auszusprechen. Ob es ihr wohl gelingen könnte, sich zu befreien, ehe die Sonne ganz unterging? Plötzlich musste sie an ihren Sohn denken. Jason lag sicher längst im Bett, zugedeckt von seiner Kinderfrau Beth. Wenn Ariana etwas zustieß, würde er möglicherweise nur mit Waisen zusammenkommen oder, noch schlimmer, mit Kranken und Verrückten. Ganz sicher würde seine Taubheit gegen ihn verwendet werden.

Bastard, Bastard, Bastard, hallte es unentwegt in ihr wider. Sie schloss die Augen und versuchte, sich auf ihren Zorn zu konzentrieren, um das andere ungute Gefühl in ihrem Magen nicht zu beachten. Sie trat von einem Fuß auf den anderen, allmählich ermüdeten auch ihre Beine. Sie stellte sich auf die Zehenspitzen und mühte sich damit ab, ihre Hände freizubekommen, bis das Leder ihre Haut aufschürfte. Der Geruch wilder Tiere und vermodernden Laubes stieg ihr in die Nase.

Bastard, Bastard, Bastard.

Der Ruf einer Eule.

Ariana riss die Augen auf.

Dunkelheit. Der Wald war in tiefes Schwarz gehüllt. Schatten huschten vorbei, Frösche quakten.

Ariana gefror das Blut in den Adern. Nein, nein! Sie kniff die Augen zu, um das Dunkel auszusperren. Selbst hinter geschlossenen Lidern kam es ihr heller vor, verglichen mit dem Dunkel des Waldes.

Angst breitete sich in ihr aus, begleitet von einem innerlichen Beben, das mit dem vergleichbar war, das den Boden erschütterte, wenn sich Schlachtrosse näherten. Langsam und stetig nahm es zu, bis ihre Eingeweide nur noch eine zitternde Masse zu sein schienen – die Schlachtrosse wurden immer hörbarer. Sie zwang sich, tief und gleichmäßig durchzuatmen, um ihre Furcht in Schach zu halten. Doch sie wusste, ja, sie *wusste*, ebenso wenig hätte sie eine ganze Armee aufhalten können.

Spione haben keine Angst im Dunkeln, redete sie sich immer wieder ein. Doch die Furcht legte sich wie ein Panzer um ihre Schultern und ihren Nacken, bis sie am ganzen Leib heftig zitterte. Wieder und wieder zerrte sie an ihren Fesseln und biss die Zähne aufeinander, um nicht laut zu schreien.

Da ist nichts, wovor du Angst haben müsstest, betete sie sich immer wieder vor wie eine Litanei, und versuchte, nicht in Panik zu geraten.

Wo steckte nur ihr Häscher? Er hatte geschworen, zurückzukommen und sie zu knebeln, wenn sie nur einen Ton sagte. Vielleicht sollte sie ja doch schreien? Aber nein, lieber nicht, damit machte sie womöglich Raubtiere auf sich aufmerksam.

Wie sehr sie sich für ihre Hilflosigkeit verachtete! Aber bestimmt hätte jetzt nicht einmal ihr Cousin es ihr zum Vorwurf gemacht, dass sie sich vor der Nacht fürchtete.

Ihre Knie zitterten und drohten, unter ihr nachzugeben. Erneut zerrte sie an ihrer Fessel.

Hinter ihr knackte ein Ast. Sie gab einen erstickten Laut von sich und schlug die Augen auf. Sofort nahm sie den düsteren Dämon vor sich wahr. Gelbgrüne Augen funkelten im Dunkel.

Ihre Panik gewann die Oberhand. Wild um sich tretend, schrie Ariana gellend auf.

„Ganz ruhig, ich bin es nur."

Gabriel! Das Entsetzen ließ nach, aber Arianas Beine zitterten immer noch. Er trat einen Schritt zurück, und erst jetzt erkannte sie, dass er eine behelfsmäßige Fackel in der Hand hielt. Die Flamme bildete einen Lichtkreis in der Dunkelheit.

„Ruhig atmen, Mädchen. Ihr seid völlig in Sicherheit."

Sie gehorchte und ließ seine tiefe, angenehme Stimme auf sich wirken. Alles, selbst Gabriel, war besser als dieser schwarze Wald mit seinen unheimlichen Schatten und Geräuschen.

„Ich habe die Pferde gefunden."

Sie schluckte und starrte angestrengt in die Flamme, um die Furcht zu vertreiben.

„Und etwas zu essen auch." Er hielt ein totes Kaninchen an

den Hinterläufen hoch und wirkte sehr zufrieden mit sich. Die Jagd hatte ihn offensichtlich belebt. „Es tut mir leid, dass ich Euch Angst eingejagt habe."

„Ihr … Ihr habt mir keine Angst eingejagt", log sie.

Er schmunzelte, und es war ganz eindeutig, dass er ihr nicht glaubte.

Nur durch Zorn konnte sie ihren Stolz noch retten. „Wie konntet Ihr es wagen, mich hier gefesselt allein zu lassen."

„Ich war ganz in der Nähe." Gabriel klopfte vielsagend auf die Armbrust an seiner Hüfte. „Ich brauche mich nicht ganz nah an meine Beute heranzuschleichen."

„In den Wäldern gibt es Landstreicher."

„Ich hätte jeden schon von Weitem gehört, und er hätte einen Bolzen in der Kehle gehabt, ehe er sich Euch auch nur hätte nähern können."

Sie bedachte seine Armbrust mit einem geringschätzigen Blick. „Könnt Ihr mit so einer Waffe überhaupt umgehen?"

Eine tiefe Falte erschien zwischen seinen Augenbrauen, und Ariana wurde schlagartig klar, wie unklug es gewesen war, seine Fähigkeiten in Frage zu stellen. Sie sah, wie er die Hand auf das Schloss der Armbrust legte, und sie fragte sich, wie viele Männer durch wohl eben diese Hand schon ein vorzeitiges Ende gefunden hatten.

„Nun", fuhr sie gereizt fort, „Ihr hättet mich jedenfalls nicht allein hier zurücklassen sollen. Wenn Euch nun etwas zugestoßen wäre? Außerdem hätte man mir Gewalt antun können."

Ein durchtriebenes Lächeln spielte um seine Mundwinkel. „Gewalt?"

Ihre Wangen begannen zu glühen, und ausnahmsweise war sie dankbar für die Dunkelheit. Sie versuchte, sich zu beruhigen, um nicht länger wie eine dumme Närrin auf ihn zu wirken.

„Nun, wenn es das ist, was Ihr wollt …"

„Eingebildeter Schuft", murmelte sie. Sie hatte keinesfalls

vor zuzugeben, dass sie Angst im Dunklen hatte. So etwas passte schließlich nicht zu einem Spion.

Gabriel ließ das Kaninchen fallen und band Ariana los. Sie spürte einen kurzen stechenden Schmerz, als sich das Leder von ihren Handgelenken löste. Kraftlos sanken ihre Arme herab, und sie taumelte vornüber.

„Vorsicht, Mädchen." Er legte den Arm um sie, um sie zu stützen.

Sie wich ruckartig zurück, weil sein unerwünschter Trost sie durcheinanderbrachte. Von *ihm* würde sie sich ganz gewiss nicht trösten lassen – schließlich war es ja seine Schuld, dass sie sich überhaupt hier befand. Sie warf ihm einen mürrischen Blick zu und verdrängte das flüchtige Gefühl der Geborgenheit. „Ich heiße Lady Ariana, nicht einfach ‚Mädchen'."

„Also gut, *Ariana.*"

Sie runzelte die Stirn, weil er auf ihren Titel verzichtet hatte, aber „Ariana" war immer noch besser als „Mädchen". Ihre Knie zitterten nach wie vor, aber sie zwang sich jetzt, Jasons Bild vor sich erstehen zu lassen – seine großen grünen Augen, das Zahnlückenlächeln und die widerspenstigen blonden Haare. „Ihr müsst mich gehen lassen." Sie hoffte nur, dass ihre Stimme sich selbstbewusster anhörte, als sie sich fühlte.

„Das kann ich nicht." Er sah sie eindringlich an.

„Ich habe einen Sohn."

„Und ich habe einen Bruder." Er drehte sich um und begann, ein paar Aststücke und Zweige zu sammeln. „Benehmt Euch anständig, dann lege ich Euch eine Zeit lang keine Fesseln an."

„Ich bin kein Hund, den man abrichtet", empörte sie sich.

Er zuckte nur die Achseln.

Überheblicher Schuft! Verstohlen sah sie sich um. Die dunklen Schatten schienen sie zu umwabern, und schon bei dem Gedanken, allein in die Nacht hinausgehen zu müssen, wurde ihr beinahe schlecht vor Angst. Aber jetzt bot sich ihr die Chance. Sie atmete tief durch und wich lautlos ein paar Schritte zurück.

„Lauft weg, und Ihr bleibt für den Rest der Reise an *mich* gefesselt."

Seine herablassende Art machte sie noch wütender. Er hatte kein Recht, sie so zu behandeln. „Eingebildeter Bauer!"

„In meinen Adern fließt genauso viel adeliges Blut wie bei den meisten anderen Männern am Hof des Königs."

„Dafür besitzt Ihr nicht einen Funken Ritterlichkeit."

Die Zeit schien stillzustehen, als Gabriel sich langsam zu ihr umdrehte. Seine Augen glitzerten unheilvoll. „Ich bin Euren Mangel an Respekt allmählich leid."

Ariana verzog das Gesicht. Sie sollte wirklich ihre Zunge besser hüten.

Er kam auf sie zu, und seine Miene verhieß nichts Gutes. Arianas Angst vor ihm wurde größer als die Angst vor der Dunkelheit. Ohne groß nachzudenken, ergriff sie die Flucht.

Doch schon im nächsten Augenblick schlang er den Arm um ihre Taille und zerrte sie zurück. „Verdammt, Mädchen!"

4. KAPITEL

Kurze Zeit später glaubte sie, in einem Sumpf von Verzweiflung zu versinken, während sie gleichzeitig krampfhaft versuchte, sich einen Fluchtplan auszudenken. Sie blickte zu Gabriel hinüber, der neben ihr Laub für ein Nachtlager aufschichtete. Ein Hanfseil, entwendet aus ihrer Satteltasche, verlief von seinem Gürtel um ihren Knöchel und wieder zurück. Das Seil war ziemlich lang, doch auf diese Art doppelt geschlungen ließ es ihr nur etwa vier Ellen Spielraum. Mit finsterer Miene betrachtete sie den festen Knoten, mit dem das Seil um ihren Knöchel befestigt war. Angebunden wie ein Hofhund!

Sie schluckte und kämpfte gegen ihre aufsteigende Panik an. Sie hatte das Gefühl, ihr ganzes Leben lang immer an irgendeinen Mann gefesselt gewesen zu sein – jeder von ihnen immer noch schlimmer als sein Vorgänger. Und dieser hier war der Schlimmste von allen, dazu noch nicht einmal ein Adeliger, sondern ein grobschlächtiger Barbar.

Die Pferde standen ganz in der Nähe und grasten. In dieser Nacht, das nahm sie sich ganz fest vor, *würde* sie fliehen, mit einer Fackel zum Schutz vor der Dunkelheit. Und dieses Mal würde sie beide Pferde mitnehmen, damit er sie nicht verfolgen konnte. Sie würde nach Hause reiten und sich um Jason und ihre Ländereien kümmern.

Der Schein des Lagerfeuers fiel auf Gabriel und betonte die kräftigen Muskeln unter seinem Wams. Ariana fragte sich, ob sie ihn wohl zu Fall bringen könnte, wenn sie fest genug an dem Seil zog.

„Stellt mich nicht auf die Probe." Er sah sie mit hochgezogenen Brauen an, als hätte er ihre Gedanken gelesen.

Ihre Augen wurden schmal. „Ich werde fliehen."

Etwas raschelte im Unterholz, und er blickte in den Wald.

„Vielleicht. Aber seid nicht töricht. Es gibt noch andere Ungeheuer außer den vierbeinigen, die nachts die Wälder unsicher machen.“ Er stand auf und streckte seinen Körper wie eine Raubkatze. Selbst seine Kleidung war barbarisch: schwarze Lederbeinlinge an Stelle einer anständigen englischen Hose und ein schwarzes ärmelloses Lederwams, das seine gewaltigen Oberarmmuskeln zur Geltung brachte. „Bei mir seid Ihr sicherer als allein da draußen.“

„Bei einem Mann findet keine Frau Sicherheit.“ Aufgebracht stampfte sie mit dem Fuß auf. Laub raschelte.

Er beugte sich zu ihr herab, und sein Duft stieg ihr in die Nase. „Vielleicht seid Ihr dem richtigen Mann noch nicht begegnet.“

„Einer Frau geht es besser, wenn sie allein ist“, schnaubte sie.

„Es gibt aber ein paar Dinge im Leben, die allein nicht annähernd so viel Spaß machen.“

„Wie zum Beispiel?“

Er zog vielsagend eine Braue hoch, und ihre Wangen fingen an zu glühen, als sie begriff, was er gemeint hatte. Wie schaffte er es nur immer wieder, sie so aus dem Gleichgewicht zu bringen? Vielleicht lag es einfach nur daran, dass er wirklich so völlig *anders* war als die Männer bei Hof. Zu einer Zeit, in der die ihr bekannten Männer sich herausputzten und lächerlich spitze Schnabelschuhe trugen, wirkte Gabriel mit seinem ungebändigten schwarzen Haar, den geheimnisvollen grünen Augen und der hochgewachsenen muskulösen Statur wie ein Außenseiter. Wild, urtümlich, gefährlich.

„Denken Männer eigentlich an nichts anderes als an ihre eigenen fleischlichen Gelüste?“, fragte sie gereizt.

Er hielt ihrem Blick länger stand, als es schicklich war, war aber doch so taktvoll, ihre Frage nicht zu beantworten. Stattdessen griff er nach dem Seil. „Das hier ist nur zu Eurem eigenen Wohl da."

Das war ja wohl der Gipfel. „Zu *meinem* Wohl!"

In einer Lederscheide an seiner Wade steckte ein spitzer, scharfer Kurzdolch. Wenn sie den doch nur an sich nehmen und sich befreien könnte …

Gabriel folgte ihrer Blickrichtung, dann sah er ihr wieder ins Gesicht. „Wollt Ihr ihn haben?"

Sie blinzelte verwirrt. Was führte er jetzt schon wieder im Schilde?

Er stellte den Fuß neben sie auf den Baumstamm. Der Dolch blinkte im Schein der Fackel. „Nehmt ihn Euch."

Ihr Herz klopfte zum Zerspringen. Was wollte er von ihr?

„Ich bin es leid, gegen Euch zu kämpfen oder hinter Euch herzujagen. Wenn Ihr glaubt, Ihr könnt mich schlagen, dann beweist es. Andernfalls fügt Euch in Eure Rolle."

„In meine Rolle?"

„Als meine Gefangene."

Es kribbelte ihr in den Fingern, den Dolch aus der Scheide zu ziehen und ihn gegen Gabriel zu richten.

„Nur zu", forderte er sie sanft auf. „Nehmt ihn."

Konnte sie das? Die Gedanken überschlugen sich in ihrem Kopf.

Er spannte den Wadenmuskel an, und der Dolch bewegte sich leicht. „Nehmt ihn."

Sie stellte sich vor, wie sie den Dolch herauszog – wahrscheinlich würde er noch warm sein, weil Gabriel ihn so dicht am Körper getragen hatte.

„Ariana." Gabriel strich ihr leicht mit den Fingern über die Wange, und wie schon in der Kirche schien seine Berührung ihre Haut in Flammen zu setzen. „Ich kämpfe schon mit Messern, Schlagstöcken oder auch den bloßen Händen, seit ich ein Kind war. Es ist aussichtslos."

Sie wich ruckartig zurück. „Fasst mich nicht an." Eine Haarsträhne von ihr verfing sich zwischen seinen Fingern.

„Ich bin Euren Tonfall leid." Seine Augen schienen Funken zu sprühen. „Entweder Ihr kämpft – oder Ihr benehmt Euch."

Sie atmete tief durch, um sich zu beruhigen. Wenn sie ihn nur ein wenig ablenken könnte ... Sie ließ die Schultern hängen und tat, als ob sie sich fügte.

Mit dem Daumen strich er sanft von ihrem Schlüsselbein bis zu ihrem Halsansatz. Es war eine sanfte Berührung, trotzdem glühte ihre Haut, als sei sie gebrandmarkt worden. Ihr Herz raste. Könnte sie kaltblütig einen Menschen umbringen?

Wenn ihr nicht die Flucht gelang, würde man sie in den Kerker werfen, und dann wäre ihr Sohn in Gefahr. Ihr blieb nichts anderes übrig, sie musste es versuchen.

„Wir wissen beide, dass ich gegen Eure Stärke nichts ausrichten kann", sagte sie listig, senkte den Blick in einer Geste der Unterwerfung. Sobald sie spürte, dass seine Wachsamkeit ein wenig nachließ, würde sie ihm den Dolch entwenden.

Ein Augenblick verstrich, während es schien, als würde er ihre Worte abwägen, dann wandte er den Kopf und starrte in den Wald hinaus. Ja! Ihre Handflächen wurden feucht. Nur noch einen Moment, dann war sie frei – sie würde den Dolch nehmen, ihren Entführer niederstechen und das Seil durchtrennen. Sie zwang sich, ganz regelmäßig zu atmen.

Gabriel stellte den Fuß wieder auf den Boden und kehrte ihr den Rücken zu.

Das war ihre Chance. Mit einem Satz sprang sie auf und riss ihm den Dolch aus der Scheide. Ein Triumphgefühl erfasste sie. Doch ehe sie sich noch aufrichten konnte, packte er ihr Handgelenk und verdrehte es. Mit einem Schmerzenslaut ließ sie den Dolch ins Laub fallen.

Ganz langsam drückte er sie wieder hinunter auf den Baumstamm, dann ließ er sie los. Die blaue Seide ihres Gewandes blieb an der rauen Baumrinde hängen, und ohnmächtiger Zorn stieg in ihr auf. Der Dolch lag zwischen seinen Stiefeln, grüne und braune Blätter bedeckten einen Teil der Klinge. Verzweifelt starrte sie auf die Waffe. Sie hatte immer noch die Möglichkeit, sie sich anzueignen. Noch hatte sie eine Chance.

Gabriel stemmte die Arme in die Seiten. „Hebt ihn auf“, befahl er.

Sie holte tief Luft. Der Dolch lag genau zwischen seinen Füßen. Ein Satz, ein blitzschneller Stoß nach oben, und alles wäre vorbei.

„Hebt ihn auf“, wiederholte er mit der weichen Stimme eines Teufels, der einen Sünder umschmeichelt. Eine halbe Ewigkeit lang schien er abzuwarten – dann änderte er die Blickrichtung.

Ariana nutzte die Gelegenheit und stürzte sich nach vorn. *Gütige Mutter Gottes, hilf mir, mein Ziel nicht zu verfehlen!* Ihre Finger schlossen sich um das Heft des Dolches.

Gabriel wirbelte zur Seite und trat ihr die Waffe aus der Hand, ehe sie überhaupt zum Stoß ausholen konnte. Sie spürte, wie sie von starken Händen hochgehoben und in der Luft umgedreht wurde. Der Boden schien auf sie zuzufliegen, doch dann kam die Bewegung unvermittelt zum Stillstand, und sie landete bäuchlings auf seinen Knien. Mit einer Hand drückte er ihren Kopf nach unten.

Ihr Atem ging stockend, und sie wartete benommen ab, was wohl als Nächstes kommen würde.

Gabriel hielt sie weiterhin fest, als wollte er sehen, wie weit sie wohl noch gehen würde. Seine Brust hob und senkte sich ruhig und gleichmäßig. Großer Gott, er war noch nicht einmal außer Atem!

„Noch ein weiteres Mal oder lieber nicht?“, wollte er wissen.

Ihr Nacken schmerzte, als sie Kopf und Oberkörper zur Seite drehte, um ihm ins Gesicht sehen zu können. Er gestattete ihr, ihre Lage zu verändern, aber aufstehen ließ er sie nicht.

Wie breit seine Brust war ... viel zu breit. Aber was noch schlimmer war – er hatte recht. Es war aussichtslos, gegen ihn anzukämpfen. Tränen stiegen ihr in die Augen, bis sie ihn nur noch verschwommen sehen konnte.

„Gebt Ihr Euch jetzt damit zufrieden, dass Ihr nicht gewinnen könnt? Oder machen wir weiter?"

Sie knirschte mit den Zähnen. „Ich hasse Euch."

„Ja. Aber ergebt Ihr Euch auch?" Seine Stimme klang nervenaufreibend gelassen.

Sie presste die Lippen aufeinander und widerstand dem Bedürfnis, laut zu schreien.

„Antwortet mir, Ariana. Ich bin nicht streng, aber ich kann es sein." Durch den Stoff ihres Gewandes spürte sie, wie er leicht mit der Hand über ihre Kehrseite strich. Die Berührung war federleicht, ja, sogar erregend. Aber die Drohung dahinter war unmissverständlich – sei gehorsam, oder du bekommst eine Tracht Prügel. Wie ein ungezogenes Kind.

Dieses Ungeheuer! „Hört auf!"

„Ergebt ... Ihr ... Euch?" Er betonte überdeutlich jedes einzelne Wort.

Sie hatte genug Demütigungen erlitten. Sie nickte.

„Laut."

Ach, wenn sie nur ein Mann gewesen wäre und gegen ihn hätte ankämpfen können! „Ich ergebe mich", stieß sie hervor.

„Keine weiteren Versuche mehr, mich zu erstechen?"

„Nein." Sie schüttelte den Kopf. Ausnahmsweise wünschte sie, mit einem weniger scharfen Verstand ausgestattet zu sein, dann hätte sie vielleicht noch einen letzten Versuch unternommen.

„Gut." Er ließ sie los.

Sie kroch von seinem Schoß und ließ sich auf den Baumstamm fallen. Ihre Wangen glühten vor Scham. Sie konnte ihm nicht einmal in die Augen sehen.

„Hebt den Dolch auf." Er rieb sich die Hände an seinen Beinlingen ab.

„Wie bitte?" Wollte er sie etwa auf die Probe stellen?

„Ich sagte: ‚Hebt den Dolch auf'."

„Ich habe doch versprochen, nicht mehr gegen Euch anzukämpfen", brachte sie mühsam hervor. Sie vergrub die Finger im Stoff ihres Gewandes.

„Das ist richtig. Aber Ihr sollt mir gehorchen, Ariana. Kämpft oder unterwerft Euch. Das nächste Mal wird meine Hand nicht so sanft mit Eurer Kehrseite umgehen."

„Ihr habt Euren Standpunkt doch bereits klargemacht. Ihr braucht nicht unnötig darauf herumzureiten."

„Hebt den Dolch auf und steckte ihn zurück in die Scheide." Sein Tonfall ließ keinen Widerspruch zu.

Sie biss die Zähne zusammen und begriff, dass ihr nichts anderes übrig blieb, als zu tun, was er verlangte. Es nagte an ihrem Stolz, als sie sich vorbeugte und den Dolch aufhob. Ihre Finger schlossen sich um das Heft. Es fühlte sich glatt an, verlockend. Sollte sie es noch einmal versuchen?

Gabriel stand mit verschränkten Armen vor ihr. Mühsam gebändigte Kraft.

Ariana strich mit dem Daumen über das Heft und dachte über ihren Häscher nach. Er war ein befehlsgewohnter Mann, aber sein Temperament hatte er unter Kontrolle. Ganz anders als bei ihrem toten Gemahl.

Gabriel hatte sie nicht geschlagen oder ihr Gewalt angetan. Widerwillig musste sie anerkennen, dass ein so dominierender Mann auch sein Wesen zu beherrschen wusste. Ivan hatte sie ausgepeitscht, weil die Suppe einmal nicht warm genug gewesen war. Sie wiederum hatte versucht, Gabriel zu erstechen – doch er hatte sie nur über das Knie gelegt.

Widerstrebend, dennoch voller Respekt für ihn, schob sie

den Dolch zurück in die Scheide. Dann setzte sie sich wieder auf den Baumstamm und streckte die Arme aus, um sich die Hände am Feuer zu wärmen. Vor Sonnenaufgang würde sie fliehen.

Gabriel bückte sich zu ihr und hob ihr Kinn an. „Es ist keine Schande für eine Königin, wenn sie sich einer Armee ergibt, die umso vieles stärker ist als sie“, sagte er.

Sie war überrascht von seinem Bemühen, ihre Würde wiederherzustellen. Mit seinen rauen, schwieligen Händen strich er ihr sacht über die Wange. Ariana staunte, dass sie nicht zusammenzuckte, aber tief in ihrem Herzen wusste sie, warum – er würde ihr nichts zuleide tun. Er mochte ein grober, ungehobelter Barbar sein, doch er hatte mehr Ritterlichkeit gezeigt als die Adeligen, mit denen sie vermählt gewesen war.

Gabriel wickelte sich eine Strähne ihres Haares um den Zeigefinger. Das warme Kupfer hob sich leuchtend von seiner gebräunten Haut ab. „Morgen können wir weiterstreiten.“

„Verlasst Euch darauf“, erwiderte sie zuckersüß.

5. KAPITEL

Ich werde schon noch herausbekommen, ob sie nun der Spion der Nacht ist oder nicht, notfalls mit List, dachte er in einem Anflug von Gereiztheit, während er Ariana dabei zusah, wie sie versuchte, ihr dichtes rotes Haar zu entwirren. Ihr reich besticktes Gewand breitete sich über den Baumstamm aus, auf dem sie saß; trotz ihres zerzausten Schopfes sah sie aus wie eine Königin. Wie konnte eine Adelige wie sie sich als Auskundschafterin betätigen – eine Tätigkeit, die es mit sich brachte, lüsterne Geheimnisse von Königshausmitgliedern zusammenzutragen? Es passte nicht zu dieser Frau.

Die roten Locken umgaben ihren Kopf wie eine leuchtende Mähne, die bis hinab zu ihren Hüften reichte. Er konnte sich noch genau erinnern, wie sich ihr Körper auf seinem Schoß angefühlt hatte – angespannt, stolz und voller Zorn, weil sie bei ihrer Auseinandersetzung unterlegen war.

Dass sie es vorgezogen hatte zu kämpfen, anstatt jammernd in Tränen auszubrechen, faszinierte ihn. Seiner Erfahrung nach waren adelige Frauen zimperliche, aber eiskalte Geschöpfe. Ariana hingegen war voller Feuer und Temperament.

Fast – aber auch nur fast – tat sie ihm leid, dass sie versucht hatte, es mit ihm aufzunehmen. Aber der Anblick ihres wohlgerundeten Gesäßes hatte es ihm nicht erlaubt, Gewissensbisse zu empfinden. Sie hatte sich aufreizend hin und her gewunden, und wie gut sie duftete. Wie Rosen und frischer Frühlingsregen.

„Solange Ihr Euch benehmt, habt Ihr nichts von mir zu befürchten“, sagte er jetzt. Vielleicht erhielt er die dringend benötigten Informationen, wenn sie sich etwas entspannter fühlte.

Sie warf ihm einen hochmütigen Blick zu und hob missbilligend das Kinn an. „Dann habt Ihr keine Ahnung, was der König denjenigen antut, die er für schuldig hält.“

Erics verhärmtes, schmutziges Gesicht kam ihm in den Sinn,

und es war wie ein Messerstich ins Herz. „Das weiß ich leider nur allzu gut."

Sie hielt mit dem Entwirren ihres Haars inne und sah ihn erstaunt an. „Ach?"

„Mein Bruder sitzt im Kerker."

„Warum?"

Er rieb sich die Augen und wünschte, er hätte seine Sorgen auch so leicht fortwischen können. „Der junge Narr wollte den Spion der Nacht ausfindig machen. Irgendwie geriet er dabei an die falschen Männer und wurde vor den König gebracht."

Sie erbleichte, und er fragte sich, was das wohl für ein Ausdruck in ihren klaren blauen Augen sein mochte. Schuldbewusstsein? Entsetzen? Ihre Hände verfingen sich in einer verfilzten Haarsträhne, und sie begann, diese mit ihren schlanken Fingern zu entwirren. Ariana verfügte über eine seltsame Mischung aus innerer Stärke und Zerbrechlichkeit, die seinen Beschützerinstinkt weckte – eine Anwandlung, die er sich eigentlich nicht leisten konnte, wenn er seinen Bruder retten wollte.

„Man sagt, der Spion schleicht sich unbemerkt auf Bällen und Festen ein und kann sich hinterher genau erinnern, wer da gewesen ist und wer mit wem gesprochen hat", bohrte er weiter nach. „Die Adeligen behaupten, nicht zu wissen, für wen der Kundschafter arbeitet, nur, dass Informationen über sie an den falschen Stellen durchsickern. Der König findet, dass ein paar seiner Untertanen nicht ganz so loyal sind, wie sie eigentlich sein sollten. Fast scheint es, als trüge ihm jemand über ihre Köpfe hinweg Informationen zu."

Ariana wurde noch blasser und die Bewegungen ihrer Finger hastiger.

Gabriel verstummte und wartete auf ihr Geständnis.

„Ich bin doch nicht der Spion", sagte sie nach einer geraumen Weile.

„Nein?“ Prüfend betrachtete er ihr Gesicht. „Wer ist es dann?“

Sie zuckte mit den Schultern. „Es ist nur Gerede.“

Sie hielt seinem Blick stand, ohne mit der Wimper zu zucken. Gabriel fand keine Antwort in ihren Augen. Keinen Beweis für ihre vermeintliche Tätigkeit.

„Ich bin nur eine einfache Landadelige“, fügte sie hinzu.

„*Land*adelige?“ Dieses verlogene kleine Frauenzimmer. „Ihr wart in London, bis Henry den Thron bestieg. Nach Eurer Abreise hörten auch die Aktivitäten des Spions auf.“

Sie presste die Lippen fest aufeinander und schob das auf der Erde liegende Laub mit ihren Füßen hin und her.

„Warum habt Ihr London verlassen?“

„Ich musste mich um meinen Besitz kümmern.“

„Was hattet Ihr in der Kathedrale zu suchen?“

Ihre Nasenflügel bebten leicht. „Ich habe für meinen Sohn gebetet.“

„Das sagtet Ihr bereits.“

„Er ist taub, und …“

„Auch das sagtet Ihr schon einmal.“

„Es ist wahr.“

Gabriel seufzte resigniert, am liebsten hätte er mit der Faust gegen einen Baum geschlagen. Er brauchte Beweise, wenn Eric freikommen sollte, aber dieses Gespräch führte zu nichts. Er wünschte, er hätte um das Lagerfeuer herumlaufen können, um sich abzureagieren. Aber da war dieses Seil zwischen ihnen, es band ihn ebenso an sie wie sie an ihn.

Sie hob den Kopf und sah Gabriel flehend an. „Wenn ich in London eingesperrt werde, wird der König mein Land für sich beanspruchen.“

Zur Hölle mit dem Adel. Das Land war diesen Leuten wichtiger als ihre Kinder. „Es ist mir ziemlich gleichgültig, ob Ihr Land besitzt oder nicht, Lady.“

Sie erschauerte. „Mein Sohn würde von dort vertrieben werden."

Ein uralter Zorn erwachte in ihm wieder zum Leben. „Vielen anderen Kindern ergeht es ebenso."

„Wie könnt Ihr nur so gefühllos sein?"

Er hob einen Zweig auf und zerbrach ihn in der Mitte, ein kläglicher Ausgleich für die ohnmächtige Wut in seinem Herzen. „Eine Adelige hält mir Vorträge über Mitgefühl? Wie grotesk! Ihr tragt edle Seide und lebt in Saus und Braus, während meine Geschwister um Almosen betteln müssen."

Er stand auf und rieb sich die Hände an seinen Lederbeinlingen ab. Wie konnte er nur das Ungeheuer bändigen, das in seinem Innern übermächtig zu werden drohte?

Ariana war fasziniert von der Wandlung, die mit ihm vorgegangen war. Sie hatte etwas gesagt, das ihn zornig gemacht hatte, aber sie konnte sich nicht erklären, was das gewesen sein mochte. Er konnte ihr doch wirklich nicht zum Vorwurf machen, dass sie sich um ihren Sohn sorgte?

Eine Zeit lang waren nur die Geräusche der Nacht, das Quaken der Frösche und das Zirpen der Grillen zu hören, während sie im Kopf ihre Fluchtmöglichkeiten durchspielte. Sie musste unbedingt zurück zu Jason. Das Gefühl, dass sie für seine Sicherheit verantwortlich war, verstärkte ihre Unruhe.

Gabriel kehrte ihr den Rücken zu und legte ein weiteres Stück Holz ins Feuer. Die auflodernden Flammen erhellten seine Züge. Offenbar hatte er sich schon ein paar Tage nicht mehr rasiert. Was für ein Mann – grob und aufregend zugleich. Funken stoben in die Luft, und sie wünschte, einer von ihnen würde auf das Seil fallen und es in Brand setzen, sodass es riss.

Die Pferde waren ganz in der Nähe an einem tief hängenden Ast angebunden. Gabriel besaß einen großen Hengst, die genaue Rasse konnte sie nicht bestimmen. Eine Flucht könnte nur gelingen, wenn sie das Tier mitnehmen würde.

„Steht auf“, sagte er plötzlich und streckte ihr die Hand hin.

Ariana runzelte ungehalten die Stirn wegen seines schroffen Tonfalls.

„Ich muss nach den Pferden sehen.“ Seine Schultern wirkten verspannt, und er erinnerte sie an ein Raubtier im Käfig. Er war ein Mann, der es gewohnt war, sich frei und ungehindert zu bewegen. Wahrscheinlich war es ihm genauso zuwider, an sie gebunden zu sein, wie sie es hasste, dass man sie an ihn gefesselt hatte.

Sie erwog flüchtig, einfach auf dem Baumstamm sitzen zu bleiben, aber dieses Verhalten würde ihr wohl zwangsläufig wieder einen Platz über seiner Schulter eintragen.

„Ariana“, mahnte er.

Mit geballten Fäusten erhob sie sich.

„Euer Stolz behindert Euren gesunden Menschenverstand“, stellte er fest.

Sie war so gereizt, dass sie gern etwas Unverschämtes erwidert hätte, aber sie schwieg.

Gabriel wandte sich um und ging auf die Pferde zu. Das Seil zwischen ihnen schleifte über den Boden, und sie musste aufpassen, nicht darüber zu stolpern. Was für ein schreckliches Gefühl, ihm wie eine gemeine Gefangene folgen zu müssen.

Kurz darauf hatten sie die Pferde erreicht. Wenn ich fliehe, muss ich beide Tiere mitnehmen, überlegte sie erneut. Dann könnte Gabriel sie nie und nimmer einholen. Sie setzte eine unbefangene Miene auf und betrachtete seinen Hengst eingehend. „Das ist ein wunderschönes Tier“, bemerkte sie und hoffte, dass er ihre Bemerkung für harmloses Interesse hielt und nicht für den plumpen Versuch, herauszufinden, wie sie am besten das Pferd stehlen konnte.

Er ließ die Hand auf dem Hals des Hengstes ruhen und sah sie an. „Der Vater dieses Tieres gehört einem Freund – ein besseres und klügeres Tier werdet Ihr nirgends finden."

„Wie heißt es?"

Gabriel zuckte die Achseln. „Es hat keinen Namen."

„Keinen Namen?" Was war das für ein Mann, der seinem Pferd keinen Namen gab?

„Es ist einfach nur ein Pferd", gab er kurzangebunden zurück, tätschelte aber die Flanke des Hengstes. Allein diese Geste strafte seine Worte Lügen. Es sah fast so aus, als *wollte* er nichts für das Tier empfinden, kam aber nicht dagegen an. Der Hengst stupste ihn leicht mit dem Maul an. „Wir haben gemeinsam schon viele Scharmützel überstanden. Er gerät nicht so leicht in Panik. Als er ausgebildet wurde, hielt man ihn nicht für temperamentvoll und mutig genug, um ein Schlachtross werden zu können. Diese Einschätzung hat er inzwischen viele Male widerlegt."

Gegen ihren Willen fühlte Ariana sich plötzlich ein wenig zu Gabriel hingezogen. Ein Mann, der dort Stärke sah, wo andere nur Fehler fanden, war in der Tat eine Seltenheit.

Der Hengst stöberte mit den Nüstern in Gabriels Hand, als erwartete er nach diesem Lob eine Belohnung.

„Du weißt ganz genau, dass ich über dich spreche, nicht wahr? Nun, ich habe aber leider nichts für dich." Lachfältchen bildeten sich um seine grünen Augen, und Ariana war dankbar, dass das Pferd ihn in eine bessere Stimmung versetzt hatte.

Gabriel wandte sich wieder Ariana zu. „Eine einzige Schwäche hat er jedoch", vertraute er ihr belustigt an. „Dieses Tier tut alles, aber auch wirklich alles, für Äpfel."

„Ich verstehe", erwiderte sie unverbindlich und unterdrückte ein Schmunzeln. Männer und ihr Stolz! Männer und ihre Pferde! Er ahnte vermutlich nicht, dass er ihr soeben eine wertvolle Waffe in die Hand gegeben hatte. Auf ihrer Flucht aus der Abtei hatte sie von einem Karren einen Apfel mitgehen lassen, für den Fall, dass sie an diesem Tag nichts mehr zu essen bekam.

Ein etwas unbehagliches Schweigen breitete sich zwischen ihnen aus, als Gabriel letzte Vorbereitungen für die Nacht traf. Während sie ihm dabei zusah, wie er eine Decke ausbreitete, überlegte sie, wie sie herausfinden könnte, was er wusste, ohne dabei etwas von sich preiszugeben. Es war ganz eindeutig, dass er ihr ihre Beteuerung, sie sei nicht der Spion, nicht so ohne Weiteres glaubte. Aber was genau *wusste* er? Sie hatte immer größte Vorsicht walten lassen, und es beunruhigte sie zutiefst, dass sein Verdacht auf sie gefallen war.

Das Pergament, das sie unter dem Altar hätte deponieren sollen, war ihr zum Glück während der Flucht nicht aus dem Mieder gerutscht. Sie spürte es noch immer an ihrer Haut, sicher vor Gabriels Blicken verborgen. Das Papier enthielt Informationen über Lady Buxtons Affäre mit Thomas McFey, einem Anwalt. In den letzten Monaten hatte Ariana genug Belastendes zusammengetragen, um sie beide zu ruinieren. Der Gemahl der Countess war nicht gerade für seine Nachsicht bekannt. Genau solche anrüchigen Leckerbissen waren es, die ihren Erpresser glücklich machten.

Nach einer Weile führte Gabriel sie zurück zu dem Baumstamm, setzte sich neben sie und band die Armbrust von seiner Hüfte.

„Wie kam es, dass Ihr der Jäger des Königs wurdet?", fragte sie ohne Umschweife.

„Ein Mann hat nur wenige Wahlmöglichkeiten im Leben, außer denen, die er selbst für sich schafft."

„Das ist immer noch besser, als gar keine Wahl zu haben."

„Was weiß eine Adelige wohl darüber, wie es ist, keine Alternative zu haben? Ihr hattet doch stets etwas anzuziehen und zu essen, oder nicht?"

Sie dachte nach. Ja, das stimmte schon, aber zu welchem Preis?

Er legte sich die Waffe über die Knie und strich mit der

Hand über das glatt polierte Holz. Eine Armbrust wie diese hatte Ariana noch nie gesehen. Die Mittelsäule war zwei Ellen lang, seitlich war kunstvoll ein keltischer Drache ins Holz geschnitzt. Der Bogen war aus schwerem Stahl und so breit wie zwei Männerdaumen. Ihr wurde klar, dass nur ein sehr starker Mann einen solchen Bogen spannen konnte, und sie bewunderte die Breite seiner Schultern und den Umfang seiner Oberarme.

Ihr Gemahl Ivan, der zum Glück nicht mehr lebte, war auch stark gewesen. Ivan hatte seine Kraft jedoch zur Schau getragen wie ein Stier, während Gabriel mit seiner ganz gelassen umging. Seltsamerweise fühlte sie sich als Gabriels Gefangene viel sicherer als damals als Ivans Gemahlin.

„Ich hatte in meinem Leben nicht oft die Gelegenheit, eine Entscheidung zu treffen.“ Sie zerrte unbewusst an dem Seil um ihre Knöchel. „Jedes Mal, wenn die Krone in andere Hände übergeht, scheint der jeweilige König einen neuen Gemahl für mich zu finden.“

Er hob den Kopf und sah sie aus seinen unergründlichen grünen Augen prüfend an. „Wie oft wart Ihr schon verheiratet?“

„Drei Mal.“

„Drei Mal? Aber Ihr seid doch noch …“

Sie hob die Hand. „Jung. Ja, ich weiß. Der erste Gemahl tauchte auf, als ich gerade erst zwölf war.“

Er nickte, und eine Haarsträhne fiel ihm in die Stirn.

„Jeder neue Gemahl war schlimmer als sein Vorgänger. Der erste hätte vom Alter her mein Vater sein können, der zweite sogar mein Großvater. Und der letzte …“ Sie verstummte. Vielleicht sollte sie ihm diese Dinge gar nicht erzählen.

„Der letzte?“, beharrte er.

Sie befeuchtete nervös ihre Lippen und war nicht glücklich über die Richtung, in die dieses Gespräch ging. „Ivan wurde von Wegelagerern erschlagen.“ Sie verspürte das vertraute schlechte Gewissen bei dieser Lüge – es kam wie ein alter Freund, der sich gar nicht erst die Mühe machte anzuklopfen. Nur ein einziger Mensch kannte ihr Geheimnis – ihr Cousin, der Bischof. Er hatte ihr geholfen, den Mord zu vertuschen, und sein Wissen benutzte er nun, indem er sie erpresste, Geheimnisse des Adels herauszufinden.

Gabriel sah sie an, als wollte er ihre Gedanken lesen. Sie spannte sich an und erwartete seine Fragen, aber er schwieg.

Nach einer Weile zog er einen sauberen Lappen aus dem Beutel an seinem Gürtel und begann damit, seine Armbrust aufzupolieren. Arianas Nervosität ließ ein wenig nach.

Fasziniert beobachtete sie, wie liebevoll seine großen Hände die Waffe behandelten. Mit den Fingern tastete er sie sorgfältig nach Kerben und Verunreinigungen ab, die ihre Makellosigkeit beeinträchtigt hätten. Warum liebkosten Männer Frauen nie auf die gleiche behutsame Art wie ihre Waffen?

„Macht Euch Eure Tätigkeit Freude?“, fragte sie und versuchte, das Thema zu wechseln.

Gabriel ließ die Hand mit dem Lappen sinken. „Ihr meint, ob es mir Vergnügen bereitet, Menschen zu töten?“

Ariana erschauerte und ließ den Blick in den Wald schweifen. Das Laub der Bäume raschelte leise im Wind.

„Nein, das tut es nicht“, sagte er nun und zog ihre Aufmerksamkeit wieder auf sich. „Aber ich verstehe mich gut darauf.“

„Ach …“ Sie war sich nicht ganz sicher, was sie dazu sagen sollte. „Wie kam es, dass Ihr ein … ein …“

„Dass ich ein Auftragsmörder wurde?“

Sie nickte und wünschte, er würde sie nicht derart aus der Fassung bringen. Es lag wohl nur daran, dass er immer so direkt war, während alle anderen in ihrem Leben sich in Anspielungen und Zweideutigkeiten ergingen. Bei Hof gaben jeder Blick, jede Geste und jeder Kontakt etwas anderes zu verstehen, als man es im ersten Augenblick vermuten konnte.

„Ich würde alles tun, um meine Familie zu unterstützen.“

Er wischte etwas Staub vom Bogen.

„Ihr habt Familie?“

Er lächelte, und das verunsicherte sie nur noch mehr. „Eine ganze Schar von Kindern.“

„Eure eigenen?“

„Nein, eine Menge von Geschwistern.“ Er zuckte die Achseln. „Keines dieser Jungen und Mädchen ist von mir gezeugt. Meine Mutter war eine Dirne.“

„Ach.“ Sie erstarrte, und es war ihr peinlich, dass er sich so unverblümt ausdrückte. „Ihr erwähntet einen Bruder?“, fragte sie zögernd.

„Ja, Eric. Er wird im Tower gefangen gehalten. Im Grunde glaube ich nicht, dass der König ihn wirklich für schuldig hält. Er möchte wohl nur seinen Thron sichern und braucht die Gewissheit, dass ich nicht ruhen werde, bis der wahre Spion gefunden ist. Die Adeligen in seiner näheren Umgebung haben ihm so einiges zugetragen über die Machenschaften des Kundschafters.“ Er studierte prüfend ihr Gesicht, und ihr wurde ganz flau im Magen. „Offensichtlich eilt Euch ein bestimmter Ruf voraus.“

Sie erbebte. „Ich bin nicht der Spion.“

„Wie Ihr meint.“ Er machte sich wieder daran, seine Armbrust zu polieren.

Sie beobachtete ihn und konnte den Blick nicht von seinen bedächtigen, konzentrierten Handbewegungen abwenden. Erstaunt stellte sie plötzlich fest, dass an seiner rechten Hand der kleine Finger und die Hälfte des Ringfingers fehlten. Wie kam es nur, dass ihr das nicht schon längst aufgefallen war?

Gegen ihren Willen empfand sie wegen dieser Verletzung tiefes Mitgefühl für ihn. „Was ist mit Eurer Hand geschehen?“, entfuhr es ihr.

Er sah auf. „Die Finger wurden mir bei einem Kampf abgetrennt, als ich noch ein kleiner Junge war.“

Das musste sie erst einmal verarbeiten. „Wie alt wart Ihr damals?"

„Neun Jahre."

Das Herz wurde ihr schwer. Fast genauso alt wie Jason … Unwillkürlich sandte sie das Stoßgebet zum Himmel, das alle Mütter beten, wenn sie es mit einem versehrten Kind zu tun haben: Bitte, lieber Gott, mach, dass meins unbeschadet groß wird.

„Was ist passiert?", erkundigte sie sich.

Eine tiefe Furche zeigte sich zwischen seinen Augenbrauen. „Meine ältere Schwester wurde von Sklavenhändlern verschleppt. Ich konnte es nicht verhindern."

Ariana stockte der Atem. Was für eine grauenvolle Geschichte. „Sklavenhändler?"

Er verkrampfte die Finger um die Mittelsäule der Armbrust, und ein schmerzerfüllter Ausdruck huschte über seine Züge. „Ich hätte ihnen Einhalt gebieten müssen."

Ohne nachzudenken streckte Ariana die Hand aus, um ihm tröstend über die Wange zu streichen. „Ihr wart doch nur ein kleiner Junge."

Er zuckte unter ihrer Berührung heftig zusammen, und sie zog tödlich verlegen die Hand zurück. Schließlich war er ein Barbar, und das hier war kein gemütliches Plauderstündchen in der Dunkelheit.

Gabriel starrte Ariana an, und seine Gedanken wanderten zurück in die Vergangenheit. Er umklammerte die Armbrust noch fester und hätte die Erinnerungen am liebsten aus seinem Kopf verbannt, aber jener Tag war ihm noch so gegenwärtig, als wäre es erst gestern gewesen.

Er war zwar wirklich nur ein kleiner Junge gewesen, aber trotzdem hätte er … hätte er …

Mit seinen neun Jahren hatte er mitangesehen, wie ein riesiger Mann seine dreizehnjährige Schwester über steinigen Boden zu einem wartenden Schiff geschleift hatte. Großer Gott!

„Nein, Ihr dürft sie nicht mitnehmen!“, hatte er geschrien und nach dem Mann gegriffen. Doch seine Hände hatten ins Leere gepackt. O Gott, flehte er in abgrundtiefer Verzweiflung, doch Gott scherte sich nicht um Bastarde und Söhne von Dirnen.

Der Barbar schwang sich Eleanors schmalen Körper über seine gewaltige Schulter. Schmutz verfing sich in ihrem langen Haar, das wie eine Schleppe über die Erde schleifte. Sie wimmerte zwar leise, wachte aber nicht aus ihrer Bewusstlosigkeit auf. Aus einem tiefen Schnitt an ihrem Arm sickerte Blut.

„Eleanor!“ Wieder machte Gabriel einen Satz nach vorn. Mit seinen kleinen Händen umklammerte er den Stiefel des Mannes. „Lasst sie los!“

„Du kleine Ratte. Verschwinde.“ Der Mann trat nach ihm.

„Ich werde nicht zulassen, dass Ihr sie mitnehmt.“ Er schlang die Arme um die Wade des Riesen und hielt sich daran fest wie ein blutsaugendes Insekt an menschlicher Haut. Der Stiefel traf seine Wange, und Gabriel biss die Zähne zusammen. Niemals Angst zeigen. Niemals. Der stinkende Körpergeruch des ungewaschenen Rohlings verschlug ihm fast den Atem.

„Hör auf, du Knirps. Das Frauenzimmer ist verkauft und bezahlt.“

„Nein!“ Gabriel hämmerte mit den Fäusten gegen die kräftigen Beine, Tränen brannten in seinen Augen.

„Lästiges Gör!“ Der Riese hob wütend die Hand.

Gabriel kniff die Augen zu und war fest entschlossen, nicht aufzuhören, bis er seine Schwester wiederhatte. Seine Wange schien vor Schmerz zu explodieren. Rote und goldene Funken tanzten vor seinen Augen, und er fiel in den Schmutz. Nein!

Hastig rappelte er sich wieder auf und griff nach Eleanors Arm, der über den Rücken des Riesen schlaff nach unten hing. Gabriel stemmte die Füße in die Erde und versuchte, seine

Schwester von der Schulter des Unholds zu zerren. „Eleanor! Wach auf!"

Der Mann lachte leise vor sich hin und ging unbeirrt weiter den Weg auf das Schiff zu.

„Ihr dürft sie nicht mitnehmen."

„Wer sollte mich wohl daran hindern? Du etwa?"

„Bitte!", schrie Gabriel auf. Wie er es hasste, betteln zu müssen. Er zog kräftiger an Eleanors Arm, und sie rutschte tatsächlich ein kleines Stück tiefer herunter.

Lachend zog der Unmensch sie wieder zurück auf seine Schulter. „Was ist los mit dir, Junge? Schaffst du es nicht, dich an ihr festzuhalten?", spottete er.

Ihr braunes Übergewand verfing sich an einer Brombeerranke, und der Wollstoff bekam einen langen Riss. Der Mann drückte ihren nackten Schenkel mit seiner fleischigen Hand.

„Nein!" Gabriel rann eine Träne über die Wange, und er wischte sie zornig fort. Jungen durften nicht weinen.

Der Mann blieb stehen, grinste ihn an und entblößte dabei eine Reihe schiefer gelber Zähne. An einem seiner Ohren funkelte ein goldener Ohrring. „Ich sag dir was, Junge. Wir spielen Tauziehen mit ihr. Wenn du gewinnst, überlasse ich sie dir."

„Lasst sie los!", brüllte Gabriel. Er reichte dem Barbar kaum bis zum Gürtel, und verglichen mit den Armen des Riesen wirkten seine wie dünne Stöckchen.

Wieder lachte der Mann, und sein struppiger Schnauzbart zitterte. „Ich glaube allerdings nicht, dass ich mir eine solche Beute entgehen lasse. Sieh dir nur ihr Haar an, Junge. Es ist hell wie Weizen." Er hielt eine Strähne von Eleanors Schopf ins Licht. „Deine Schwester wird auf dem Sklavenmarkt einen guten Preis erzielen."

Gabriel wurde von blinder Wut gepackt. Er entdeckte das Messer, das im Stiefelschaft des Mannes steckte und stürzte sich darauf.

Der Riese wich zurück, aber Gabriel hatte das Heft zu fassen bekommen und riss die Waffe aus dem Stiefel. Wild schwang er es über seinem Kopf und zielte auf das Gesicht des Mannes.

„Hoppla, Junge.“ Der Mann stolperte nach hinten, und beinahe hätte er Eleanor fallen gelassen. Ihre Augenlider begannen zu flattern.

Keuchend holte Gabriel erneut aus. Er versetzte dem Mann einen Schnitt über die Wange, dann verfing sich das Messer in dem Ohrring. Sieg! Der Ohrring flog klirrend zu Boden, ein blutiges Stückchen Fleisch hing daran. Ja!

Aufbrüllend ließ der Barbar Eleanor los, sodass sie hart auf die Erde aufprallte. Er zog den kurzen Krummdolch aus seinem Gürtel und machte einen Satz nach vorn. Die Klinge fuhr über Gabriels Finger und trennte den kleinen vollständig ab. Mit einem Schrei ließ er das Messer fallen. Warmes Blut strömte über seine Handfläche, und seine Zähne schlugen aufeinander.

„Gabriel“, stöhnte seine Schwester und schlug die Augen auf. „Hilf mir.“

„Lauf weg, Eleanor, schnell.“ Gabriel umklammerte seine verletzte Hand und sah noch, wie sich der Riese auf ihn stürzte. Dann verschwamm alles vor seinen Augen. Kies und kleine Zweige stoben auf. Gabriel taumelte nach hinten, und das Ungeheuer hob seine gewaltige Faust.

Dann wurde es schwarz um ihn.

Als er wieder zu sich kam, war seine Schwester verschwunden.

6. KAPITEL

Benötigt Ihr noch einen Moment der Ungestörtheit, bevor wir uns schlafen legen?“

Ariana zuckte zusammen. Gabriel hatte regungslos in die Flammen gestarrt, sodass seine unvermittelt gestellte Frage sie erschreckt hatte. Was mochte wohl hinter seiner Stirn vor sich gegangen sein? Von welchen Dämonen war er heimgesucht worden?

Er stand auf. Ein angespannter Zug lag auf seinem Gesicht, und er umklammerte die Armbrust so fest, dass seine Fingerknöchel weiß hervortraten. Trotz der Verstümmelung wirkte seine Hand vollkommen einsatzfähig. Seine langen Beine waren muskulös und kraftvoll, und Ariana wusste bereits aus Erfahrung, wie schnell er laufen konnte.

Aber – er war ganz ruhig. Welch höllische Erinnerungen er auch immer durchlitten haben mochte, seine Gefühle hatte er trotzdem noch vollständig unter Kontrolle. Einen beinahe unwirklichen Augenblick lang wünschte sie, sie wären keine Feinde. Doch sie beharrte nicht darauf, dass er ihr verriet, was er gedacht hatte. Er hatte ihr gesagt, dass seine Schwester verschleppt worden war, als er noch ein Kind gewesen war. Das musste genügen. Sie wollte kein Mitgefühl für ihn entwickeln. Es würde ja auch nicht viel an der Situation ändern – vor Tagesanbruch war sie längst fort.

Sobald er eingeschlafen war, würde sie anfangen, Stück für Stück den Knoten zu lockern. Wenn sie sich mit äußerster Vorsicht bewegte, könnte sie den Fuß aus der Schlinge ziehen, selbst wenn Gabriel unmittelbar neben ihr lag. Die Fackel würde sie mitnehmen, um die Dunkelheit zu vertreiben. Geduld, sagte sie sich. Es war nur noch eine Frage der Zeit, bis er einschlief.

Gabriel legte die Armbrust auf dem Baumstamm ab. „Ich

werde das Seil verlängern, wenn Ihr Euch ein wenig zurückziehen wollt, aber versucht ja nicht, zu fliehen."

Sie nickte und war froh, dass er ihr ein wenig Freiraum verschaffte. Als Gabriel sich vor sie kniete und ihre Wade umfasste, versuchte sie, nicht zusammenzuzucken. Seine warmen Hände ließen sie dennoch erschauern. So weit sie konnte, lehnte sie sich zurück und redete sich ein, dass er *nicht* ihren Knöchel streichelte, und dass sie es auch nicht ganz tief in ihrem Innern genoss, von einem so starken und gut aussehenden Mann berührt zu werden. Sie erschrak über die Richtung, in die sich ihre Gedanken bewegten, und wich abrupt zurück.

„Meine Hand ist verkrüppelt, aber nicht giftig." Verbitterung schwang in seiner Stimme mit.

Sie schämte sich, weil sie unbeabsichtigt Salz in seine alten Wunden gestreut hatte – und weil sie so etwas wie Verlangen nach ihm gespürt hatte. „Ihr habt das missverstanden, ich …"

Sollte sie ihm erklären, dass es ihre Gefühle waren, die ihr Angst machten, und nicht etwa seine Hand? Nein, lieber nicht. Es änderte ohnehin nichts zwischen ihnen.

Mit geübten, sachlichen Bewegungen legte er ihr das Seil wieder an und hielt das andere Ende locker in der Hand. „Geht. Ihr habt Zeit, bis ich bis zweihundert gezählt habe."

Ihr fehlte einfach die Kraft, sich über ihn zu ärgern. Immerhin bot er ihr an, sich in Würde zurückzuziehen – das war mehr, als ihr je von ihren Ehemännern vergönnt worden war.

Rasch verschwand sie im Gebüsch. Das Seil scheuerte auf ihrer Haut, und Ariana fand es schrecklich, wie ein Haustier an der Leine gehalten zu werden. Dennoch hatte dieses Seil, das sie mit ihm verband, auch etwas Tröstliches: Gabriels Gegenwart nahm ihr etwas von ihrer Angst im Dunkeln.

Nachdem sie sich erleichtert hatte, kehrte sie ans Lagerfeuer zurück. Gabriel stand über die Feuerstelle gebeugt und stocherte in der Asche. Das andere Ende des Seils hatte er an seinem Gürtel befestigt.

„Kommt“, sagte er und richtete sich auf. „Es ist Zeit, schlafen zu gehen.“

Ihr wurde heiß, als er ihre Hand nahm und sie dorthin führte, wo er das Laub zu einem Lager aufgeschichtet hatte. Ihr Häscher. Ihr Beschützer.

Bei Morgengrauen bin ich weit fort und brauche nie wieder an ihn zu denken, rief sie sich streng zur Vernunft.

Gabriel nahm jetzt das andere Ende des Seils und band es ihr um ein Handgelenk.

„Das ist nicht nötig“, sagte sie und entzog ihm ihre Hand. „Es ist dunkel, und ich bin eine unbewaffnete Frau.“

„Unbewaffnet vielleicht, aber gewiss zu leichtsinnig, um sich dementsprechend zu verhalten“, widersprach er. „Eure Hand, bitte.“

Sie schüttelte den Kopf. Wenn sie auch noch an den Händen gefesselt war, konnte sie unmöglich die Knoten lösen. „Allein kann ich hier im Wald ohnehin nirgends hingehen.“

Er wartete ab.

„Das Seil ist doch schon an meinem Knöchel festgebunden“, flehte sie. „Was ist, wenn wir überfallen werden?“

Er zog die Augenbrauen hoch, als hätte er ihre fadenscheinige Ausrede längst durchschaut. „Eure Hände, Ariana.“

Ihre Hoffnung, fliehen zu können, zerschlug sich. Sie wusste, es war sinnlos, sich gegen ihn aufzulehnen. Schweigend hielt sie ihm die Handgelenke hin.

„So ist es gut.“ Seine tiefe Stimme ließ sie erschauern, und seine Finger um ihre Arme fühlten sich warm und stark an. Das Seil hob sich dunkel von ihrer weißen Haut ab, und sie zuckte schmerzerfüllt zusammen, als Gabriel den Strang fester zuzog. Hätte sie sich doch vorher nicht so heftig gewehrt. Sie hätte sich nicht so von ihrem Zorn übermannen lassen dürfen. Vielleicht hätte er ihr dann jetzt mehr Vertrauen entgegengebracht.

„Tut Euch das weh?“ Er sah ihr in die Augen.

Sie zuckte die Achseln und spürte dabei das Dokument in ihrem Mieder. „Würde das denn irgendetwas ändern?“

Er hielt in der Bewegung inne und beugte sich vor. „Ja.“

Überrascht hob sie den Kopf. Sie hatte sich schon so an sein ständiges Nein gewöhnt, dass sie zuerst glaubte, sich verhört zu haben. Langsam löste er das Seil wieder und schlang es sich um seinen Arm. Ein Hochgefühl wegen dieses so leicht errungenen Sieges breitete sich in ihr aus. Möglicherweise war er doch leichter zu beeinflussen, als sie geglaubt hatte.

Mit einer geschmeidigen Bewegung griff er nach dem Saum seines Wamses und zog es sich über den Kopf.

Ihr Atem stockte beim Anblick dieses vom Kampf gestählten Körpers, und sie riss die Augen auf. Er sah ganz anders aus als die Männer, die sie kannte. Vor allem als ihre Ehemänner. Keine runzlige Haut. Kein wabbeliger Bauch. Muskeln unter straffer, gebräunter und von vielen feinen Narben gezeichneter Haut. Seine Brust war unbehaart, nur ein feiner dunkler Haarstreifen zog sich von seinem Nabel nach unten und verschwand im Bund seiner schwarzen Lederbeinlinge.

Sie bekam eine Gänsehaut, als sich die unterschiedlichsten Empfindungen in ihr ausbreiteten. Furcht. Verlangen. Sehnsucht. Erschrecken.

Sie hätte sich ohrfeigen können. Sie war keine errötende Braut, die angesichts von so viel Männlichkeit weiche Knie bekam. Auch war sie kein unschuldiges Lamm mehr, das noch nicht wusste, welche Schmerzen die Urtriebe eines Mannes einer Frau bereiteten. Sie widerstand tapfer dem Bedürfnis, den Blick abzuwenden, denn Gabriel sollte nicht glauben, seine nackte Brust hätte sie aus der Fassung gebracht.

Er lachte leise. „Während es Euch stört, wenn ich Euch ‚anstiere‘, scheint Ihr es wiederum sehr zu genießen, *mich* anzustieren, Mylady.“

Verärgert über sich selbst, drehte sie sich um. „Ich habe Euch nicht angestiert“, log sie, gereizt, weil er ihren eigenen Ausdruck nun gegen sie verwendete.

„Doch, das habt Ihr.“

„Habe ich nicht.“

Jetzt lachte er lauthals, und Ariana hielt sich die Hand vor den Mund, um keine Bemerkung zu machen. Heute Nacht, beschwichtigte sie ihren verletzten Stolz, würde sie fliehen, und sie müsste sich nicht mehr mit ihm auseinandersetzen.

Gabriel schlang sein Wams als Polster um ihre Handgelenke, ehe er ihr erneut das Seil anlegte. Anschließend half er ihr auf das Lager und setzte sich neben sie. Die Blätter raschelten unter ihnen, als sie sich zum Schlafen ausstreckten. Ariana drehte sich auf die Seite und kehrte ihm den Rücken zu. Sie war fest entschlossen, nicht einzuschlafen.

Stunden später wand sie die Hände vorsichtig hin und her, während Gabriel leise neben ihr schnarchte. Seine Züge wirkten weicher, fast entspannt, und Ariana staunte, dass er so fest schlafen konnte. Die kühle Nachtluft schien ihm nichts anhaben zu können, obwohl er kein Wams trug.

Ariana hatte noch nie zuvor im Freien geschlafen, und sie musste feststellen, dass jedes Geräusch sie wach hielt. Auch war es sehr unbequem, auf dem Boden zu liegen. Durch das Polster des Wamses hatte sie etwas mehr Spielraum für ihre Hände, als sie sich weiter abmühte, sich von dem Seil zu befreien. Viel Zeit blieb ihr nicht mehr, aber mit etwas Glück reichte diese aus.

Nebel stieg vom Waldboden auf und waberte in weißen Schwaden zwischen den Bäumen. Am Rand der Lichtung dösten die Pferde vor sich hin.

Mit einem lauten Seufzer drehte Gabriel sich um. Ariana wartete, bis sein Atem wieder gleichmäßig ging, ehe sie weitermachte. Trotz des Wamses scheuerte das Seil schmerzhaft an ihren Gelenken. Ihre Hände schwitzten vor Anstrengung.

Die Zeit verstrich. Der Nebel wurde dicker, ein schmaler rosa Streifen zeigte sich am Horizont. Immer lockerer wurde das Seil, und schließlich gelang es Ariana, ganz langsam eine Hand aus der Schlinge zu ziehen. Gott sei Dank. Sie nahm sich fest vor, die Gaben an die Kirche zu verdoppeln.

Ihr Herz klopfte zum Zerspringen. Die Freiheit war in greifbare Nähe gerückt. Ein wildes Triumphgefühl durchzuckte sie. Einen übermütigen Moment lang sehnte sie sich danach, dem schlafenden Gabriel einen Tritt zu versetzen.

Er zuckte im Schlaf zusammen, als ahnte er etwas von ihren Gedanken. Sie hielt den Atem an. *Ich habe es nicht so gemeint. Ich habe es nicht so gemeint. Schlaf weiter.*

Er begann erneut zu schnarchen.

Erleichtert konzentrierte sie sich auf ihr weiteres Vorgehen. Dieses Mal würde sie dafür sorgen, dass er sie nicht zu Pferd verfolgen könnte.

Lautlos schlich sie durch das Gras und setzte dabei vorsichtig die Füße auf den Boden, damit keine Zweige unter ihren Schritten knackten. Ihr vom Nebel feuchtes Gewand klebte an ihrem Körper. Behutsam raffte sie den Saum und huschte zu den Pferden hinüber. In ihrer Satteltasche fand sie den Apfel und schob ihn sich ins Mieder. Mit etwas Glück hatte Gabriel die Wahrheit gesagt, und sein Hengst war wirklich so versessen auf dieses Obst. Sacht legte sie die Hand über Laceys Nüstern, damit das Tier nicht zu wiehern anfing. „Schsch …“, besänftigte sie die Stute und hoffte, dass Gabriel nicht wach würde.

Sie war schon lange nicht mehr ohne Sattel und Zaumzeug geritten, aber sie konnte darüber nicht weiter nachdenken. Sie nahm den Strick, mit dem Lacey angebunden war, und warf ihn der Stute als behelfsmäßigen Zügel über.

Gabriels Hengst stampfte mit den Hufen, und Ariana sah angstvoll zu ihrem Häscher hinüber. Gabriel schnarchte laut auf. Ein Glück. Sie band den Hengst vom Baum und zog an seinem Strick. „Nun komm schon, mein Junge", beschwor sie ihn flüsternd.

Er gehorchte nicht und schüttelte den mächtigen Kopf; offensichtlich war er unentschlossen, ob er ohne seinen Herren gehen sollte.

Auf Arianas Stirn bildeten sich Schweißtropfen. „Es ist alles gut, Pferd", flüsterte sie beschwichtigend und fand es erneut seltsam, dass das Tier keinen Namen hatte.

Der Hengst beruhigte sich etwas. Sie schwang sich auf Laceys Rücken und trieb die Stute in den Wald hinein.

Der Hengst wieherte laut und widerstrebend. Erneut stampfte er mit den Hufen, bockte und biss Lacey schließlich in die Flanke. Die Stute tat einen erschrockenen Satz nach vorn.

Verzweifelt zerrte Ariana an Laceys Zügeln und an der Leine des Hengstes. *Los, weiter. Weiter.*

„Halt", rief Gabriel und sprang auf. Er war noch so benommen vom Schlaf, dass er leicht schwankte, doch im selben Moment begann er auch schon, auf sie zuzurennen.

Ariana zog den Apfel aus ihrem Mieder, biss ein Stück ab und hielt ihn dem Hengst hin, damit er die Witterung aufnehmen konnte. Hoffentlich stimmte es, was Gabriel gesagt hatte. „Komm", bettelte sie und trieb Lacey zum Trab an. „Los."

Gabriel hatte sie erreicht, seine Hand streifte bereits ihren Oberschenkel.

Ariana packte die Leine des Hengstes fester und trieb Lacey weiter an. „Lauf, Mädchen, lauf!"

Gabriel hechtete nach Laceys Halfter, wurde aber umgestoßen, als die Pferde in Galopp verfielen. Ja! Sie hatte es geschafft.

„Halt, Ariana!", brüllte er ihr nach. „Diese Wälder sind gefährlich."

Sie warf einen kurzen Blick über ihre Schulter und sah, dass er ihr hinterherlief. Sein Haar war wirr und zerzaust, und in seinen Augen lag ein Ausdruck völliger Überraschtheit. Das geschah ihm recht.

„Es ist gefährlich", schrie er noch einmal.

Innerhalb kürzester Zeit war sie für ihn uneinholbar geworden, doch immer, wenn sie sich umsah, musste sie feststellen, dass er ihr weiterhin folgte.

Wenig später hatte sie die mit Steinen gepflasterte Straße erreicht. Ihr Herz jubelte. Bald war sie wieder zu Hause. Sie würde dafür sorgen, dass Jason in Sicherheit wäre, vielleicht sogar mit ihm auf den Kontinent fliehen, bis sich die Spionagegerüchte gelegt hatten. Gabriel machte sie bestimmt irgendwann ausfindig, aber dann würde sie vorbereitet sein.

Ein buckliger Mann in zerrissener Kleidung sprang plötzlich mit einem knorrigen Stock in der Hand vor ihr auf die Straße. Er trug einen kurzen, schmutzigen Umhang mit einer Kapuze, die sein Gesicht verbarg. Dreck klebte an seinen bloßen Füßen.

Ariana brach der kalte Schweiß aus, als der Mann den Stock wegwarf und sich auf sie stürzte. Seine schmutzigen Finger griffen nach Laceys Zügeln. Der Geruch von Schafsmist und ungewaschener Haut stieg ihr in die Nase. Ihr wurde schwindelig vor Angst. Tief beugte sie sich über Laceys Hals, um nicht vom Pferd zu fallen. Die Leine des Hengstes ließ sie los, und das Tier ergriff die Flucht.

Jetzt hatte der Wegelagerer sie am Bein gepackt. Er streifte die Kapuze ab und richtete sich auf. Statt eines alten gebeugten Mannes stand ein großer junger Landstreicher mit fettigem blonden Haar und struppigem Bart vor ihr.

Erschrocken riss Ariana die Zügel nach links herum. „Nein!"

„Jetzt, Männer!", brüllte er und hielt ihre Wade mit seinen Fingern fest umschlossen.

Im Gebüsch regte sich etwas, und Ariana schrie laut auf. Zwei weitere Wegelagerer rannten auf sie zu – ein untersetzter pockennarbiger Mann und ein dünner drahtiger mit einem funkelnden Schwert. Schon hatten sie Ariana umringt.

Lacey bäumte sich wiehernd auf, und Ariana klammerte sich nach Leibeskräften an sie, um nicht abgeworfen zu werden. Sechs Hände packten sie und zerrten sie vom Pferd.

Das Grünbraun der Erde und das Blau des Himmels verflossen ineinander. Großer Gott, warum war sie bloß nicht bei Gabriel geblieben?

7. KAPITEL

Sie trat nach dem am nächsten stehenden Mann, ohne ihn zu treffen. Mit der Hüfte prallte sie auf den Steinen auf, und durch ihren Knöchel zuckte ein scharfer Schmerz. Ihre Stute scheute und trabte auf den Wald zu.

„Fangt die Pferde wieder ein“, brüllte der Blonde.

Der Untersetzte bekam Laceys Zügel zu fassen und zerrte das Tier zu sich herum.

Der Blonde packte Arianas Oberarm. „Hab anscheinend eine vornehme Dame erwischt.“

„Lasst mich los!“ Sie konnte nur mit Mühe stehen, ihr tat das Bein von der Hüfte bis zum Fuß weh. Prompt stolperte sie und fiel erneut hin. Sie hätte Gabriel niemals verlassen dürfen. Der Unhold grinste sie an. „Nein!“ Ihr Atem ging stoßweise vor Angst, ihre Lungen schmerzten.

Er drehte sich um und zog sie hinter sich her Richtung Wald. „Kommt, Männer“, rief er mit dröhnender Stimme. „Wollen wir mal sehen, was sich unter diesen feinen Gewändern verbirgt.“

„Lasst mich los!“ Das blaue Seidengewand riss noch tiefer ein, ihre Knie schürften über die Steine. Das Haar flog ihr ins Gesicht, sodass sie zeitweise nichts sehen konnte. Verzweifelt versuchte sie aufzustehen.

Der Mann lachte nur und zerrte sie weiter, wieder verlor sie das Gleichgewicht. Ariana vernahm das Geräusch von reißendem Stoff, und ein kühler Hauch streifte ihre Brust. Beim Anblick ihres entblößten Busens weiteten sich die Augen des Wegelagerers begehrlich. *Großer Gott, lass Barmherzigkeit walten!*

Er hielt sie fest und streckte die Hand nach ihr aus. Ariana raffte das Gewand über der Brust zusammen und wich zurück, doch der Mann verzog die Lippen zu einem hässlichen Lächeln. „Ich sehe Euch an, wann immer ich will.“

„Verschwindet." Sie schwenkte die Arme und versuchte, mit den Fingernägeln sein Gesicht zu erreichen. Ihr Herz klopfte so stark, dass es ihr aus der Brust zu springen drohte.

Er fegte ihre Hände einfach beiseite und riss ihr das Gewand bis zur Taille auf.

„Nein!" Sie wehrte sich nach Leibeskräften und kratzte ihm mit den Nägeln über die Wange.

„Miststück." Blut rann ihm über das Kinn. „Das werdet Ihr mir büßen." Er holte weit mit der Hand aus.

Ihre Zähne schlugen aufeinander, als der Hieb sie mit großer Wucht traf. Das halbe Gesicht brannte vor Schmerzen. Mit einem Schrei trat sie nach seinem Schienbein, und tatsächlich ließ er sie los. Durch den Schwung verlor sie das Gleichgewicht und stürzte rückwärts zu Boden. Stöhnend versuchte sie, sich auf die Seite zu rollen. Sie musste aufstehen, fliehen.

Mit einem hämischen Lachen ließ sich der Mann mit seinem ganzen Gewicht auf sie fallen. „Nein!", schrie sie erneut. Der Mann fuhr grob mit seinen schmutzigen Fingernägeln über die empfindlichen Spitzen ihrer Brüste, und der Schmerz verschlug ihr fast den Atem. „Hört auf!"

Von irgendwo hinter sich vernahm sie die Stimme des Pockennarbigen. „Lass etwas von ihr über, Hugo. Wir wollen auch noch was von ihr haben."

Statt einer Antwort grunzte der Blonde nur und kniff brutal die zarte Knospe. Ein messerscharfer Schmerz durchzuckte ihre Brust. „Liegt still", befahl der Blonde und grinste anzüglich.

„Nein. Bitte."

Er griff noch fester zu. „Liegt still, sage ich."

Eiskalte Furcht bemächtigte sich ihrer. Ihre Brust schmerzte fast unerträglich. Es war wie tausend andere Male zuvor. Ein Mann benutzte eine Frau. So war es nun einmal im Leben. Verzweifelt rief sie sich das Wiegenlied ihrer Mutter ins Gedächtnis, um sich von dem loszulösen, was mit ihrem Körper geschah.

Der Mann gab einen erstickten Laut von sich und brach über ihr zusammen. Sein blonder Bart kratzte an ihrem Hals wie raue Wolle. Mit aller Kraft schob sie sein Gewicht von sich. Erst jetzt merkte sie, dass er tot war. Sie riss überrascht die Augen auf. Ein Bolzen hatte seinen Hals vom Nacken bis zur Kehle durchbohrt. Blut rann aus der Wunde auf den Boden.

Gabriel! Gabriel hatte sie gefunden.

„Was geht hier vor?“, brüllte der Pockennarbige und sah sich lauernd in sämtliche Richtungen um. Er nahm eine abwehrende Körperhaltung ein und wirkte so noch bulliger als ohnehin. Die Flügel seiner breiten Nase bebten.

„Wer ist da?“, rief der dritte Wegelagerer. Er duckte sich und zog das Schwert, das fast armlang war. Im Wald herrschte Totenstille, während er sich nach allen Seiten umsah.

Arianas Herz klopfte. Vorsichtig versuchte sie, aus der Zielgeraden zu kriechen. Vielleicht gelang es ihr ja, Schutz hinter den dickeren Bäumen zu finden. Als sie sich eben erheben wollte, stürzte sich der Pockennarbige auf sie und bekam eine Strähne ihres Haares zu fassen.

„Zeigt Euch!“, rief er in den Wald hinein. Seine Miene war angespannt vor Wachsamkeit. Er wickelte sich Arianas Locken fest um die Hand, und riss ihren Kopf brutal nach hinten.

Stille. Dann ein leises Rascheln von Blättern und das weiche Sirren eines abgeschossenen Bolzens.

Das Brennen auf ihrem Kopf ließ nach, als der Griff des Pockennarbigen erschlaffte. Der Mann brach zusammen, zuckte noch einmal und lag dann ebenfalls tot neben seinem Kameraden. Aus seiner Brust ragte der Bolzen.

Zweige knackten, und Gabriel trat aus dem Wald. Sein Oberkörper war nackt, Gesicht und Brust schmutzverschmiert. Der Schweiß rann in Strömen an ihm herab, und sein Gesicht war zu einer hasserfüllten Maske erstarrt.

Doch noch nie in ihrem Leben hatte sie einen Mann schöner gefunden als ihn in diesem Augenblick. Ein beinahe schwereloses Gefühl der Erleichterung durchströmte sie.

„Was zum ...“ Der dritte Mann fuhr zu Gabriel herum. Anders als seine Kameraden zeigte er keine Furcht, wilde Entschlossenheit glomm in seinem Blick auf. Zuversichtlich hielt er sein Schwert gezückt.

Ariana biss sich beunruhigt auf die Unterlippe. Gabriel blieb keine Zeit, seine Armbrust neu zu spannen. Ohne zu zögern zog er das Messer aus der Scheide an seinem Bein. Der Wegelagerer sah von seinem Schwert zu Gabriels Messer und grinste höhnisch. Arianas Herz setzte einen Schlag aus. Die Waffe des Unholds war gut dreimal so lang wie die ihres Beschützers. Die Männer umschlichen sich wie zwei lauernde Raubtiere.

Ariana überlegte fieberhaft. Eigentlich sollte sie jetzt fortlaufen – oder besser kriechen, in Anbetracht ihres verletzten Knöchels. Selbst wenn Gabriel aus diesem Kampf als Sieger hervorgehen sollte, so waren sie doch immer noch Feinde. Andererseits verstieß es gegen ihren Ehrbegriff, ihren Retter einfach so im Stich zu lassen.

Unvermittelt schoss das Schwert des Dürren nach vorn, die Spitze zielte genau auf Gabriels Herz. Dieser tat einen Satz zur Seite, und die Klinge traf seine Schulter.

Ariana stockte der Atem. Blut rann an Gabriels Arm herab. Der Wegelagerer lachte und griff erneut an. Dieses Mal wurde ein langer Schnitt auf Gabriels Unterarm sichtbar. Dann ein weiterer an seinem Bein. Stück für Stück wurde er in die Enge getrieben; durch die Länge seines Schwerts war der andere Mann ganz klar im Vorteil.

Hastig suchte Ariana den Boden nach einem Stock oder Gesteinsbrocken ab, um Gabriel zu Hilfe zu kommen. Sie griff nach einem abgebrochenen Ast, der so dick war wie das Handgelenk eines kräftigen Mannes. Mühsam richtete sie sich auf und schwang ihn über ihrem Kopf. Ihr Knöchel schmerzte fast unerträglich, trotzdem humpelte sie auf die beiden Männer zu.

Blätter raschelten unter ihren Füßen, und der Vagabund fuhr mit vor Hass verzerrter Miene zu ihr herum. Gabriel nutzte dies aus. Im nächsten Moment war er bei ihm und stieß dem Wegelagerer das Messer tief in die Seite – genau in dem Augenblick, als Ariana den Ast auf seinen Kopf herabsausen ließ.

Keuchend ging der Wegelagerer in die Knie, seine Arme sanken schlaff herab. Blut strömte aus der Bauchregion und aus der Wunde am Kopf. Er zuckte noch zweimal, ehe er leblos vornüber zu Boden stürzte.

Der Gestank des Todes stieg ihr in die Nase. Arianas Magen krampfte sich zusammen, und sie schmeckte bittere Galle. Sie hielt sich die Hand vor den Mund und schluckte gegen den Würgereiz an.

„Tief durchatmen, Mädchen." Gabriel legte seine Arme schützend um sie, die Wärme seines Körpers hüllte sie ein. Ihr Verstand forderte sie auf, sich ihm zu widersetzen, zu fliehen. Zwischen ihnen hatte sich schließlich nichts geändert. Sie war immer noch seine Gefangene. Er war immer noch ihr Häscher.

Sie zitterte jedoch am ganzen Leib, und die Wärme, die von ihm ausging, tat so unsagbar gut. Er hatte ihr das Leben gerettet. Und sie hatte ihm das Leben gerettet. Und dadurch war jetzt alles irgendwie anders geworden.

Also schloss sie die Augen und schmiegte sich in seine Umarmung. Wie wunderbar es sich anfühlte, von seiner Kraft eingehüllt zu sein … Sie barg das Gesicht an seiner Brust, und sein Duft überlagerte den beißenden Geruch von Gewalt, der noch in der Luft lag. Sie hätte ewig so stehen bleiben können.

„Ich fühle mich so schmutzig."

„Alles ist gut, Ariana. Ihr seid in Sicherheit."

„Er … er …"

Gabriel drückte sie fester an sich. „Er ist tot. Er kann Euch nie wieder etwas zuleide tun."

Lange Zeit standen sie schweigend da. Gabriel machte keine Anstalten, sie loszulassen. Ganz langsam ließ ihr Zittern nach. Das Blut strömte wieder in ihre Beine, und ihre Knie schlugen nicht mehr gegeneinander.

Der Anstand hätte geboten, dass er sie jetzt losließ, aber nichts dergleichen geschah. Er war ein Bastard und ein Barbar, der sich nicht an die gesellschaftlichen Regeln zu halten brauchte. Bei diesem Gedanken bekam sie eine Gänsehaut.

Ariana versuchte, Ordnung in ihren Kopf zu bringen. Ihr Blick fiel auf die Verletzungen an seiner Schulter und seinem Unterarm. „Ihr ... Ihr blutet", stammelte sie.

„Das sind nur ein paar Kratzer."

Als sie andeutete, sich aus seiner Umarmung lösen zu wollen, gab er sie, anders als erwartet, ohne zu zögern frei. Durch ihren verletzten Knöchel schwankte sie.

„Vorsichtig, Ariana." Er half ihr, sich auf einen Baumstumpf ganz in der Nähe zu setzen. Dann kehrte er zu dem Toten zurück und zog ihm das Messer aus der Seite. Seine Bewegungen waren sachlich und kontrolliert, seine Miene völlig gelassen. Blut benetzte seine Hand, als er ruhig die Messerklinge an dem Gewand des Toten abwischte. Im Gegensatz zu Ariana, schien ihm weder der Anblick der Leiche noch der metallische Geruch des Blutes etwas auszumachen.

Sie beobachtete ihn mit großen Augen, ließ den Blick über seinen breiten Oberkörper und die muskulösen Oberarme schweifen. Spürte er seine Verletzungen gar nicht?

Er war ein Auftragsmörder. Der Jäger des Königs. Töten war für ihn eine Selbstverständlichkeit. Und sie hatte eben in dem Wohlgefühl geschwelgt, das seine starken Arme ihr vermittelt hatten.

Gabriel sah sie an, in seinen grünen Augen spiegelte sich

Entschlossenheit wider. „Es war sehr töricht, Euch von mir zu entfernen."

Dem konnte sie nicht widersprechen.

Er streckte den Arm nach ihr aus. „Kommt."

Mühsam zwang sie sich, aufzustehen und ein paar Schritte zu gehen, doch der stechende Schmerz in ihrem Bein ließ das nicht zu. „Mein Knöchel ist verletzt."

„Euer Knöchel?" Besorgt zog er die Brauen hoch.

„Es ist passiert, als ich von Lacey gefallen bin."

Er kniete sich vor sie und nahm ihren Fuß in die Hand.

Sie erstarrte.

Ganz behutsam begann er, ihn abzutasten. „Ich glaube nicht, dass er gebrochen ist, aber er muss behandelt werden."

Er stand auf und schlang stützend den Arm um ihren Oberkörper – eine besitzergreifende Geste, wie sie fand. Diese hätte ihr Angst machen und Kraft zur Flucht verleihen müssen, doch seine Wärme wirkte seltsam beruhigend auf sie. Sie stellte fest, dass sie sich gar nicht mehr gegen ihn wehren *wollte.*

„Ich bin schmutzig", wandte sie ein.

„Ich auch." Er drückte sie fester an sich.

Einen Augenblick lang sah sie ihn an, und sie staunte, wie sicher sie sich in seinem Arm fühlte. Ein erregender Schwindel bemächtigte sich ihrer.

„Kommt, Ihr braucht keine Angst vor mir zu haben. Ich kenne einen Ort, wo wir uns waschen können", verkündete er.

Es war, als hätte der Teufel selbst sie betört. Der sanfte, warme Klang seiner Stimme hüllte sie voll und ganz ein, und sie erbebte, als sich lang vergessene Sehnsüchte wieder in ihr Bewusstsein drängten.

„Gott stehe mir bei", murmelte sie vor sich hin, als sie den Arm um seine Taille legte. „Dann führt uns dorthin."

Mit den Fingern zog Gabriel das zerrissene Mieder über ihrer Brust zusammen. Ariana blickte an sich herab. Oje, eine der rosigen Knospen ihrer Brüste lugte noch hervor, aufgerichtet durch die kühle Morgenluft. Ihre Wangen glühten, als sie am Stoff ihres Gewandes herumnestelte, um sich zu bedecken. Vor Scham wäre sie am liebsten im Erdboden versunken.

Ein verschmitztes Lächeln umspielte seine Mundwinkel, als er sich zu ihr beugte. „Es ist alles gut. Nichts wird Euch geschehen." Mit den Lippen streifte er ihre Wange.

Vielleicht hatte er sie mit dem Kuss nur trösten wollen, doch in dem Moment, als seine Lippen ihre Haut berührten, geriet die Welt aus den Fugen, es war, als wären sie beide vom Blitz getroffen worden. Ariana legte den Kopf in den Nacken. Flüchtig empfand sie ihren Größenunterschied als störend, doch dann schlang Gabriel plötzlich beide Arme um sie und hob sie an. Mit dem Mund streifte er ihre Wangen und fand schließlich ihre Lippen. Ihr war, als wirbelte sie durch die Luft, immer höher, dem Himmel entgegen. Hingebungsvoll hielt sie sich an ihm fest.

Er küsste sie voller Leidenschaft und brachte sie dazu, ihm ihre Lippen zu öffnen. Wie hätte sie ihm widerstehen können? Sie spürte seine warme Zunge in ihrem Mund, und sengende Glut strömte durch ihre Adern.

8. KAPITEL

Stirnrunzelnd betrachtete er die Frau in seinen Armen. Sie wirkte irgendwie ... benommen, wie ein wunderschöner, verletzter kleiner Vogel. Verdammt, er hatte sie nur trösten, aber nicht gleich so leidenschaftlich küssen wollen.

Er räusperte sich. „Das wollte ich nicht."

Ariana errötete und senkte den Kopf.

Verflucht. „Es tut mir leid, ich ..." Er wusste nicht weiter. Er hatte ihren geschwächten Zustand wirklich nicht ausnutzen wollen. Das hier war weder der richtige Ort noch der richtige Zeitpunkt für derartige Dinge.

Er stieß einen Pfiff aus, und sein Pferd wurde zwischen dem Gebüsch sichtbar. Wenigstens das lief so, wie es sollte. Er sah zum Himmel hinauf. Es ging auf Mittag zu, und die Sonne begann, die Wolken aufzulösen.

Gabriel trug sie zu seinem Hengst.

Ariana erstarrte. „Was habt Ihr vor?"

„Ihr solltet den Fuß nicht belasten, ehe wir ihn versorgt haben."

Sie nickte und war sichtlich erleichtert, dass vom Küssen nicht mehr die Rede war. Angestrengt hielt sie ihr zerrissenes Mieder zusammen. „In meiner Satteltasche sind Verbandzeug, Nadel und Faden."

„Ich musste den Sattel und unseren Proviant an unserem Lagerplatz zurücklassen, um Euch unverzüglich nacheilen zu können."

Gabriel stieg über einen umgestürzten Baumstamm und sah ihr ins Gesicht. Diese Frau stürzte ihn in allergrößte Verwirrung. Seiner Erfahrung nach waren Damen von Adel ichbezogen und nur auf ihre eigenen Vorteile bedacht. Diese hier jedoch hatte einen Mann mit einem Knüppel niedergeschlagen, obwohl sie dadurch das blieb, was sie war – eine Gefangene. Dass sie ihn hatte *retten* wollen, verstörte ihn. Sein Leben lang war es immer so gewesen, dass jemand – seien es seine Geschwister, der König oder ein Freund – seinen Schutz gebraucht hatte; noch nie hatte jemand versucht, *ihn* zu schützen. Ganz gleich, was die Zukunft auch bringen mochte, er würde nie wieder den Ausdruck wilder Entschlossenheit auf ihren Zügen vergessen, als sie dem Schurken den Knüppel übergezogen hatte.

Ihr Gewicht auf seinen Armen fühlte sich gut an. Obwohl ihr noch der Geruch des Wegelagerers anhaftete, konnte er dahinter einen zarten Rosenduft wahrnehmen. Was, zum Teufel, sollte er bloß mit ihr machen?

Ariana.

Ariana, die Dame.

Ariana, der Spion der Nacht.

Keine dieser Bezeichnungen passte zu ihr. Alle diese Bezeichnungen passten zu ihr. Er seufzte tief. Er brauchte unbedingt Antworten. Seine Nachforschungen hatten ergeben, dass sie die Person war, die im Privatleben der Höflinge herumschnüffelte, doch irgendwie ergab das keinen rechten Sinn. Welchen Nutzen mochte eine wohlhabende Dame daraus ziehen, schmutzige Geheimnisse aufzudecken? Dem edlen Tuch ihrer Gewänder nach zu urteilen, war sie vermögend genug und auf zusätzliches Geld nicht angewiesen. Sie machte auf ihn auch nicht den Eindruck einer Erpresserin. Wenn sie also niemanden unter Druck setzte, wer dann? Und warum?

Er ermahnte sich, geduldig zu sein. Nachdem sie gebadet hatten und ihr Knöchel versorgt worden war, bliebe genug Zeit zum Reden. Er kannte einen verwunschenen Ort, an den er sie bringen wollte, nachdem sie das andere Pferd gefunden und ihre Habseligkeiten eingesammelt hatten.

Als die untergehende Sonne den Horizont in flammendes Rot tauchte, machte Gabriel Halt und schwang sich von seinem

Hengst. Sie waren zurück zum Lager geritten, wo sie ihre Sachen zusammengepackt und gegessen hatten. Er trug jetzt wieder sein Wams, aber das ärmellose Kleidungsstück betonte seine männliche Ausstrahlung höchstens noch mehr.

Die Abendsonne warf ihre letzten Strahlen auf ihn und verlieh ihm ein beinahe unwirkliches Aussehen, als er jetzt auf sie und Lacey zukam. Engel oder Dämon? Das war schwer zu sagen. Er hatte ihr das Leben gerettet … Aber wozu, wenn er sie doch nach London bringen wollte, damit der König über sie richtete? Er hatte gesagt, er würde sie beschützen, und ein Teil von ihr hätte ihm das nur zu gern abgenommen. Eine andere Stimme flüsterte ihr jedoch zu, dass nur einfältige Narren einem Mann Glauben schenkten.

Mit seinen kräftigen Händen umfasste er ihre Taille und hob sie vom Pferd. Sie lehnte sich an ihn, und er hielt sie so, dass sie ihren verletzten Fuß nicht zu belasten brauchte. Er stützte sie, als sie ein paar Schritte humpelte, dann blieb er wieder stehen. Stirnrunzelnd hob er sie auf seine Arme.

„Ich kann laufen“, protestierte sie schwach, aber ihr war klar, dass dieser Einwand zwecklos war. Er würde sie nicht gehen lassen, und, so gestand sie sich mit einem leichten Schuldgefühl ein, es war einfach zu wohltuend, umsorgt zu werden. Sie kümmerte sich um ihren Sohn, ihre Leute, ihr Land und tausend andere Dinge, aber niemand bemühte sich je um sie.

„Ein Stück weiter vorn ist ein Ort des Heilens“, bemerkte er.

„Des Heilens?“

„Ja. Ich ging dorthin, nachdem meine Finger abgetrennt worden waren …“

„Aber Eure Finger …“ Sie stieß mit dem Kopf gegen sein Kinn, als sie zu Gabriel aufsah.

„Fehlen nach wie vor, ja. Aber ich schämte mich so wegen meiner verunstalteten Hand, dass ich niemanden um mich herum haben wollte. Ich kam her, um allein zu sein, und meine

Hand verheilte. Zum Betteln war ich zu stolz, also lernte ich zu stehlen."

Überrascht musste sie diese Neuigkeit erst einmal verarbeiten. „Ihr wart ein Dieb?"

„Ja."

„Ihr habt anderen etwas weggenommen, um überleben zu können."

Er lachte. „Ich habe gestohlen, weil es mir Spaß machte und weil ich mich gut darauf verstand."

„Ich verstehe", murmelte sie entsetzt. Im Grunde waren sie beide Diebe – sie entwendete Geheimnisse, allerdings nur, weil sie dazu gezwungen wurde, nicht aus Freude am Nervenkitzel.

„Ich raubte Lebensmittel und andere Dinge, die ich brauchte, während ich nach meiner Schwester suchte. In Konstantinopel stahl ich einem Engländer namens Godric ein Schmuckstück. Es wurde bemerkt." Gabriel hielt inne, sein Gesichtsausdruck war auf seltsame Weise verklärt. „Andere sahen in mir stets nur den Sohn einer Dirne, doch Godrics Blick war klarer. Er erkannte, dass ich zwar nicht der geborene Dieb war, meine Arme jedoch von großer Stärke zeugten. Außerdem besaß ich die Fähigkeit, mich überall unbemerkt hinein- und wieder herausschleichen zu können. Er ließ mir keine andere Wahl – entweder er würde mich der Obrigkeit ausliefern oder ich arbeitete für ihn als sein Diener. Er half mir, meine Schwester zu finden, und brachte mir bei, mit der Armbrust zu schießen. Ich übte viele Stunden lang, und er zeigte mir, wie ich meine Gabe, mich unbemerkt Menschen nähern zu können, nutzen konnte, um Kopfgeldjäger zu werden und so meine Familie zu versorgen."

„Er muss ein bemerkenswerter Mann sein."

„Das ist er."

Beim Gehen raschelten die Blätter unter Gabriels Füßen. Frösche quakten, Grillen zirpten. Der Vollmond schien durch die sich im Wind wiegenden Zweige.

Gabriels Gegenwart wirkte wie Balsam auf ihre müde gewordene Seele. Sie hörte ihm gern beim Erzählen zu, und in seinen Armen fühlte sie sich sicher und geborgen.

Nachdem er eine Weile schweigend weitergegangen war, ließ er sich plötzlich auf ein Knie herab und setzte sie auf den Boden. „Wir sind fast da."

„Ich sehe kein Wasser."

„Ruhig, vertraut mir."

Sie kniete sich ebenfalls hin. „Euch vertrauen?"

„Warum nicht?" Er schmunzelte. „Ich bin der Jäger des Königs. Ich habe Euch gerettet. Warum solltet Ihr mir also nicht vertrauen?"

Ihr Herz setzte fast aus, als sie ihm ins Gesicht sah. Seine belustigt funkelnden grünen Augen standen in scharfem Gegensatz zu seinem gefährlich dunklen Aussehen. Er war wirklich der faszinierendste Mann, den sie je gesehen hatte – in ihm waren Kraft und Sanftheit miteinander vereint. Schlimmer noch, sie fühlte sich gar nicht wie seine Gefangene. Ihr war eher, als machte er ihr den Hof.

Beinahe liebevoll sah er sie an. „Bei mir seid Ihr in Sicherheit", murmelte er und zog langsam ein Leinentuch aus seinem Wams. Er beugte sich vor und küsste sie leicht auf die Nase. Ariana schluckte. Ganz leicht strich er mit dem Tuch über ihr Gesicht. Er hatte das Leinen an seiner Haut getragen, daher stieg ihr sein Duft in die Nase.

Sie schloss die Augen und gab sich schuldbewusst dem Vergnügen hin, in seinem Geruch zu schwelgen. Die Anspannung in ihren Schultern ließ nach.

Doch dann stockte ihr plötzlich der Atem, als er ihr mit dem Tuch fest die Augen zuband.

9. KAPITEL

Was ..."

„Still", ermahnte er sie und küsste sie.

Die Zeit schien stehen zu bleiben, als sie seine Lippen auf ihren spürte. Wegen der Augenbinde konnte sie nichts sehen, nur fühlen. Seufzend gab sie sich seinen erfahrenen Küssen hin. Mit Sicherheit schickte sich das nicht, was sie da tat, aber es fühlte sich einfach himmlisch an.

Nach einer Weile gab er sie frei, und um sie herum war wieder nichts als Dunkelheit. Rabenschwarze Nacht. Erstaunlicherweise hatte sie gar keine Angst, es war, als hätte er das Dunkel bezwungen. Sie empfand dieses neue Spiel als äußerst erregend. Solange er in ihrer Nähe war, brauchte sie sich nicht zu fürchten.

„Seid Ihr je von einem anderen Mann geküsst worden?", fragte Gabriel mit leiser, rauchiger Stimme.

Ihre Wangen begannen zu glühen. Bestimmt fragte er sie das, weil er ihren Kuss so unbefriedigend gefunden hatte.

„Ich war drei Mal verheiratet", begann sie.

„Nein, ich spreche nicht von einem keuschen Kuss vor dem Traualtar. Ich meine Küsse, bei denen einem die Knie weich werden."

Bei seinen Worten überlief sie ein Schauer, und sie war dankbar, dass die Augenbinde sie daran hinderte, ihn ansehen zu müssen. Ein Mann wie Gabriel musste schon sehr viele Frauen geküsst haben. Wahrscheinlich hielt er sie für sehr naiv, weil sie so wenig vom Küssen verstand.

Ihre Verlegenheit schlug in Gereiztheit um. Sie fasste nach dem Knoten der Binde, doch Gabriel griff nach ihren Handgelenken und drückte ihre Arme wieder nach unten. Ihre Hände streiften das weiche Leder seiner Beinlinge, unter denen sie die harten Muskeln seiner Oberschenkel spüren konnte. „Nun, im

Gegensatz zu Euch habe ich nicht Tausende von anderen geküsst", fuhr sie ihn verstimmt an.

Er lachte leise. „Ariana", murmelte er. „Ich will keine anderen Frauen küssen. Nur Euch."

Schmetterlingsflügel regten sich in ihrem Bauch. Sie versuchte, ihm ihre Hände zu entwinden.

„Ich lasse Euch los, wenn Ihr mir sagt, dass Ihr Angst habt."

Ihr Herz klopfte rasend schnell. Hatte sie Angst? Sie dachte fieberhaft nach. Wagte sie es zuzugeben, dass sie seine Hände gern auf ihrer Haut spürte?

Wieder küsste er sie.

Sie presste die Lippen fest aufeinander. Einem Weiberhelden wollte sie nicht Macht über ihre Sinne einräumen. Aber sie sehnte sich … sehnte sich …

„Entspannt Euch, Ariana. Ich möchte Euch kosten." Eine ganze Weile tat er nichts anderes, als die Umrisse ihres Mundes mit der Zungenspitze nachzuzeichnen. Verzweifelt versuchte sie, sich weiterhin an ihre gereizte Stimmung zu klammern, aber diese trieb davon wie ein Stück Treibholz in einem reißenden Strom. Ganz langsam öffnete sie die Lippen. Sofort schob er seine heiße Zunge in ihren Mund.

„Gut", hauchte er. „Und nun erwidert den Kuss. Ich möchte Eure Zunge ebenfalls spüren."

Ein Gefühl großer weiblicher Macht durchströmte sie bei seinen verwegenen Worten. Ihr wurde klar, dass er mehr von ihr wollte, nicht weniger. Zaghaft berührte sie seine Zunge mit ihrer eigenen, und sofort lief ihr ein Schauer über den Rücken. Sehnsucht. Verlangen.

Als Gabriel sie freigab, drehte sich alles um sie herum, und sie war vollkommen verwirrt.

Er ließ ihre Handgelenke los und strich ihr mit dem Finger sacht über die Wange. „Ich glaube, Ihr seid noch nie von einem richtigen Mann geküsst worden, Ariana."

Ich glaube, da habt Ihr recht, dachte sie benommen.

Wieder lachte er leise, und das Blut schoss ihr in die Wangen.

„Habe ich eben laut gesprochen?“, fragte sie entsetzt.

„Ja.“

„Gütiger Himmel“, stammelte sie. „Ich bin kurz davor, den Verstand zu verlieren.“

Er küsste sie noch einmal zart auf die Nase. „Kommt.“ Er nahm ihre Hände und ließ sie die nähere Umgebung ertasten. Erst kam gar nichts, nur die kühle Nachtluft, dann ein belaubter Busch. „Genau unterhalb dieses Strauchs führt ein schmaler Pfad entlang. Ich werde die Zweige beiseite drücken, bis Ihr daran vorbei seid. Kriecht auf allen vieren langsam vorwärts, dann haltet ein. Ich werde an Euch vorbeikriechen und Euch den restlichen Weg führen.“

„Kriechen?“

„Ja.“ Sie hörte seiner Stimme an, dass er lächelte.

Sie verspürte ein Kribbeln im Bauch. „Edelfrauen kriechen nicht.“

Jetzt lachte er laut. Er legte ihr die Hand auf die Schulter und drückte sie sanft nach unten. „Es wird Spaß machen.“

„Spaß?“, stieß sie erstickt hervor. In den letzten fünf Jahren hatte sie viele Abenteuer erlebt, aber nicht eines hatte ihr Spaß gemacht. Allein die Vorstellung berauschte sie.

„Wir tun das zu unserem Vergnügen.“ Sie merkte, dass er jetzt dicht neben ihr war.

„Im Leben geht es nicht um das Vergnügen, sondern allein um die Pflicht.“

„Manche Pflichten können durchaus vergnüglich sein“, gab er zurück.

Ihr kam ein verwegener Gedanke: Vielleicht konnten die ehelichen Pflichten einer Frau mit *diesem* Mann sogar außerordentlich viel Lust bereiten. „Ich werde mir mein Gewand ruinieren“, wandte sie gedehnt ein.

Er berührte den Riss in ihrem Mieder, den sie geflickt hatte. „Das ist es längst. Abgesehen davon, könnt Ihr Euch mühelos ein neues Gewand leisten.“

Sie nagte an ihrer Unterlippe. Er hatte recht. Sie ließ sich auf allen vieren herab, er folgte ihr, schließlich streckte sie eine Hand nach ihm aus. Sie vernahm das Rascheln, als er sich in Bewegung setzte, und folgte dem Geräusch. In der Ferne quakten Frösche, auch plätscherndes Wasser war nun zu hören. Sie berührte sein Bein.

„Ich komme gleich wieder, aber zuerst muss ich Euch die Zweige aus dem Weg halten.“

Sie gehorchte und tastete sich an dem Busch vorbei. „Wie weit ist es noch?“

Hinter ihr knackte ein Zweig. „Wartet einen Augenblick.“

Sie hörte, wie er sich an den Zweigen vorbeischob. Plötzlich verspürte sie das unwiderstehliche Bedürfnis zu kichern, sie kam sich so frei und ungezwungen vor wie ein spielendes Kind.

Jetzt überholte Gabriel sie. „Haltet Euch an meinem Knöchel fest“, trug er ihr auf. „Von hier aus ist es auch nicht mehr weit, aber wir müssen auf allen vieren weiterkriechen.“

Sie streckte die Hand aus und tastete über den Boden, bis sie gegen sein Bein stieß. Fest schlossen sich ihre Finger um seinen Knöchel.

„So ist es gut. Folgt mir.“ Ganz langsam bewegte er sich weiter vorwärts.

Sie brannte vor Neugier. Kleine Zweige knackten, als sie weiter dem unbekannten Ziel entgegenstrebten. Der Boden fühlte sich kühl unter Arianas Knien an, und ihr Gewand wickelte sich um ihre Beine.

Nach einer Weile fühlte sie kein Laub mehr unter sich. Sie hörte, dass Gabriel sich aufrichtete. Er berührte ihre Schulter.

„Ihr könnt jetzt aufstehen."

Während sie sich erhob, merkte sie, dass das Plätschern von Wasser jetzt deutlicher zu hören war. Gabriel stand dicht hinter ihr.

„Seid Ihr bereit?", flüsterte er.

Sie nickte. Ihr war, als befände sie sich in einer Art Traumzustand, in dem die Welt gleichzeitig wirklicher und unwirklicher als sonst schien. Vorsichtig nahm er ihr die Augenbinde ab. Sie blinzelte ein paar Mal, dann hielt sie den Atem an.

Ein Wasserfall stürzte über eine Klippe hinab in einen kleinen See, der von Farn umstanden war. Im Vollmond schimmerten die Wedel der Pflanzen silbern, Glühwürmchen blinkten zwischen ihnen auf. Vom Weiher stieg Dunst auf, der in geisterhaft anmutenden weißen Schwaden über das Wasser waberte.

„Feenland", hauchte Ariana andächtig. Ein Zauber schien über diesem Ort zu liegen, alles Schlechte und Böse auf der Welt war auf einmal vergessen. „So etwas Schönes habe ich noch nie im Leben gesehen."

„Kommt." Gabriel nahm ihre Hand und führte sie zum Wasser. Seine grünen Augen funkelten vor Vergnügen. Am Ufer half er ihr, sich auf einem großen Stein niederzulassen und setzte sich neben sie. „Zieht Eure Schuhe aus."

Ein Ort des Heilens, hatte er gesagt. Ja. Er hatte recht gehabt, es war ein verwunschener Ort, an dem die Seele wieder gesund werden konnte.

Gabriel lächelte, als er Arianas staunendes Gesicht sah. Im Grunde war sie Seide und edle Pelze gewohnt, und ganz tief in seinem Innern hatte er befürchtet, eine so verwöhnte Lady würde dieses Wunder der Natur vielleicht nicht zu schätzen wissen. Für ihn war dies hier ein ganz besonderer Ort, der einen Makel davongetragen hätte, wenn sie nicht genauso fasziniert gewesen wäre wie Gabriel, als er ihn entdeckt hatte. Doch jetzt war er froh, dass er sie zu diesem See geführt hatte.

Er zog seine Stiefel aus, warf sie zur Seite und zog sich das Wams über den Kopf.

„Was habt Ihr vor?“ Sie erstarrte, trotzdem schien sie den Blick nicht von seiner Brust wenden zu können.

Er schmunzelte. „Ich werde ein Bad nehmen. Deswegen sind wir ja schließlich hergekommen.“

„Hier im Tümpel? Ohne einen Badezuber?“, fragte sie entsetzt.

„Richtig. So waschen wir Bauern uns. Kein Badezuber. Keine Bediensteten, die das Wasser aufwärmen.“

„Ja, aber ...“

Er wartete ab und genoss ihre offensichtliche Verwirrung. Ihm gefiel, wie ihre Blicke seinen Körper liebkosten und wie der Puls an ihrem Hals sichtbar schneller pochte. Vornehme Dame hin oder her – sie war eben doch durch und durch eine Frau.

„Werdet Ihr etwa in meiner Gegenwart nackt baden?“, entfuhr es ihr erschrocken.

Er zwinkerte ihr zu. In der Tat, was für eine angenehme Vorstellung. „Vergesst nicht, Ihr seid immer noch meine Gefangene. Ihr glaubt doch nicht im Ernst, dass ich Euch aus den Augen lasse? Kommt, die Strapazen des heutigen Tages haben Spuren hinterlassen, lassen wir sie im Wasser hinter uns.“

„Ich glaube nicht, dass ich dort hinein möchte“ Sie wandte das Gesicht zur Seite, aber er merkte, dass sie verstohlen unter halb gesenkten Lidern zu ihm herüberspähte. Wahrscheinlich eine Fähigkeit, die sie als Spionin vollendet beherrschte. Aber er kannte die Frauen zu gut, er ließ sich nicht leicht täuschen.

„Ihr sagtet doch, Ihr würdet gern ein Bad nehmen.“

„Aber nicht mit Euch.“

Er löste die Schnüre seiner Beinlinge und wurde mit einem erstickten Laut aus ihrer Kehle belohnt.

„Eine Frau, die schon einmal verheiratet war und ein Kind

zur Welt gebracht hat, weiß doch mit Sicherheit, wie ein nackter Mann aussieht", neckte er sie.

Sie schnappte hörbar nach Luft und sprang auf, geriet aber ins Schwanken, als sie auf einem Bein versuchte, das Gleichgewicht zu halten. „Nein."

Er streckte den Arm aus und legte ihn stützend um sie. „Ihr seid hier sicher, Ariana. Wir werden nur ein Bad nehmen, nichts weiter."

„Ich werde nicht mit Euch zusammen ins Wasser gehen."

Er atmete durch. Edelfrauen! Ob er sie je verstehen würde? Noch vor Kurzem hatte sie es kaum erwarten können, sich zu reinigen, und jetzt bot sich die Gelegenheit dazu. Aber nein, sie wollte einen Badezuber. „Also gut. Sobald ich fertig bin, gewähre ich Euch die Möglichkeit, ungestört ein Bad zu nehmen."

Sie schien sich ein wenig zu entspannen. „Verzeiht mir", sagte sie. „Ihr seht meinem letzten Gemahl sehr ähnlich. Und als Ihr Euch erhoben habt, spielten mir meine Erinnerungen einen Streich."

Gabriel zögerte. Er sollte ihr allmählich seine Verwandtschaft mit Ivan gestehen. Vorsichtig hob er ihr Kinn an. „Ariana …"

„Nein, bitte, sagt nichts. Es war nur meine allzu lebhafte Fantasie."

Stirnrunzelnd blickte Gabriel über das Wasser. Wenn er ihr jetzt verriet, dass er mit ihrem Gemahl verwandt war, würde er sie wahrscheinlich die halbe Nacht beruhigen müssen. In dieser Nacht jedoch wollte er nichts anderes als baden und ihre Gesellschaft genießen. Am kommenden Tag wäre es noch früh genug für die Wahrheit.

Er ließ sie los, und sie setzte sich wieder. Nachdem er ihr den Rücken zugekehrt hatte, schlüpfte er aus seinen Beinlingen. Als er ihr über die Schulter hinweg einen Blick zuwarf, stellte er überrascht fest, dass sie ihn eingehend betrachtete. Er blinzelte ihr zu, und sie errötete anmutig, wandte den Blick aber nicht ab.

Gabriel sprang in das ihm bis zur Hüfte reichende Wasser, Tropfen stoben auf. Eine Weile ließ er sich genussvoll treiben, dann richtete er sich wieder auf und drehte sich zu ihr um.

Ariana starrte ihn staunend an. Sie kam ihm vor wie ein Kind, das vor lauter süßen Sachen stand, die es zuvor nie hatte haben dürfen. Trotz ihrer offenkundigen Faszination konnte er einen seltsam gehetzten Ausdruck in ihren Augen ausmachen, und ihm wurde bewusst, dass er sie bislang nur ein einziges Mal hatte lächeln sehen. Winzige Fältchen in ihren Augenwinkeln bewiesen, dass sie in ihrem Leben Freude gekannt haben musste. Was mochte nur so schwer auf ihr lasten?

„Ariana“, sprach er sie an. „Wann habt Ihr zum letzten Mal gelacht?“

„Gelacht?“ Sie sprach dieses Wort aus, als wäre es ihr noch nie über die Lippen gekommen.

Plötzlich packte ihn der Übermut, und er verwarf seinen Vorsatz, ihr etwas Zurückgezogenheit zu gewähren. Er watete zu ihr, legte die Hände um ihre Taille und zog sie mit sich in den Weiher, wobei er sorgfältig darauf achtete, dass ihr verletzter Knöchel nicht auf den Grund stieß.

Sie schrie auf, als das Wasser um sie herum aufspritzte.

10. KAPITEL

Gabriel!“, rief Ariana und klammerte sich haltsuchend an seine Arme, als sie in den See glitt. Auch das noch! Er lachte leise. „Ich habe meine Meinung geändert, Euch einen Moment der Zurückgezogenheit zu gewähren.“

Verblüfft wurde ihr bewusst, dass das Wasser warm war. Es fühlte sich herrlich auf ihrer Haut an, wahrscheinlich gab es irgendwo tief unten eine heiße Quelle. Der Rock ihres Gewandes bauschte sich um sie auf, ihr Mieder war durchnässt, und Ariana fühlte sich eingehüllt in einen Kokon aus feuchter Wärme. Kein Wunder, dass Gabriel das hier einen Ort des Heilens genannt hatte. Es war die reine Magie.

Gabriels Armmuskeln fühlten sich straff und fest unter ihren Händen an. Ihr Herz setzte einen Schlag aus, als ihr klar wurde, dass sie sich an einem nackten Mann festhielt.

Er schmunzelte. Im Mondlicht glitzernde Wassertropfen fielen aus seinem nassen Haar auf seine gebräunten Schultern.

„Nach einem solchen Tag wie wir ihn hinter uns haben, ist es doch wundervoll, zu baden“, meinte er heiser.

Ariana schluckte und versuchte, sich auf seine Worte zu konzentrieren. Alles kam ihr wie in einem Traum vor, die Wirklichkeit schien um sie herum zu verschwimmen. Die Nacht hüllte sie ein, der silberne Schein des Mondes spiegelte sich auf der Oberfläche des Weihers wieder, sie vernahm eine wunderschöne Melodie, komponiert aus dem Zirpen der Grillen und dem Plätschern des Wassers.

Das Wasser erfrischte sie auf angenehme Weise. Nach den Berührungen der Wegelagerer hatte sie sich schmutzig und unrein gefühlt, und es war herrlich, den Geruch dieser Unholde von sich abwaschen zu können. So etwas hätte sie sich in ihren kühnsten Träumen nicht ausgemalt, aber von Gabriel ging eine Versuchung aus, der sie nicht widerstehen konnte.

„Es ist höchst unschicklich, dass ich hier so mit Euch zusammen bin“, protestierte sie schwach.

Er brachte sie mit einem Kuss zum Schweigen.

Angestrengt versuchte sie, sich an der Realität festzuklammern. „Ich habe einen Sohn ...“

„Der in den Armen seiner Kinderfrau bestens aufgehoben ist.“ Gabriel küsste ihren Hals, ehe seine Lippen wieder warm die ihren streiften. Die Zeit blieb für sie stehen.

Mit einem Seufzer ließ sie sich in seine Arme sinken und gab sich dem Vergnügen hin, einmal nur fühlen und nicht denken zu müssen.

Jetzt tastete er sich mit der Zungenspitze in das Innere ihres Mundes vor, und sie ließ es geschehen. Früh genug würde sie ihm Einhalt gebieten.

„Legt die Arme um meinen Nacken“, forderte er sie auf.

Sie zuckte zusammen und suchte fieberhaft nach einer Ausrede.

„Jetzt, Ariana.“

Die Eindringlichkeit seiner Bitte weckte verbotene Sehnsüchte in ihr. Sie gehorchte. Ihr letzter Gemahl war ebenso fordernd gewesen, aber bei Gabriel hörte sich das anders an, leidenschaftlicher, inbrünstiger. Ganz tief in ihrem Innern wusste sie, dass Gabriel sie nie zu etwas zwingen würde, wenn sie sich ihm verweigerte.

Mit beiden Händen streichelte er ihren Rücken, während sie seine Lippen auf ihrem Hals und ihrer Schulter spürte. Sie schienen eine brennende Spur auf ihrer Haut zu hinterlassen. Ihr stockte der Atem, als er ihr das Gewand von den Schultern streifte und so behutsam über ihre Arme strich, als wäre sie ein zerbrechlicher, sehr wertvoller Kunstgegenstand. Eine innere Stimme sagte ihr, dass sie das eigentlich nicht zulassen durfte, aber noch nie im Leben hatte sie sich so begehrt und so liebevoll behandelt gefühlt.

Liebevoll behandelt.

Das war eine Erfahrung, die sie noch nie zuvor gemacht hatte. Drei Ehemänner, und nicht einer hatte sie aufrichtig gewollt. Und jetzt bewirkte dieser Mann, ein ungehobelter Bauer, dass sie sich vorkam wie eine Göttin.

Mit den Händen strich er ihr weiterhin zart über den Rücken, und bei jeder Bewegung zogen seine Daumen kleine magische Kreise. Nur diese eine Nacht, gelobte sie. Nur diese eine Nacht. Gedanken über eine Flucht und ihre Feindschaft konnte sie sich noch am kommenden Tag machen.

Er sog leicht an ihrer Unterlippe. Sie stöhnte auf, ihr Verlangen nahm zu.

„Ariana“, flüsterte Gabriel.

„Hm?“ Sie konnte jetzt nicht sprechen.

„Sagt mir, dass Ihr genau wisst, was Ihr da tut. Sagt mir, dass ich Euch nicht zwinge oder überfahre.“ Er runzelte besorgt die Stirn. „Sagt mir, dass ganz gleich, was morgen geschieht, diese Nacht von uns beiden gewollt ist.“

Sie atmete tief durch und wünschte, sie könnte sich selbst belügen und so tun, als handelte sie nicht freiwillig. Sie zog ihn an sich. „Gabriel, ich bin keine Jungfrau mehr.“

Er streifte ihr das Gewand bis zu den Hüften herunter. In der kühlen Nachtluft richteten sich die Spitzen ihrer Brüste auf. Als Gabriel sich herabbeugte und die Zunge um die eine Knospe kreisen ließ, durchzuckte Ariana ein jähes Verlangen.

„Sagt mir, dass Euch das gefällt.“

„Es gefällt mir viel zu sehr“, hauchte sie. Ihre Worte entsprachen der Wahrheit, aber es war ein eigenartiges Gefühl, sie laut auszusprechen.

Er strich liebkosend über ihre Hüften, und ihr Gewand sank immer tiefer unter Wasser.

Zögernd berührte sie seine Brust. Er erinnerte sie an eine schöne griechische Statue, zu vollkommen, um wirklich zu sein. Mit den Fingern zeichnete sie seine Bauchmuskeln nach und freute sich, weil er hörbar den Atem anhielt.

Als sie den Kopf hob, merkte sie, dass er sie eindringlich ansah. Er beugte sich vor, und sie konnte seine Erregung spüren.

Mit einem Schlag kehrte sie in die Wirklichkeit zurück. Was fiel ihr bloß ein? Die Vereinigung zwischen Mann und Frau war ein schmerzhafter, brutaler Akt. „Gabriel, hört auf!"

Er hatte gerade ihre Halsbeuge geküsst. „Wie bitte?", fragte er verwirrt.

„Hört auf, Gabriel."

Er küsste sie sanft auf die Augenbraue, sein warmer Atem streifte ihre Haut. „Warum?"

„Mir war nicht klar, dass Ihr … Nun, Ihr wisst schon."

Das Wasser plätscherte, als er einen Schritt zurücktrat und sie auf Armeslänge von sich entfernt hielt. „Was ist mit Euch?", flüsterte er.

„Ich wusste nicht …" Sie suchte hilflos nach Worten. „Ich wusste nicht, dass Ihr vorhattet, mich zu … nehmen." Sie senkte den Kopf, damit Gabriel ihr nicht anmerken konnte, dass sie log. Natürlich hatte sie es geahnt, aber erst, als sie seine Erregung körperlich wahrgenommen hatte, war ihr wieder eingefallen, wie zutiefst verhasst ihr dieser Akt war.

„Ihr habt es nicht gewusst?" Seine Schultern wirkten angespannt, aber seine Stimme klang unverändert sanft und beschwörend. „Ihr seid keine Jungfrau mehr, auch keine keusch errötende Braut. Was habt Ihr denn gedacht, was wir tun, als Ihr mich so geküsst, so berührt habt?"

Verlegen schüttelte sie den Kopf. Sie hatte überhaupt nicht gedacht, sondern nur – gefühlt. Wie konnte sie ihm erklären, dass sie bei ihm vergessen hatte, wie furchtbar weh es tat, von einem Mann genommen zu werden?

„Eine Frau kann einen Mann doch nicht in höchste Erregung versetzen und dann von ihm erwarten, dass er sich völlig ungerührt von ihr abwendet."

Schwang da ein gereizter Unterton in seiner Stimme mit? „Ich wollte nicht, dass ..." Ach, es war sinnlos, es abzustreiten. Tapfer sah sie zu ihm hoch. „Bitte, Gabriel. Ich wusste nicht, was ich tat. Ich habe so etwas noch nie zuvor gemacht."

„Noch nie zuvor?" Er hörte sich jetzt eindeutig verärgert an, und sie bekam eine leichte Gänsehaut.

Sie legte ihm die Hand auf die Brust, um ihn zu besänftigen. Abwesend strich sie mit dem Finger über eine Narbe.

„Was ist los, Ariana? Ihr seid keine Jungfrau mehr." Er packte sie fester bei den Armen, aber seltsamerweise hatte sie keine Angst. „Ihr habt ein Kind. Ihr wisst, was ein Mann und eine Frau miteinander tun."

„Ja, ich ..."

Er legte ihr die Hände auf die Schultern.

Sie sah hinab auf die Wasseroberfläche und konzentrierte sich ganz auf die kleinen Wellen. „Ich ... ich habe ganz vergessen, dass ich ... dass ich das nicht mag." Plötzlich wurde sie sich ihrer Nacktheit peinlich bewusst, und sie wäre am liebsten ganz im Wasser versunken.

Gabriel hielt sie fest. „Wie könnt Ihr vergessen, dass es Euch nicht gefällt, bei einem Mann zu liegen?"

Ihre Wangen begannen zu glühen. „Es tut mir leid, Gabriel. Wirklich." Sie wollte zurückweichen, doch er ließ sie nicht los. Zu ihrer Scham gesellte sich nun auch noch ein Gefühl der Demütigung. „Bitte, lasst mich los."

„Sagt mir, was zwischen Euch und Eurem Gemahl vorgefallen ist."

„Bitte."

„Sagt es mir."

Tödlich verlegen verbarg sie das Gesicht in ihren Händen. Wie sollte sie ihm von den vielen Malen erzählen, wenn Ivan sie mitten aus dem Tiefschlaf gerissen und einfach in sie eingedrungen war? Sie schloss die Augen, denn wenn sie zu genau daran dachte, konnte sie wieder seinen sauren Atem riechen. „Das Übliche, vermute ich“, stieß sie erstickt hervor, als sie merkte, dass Gabriel ihr nicht gestatten würde, das nasse Gewand wieder aus dem Wasser zu holen, damit sie sich bedecken und so den letzten Rest ihrer Würde bewahren könnte.

„Das Übliche?“, fragte er nach.

Sie nagte an ihrer Unterlippe und wäre abermals am liebsten im Erdboden versunken. „Bitte, Gabriel. Ziehen wir uns einfach wieder an.“ Sie wollte sich nach ihrem Gewand bücken, aber er hinderte sie daran.

„Erst, wenn Ihr mir meine Frage beantwortet habt. Was ist vorgefallen?“

Trotzig hob sie das Kinn. „Ich möchte nicht darüber sprechen. Schon gar nicht mit einem Fremden.“

„Mit einem Fremden?“ Er zog sie an sich und schlang fest die Arme um sie. Nackte Haut an nackter Haut. Ganz deutlich spürte sie seine Erregung, und ihre Wangen glühten noch stärker als ohnehin schon. Mit seinem Körper bewies er ihr, dass er eindeutig mehr als nur ein Fremder war.

Was noch schlimmer war – von einem Mann so umarmt zu werden, fühlte sich gut an. Von *diesem* Mann, verbesserte sie sich. Verwirrende Empfindungen durchströmten sie; sie wollte weglaufen, sie wollte bleiben.

„Habt Ihr jemals das Geschlecht eines Mannes gesehen?“, fragte er leise.

Sie verschluckte sich beinahe. „Gesehen? Das G…“ Sie brachte das Wort nicht über die Lippen. Zu spüren bekommen hatte sie es, viele Male. Hart. Verletzend. Schmerzhaft. Aber gesehen? Ihr Gemahl war stets mitten in der Nacht aufgetaucht: *Wacht auf, Weib, dreht Euch auf den Rücken. Mir ist danach.* Dann hatte er sich auf sie gestürzt, ihr das Nachthemd hochgerissen und war auf der Stelle in sie eingedrungen. Die Schmerzen waren höllisch gewesen.

„Das ist der Körperteil, der einer Frau und einem Mann größte Wonnen bereiten kann“, fuhr er fort, als sie nicht antwortete. Ihr war, als hörte sie einen leicht neckenden Unterton aus seiner Stimme heraus. Dieser Klang vertrieb die Erinnerungen an die Grausamkeiten ihres Gemahls.

„Wonnen?“, wiederholte sie benommen.

„Richtig, Wonnen.“

Ariana hatte da andere Erfahrungen gemacht. „Nur ein Mann empfindet dabei Wonnen“, widersprach sie und konnte es gleichzeitig kaum fassen, worüber sie sich gerade unterhielten.

„Eine Frau auch.“

Sie wusste nicht recht, was sie sagen sollte. Trotz ihrer drei Ehen hatte sie keine Ahnung von den Vorgängen zwischen einem Mann und einer Frau. „Für eine Frau ist es nicht angenehm“, meinte sie schließlich. „Es ist nur einfach etwas, was die Kirche uns Frauen zu tun befiehlt.“

„Die Kirche? Lieber Himmel, Mädchen! Der Liebesakt hat doch nichts mit der Kirche zu tun.“ Zum ersten Mal seit Beginn ihres Gesprächs hatte er die Stimme erhoben, und Ariana schrak zusammen.

Ratlos starrte sie ihn an.

Er atmete tief durch. „Ich versichere Euch, wenn ich bei einer Frau liege, ist das *sehr* angenehm für sie.“

Sehr angenehm für sie. Die Worte hallten in ihr nach. Eine ganze Weile geschah gar nichts. Dann schob er sie ein Stück von sich fort, und der Griff um ihre Oberarme wurde lockerer. Dabei sah er ihr so tief in die Augen, als könnte er bis in den verborgensten Winkel ihrer Seele blicken.

Ariana war, als stünde sie am Rand einer gefährlichen Klippe, deren Höhe ihr einerseits Schwindel verursachte, sie andererseits aber auch in Erregung versetzte.

„Ariana“, murmelte er.

Er streichelte zärtlich ihre Arme, und ein Schauer überlief sie.

„Ariana, vertraut mir." Er fuhr mit seinen Liebkosungen fort und berührte sie einfach nur. Nichts deutete darauf hin, dass er sich jeden Moment auf sie stürzen und ihr seinen Willen aufzwingen könnte.

„Es wäre angenehm für mich?", flüsterte sie schließlich mit klopfendem Herzen.

Er beugte sich zu ihr und küsste sie auf die Wange. *„Sehr* angenehm sogar."

Ihre Anspannung ließ nach. Gabriel war so ganz anders als alle Männer, die sie je gekannt hatte, so behutsam und sanft. Sie wollte ihm vertrauen. Und sie wollte sich wild und frei fühlen, anstatt ständig in einem Sumpf aus Sorge und Verantwortung zu versinken.

Und noch ein anderer Gedanke reizte sie – diese neue Erfahrung würde ein weiterer Nagel in Ivans Sarg sein. Ein weiterer Beweis, dass er sie nicht besiegt hatte. Langsam nickte sie.

Gabriel schmunzelte. „Gut."

Auch sie musste lächeln, als ihr klar wurde, wie unbeholfen sie auf ihn wirken musste. Befangen bückte sie sich nach ihrem Gewand im Wasser.

„Nein, lasst es." Er zog sie wieder hoch. „Ihr seid schön. Ich möchte Euch ansehen."

„Schön?", wiederholte sie und sah verlegen an sich herab.

Er streckte die Hände aus, spreizte die Finger und strich damit sacht über ihre Brüste, ehe er sie in die Hände nahm und einen Kuss auf jede hauchte. „Sehr schön."

Ihr wurde glühend heiß, alles Blut schien in ihre Körpermitte zu fließen. Ariana spürte seine Hände auf ihrem Bauch und zuckte zusammen, als er schließlich ihre Taille umfasste, sie aus dem Wasser hob und auf einen flachen, glatt geschliffenen Felsen am Ufer setzte. „Was habt Ihr vor?", stammelte sie. Die

Nacht war zwar ein wenig frisch, aber nicht kalt.

„Ich möchte Euch besser betrachten können."

Sie bedeckte sich so gut es ging mit Händen und Armen und merkte selbst, dass sie rot wurde. „Gütiger Himmel, Gabriel, ich bin nackt."

„Ich auch." Er legte die Hände auf ihre Oberschenkel. „Und noch vor wenigen Augenblicken schien Euch das nichts auszumachen."

„Da war ich auch noch im Wasser."

Er beugte sich vor und küsste ihren Oberschenkel. Ihre Wangen brannten vor Scham, als ihr bewusst wurde, dass Gabriel sich in Augenhöhe mit ihren geheimsten Stellen befand. Sie presste die Schenkel fest zusammen. Sich ihm im Wasser hinzugeben, wäre ihr leichter gefallen, denn dort hätte er sie nicht so genau betrachten können, aber so ...

„Ganz ruhig", beschwichtigte er sie und küsste sie erneut auf das Bein. Mit der Zungenspitze zog er einen warmen Pfad von ihrem Knie bis zu den Locken zwischen ihren Schenkeln.

„Gabriel", begehrte sie auf, doch sie wehrte sich nicht, als er sanft ihre Schenkel auseinanderdrückte. Tödlich verlegen und gleichzeitig erregt sah sie an sich herab. Sein dunkler Kopf zwischen ihren weißen Schenkeln, während er sie ansah ... Sie erschauerte bei der kühnen Vorstellung, dass ein Mann sie *dort* betrachtete. Und sie nicht nur betrachtete, sondern auch begehrte. Nicht ein einziges Mal in ihren drei Ehen hatte ein Mann auf diese Weise sein Verlangen nach ihr zum Ausdruck gebracht. Es war immer nur um Pflichterfüllung gegangen, niemals um Vergnügen.

Schluckend beobachtete sie ihn, wie er sie jetzt weiter für seine Blicke öffnete. Die Schicklichkeit hätte eigentlich verlangt, dass sie das Gesicht abwandte, aber ihre Neugier war zu groß. Fasziniert verfolgte sie, wie er sie dort mit dem Finger berührte und anschließend an seine Lippen führte.

Das Verlangen durchzuckte sie plötzlich wie ein jäher, feuriger Blitz. „Gabriel, mir ist so heiß."

Ein Lächeln huschte über seine Züge, ehe er sich wieder herabbeugte und seine Liebkosungen nun mit der Zunge fortsetzte. Ihre Beine begannen zu zittern.

„Großer Gott, Gabriel." Sie hob leicht die Hüften an und erschrak über ihre eigene Lüsternheit.

Er wandte seinen Kopf zu ihr, und seine Lippen schimmerten feucht. „Habe ich Euch wehgetan?"

„O nein, nein. Es fühlt sich nur so unglaublich an ..."

Wieder schmunzelte er, und seine grünen Augen funkelten. „Und ich verspreche Euch, das ist längst nicht alles."

Seufzend gab sie es auf, überhaupt noch an irgendetwas zu denken und legte sich zurück auf den Felsen. Der kühle Stein, Gabriels heiße Zunge ... Ihr Blut geriet in Wallung, bis sie sich vorkam wie ein Kessel über dem Feuer, der jeden Moment überzukochen drohte. „Gabriel", stöhnte sie auf. Ihre Anspannung wuchs. Noch nie im Leben war ihr so *heiß* gewesen. Doch dann, als sie schon dachte, es nicht mehr aushalten zu können, spürte sie seine Zunge nicht mehr. „Bitte, hört nicht auf."

Sie schlug die Augen auf, als sie das Wasser leise plätschern hörte, und sah wie Gabriel sich aus dem Weiher auf den Felsen hochstemmte. Ihr stockte der Atem, als sein nackter Körper über ihr in der Luft zu schweben schien. Wasser tropfte von ihm herab auf ihre Haut, und ihr Verlangen nach ihm war fast unerträglich.

Ganz langsam senkte er sich auf sie. Sie verkrampfte sich und bereitete sich innerlich auf die vertrauten Schmerzen vor.

„Habe ich Euch Schmerzen bereitet?", fragte er erneut, als hätte er ihre Gedanken gelesen.

Sie schüttelte den Kopf.

„Es ist nicht das erste Mal für Euch. Ich werde Euch nicht wehtun."

Sie entspannte sich ein wenig und zwang sich, ihm zu vertrauen. Nichts von alldem, was er bisher gemacht hatte, war schmerzhaft gewesen, und sie wollte wissen, wie es sein würde, zum Vergnügen mit einem Mann zu schlafen. Zu seinem *und* zu ihrem Vergnügen.

Er küsste sie, und sie konnte sich selbst auf seinen Lippen schmecken. Ihr wurde beinahe schwindelig vor Erregung. Ganz langsam begann er, in sie einzudringen.

„Geht es Euch gut?"

„Ja."

Jetzt versank er ganz in ihr. Sie starrte ihm in die Augen, und ein beinahe andächtiges Gefühl ergriff von ihr Besitz.

„Tut das weh?"

„Nein, gar nicht. Ich fühle mich so erfüllt und ..." Fast hätte sie gesagt *geliebt,* aber das ergab keinen Sinn.

„Erfüllt und ...?", fragte er nach.

„Und wunderbar."

Er lächelte und fing an, seine Hüften in einem langsamen Rhythmus zu bewegen. Ein Gefühl der Unruhe ergriff sie. Sie hatte noch nicht wieder den Zustand erreicht, in den er sie mit der Zunge versetzt hatte, irgendetwas fehlte ihr. Ob sie ihn darum bitten konnte, noch einmal ...? „Gabriel?"

Er küsste sie nur.

Sie beschloss, sich ganz seiner Erfahrung hinzugeben und hob leicht die Hüften an, um ihm noch näher zu sein. Lange Zeit bewegten sich ihre Körper mit sinnlicher Langsamkeit.

„Gabriel!"

Er steigerte plötzlich den Rhythmus, und mit einem Mal war dieses Gefühl von vorhin wieder da. Und es wurde rasch immer intensiver, bis sie heftig zu zucken begann und die Welt um sie herum in einem Funkenregen zu verglühen schien. „O, Gabriel", stammelte sie erstickt.

„Ariana", flüsterte er. „Schlingt die Beine um meine Hüften."

Obwohl sie kaum noch die Kraft dazu hatte, tat sie ihm den

Gefallen. Er bewegte sich härter und schneller in ihr, und sie stöhnte auf, voller Verwunderung, dass sie keine Schmerzen empfand. Nur Lust und Wonne. Sie klammerte sich an ihn, bis er sich mit einem kehligen Aufschrei in ihr verströmte.

Anschließend blieben sie lange ganz still liegen. Ariana sah zu den Sternen empor und hatte das Gefühl, ein Stück über dem Boden zu schweben, anstatt auf einem harten Felsen zu liegen. „Das war wunderschön", hauchte sie.

Er richtete sich leicht auf. „Ich habe noch nie einer Frau die Unschuld genommen, die keine Jungfrau mehr war", stellte er gedehnt fest.

Sie versetzte ihm einen spielerischen Stoß gegen die Brust. „Ihr müsst mich für ziemlich dumm halten."

Er lachte leise. „Nein. Für eine Wildkatze vielleicht. Oder eine Wassernymphe. Vielleicht auch für heißblütig, aber niemals für dumm."

Gabriels Worte taten ihr gut, und sie versuchte, die hässliche Erinnerung zu verdrängen, wie Ivan sie oft angeschrien hatte. *Dumme Kuh* war noch das harmloseste Schimpfwort gewesen, das er benutzt hatte, wenn sie mal wieder eine Aufgabe nicht zu seiner Zufriedenheit erledigt hatte.

Gabriel küsste sie auf die Wange. „Warum ein so bedrücktes Gesicht?"

„Verzeihung. Nur eine unschöne Erinnerung." Sie umarmte ihn. „Es hatte nichts mit Euch zu tun."

Er musste sich sehr beherrschen, dass er ihr in diesem Moment nichts von seiner Verwandtschaft mit ihrem verstorbenen Gemahl erzählte. Etwas bedrückt legte er sich neben sie und betrachtete ebenfalls die Sterne. In was für eine Situation hatte er sich da nur gebracht. Wenn er Eric retten wollte, blieb ihm gar nichts anderes übrig, als sie nach London zu bringen.

Ariana seufzte und legte ihre Hand auf seine Brust. Zufrieden. Vertrauensvoll.

Was bin ich nur für ein niederträchtiger Schuft. Erst sie zu verführen und sie dann in den Kerker zu verfrachten, als sei sie nichts weiter als eine gewöhnliche Dirne. Sicher, er hatte sie nicht hergebracht, um sie zu verführen, aber das beruhigte sein Gewissen nicht gerade. Trotz ihrer Ehen, trotz der Tatsache, dass sie keine Jungfrau mehr gewesen war, trotz ihres Kindes war sie ein völlig unschuldiges Geschöpf.

„Woran denkt Ihr?", fragte sie und holte ihn aus seinen Gedanken.

Er setzte sich auf und war sich nicht sicher, was er sagen sollte. Das Mondlicht fiel auf ihr Gesicht und ließ ihre Augen übergroß und strahlend wirken. Ihr langes Haar umgab sie wie ein Fächer, und sie schien auch keine Angst mehr zu haben, sich ihm nackt zu zeigen.

Er zog mit dem Finger eine Linie von ihrer Kehle bis zu ihren Brüsten. Sofort richteten sich die rosigen Knospen auf. Ihre Brüste waren weder zu klein noch zu groß, sie schmiegten sich vollkommen in seine Handflächen. Sein Blick fiel auf ihren Bauch, über den sich feine weiße Linien zogen – der Beweis, dass sie schon einmal ein Kind unter dem Herzen getragen hatte. Was sollte er nur mit ihr machen?

Bring sie nach London und Schluss, riet ihm sein Verstand. Ein paar Besuche in den Freudenhäusern der Stadt, und er würde sie vergessen. Er musste an Eric denken. An die Kinder.

Doch sein Gewissen begehrte dagegen auf. Vielleicht gab es deswegen keine konkreten Anhaltspunkte, dass Ariana der berüchtigte Spion war – weil sie es eben nicht war. Immerhin hatte sie es stets abgestritten. Vielleicht fand er ja noch eine andere Möglichkeit, Eric aus dem Kerker zu holen. Und was Essen und Kleidung betraf – selbst in den härtesten Zeiten hatte noch keiner in seiner Obhut hungern oder ohne Schuhe herumlaufen müssen. Er hatte für alle gesorgt, seit er von seiner Suche nach Eleanor zurückgekehrt war. Damals war er siebzehn gewesen.

Ariana kicherte. Sie kicherte! „Aufhören, Gabriel. Das kitzelt."

Ohne es zu merken, hatte er die Linien auf ihrem Bauch nachgezogen. Er musste nun unwillkürlich ebenfalls lachen und kitzelte sie stärker.

Ariana wand sich atemlos vor Lachen und tat, als wollte sie sich auf ihn stürzen. „Ich werde es Euch heimzahlen."

Er wich zurück, schätzte jedoch die Größe des Felsens falsch ein und fiel rücklings ins Wasser, das hoch aufspritzte.

Sie kniete sich hin und sah mit funkelnden Augen zu ihm herunter. „Das geschieht Euch recht."

Blitzschnell griff er nach ihren Armen und zog sie zu sich in den See. Lächelnd schlang sie die Arme um ihn. Er küsste sie. Wie sehr er es genoss, sie im Arm zu halten. Eine Frau voller Leidenschaft, die es noch zu erwecken galt. Ob sie nun lachte, schimpfte oder weinte, es fühlte sich einfach richtig an, wenn sie bei ihm war.

Ich muss sie behalten, dachte er mit einem Mal bestürzt. Sie hatte ihm ihre Unschuld geschenkt, das war etwas weitaus Kostbareres als ihre Jungfräulichkeit.

All seine Vorstellungen von Freiheit zerstoben, die eisernen Klammern der Pflicht legten sich um sein Herz. Jahrelang hatte er es vermeiden können, des Geldes wegen heiraten zu müssen, indem er Verbrecher aufgespürt und sie vor Gericht gebracht hatte. Doch nun war er in eine Sackgasse geraten. Er konnte Ariana unmöglich nach London bringen und zusehen, wie sie im Kerker verrottete – aber gehen lassen konnte er sie auch nicht.

Er runzelte die Stirn. Der einzige sinnvolle Ausweg machte ihn nicht gerade glücklich, denn dadurch gelangte er auf dieselbe Stufe wie sein verhasster Bruder. Es blieb ihm jedoch nichts anderes übrig.

„Ihr werdet mich heiraten", sagte er geradeheraus, und die

Worte schmeckten bitter wie Galle in seinem Mund. Das Pflichtgefühl schnürte ihm die Kehle zu wie ein zu enger Kragen. Schon einmal hatte er daran gedacht, eine Edelfrau zu heiraten, aber damals hatte ein gütiges Schicksal ihm das gerade noch erspart.

Die Stille wurde plötzlich ohrenbetäubend, selbst die Frösche waren nicht mehr zu hören.

Ariana starrte ihn an, als wären ihm plötzlich Teufelshörner gewachsen. Sie löste ihre Arme von seinem Hals.

Gabriel wusste nicht recht, was er von ihrer Reaktion halten sollte. „Es ist die beste Lösung."

„Lösung? Wofür?" Sie hob trotzig das Kinn. „Ich bin nicht irgendein Rätsel, das gelöst werden muss, *Sir.*"

„Ich kann Euch nicht gehen lassen, Ariana. Und wenn ich Euch nach London bringe, halten Eure Feinde den Kerker oder womöglich noch Schlimmeres für Euch bereit."

Die Gedanken überschlugen sich in ihrem Kopf, und alle Farbe wich aus ihrem Gesicht. Deswegen hatte er sie also verführt – um sie an sich zu binden.

Die Ehe brachte einer Frau nichts Gutes. Ihren Titel würde sie behalten, aber um alles andere kümmerte sich der Gemahl – die Ländereien, das Vermögen und die Entscheidungen. Alles, was sie benötigte, konnte er ihr zuteil werden lassen oder verweigern, ganz wie es ihm beliebte. Nicht einmal mehr über ihren Körper würde sie frei bestimmen können.

Fünf Jahre lang hatte sie hart gearbeitet, damit Rosebriar für ihre Leute Gewinn abwarf. Es ging ihr gut. Abgesehen von den Aufträgen ihres Cousins konnte sie gehen, wohin sie wollte, und tun, was sie wollte. Wohlhabende Witwen besaßen enorm viele Freiheiten.

Gabriel war ein Bauer, der Sohn einer Dirne, ein Dieb – er wusste überhaupt nicht, wie man einen so großen Besitz verwaltete. Ariana musste an Jason und ihre Leute denken. Sie *konnte* sich einfach nicht wieder den Anweisungen eines

Mannes unterordnen.

„Nein. Ich werde Euch nicht heiraten." Und auch keinen anderen Mann.

„Warum nicht?"

„Weil es Wahnsinn wäre."

Er nahm ihre Hand. „Es ist die einzige Möglichkeit."

Zorn stieg in ihr auf. „Ich kenne Euch ja nicht einmal."

Er zwinkerte ihr zu. „Gut genug, um mich zu verführen."

Sie errötete. Er hatte ihre Leidenschaft geweckt, und sie wussten es beide.

„Ihr seid in Gefahr. Die Leute wissen, dass Ihr der Spion seid. Sie werden nicht ruhen, bis sie Euch sicher im Kerker wissen."

„Ich bin nicht …"

„Lasst mich Euch beschützen. Heiratet mich."

Immer noch dachte sie fieberhaft nach und versuchte, sich nicht aus der Fassung bringen zu lassen. „Mich beschützen? Durch eine Ehe?"

„Es wäre das Beste."

„Ich liebe Euch nicht", wandte sie ein.

„Ehen zwischen Adeligen haben nur selten etwas mit Liebe zu tun", gab er zurück. „Habt Ihr Eure anderen Ehen etwa aus Liebe geschlossen?"

Sie seufzte. Natürlich nicht. Und sie war sich noch nicht einmal ganz sicher, ob sie sich nicht wirklich ein wenig in Gabriel verliebt hatte. „Ich muss an mein Kind denken."

„Ein Grund mehr, mich zu heiraten. Euch bleibt der Galgen erspart, und Euer Junge wird in Sicherheit sein."

„Der König wird niemals seine Zustimmung geben", sagte sie. Verzweifelt musste sie zugeben, dass sein Angebot zunehmend vernünftiger wirkte.

Er hob ihre Hand an seine Lippen und küsste sie. „Der König wird mit der Ehe einverstanden sein."

Sie betrachtete ihn misstrauisch, und plötzlich fiel ihr wieder auf, wie geradezu unheimlich ähnlich er ihrem Gemahl sah, wenn er sich nach vorn beugte. Ivan war dabei das Haar genauso verwegen in die Stirn gefallen. Und auch er hatte charmant sein können, wenn er wollte.

Wassertropfen glitzerten auf seinen Schultern, als Gabriel sich aufrichtete, und sie war sich seiner körperlichen Kraft nur allzu bewusst. Sie bekam eine Gänsehaut.

„Ihr seid nur ein Bauer", sagte sie. „Der König wird seine Zustimmung verweigern."

Er nahm ihre Hand und legte sie sich an die Wange. Sein nachwachsender Bart fühlte sich kratzig an. Der Blick, mit dem er sie bedachte, war unergründlich. „Das wird er nicht."

Sie versuchte, ihm ihre Hand zu entziehen, aber er hielt sie fest an seiner Wange. Langsam wurde Ariana ärgerlich. „Das könnt Ihr doch gar nicht sagen. Was wisst Ihr schon über die Verpflichtungen des Adels?"

Flüchtig flackerte Zorn in seinen Augen auf, dann war er wieder verschwunden. „Er wird die Ehe genehmigen", beharrte er. „Und sogar erfreut darüber sein, das versichere ich Euch."

Seine Selbstsicherheit reizte sie bis aufs Blut. „Männer! Sie glauben wirklich, alles zu wissen."

„Nein, nicht alles. Aber in dieser Hinsicht merkt Euch meine Worte."

Seine Unnachgiebigkeit machte sie stutzig, und ihre Augen wurden schmal. „Warum seid Ihr Euch dessen so sicher? Was verheimlicht Ihr mir?"

Sein Gesichtsausdruck wurde weicher, und er küsste leicht die Innenfläche ihrer Hand. Sie wünschte, sie hätte das Gefühl verdrängen können, das er damit in ihr auslöste. „Ich bin der Bruder Eures Gemahls."

Die Welt geriet für Ariana aus den Fugen. Das Wasser, eben noch warm und köstlich, fühlte sich nun an wie ein nasses

Grab. Der Mond hatte seinen schimmernden Glanz verloren, und das Rauschen des Wasserfalls, gerade die schönste Musik, war auf einmal nur noch Lärm. „Das kann nicht sein“, flüsterte sie. Doch tief in ihrem Herzen wusste sie, dass er die Wahrheit gesagt hatte. Sein Haar, seine Augen, seine breiten Schultern – alles hatte sie von Anfang an Ivan erinnert. Sie hatte es gesehen, aber nicht sehen wollen. Sie hätte am liebsten geschrien, geweint, ihm die Augen ausgekratzt.

Gabriel fing sie auf, als ihre Knie nachgaben.

„Mein Gemahl hatte gar keinen Bruder“, stammelte sie leise.

„Doch, Ariana, er hatte einen.“

Sie sah ihm in die Augen: Sein Blick war ernst, genauso unnachgiebig wie der von Ivan. Unter seinem rechten Auge entdeckte sie einen winzigen Leberfleck. Ihr Mann hatte an gleicher Stelle einen gehabt.

„Warum … warum habt Ihr mir das nicht schon früher gesagt?“ Sie spürte einen Anflug von Panik in sich aufsteigen.

„Aus Eigennutz, denn ich war die Streiterei mit Euch leid.“ Er strich ihr sanft über die Schulter. „Ich bin nicht wie er, Ariana, das müsst Ihr mir glauben. Er war nur mein Halbbruder.“

Sie starrte ihn wortlos an. Bei genauerer Betrachtung war die Ähnlichkeit tatsächlich nicht zu übersehen. Die aristokratische Nase, die grünen Augen, der spitz zulaufende Haaransatz über der Stirn. Sie hätte sich ohrfeigen können. Vielleicht hatte sie recht gehabt, als sie Gabriel das erste Mal wahrgenommen hatte – er war die Inkarnation von Ivan, zurückgekehrt aus seinem Grab, um sie heimzusuchen.

„Ihr werdet mich heiraten“, sagte er schließlich, und sein Tonfall erlaubte keinen Widerspruch. Er packte ihren Oberarm so fest, als wäre sie seine Gefangene.

Mit klopfendem Herzen wog Ariana die Möglichkeiten, die sie hatte, gegeneinander ab. Lehnte sie jetzt rundherum ab, verbrachte sie die Nacht mit Sicherheit in Fesseln und würde am morgigen Tag in London vor dem Galgen stehen. Vertraute er ihr jedoch, hätte sie eher die Gelegenheit zu fliehen. Zu bereitwillig nachgeben durfte sie allerdings auch wieder nicht, das hätte sein Misstrauen geweckt.

„Das ist Wahnsinn."

„Es ist der einzige Ausweg", beharrte er.

Sie ließ den Blick über seinen nackten Körper schweifen, und sie brauchte gar nicht erst vorzutäuschen, als sehnte sie sich nach ihm. Trotz ihrer Angst, ja, sogar trotz seiner Ähnlichkeit mit ihrem toten Gemahl hielt sie Gabriel für einen begehrenswerten Mann.

Sie sog seinen frischen würzigen Duft ein und stellte sich auf die Zehenspitzen, um ihn zu küssen. Sie war schon einmal geflohen – sie konnte es wieder tun.

„Einverstanden, Gabriel. Ich werde Euch heiraten", log sie, fest entschlossen zu fliehen, sobald er eingeschlafen war.

11. KAPITEL

Gabriel atmete in gleichmäßigen Zügen, als Ariana die Pferde nahm und verschwand. Nach ihrer Einwilligung in eine Ehe mit ihm und dem tiefen Frieden, der nach ihrem Liebesakt über sie gekommen war, hatte er sie ungefesselt schlafen lassen. Ein wenig regte sich ihr schlechtes Gewissen, aber sie hatte bereits einen Fehler gemacht, indem sie sich ihm hingegeben hatte. Einen weiteren wollte sie sich nicht leisten. In seinen Armen zu liegen, fühlte sich gut an. Zu gut. Sie hatte ihn nicht verlassen wollen, aber es ging nicht anders. Jason. Rosebriar. Erst die Pflicht, dann das Vergnügen.

Es war erstaunlich einfach gewesen, zu verschwinden. Zum Glück hatte sie auch keine Schmerzen mehr in ihrem Fuß – der See war wirklich ein Ort des Heilens. Und dieses Mal hatte sie die Wege auch ohne Zwischenfälle passieren können.

Rauchgeruch hing in der Luft, als sie jetzt um die Biegung ritt. Die Abtei von Thornbury lag genau rechts vor ihr. Verkohlte Dachbalken ragten aus dem Mauerwerk. Überall lagen rußgeschwärzte Ziegelsteine herum. Die mächtigen Säulen der Kathedrale standen noch, aber auch sie waren pechschwarz.

Wenn Arianas Glückssträhne anhielt, könnte sie das Pergament noch rasch hinterlegen, ehe sie sich auf den Heimweg nach Rosebriar machte. Dort würde sie dann die Verteidigungsanlagen verstärken und ihrem Cousin, dem Bischof, einen Brief schicken, mit der Bitte, sie künftig in Ruhe zu lassen. Das Auskundschaften war zu gefährlich geworden.

Sie band die Pferde am Tor zur Abtei fest und dachte an den Mann, den sie zurückgelassen hatte. In einer anderen Welt hätte sie seinen Heiratsantrag mit Freuden angenommen.

Aber das hier war keine andere Welt. Sie war schon drei Mal dazu gezwungen worden, zu heiraten. Und jedes Mal hatte sich ihr Los verschlechtert.

Im Grunde war eine Ehe nichts anderes als Sklaverei. Eine verheiratete Frau durfte nur das tun, was ihr Gemahl ihr erlaubte. Sie konnte Land weder kaufen noch verkaufen, sie konnte nicht gehen, wohin sie wollte, und nicht tun oder lassen, wie es ihr beliebte. Unter anderen Umständen hätte sie sich auf Gabriel einlassen können, aber sie musste Jason beschützen.

Eine unangenehme Erkenntnis tauchte auf einmal in ihr auf und bedrückte sie – von Gabriel hatte sie sich zwar befreit, aber sie war nach wie vor die Schachfigur eines Mannes. Sie musste dort hingehen, wohin ihr Erpresser sie schickte. Eine Weile blieb sie nur grübelnd stehen und wünschte, sie könnte einfach verschwinden und ein Dasein als Einsiedlerin führen. Wie verwickelt ihr Leben doch war ... Dennoch musste sie zugeben, dass es selbst mit den Aufträgen des Bischofs weitaus angenehmer war als zuvor, als sie noch eine verheiratete Frau war. Vor allem als die Gemahlin von Ivan.

Ihr Cousin, der Bischof, hatte ihr geholfen, den Tod ihres Ehemannes zu vertuschen, bei dem sie keine unwesentliche Rolle gespielt hatte. Damals schien das der beste Ausweg gewesen zu sein, doch mit der Zeit begann er, sie um Kleinigkeiten zu bitten. Ein wenig Geld hierfür, ein paar Goldmünzen dafür. Ein paar Feste, die sie besuchen und ein paar Leute, die sie beschatten sollte.

Und nun war sie hier und führte ein weiteres Mal die Anweisungen dieses Mannes aus. Sie bekreuzigte sich und betete, dass es nie wieder vorkommen möge.

Das erste Morgenrot fiel auf die verkohlten Steine. Die Abtei machte einen verlassenen Eindruck. Wahrscheinlich waren die Mönche zu erschöpft von ihrem Kampf gegen die Flammen, um so früh schon wieder auf den Beinen zu sein.

Halb verbrannte Stühle, Gesangbücher und kleine Statuen türmten sich auf dem Rasen. Oben auf einem Aschenhaufen war der geschwärzte Kopf einer Madonnenstatue zu sehen, die

Augen blicklos zum Himmel gerichtet.

Ariana empfand Schuldgefühle, doch sie verdrängte diese und konzentrierte sich auf ihre Mission. Einen Augenblick lang überlegte sie, auf welchem Weg sie am besten ins Innere der Kathedrale gelangen könnte. Noch waren nirgends Mönche zu sehen, doch schon bald würden die Glocken die Prim einläuten. Bestimmt hegten die Mönche keine allzu freundlichen Gefühle für die Person, die diese Katastrophe verursacht hatte.

Mit einem letzten Stoßgebet lief sie hastig über den Rasen auf den Brunnen zu und von dort zur Kathedrale, bis sie vor dem inzwischen türlosen Eingang stand. Sie sah sich prüfend um und dankte Gott, dass noch immer keine Mönche aufgetaucht waren. In diesem Moment begannen die Glocken zu ertönen – und sie erschrak. Sie musste sich beeilen.

Sie schlüpfte in die Kathedrale hinein und hastete auf den verbrannten Altar zu. Die Leere des Raumes erdrückte sie fast. Die meisten Gegenstände waren hinaus ins Freie geräumt worden, und das gewaltige Kirchenschiff erinnerte sie an ein Gerippe. Die scheibenlosen Fenster starrten sie an wie leere Augenhöhlen.

Ariana hasste sich selbst für die Rolle, die sie bei dieser Verwüstung gespielt hatte. Wenn doch nur nicht so viel auf dem Spiel stehen würde, dachte sie, als sie sich auf die Altarstufen kniete, genau so, wie sie es getan hatte, bevor Gabriel erschienen war. Flüchtig empfand sie Zorn über das ungezügelte Machtstreben der Männer.

Ich muss einen Weg finden, um mit dem Spionieren aufhören zu können. Ich werde nur noch den Auftrag ausführen, den er bereits für mich vorgesehen hat, und dann sage ich meinem Cousin, dass ich damit nichts mehr zu tun haben will, gelobte sie stumm.

Vielleicht sollte sie zusätzliche Wachen einstellen und ihren Besitz vorerst nicht mehr verlassen. Und wenn Gabriel kam …

nun, bei Hof hatte sie ziemlich gut gelernt, wie man sich Männer vom Hals hielt.

Ein Fingernagel brach ab, als sie sich mit der herauszulösenden Bodenfliese abmühte. Sie schüttelte kurz die schmerzende Hand und versuchte es anschließend gleich noch einmal. Der Mörtel begann zu bröckeln, und die Fliese ließ sich endlich anheben. Gut. Es knirschte, als Ariana sie zur Seite schob.

Draußen wurde Gebrüll laut. „Ergreift ihn!“

Erschrocken fuhr sie zusammen. Um Gottes willen, hatte Gabriel sie etwa schon eingeholt? Eilig versteckte sie das Pergament in dem Loch im Boden und legte die Fliese wieder zurück. Dann rannte sie zum Ausgang.

Mönche eilten durch den Klostergarten. Mehrere trugen Mistgabeln und Hacken, ihre Mienen zeigten wilde Entschlossenheit. Nur einen Steinwurf entfernt sah sie Gabriel, wie er von einer Horde wütender, in braune Kutten gekleideter Männer gegen die Mauer gedrängt wurde.

Mit gezogenem Messer wehrte Gabriel die ersten Angreifer ab. Irgendwo wieherte ein Pferd; vermutlich hatte er es von einem der Bauernhöfe, die unterwegs am Wegesrand lagen, gestohlen, um schneller zur Abtei gelangen zu können.

Jetzt hieb ein Mönch mit dem Stiel einer Hacke gegen Gabriels Schläfe. Erschrocken wich sie zurück. Ihr war klar, dass Gabriel nur versuchte, sich zu verteidigen, während die Mönche sich für die Zerstörung der Kathedrale rächen wollten. Sie waren in der Überzahl, und seine Lage war verzweifelt.

Sie trat einen Schritt vor. Musste sie ihm nicht helfen?

Ein Mönch schlug ihm mit einer Sichel das Messer aus der Hand. In dem Moment, als Gabriel zu Boden fiel, entdeckte er Ariana. Rasch versteckte sie sich hinter einem Baum und spähte vorsichtig an ihm vorbei. Gabriel war nicht mehr zu sehen, er war verschwunden in dem Meer aus braunen Kutten. Sie hörte ihn aufschreien – und war erleichtert. Er war noch am Leben.

Ein hochgewachsener, hagerer Mann strebte auf die Horde zu. Die Mönche hielten inne, als der Abt näher an sie herantrat. „Lasst ihn los!“, befahl er mit hoher, dünner Stimme.

„Aber er hat das Haus des Herrn niedergebrannt.“

„Wir handeln auf Gottes Befehl.“

„Unser Garten ist verwüstet.“

„Ruhe“, rief der Abt.

Ariana atmete auf. Sie kannte die Männer aus der Abtei, weil sie oft zum Beten herkam. Der Abt war ein frommer Mann. Nie würde er seinen Mönchen erlauben, Gabriel mit einer Gartenhacke zu erschlagen. Sobald er von dessen Beziehung zum König erfuhr, würde er ihn freilassen. Am besten, sie zog sich jetzt zurück. Es gelang ihr, unbemerkt zu den Pferden zu gelangen, und sie war froh, dass sie nicht auch noch Gabriel auf dem Gewissen hatte.

Als sie von der Abtei fortritt, musste sie flüchtig an die Nacht mit ihm denken. Erst die Pflicht, dann das Vergnügen, dachte sie wehmütig.

12. KAPITEL

Abermals verraten von einer Adeligen und gehalten wie ein räudiger Hund! Ohnmächtiger Zorn durchströmte Gabriel, als er auf der Holzkiste stand, die Hände hinter dem Rücken gefesselt. Mit dem Kopf berührte er fast die Decke des Zeltes, das als eine Art Ersatz für zerstörte Abteiräume errichtet worden war. Um seinen Nacken war ein Strick geschlungen, mit dem man ihn an einem Eisenpfosten festgebunden hatte.

Natürlich hat sie mich denunziert, dachte er grimmig. Ariana war eine verdammte Spionin, sie verpfiff *jeden.* Er war zutiefst in seinem Stolz verletzt. Da hatte er in ihre blauen Augen geblickt und ihr tatsächlich geglaubt, als sie gesagt hatte, sie würde ihn heiraten. Einfältiger, leichtgläubiger Narr! Hatte er denn nicht längst gelernt, dass Edelfrauen *niemals* Söhne von Dirnen heirateten? Vor vielen Jahren hatte ihm eine diese Lektion erteilt, als sie nicht vor dem Altar erschienen war. Und trotzdem war er so dumm gewesen, Ariana zu vertrauen. Von jemand wie ihm ließ man sich verführen, aber man heiratete ihn nicht.

Er musste blinzeln, das grelle Sonnenlicht tat ihm in den Augen weh. Bis zu diesem Morgen hatte er im dunklen Verlies der Abtei gesessen. Nach drei Tagen in völliger Dunkelheit mussten seine Augen sich erst wieder ans Licht gewöhnen.

Verdammt! Er würde Ariana finden und zur Not mit Gewalt nach London schleppen, damit Eric freikäme. Das Kopfgeld für ihre Ergreifung würde er verwenden, um die Kinder satt durch den Winter zu bringen.

Der Abt von Thornbury saß mit mürrischer Miene in einem hölzernen Sessel mit hoher Rückenlehne vor ihm. Neben ihm befand sich der Bischof der Grafschaft, und seine feisten beringten Finger standen in scharfem Kontrast zu den knochigen Händen des Abts. Allein die vergoldete Bischofsmitra war wahrscheinlich ein Vermögen wert. Seine prunkvollen Gewänder in Rot und Weiß waren aus fein gesponnener Seide – irgendwie wirkte der Mann in diesem einfachen Zelt fehl am Platze.

Ihre religiösen Überzeugungen klafften weit auseinander, dennoch bedachten die beiden Männer ihn mit aufgebrachten Blicken, die nichts Gutes verhießen. Welche persönlichen Differenzen sie auch immer haben mochten, jetzt einte sie das Verlangen, den Sünder zu bestrafen.

Gabriel musste sich sehr beherrschen, nicht angewidert den Mund zu verziehen. Männer ihres Schlages kannte er nur zu gut – sie behaupteten, Diener Gottes zu sein, hatten es aber einzig und allein auf Macht und Einfluss abgesehen.

Als er den Kopf zur Seite wandte, entdeckte er vier bewaffnete Ritter, die Leibwache des Bischofs. Sie sollten wohl eingreifen, falls er sich von seinen Fesseln zu befreien versuchte. Es gab keine Geschworenen bei diesem „Kirchentribunal", das die Höhe seiner Strafe bestimmen sollte.

Misstrauen und Wut wuchsen in ihm, als sich das Schweigen im Zelt immer weiter in die Länge zog. Einer der Ritter legte die Hand auf das Heft seines Schwertes. Der Abt lehnte die Fingerspitzen beider Hände gegeneinander, und der Bischof spielte mit einem seiner Ringe.

„Ich bin hier im Auftrag des Königs", sagte Gabriel schließlich, obwohl er bezweifelte, dass das etwas an seiner Lage änderte. Wahrscheinlich hatten sie vor, ihn bis an sein Lebensende im Schuldgefängnis verrotten zu lassen.

„Ihr schweigt, bis man das Wort an Euch richtet", erwiderte der Abt.

Gabriel hielt dem Blick des Mannes eisern stand, blieb aber stumm. Schließlich wollte er sich nicht sein eigenes Grab schaufeln.

„Gabriel of Whitestone", begann der Bischof mit lächerlich

hoher Stimme. „Ihr seid angeklagt, Besitz niedergebrannt zu haben, der der Hochkirche unseres Herrn gehört."

„Ich bin hier im Auftrag des Königs", wiederholte Gabriel ruhig.

„Und was für ein Auftrag soll das sein?", erkundigte sich der Bischof.

„Ich bin der Jäger des Königs."

Der Abt verschluckte sich beinahe. „Der Jäger des Königs ist nichts weiter als eine Legende."

Gabriel sah ihn finster an. „Ich bin gekommen, um Lady Ariana gefangen zu nehmen. Sie wird der Spionage beschuldigt und soll zum Verhör nach London gebracht werden." Er zerrte kurz an seinen Fesseln, als ihn beim Gedanken an sie erneut der Zorn zu übermannen drohte. „Wären Eure Mönche nicht so übereifrig damit beschäftigt gewesen, mich mit ihren Gartenhacken zu verprügeln, hätte ich sie festnehmen können. Sie ist für den Brand der Kathedrale verantwortlich."

„Ihr seid angeklagt, heiligen Boden entweiht zu haben", fuhr der Bischof fort, als hätte Gabriel gar nichts gesagt. „Es ist eine Sünde, eigenes Vergehen auf Unschuldige abzuwälzen."

„Unschuldig!" Wieder zerrte er an dem Strick, und der Eisenpfosten geriet ins Wanken. „Die Frau ist eine Bedrohung für die ganze Grafschaft."

Verschnupft meldete sich der Abt zu Wort. „Lady Ariana ist immer eine große Wohltäterin für unsere Abtei gewesen."

„Der Abt will damit sagen, dass Lady Ariana gar nicht in der Kirche war", meinte der Bischof, und seine Hängebacken wackelten beim Reden.

Gabriel glaubte, Gift und Galle spucken zu müssen. „Natürlich war sie da."

„Sich vor der eigenen Verantwortung zu drücken und andere zu bezichtigen, ist ein Mal des Teufels", ließ sich der Abt mit dünner Stimme vernehmen.

„Ich drücke mich nicht vor meiner Verantwortung“, brüllte Gabriel.

Der Abt zuckte zusammen und schürzte seine kaum vorhandenen Lippen. „Auch die Lüge ist eine Sünde. Es ist wichtig für Gott, dass Ihr von Euren Sünden gereinigt werdet.“

„Nein.“ Gabriel zerrte an den Stricken, blinde Wut erfasste ihn. Er stieg von der Kiste und hätte dem Abt am liebsten seinen dürren Hals umgedreht.

„Wache!“, kreischte der Bischof.

Ein Ritter trat vor, packte den Nackenstrick und zog Gabriel zurück auf die Holzkiste. Er wollte sich wehren, verlor aber das Gleichgewicht. Der Ritter fing ihn gerade noch auf, ehe er sich an dem Strick strangulieren konnte. Gabriel richtete sich auf und sah die beiden Kirchenmänner aufgebracht an.

Der Abt hüstelte. „Man wird Euch mit dem Buchstaben E brandmarken, zum Zeichen dafür, dass Ihr heiligen Boden *entweiht* habt.“

Gabriel ballte die Fäuste hinter dem Rücken, zwang sich indes, sonst ganz still stehen zu bleiben. Der Mann schien die Bestrafung zu genießen, und jede Reaktion von Gabriel würde sein perverses Vergnügen nur noch steigern.

Der Bischof legte dem Abt seine feiste Hand auf den Arm. „Die körperliche Züchtigung wird ohne Zweifel seine Seele läutern und sie dem Einfluss des Höllenfürsten entreißen, aber die Kathedrale lässt sich nur durch einen gewissen Geldbetrag wieder aufbauen.“

„Ihr fettes Schwein“, rief Gabriel und wies mit seinen gefesselten Händen auf die kostbaren Ringe des Mannes. „Ihr habt doch wohl weiß Gott genug Geld.“

Der Bischof verzog das Gesicht, als hätte er gerade etwas besonders Widerwärtiges gegessen.

Der Abt wandte sich an den Ritter, der ihm am nächsten stand. „Holt mir eine Peitsche. Dieser Mann hier muss lernen, vor Gott Demut zu zeigen."

„Ihr seid nicht Gott", sagte Gabriel ruhig.

Der Abt lächelte. „Trotzdem, mein Sohn, ich glaube, ich kann Euch helfen."

„Seid froh, dass ich gefesselt bin, heiliger Mann", stieß Gabriel wütend hervor.

„Bringt ihn in den Klostergarten, damit er das Ausmaß der Entweihung sehen kann, für die er verantwortlich ist. Dann bereut er vielleicht seine Sünden und lernt, Achtung vor Gott zu haben."

Zahlreiche Hände packten ihn, lösten den Nackenstrick von dem Pfosten und zerrten Gabriel nach vorn. Er wich ruckartig nach hinten, und einer der Ritter prallte unwillkürlich gegen ihn. Sofort griffen zwei weitere Ritter ein und trennten die beiden. Gabriel gelang es noch, einen der Männer so heftig in die Kniekehlen zu treten, dass er zu Boden stürzte, doch dann wurde sein Strick straff gezogen.

Er stürzte der Länge nach vornüber auf den Boden. Ein Mann trat ihm in die Rippen, ein anderer gegen das Bein.

„Los, Hund, fang an zu kriechen", rief einer der Ritter und zog an dem Strick.

Lachend zerrten sie ihn ein Stück vorwärts. „Ja, kriech, du Hundesohn", johlten sie. „Kriech für uns."

„Bettle darum, dass wir aufhören."

Ein Ritter reichte dem Abt eine lange Lederpeitsche.

Gabriel richtete sich mühsam auf die Knie auf und erkannte, dass er ihm keine Wahl blieb. Glühender Hass erfüllte ihn. Er kroch zum Klostergarten, und seine Knie brannten.

„Vielleicht sind für einen so großen Mann wie Ihr es seid ein paar zusätzliche Hiebe nötig", verkündete der Abt und entrollte die Peitsche.

„Ich werde Euch töten", versprach Gabriel inbrünstig. Und Ariana würde er auch vor den Richter bringen – falls noch etwas von ihr übrig blieb, wenn er mit ihr fertig war.

Ein Peitschenknall, und Gabriel verspürte einen glühenden Schmerz auf dem Rücken. Er zuckte zusammen und schrie unwillkürlich auf.

Der Abt nickte befriedigt. „Der Teufel lässt bereits von Euch ab.“ Während drei Männer Gabriel weiterzerrten, traf ihn bereits der zweite Hieb.

Zwei Ritter griffen ihm unter die Arme und hoben ihn hoch. Er versuchte, sich zu wehren, aber es war hoffnungslos, sie waren einfach in der Überzahl. Aus dem Augenwinkel heraus sah er, wie der Bischof sich rasch entfernte. Der Mann warf noch einen letzten Blick über die Schulter, dann verschwand er in einem Nebengebäude der Abtei. Offenbar waren seine Nerven zu schwach für das, was nun geschehen würde.

„Feigling“, brüllte Gabriel ihm nach.

Der Abt schnalzte ungehalten mit der Zunge, und die Peitsche knallte viermal in rascher Folge auf Gabriels Rücken.

Der Schmerz war nahezu unerträglich. Gabriel sank in die Knie, wurde aber sofort wieder hochgerissen. Dieses Mal traf ihn die Peitsche an der Schulter, ganz nah an seinem Hals. Er spürte, wie Blut seinen Rücken hinunterrann, aber er nahm sich fest vor, nicht zu schreien. Diesen Triumph wollte er dem Abt nicht gönnen.

Die Peitsche sauste mit einem leisen Sirren durch die Luft und traf klatschend auf. Gabriel biss die Zähne zusammen und begann, die Hiebe mitzuzählen. Eins, zwei, drei, vier … Sein ganzer Rücken brannte wie Feuer, bei jedem Schlag riss die Peitsche die Haut ein wenig weiter auf. Fünf, sechs, sieben, acht. Er stöhnte und hasste sich im selben Moment dafür, dass er seinen Vorsatz gebrochen hatte. Neun, zehn, elf, zwölf.

Ein roter Nebel trübte seinen Blick, und durch diesen Nebel sah er Arianas Gesicht vor sich – wie sie ihn ansah und lachte. Diese verfluchte Hexe.

Wieder und wieder sauste die Peitsche auf ihn nieder, er hatte längst aufgehört, die Hiebe mitzuzählen. Als er den Kopf leicht zur Seite drehte, merkte er, dass der Abt milde lächelte. „In einer Woche gibt es die gleiche Prozedur noch einmal, damit Ihr Zeit habt, über Eure Sünden nachzudenken." Die Vorstellung schien ihm sehr zu behagen.

Zeit zum Nachdenken – darum ging es dem Abt nicht. Die Wunden sollten anfangen zu heilen, um die Auspeitschung dadurch noch schmerzhafter zu gestalten, dachte Gabriel verbittert. Der Abt genoss nicht allein das Klatschen der Hiebe, es waren vor allem die Schmerzen, die ihn erregten.

Ohnmächtiger Zorn raste in seinem Innern, als die Ritter ihn losließen und er zu Boden sank. Er schmeckte Erde auf seiner Zunge. Mühsam hob er den Kopf und versuchte, seinen Körper zum Aufstehen zu zwingen. Doch wieder sah er alles nur durch einen roten Nebel, und er wusste, er konnte es nicht.

Seine Augen brannten. Fest kniff er sie zusammen, damit keiner der Männer merkte, wie ihm zumute war. Trotzdem rann eine einzelne Träne über seine schmutzige Wange.

Der Abt warf die Peitsche fort und bückte sich zu ihm herunter. Er hob Gabriels Kinn und wischte die Träne fort. „Mit Eurer Stärke ist es wohl doch nicht so weit her, hm?", spottete er.

Scham und Wut drohten Gabriel zu überwältigen.

„Nun, vielleicht habe ich zu früh aufgehört. Das nächste Mal wird es länger dauern. Wachen, bringt mir das Brandeisen!" Er zeigte auf drei Männer, die in der Nähe ein Feuer schürten.

Ein dünner blonder Mann zog das rot glühende Eisen aus den Flammen.

Gabriel nahm seine letzte Kraft zusammen, kämpfte gegen die aufsteigende Übelkeit an und sah dem Kirchenmann trotzig in die Augen.

Dafür würde der Abt büßen. Auch der Bischof würde büßen müssen. Am allermeisten jedoch die hochmütige Lady Ariana.

13. KAPITEL

Zwei Wochen später eilte Ariana durch die Außenanlagen der Abtei. Sie war fest entschlossen, mit ihrem Cousin zu reden und von ihm zu verlangen, dass er sie von ihren Aufgaben entband. Er musste doch einsehen, dass es für sie viel zu gefährlich geworden war, wie bisher weiterzumachen. Allerdings konnte sie nicht aufhören, solange er damit drohte, den Mord an Ivan aufzuklären.

Nach der Geschichte mit Gabriel und einem anschließenden Ball in London, auf dem sie Beweise gesammelt hatte, dass Lady Monning eine Liebelei mit ihrem Hufschmied hatte, war sie nun so gereizt und übellaunig wie eine Viper. Sie war auch noch einem Earl in ein Freudenhaus gefolgt und hatte herausgefunden, dass er eine ziemlich große Schwäche für junge Knaben hegte.

Das war kein Leben für eine Frau. Sie wollte nichts weiter, als zu Hause zu bleiben, zu nähen, zu kochen und sich um ihren Besitz zu kümmern. Nun ja, musste sie schmunzelnd einräumen, wohl eher das Nähen und Kochen *beaufsichtigen.* Sie konnte zwar ganz ordentlich mit Nadel und Faden umgehen, aber Lorbeeren vermochte sie damit ganz sicher nicht einzuheimsen. Und ihre Köchin Margaret leistete hervorragende Arbeit in der Küche. Ariana vermisste jedoch ihre Blumen, die Erde an den Händen und die Befriedigung beim Anblick eines gut gepflegten Gartens.

Ein Kind rannte an ihr vorbei, und plötzlich empfand sie großes Heimweh. Ihr Sohn war hinter den sicheren Mauern ihres Besitzes und wurde von Kinderfrauen umhegt, während sie anrüchige Geheimnisse für ihren Cousin ausspionierte. Sie vermisste Jason so sehr – sein Lächeln, seine Fröhlichkeit, aber auch seine Wutausbrüche, wenn sie sich nicht miteinander verständigen konnten. Wenn er doch nur nicht taub gewesen wäre, dann würde sie sich vielleicht weniger Sorgen um ihn machen.

Nur ganz flüchtig durchzuckte sie ein verstörender Gedanke. Ihre Blutung war seit einer Woche überfällig. Aber nein. Sie verdrängte das ungute Gefühl sofort wieder. Schließlich verspürte sie keines der üblichen Anzeichen für eine Schwangerschaft, bestimmt war alles in Ordnung.

Sie blieb vor der neuen Halle stehen, in der die Messe gelesen wurde, bis die Kathedrale wieder vollständig aufgebaut war. Die restlichen Gebäude und Anlagen der Abtei waren schon instand gesetzt, dort ging alles wieder seinen geregelten Gang.

„Ihr!“, rief eine männliche Stimme. „Ihr!“

Erstaunt drehte sie sich um und sah einen Mann in einem eisernen Käfig, der von einem Baum herabhing. Ein Schauer überlief sie. Das war nicht die freundliche Abtei, die sie kannte. Die Gestalt im Käfig sah zerlumpt und schmutzig aus.

„Ariana.“

Ihr war, als hätte man ihr einen Schlag mitten ins Gesicht versetzt. Das war Gabriel. In Eisenbande gelegt und in einen Käfig gesperrt. Er hatte abgenommen, und sein Gesicht war vor lauter Blutergüssen kaum zu erkennen.

Blankes Entsetzen packte sie. Unwillkürlich wollte sie einen Schritt auf ihn zugehen, aber im letzten Moment hielt sie inne.

„Ariana. Verdammtes Frauenzimmer.“

Großer Gott. Selbst in Ketten gelegt, sah er immer noch stark genug aus, um einen Mann in Stücke reißen zu können. Oder eine Frau.

Was sollte sie nur tun? Sie zog sich die Kapuze ihres Umhangs tiefer ins Gesicht. Warum war er immer noch hier? Bei seinen Beziehungen zum König hätte er längst frei sein müssen. Schließlich war er der Jäger des Königs.

O ja, sie und der Bischof hatten einiges zu bereden. Sie eilte in die Halle. Bestimmt konnte sie das alles in Ordnung bringen.

„Ihr adelige Dirne“, brüllte Gabriel. „Kommt zurück.“

Sie dachte fieberhaft nach. Wenn er nicht mehr im Käfig saß, würde er sie aufsuchen, um sie nach London zu bringen. Andererseits konnte sie ihn hier nicht einfach seinem Schicksal überlassen. Wenn er weiter in diesem Käfig bliebe, würde er über kurz oder lang sterben.

Sie ging weiter, bis sie den Beichtstuhl erreichte, in dem der Bischof und sie sich immer trafen. Gabriel so misshandelt zu sehen, löste in ihr schwere Schuldgefühle aus.

Ariana kniete sich auf die gepolsterte Gebetsbank und starrte auf die Holzwand, die sie von ihrem Cousin trennte. Sie war fester denn je entschlossen, dem Ganzen ein Ende zu machen. Der Bischof hatte schon viel zu viele Forderungen gestellt.

Ein pfeifendes Atemgeräusch war von der anderen Seite der Trennwand zu hören. Sicherlich hatte er sich sehr zusammenquetschen müssen, um überhaupt in den Beichtstuhl zu passen. „Ariana." Kurze Stille. „Meine Liebe."

„Ja, Cousin." Sie klopfte dreimal leise gegen die Trennwand, und er antwortete mit zweimaligem Klopfen – das Zeichen, dass sie allein waren und ungestört miteinander sprechen konnten.

„Habt Ihr es dabei?"

„Ja, aber wir müssen reden."

„Ich höre, meine Liebe."

„Ich kann nicht mehr damit weitermachen."

Aus dem Pfeifen wurde ein Husten. „Ihr leistet gute Arbeit für eine ehrenhafte Sache."

Sie knirschte mit den Zähnen. „Ich meine es ernst, Cousin. Es ist zu gefährlich geworden."

„Meine Liebe, gerade diese Verbindungen sind es jedoch, die Euren Besitz vor Feinden schützen."

Lauter Anspielungen und Andeutungen, mit denen er ihr stets drohte. Sie spürte Panik in sich aufsteigen. Sie war einfach nicht gerissen genug, um sein Spiel mitspielen zu können. Hastig wechselte sie das Thema. Sie musste unbedingt in Erfahrung bringen, was er über Gabriel wusste.

„Ich haben draußen einen Mann in einem eisernen Käfig gesehen.“ Sie bemühte sich, herablassend zu klingen.

„Ach, meine Liebe, dieser Mann ist ein Teufelsanbeter.“

„Ein Teufelsanbeter?“

„Funken stoben aus seinen Augen und setzten das Haus Gottes in Brand.“ Ariana hörte ein Rascheln und vermutete, dass der Bischof sich bekreuzigte. „Ein gottloserer Mann ist mir noch nie begegnet. Der gute Abt hat versucht, seine Seele zu läutern und ihn von seinen Sünden zu befreien, aber der Teufel will immer noch nicht aus ihm weichen. Wir behalten ihn hier, um ihm den rechten Weg zu weisen.“

Erschrocken hielt sie sich die Hand vor den Mund. Um den König nicht auf ihn aufmerksam zu machen, meinte er wohl eher. Ob der Bischof ahnte, warum sie ihm diese Fragen stellte? „Um ihm den rechten Weg zu weisen?“

„Meine Liebe, Ihr seid viel zu zartbesaitet, um Euch mit solchen Dingen zu belasten.“

„Ich habe schon einiges zu sehen bekommen“, erwiderte sie. Zu viel, fügte sie im Stillen hinzu.

„Nein, meine Liebe.“

„Es ist barbarisch, ihn so zu behandeln“, beharrte sie.

Seine Robe raschelte, als beugte er sich näher an die Trennwand. „Was wisst Ihr über diesen Mann? Warum war er hier? Er sieht irgendwie unheimlich aus.“

Sie nagte an ihrer Unterlippe und überlegte, was sie sagen sollte. Wenn er auch nur den geringsten Verdacht schöpfte, war Gabriels Schicksal besiegelt. „Ich kenne ihn nicht“, antwortete sie schließlich. „Ich brauche einen kräftigen Mann zum Pflügen, und da dachte ich, ich könnte ihn vielleicht erwerben.“

Sie hörte, wie der Bischof mit seinen plumpen Fingern gegen Holz trommelte. „Er hat von Euch gesprochen.“

Sie erschrak. „Von mir?"

Das Trommeln wurde schneller. „Er gefährdet unsere Arbeit. Sagt mir, Ariana, woher kennt Ihr ihn?"

Sie atmete tief durch und tat, als müsse sie nachdenken.

„Er behauptet, der Jäger des Königs zu sein", half der Bischof nach.

Alles abzustreiten würde genauso verheerende Folgen haben, wie alles zu berichten, was sie wusste. „Der Jäger des Königs ist nur eine Legende", flüsterte sie.

Ihr Cousin brummte etwas Unverständliches.

„Wenn der König weiß, dass er hier ist, müsst Ihr ihn freilassen."

Pfeifendes Atmen. „Dieser Mann geht Euch nichts an. Er steht tief in der Schuld der Kirche."

„Ich werde seine Schulden bezahlen."

„Ihr bietet an, seine Schulden zu begleichen? Warum?"

Vorsicht! Fast hätte sie sich verraten. „Ich möchte nicht, dass unsere gütige Abtei solche Grausamkeit auf sich lädt." Sie sandte ein Stoßgebet zum Himmel, ihr Cousin möge ihr glauben. „Ich bin ganz sicher, dass es eine Wiedergutmachung für seine Sünden gibt. Er soll hart auf meinen Feldern arbeiten."

Eine Weile hörte sie nur das pfeifende Atmen auf der anderen Seite der Holzwand. „Ariana, meine liebe Cousine, denkt doch nur an Eure unsterbliche Seele. Ich könnte es nie zulassen, dass Ihr Euch in die Nähe eines Teufelsanbeters begebt."

„Sicher ist meine Seele längst verloren", murmelte sie vor sich hin.

„Aber nein, meine Liebe, ganz gewiss nicht. So etwas dürft Ihr nicht sagen. Ihr habt Großes vollbracht im Namen des Herren, um Euch von Euren Sünden reinzuwaschen."

Wieder knirschte sie mit den Zähnen. Damit wollte er sagen, dass sie ihm eine Menge Geld eingebracht und er ihren Mord an Ivan immer noch nicht vergeben hatte. „Dann droht mir doch sicher keine Gefahr von einem solch niederen Geschöpf."

Der Bischof holte tief Luft und fing zu husten an. Einen Augenblick lang wünschte Ariana, er würde aufhören zu atmen.

„Ich könnte gut für ihn bezahlen. Ich benötige wirklich dringend einen starken Mann für die Feldarbeit."

„Hm ..." Er wurde weich, das spürte sie. Habgier. Sie hatte ihm das Einzige in Aussicht gestellt, das er niemals ablehnen würde: Gold.

Sie faltete die Hände und wartete auf seine Entscheidung.

„Nun gut, Cousine. Ihr könnt den Mann kaufen. Aber das kostet Euch einiges."

Ich habe auch nichts anderes erwartet, dachte sie verstimmt. Er würde den höchsten Preis verlangen, den er nennen konnte, ohne Verdacht zu erwecken.

„Zehn Pfund."

Nun hielt sie doch den Atem an. „*Zehn* Pfund?"

Ariana hörte, dass er sich erhob, um zu gehen. Das Gespräch war für ihn beendet. „Bringt mir das Geld morgen bei Tagesanbruch." Dann ließ er sie allein mit ihren Gedanken.

Der Morgen dämmerte rosa und orange herauf. Er war viel zu schön, um sich mit so hässlichen Dingen zu beschäftigen, wie sie Ariana bevorstanden. Schon brachen die ersten Sonnenstrahlen durch zarte weiße Wolkenstreifen, und der Himmel erglühte in allen Farben, wie ein Gemälde von Meisterhand.

Sie ließ ihren alten Freund aus Kindertagen, Nigel, der sie zur Abtei begleitet hatte, am Tor zurück und machte sich auf den Weg in die Halle und zum Beichtstuhl. Den Lederbeutel mit dem Geld hielt sie fest umklammert. Zehn Pfund. Eine horrende Summe. Gut, Ariana war vermögend und konnte sich den Betrag leisten, aber es schmerzte trotzdem.

Als sie nach oben blickte, stellte sie fest, dass der Käfig mit Gabriel nicht mehr am Baum hing. Vielleicht hatte Gott ja doch ein Einsehen gehabt.

Die Tür zum Beichtstuhl knarrte beim Öffnen. Ariana kniete auf der Bank nieder und wartete.

Es kam ihr wie eine halbe Ewigkeit vor, bis sie hörte, wie die Tür auf der anderen Seite des Beichtstuhls geöffnet wurde. Pfeifender Atem. Die Tür wurde wieder geschlossen.

„Mein Kind“, vernahm sie die hohe Stimme ihres Cousins.

Sie klopfte dreimal, er klopfte zweimal. Sie konnten also offen reden.

„Ich habe es dabei“, teilte sie ihm ohne Einleitung mit.

Pfeifender Atem, der in Husten überging. Eine Klappe öffnete sich in der hölzernen Trennwand, und der Bischof streckte seine juwelengeschmückte Hand hindurch.

Ariana übergab ihm das Geld. „Wo ist der Mann?“

Die Klappe ging wieder zu. „Verzeiht mir, mein Kind. Gott hat den armen Sünder letzte Nacht zu sich gerufen.“

Sie war wie gelähmt vor Schreck, nur mit Mühe konnte sie einen leisen Aufschrei unterdrücken. Ihr Cousin war ein habgieriger Mann … aber *Mord?*

Sie schlug sich die Hand vor den Mund. Keine Angst zeigen, ermahnte sie sich. Sonst lieferte sie sich ihm nur noch mehr aus. Bloß keine Angst zeigen. In ihren Augen brannten Tränen.

„Meine Liebe“, ließ sich der Bischof nun vernehmen, „es ist sicher besser so. Eine so sanftmütige Seele wie Ihr es seid, sollte nichts mit Teufelsanbetern zu tun haben.“

Er wusste es. Er wusste etwas. Sie hatte das Gefühl, ersticken zu müssen.

„Um seine Schandtaten wiedergutzumachen, wird es bei der nächsten Messe eine Kollekte für ihn geben. Mit diesem Gold soll seine Seele erlöst werden.“ Er schnalzte mit der Zunge. „Ich verlasse mich darauf, dass Ihr wie von mir gewünscht nächste Woche zu dem Bankett bei Lord Monning geht.“

Ihr war, als zöge sich eine unsichtbare Schlinge um ihren

Hals zu. „Guten Tag, Cousin", flüsterte sie, und ihr Herz klopfte bang. Er würde sie niemals in Ruhe lassen. Hastig öffnete sie die Tür des Beichtstuhls und verließ fluchtartig die Kathedrale.

Nigel wartete am Tor auf sie. „Ihr seht mitgenommen aus."

Ihre Schuldgefühle drohten sie zu erdrücken. Sie nickte nur matt.

„Was ist geschehen?"

Als sie nicht antwortete, half Nigel ihr schweigend in Laceys Sattel. Er stellte ihr nie Fragen, wenn sie nicht reden wollte.

„Ich werde ein Lied für Euch spielen, wenn wir wieder auf Rosebriar sind."

Mit zitternden Händen griff sie nach den Zügeln. „Ja, das wäre schön", erwiderte sie leise. Nigel begleitete sie stets, wenn sie eine Eskorte brauchte, doch vielleicht benötigte sie in Zukunft einen noch fähigeren Bewacher.

Sie verwarf diesen Gedanken sofort wieder. Sie würde weitermachen wie bisher – mit Schlauheit, List und geschicktem Taktieren. Natürlich war sie nicht froh über Gabriels Tod, aber dadurch hatte sie zumindest ein Problem weniger, mit dem sie sich befassen musste.

O Gott, Gabriel.

Nun begannen ihre Tränen doch zu fließen. Sie spürte, wie sich ihre innere Starre löste. Erinnerungen an Gabriels Küsse und Liebkosungen kehrten zurück. Sie hätte ihn heiraten sollen.

Für Reue ist es zu spät, schalt sie sich, aber immer mehr Tränen rannen ihr über die Wangen. Ihr Verstand ermahnte sie, an Jason und ihre Leute zu denken. Ihr verräterischer Körper hingegen konnte noch Gabriels Wärme spüren. Er war ein Bauer, sagte die Vernunft. Innerlich war er ein Aristokrat, widersprach ihr Herz.

„Ariana?"

Sie gab sich einen Ruck. Für solche Gedanken war in ihrem Leben jetzt kein Platz mehr. Pflicht und Opfer lagen oft dicht beieinander. Sie wischte die Tränen weg. „Ja?“

Nigel neigte sich zu ihr und klopfte ihr unbeholfen auf die Schulter. „Ihr solltet euch um einen starken Mann bemühen. Auf Eurer Burg gibt es nur Frauen und alte Männer.“

„Ich habe meine Wachen.“

„Ihr habt ein paar Söldner und ein, zwei Ritter. Was Ihr *braucht*, ist ein Gemahl.“ Seine Stimme beruhigte ihre aufgewühlten Empfindungen ein wenig.

„Keineswegs.“

„Ihr braucht einen starken Mann“, wiederholte er. „Einen Herrn, der die Verteidigung Eures Besitzes übernimmt.“

„Nein“, gab sie scharf zurück. Doch ihr Herz schmerzte bei der Erkenntnis, dass Nigel vielleicht gar nicht so Unrecht hatte.

14. KAPITEL

Sechseinhalb Monate später

Geliebte Gemeinde, wir haben uns heute hier zusammengefunden, um diesen Mann und diese Frau im heiligen Bund der Ehe zu vereinen“, nuschelte der Geistliche, und Ariana hätte sich am liebsten geohrfeigt. Wenn sie nicht so unbeherrscht gewesen wäre, dann hätte sie jetzt nicht in dieser Kirche stehen müssen, in anderen Umständen und zur Heirat gezwungen.

Ich werde das durchstehen, sagte Ariana zu sich selbst. Es ist meine Pflicht, für die Sicherheit meiner Familie und der Leute auf meiner Burg zu sorgen. Wenn sie ihr Kind unverheiratet bekäme, konnten König oder Kirche sie ihres Titels berauben und ihr ihren Besitz wegnehmen. Sie betete insgeheim um ein Wunder, aber ihr war klar, dass es nur wenige Augenblicke dauern würde, bis sie einmal mehr an einen Mann gekettet war.

Ihr Bauch war zwar größtenteils unter dem weit geschnittenen grünen Gewand und dem Umhang verborgen, doch sie selbst konnte ihn schon deutlich sehen. Ihr Kind. Gabriels Kind.

Einen Moment lang kreisten ihre Gedanken um den Erzeuger ihres Kindes. Ob er ein guter Vater gewesen wäre? Noch immer quälten sie Schuldgefühle, dass sie nicht imstande gewesen war, ihn zu retten. Aber vielleicht ist es am besten so, dachte sie, um ihre Gefühle zu verdrängen. Mit äußerster Willenskraft konzentrierte sie sich wieder auf das, was jetzt geschah. Sie musste das tun, was für ihre Leute das Richtige war.

Sie betrachtete den Mann an ihrer Seite, der in wenigen Augenblicken ihr neuer Gemahl sein würde. Magere weiße Handgelenke ragten aus den Ärmeln seines Gewandes, auf seinem Kopf spross dünnes blondes Haar. Aus großen braunen Rehaugen sah er sie ergeben an. Er griff nach ihrer Hand.

Nigel of Grosmont war in allem das genaue Gegenteil von Gabriel – gertenschlank, etwas träge, etwas langweilig und zudem blond. Aber genau deshalb hatte sie sich für ihn entschieden. Er würde bestimmt keinen Schmutz ins Haus tragen oder seine Gewänder achtlos auf dem Boden liegen lassen. Schon seit Kindertagen war er ihr Freund. Er war ihr Vertrauter während ihrer Ehe mit Ivan gewesen. Und nun würde er ihr Gemahl werden.

Sie waren sich erstmals vor vielen, vielen Jahren an einem kalten Tag begegnet, als sie während eines Besuches bei Freunden in die Bibliothek geflüchtet war. Sie hatte geweint, weil eines der anderen Kinder besonders hässlich zu ihr gewesen war. Nigel hatte sich im selben Raum befunden und Fiedel gespielt, wie so oft.

Nach dieser ersten Begegnung war sie öfter den harmonischen Tönen nachgegangen, um ihn aufzuspüren. Sie war ein Mündel des Königs und wurde von einem Ort zum anderen weitergegeben, sodass sie und Nigel sich immer wieder über den Weg liefen. Seine ganze Leidenschaft galt seinem Instrument, und er konnte sich endlos über die Komplexität der Musik auslassen – ein ungewöhnliches Thema für einen Jungen seines Alters. Seine Nase steckte fast immer zwischen irgendwelchen Notenblättern, während sich die anderen Knaben im Umgang mit dem Schwert übten.

Seine Eltern bedrängten ihn, Priester zu werden, doch er wollte nur seine Lieder spielen. Wahrscheinlich wäre aus ihm ein fahrender Musikant geworden, wenn sein Vater nicht so strikt dagegen gewesen wäre.

In dieser Hinsicht verstanden sie einander – was die innere Leidenschaft betraf und die Einschränkungen, die dieser von außen auferlegt wurden.

Jetzt gab er oft private Konzerte für ihren Cousin, der Musik und Prunk über alles liebte. Die Ehe mit Ariana würde daran nichts ändern.

„Eine Frau gehört ins Haus …“, sagte der Geistliche in diesem Moment – und holte Ariana damit wieder in die Gegenwart zurück.

Nigel lächelte sie freundlich an. Die Morgensonne schien durch die bunten Kirchenfenster und malte Regenbogenfarben auf sein Haar. Er hielt sich leicht vornübergebeugt, wie es alle sehr hochgewachsenen Männer häufig tun. Außer Gabriel, verbesserte sie sich. Gabriels Körperhaltung zeugte nie davon, dass er sich für seine außergewöhnliche Größe entschuldigte. *Hatte* niemals davon gezeugt …

Sie musste Gabriel vergessen. Nigel würde ihrem Kind ein guter Vater sein. Abwesend strich sie über ihren Bauch und sah ihren zukünftigen Mann an. Wie ihre Zweisamkeit wohl verlaufen würde? Ihr Angebot war wahrscheinlich das beste gewesen, was er jemals erhoffen konnte, auch angesichts ihrer Bedingung, dass die Ehe niemals körperlich vollzogen werden würde. Ein anderer Mann hätte vielleicht dagegen protestiert, aber Nigel hatte mit keiner Wimper gezuckt. Seine einzige große Liebe galt der Violine.

Jason, ihr siebenjähriger Sohn, zupfte an ihrem Gewand und bedeutete ihr mit verlegenen Gesten, dass er einmal austreten müsse.

Sie schüttelte den Kopf, erwiderte kurz Nigels Lächeln und wandte ihre Aufmerksamkeit wieder dem Geistlichen zu.

Erneut zupfte Jason sie am Ärmel, und dieses Mal gab er dazu ein leises Wimmern von sich. Sein sonst immer ordentlich aussehendes Haar stand in alle Richtungen ab. Auch das noch. Ariana war am Morgen so verzweifelt über ihre Notlage gewesen, die sie dazu zwang, erneut heiraten zu müssen, dass sie völlig vergessen hatte, Jason zu kämmen. Stirnrunzelnd schüttelte sie den Kopf, zum Zeichen, dass er sich noch ein wenig gedulden sollte.

„Ich will“, sagte Nigel jetzt.

Ariana zuckte zusammen. War es wirklich schon so weit?

In diesem Moment erschütterte ein Knall die Kirche. Die Tür flog auf, und ein scharfer kalter Wind blies herein. Ariana verspürte ein Kribbeln im Nacken, und als die ganze Hochzeitsgesellschaft hörbar einatmete, drehte sie sich langsam um.

In der offenen Kirchentür stand ein Krieger in einer Rüstung aus derbem schwarzen Leder. Sein dunkles Haar fiel ihm wirr über die Schultern, und sein Gesicht war schmutzverschmiert.

Ihr Herz setzte einen Schlag aus. Es war, als hätten ihn ihre Gedanken aus dem Jenseits zurückgeholt. Gabriel lebte.

„Gabriel!“

Er starrte sie an. Unrasiert war er, und durch den Schmutz auf seiner Wange schimmerte eine rote Narbe. Ariana fand, er sah viel härter und gefährlicher aus als früher – als sei er von der Hölle verschlungen und wieder ausgespieen worden.

Sie merkte, wie ihre Knie weich wurden. „Gütiger Gott“, murmelte sie.

„Ihr da“, rief Gabriel laut und zeigte auf Nigel.

Mit großen Augen sah Nigel zwischen Gabriel und Ariana hin und her. „Er ist es“, flüsterte er erschrocken.

Ohne auf ihn zu achten, tat Ariana einen Schritt nach vorn. „Gabriel, ich glaubte, Ihr wärt tot.“

Mit der schussbereiten Armbrust in der Hand ging er auf den Altar zu. Auf seiner Stirn zeichnete sich eine tiefe Falte ab, und um seinen sonst so sinnlichen Mund lag ein grimmiger Zug.

Das Lächeln erstarb ihr auf den Lippen.

In der stillen Kirche brach plötzlich Chaos aus, als eine Horde großer, barbarisch anmutender Männer in Fellen und Ledergewändern hereinstürmte. Bänke und Statuen fielen um.

Die Leute hielten erschrocken den Atem an, Jason schrie auf und der Geistliche wich stolpernd zurück und klappte seine Bibel zu. Der Geruch von Pferden, Schweiß und Leder erfüllte das Kirchenschiff, als die Männer sich ausbreiteten und die Hochzeitsgesellschaft einkreisten.

„Gabriel?“

„Ruhe!“, brüllte er, und sofort herrschte Stille, nur das Knarren seiner Lederrüstung war zu hören, als er näher kam. Seine Miene war finster, und seine Augen funkelten vor Mordlust.

Ein Schauer lief Ariana über den Rücken, und Nigel legte ihr die Hand auf den Arm.

Der alte Tom erhob sich in einer der mittleren Reihen. „Mann, was fällt Euch ein? Das ist die Hochzeit unserer Herrin.“ Sein weißer Haarschopf zitterte vor Empörung.

Gabriel fuhr herum und zielte mit seiner Armbrust auf ihn.

Ariana ging einen Schritt auf ihn zu. „Halt! Lasst ihn in Ruhe.“

Toms Frau Margaret rang jammernd die Hände. „Ihr Heiligen, steht uns bei!“

„Setz dich und halt den Mund, alter Mann.“ Gabriel durchbohrte ihn mit Blicken.

Tom wollte etwas sagen, aber Ariana hob abwehrend die Hand. „Nein, Thomas. Das ist eine Angelegenheit zwischen Gabriel und mir.“

„Erbarmen.“ Margaret zog ihren Mann wieder neben sich auf die Bank.

„Hat sonst noch jemand etwas zu sagen?“ Gabriel schwenkte vielsagend die Armbrust. Seine Kumpane ließen die Blicke über die Hochzeitsgesellschaft schweifen, als suchten sie nur nach einem Vorwand, jemanden umzubringen.

Nigel trat nervös von einem Bein auf das andere. „Ihr solltet im Haus des Herrn keine Waffen tragen.“

Ariana bekam eine Gänsehaut und warf ihm einen warnenden Blick zu.

Mit drei Schritten war Gabriel am Altar.

„Gabriel?“ Sie legte ihm die Hand auf die Brust. „Ich bin verwirrt.“

Er sah auf ihre Finger, als wären sie aussätzig. „Vielleicht wird Euer Kopf ja wieder klarer, wenn Ihr am Galgen hängt.“

Sie zog die Hand zurück, als hätte sie sich verbrannt. „Habt Ihr unsere gemeinsame Zeit denn ganz vergessen?“

Eine Welle des Zorns ging von ihm aus, dass sie fast greifbar war. „*Ihr* habt sie vergessen, und das nur wenige Stunden, nachdem Ihr mich verführt hattet.“

„Nein, Gabriel, das stimmt nicht. Ich war gekommen, um Euch zu holen.“

„Das habe ich gesehen.“ Er stieß sie von sich, als könnte er ihre Nähe nicht ertragen. „Ich nehme Euch Euren Besitz. Und Euren verdammten Stolz nehme ich Euch auch. Ihr werdet an meiner Tür um Nahrung betteln, und Eure Leute werden meine Sklaven sein.“

Zitternd wagte Nigel sich einen Schritt vor. „So dürft Ihr aber nicht mit ihr reden.“

„Zurück, du Hund“, warnte Gabriel.

„Nigel, nicht.“

Nigel ballte die Faust.

Blitzschnell holte Gabriel aus und schlug ihm hart ins Gesicht. „Narr!“

Nigel schrie auf und stürzte nach hinten. Ariana konnte seinen Aufprall auf die Fliesen gerade noch abmildern. Unbeholfen rappelte Nigel sich wieder auf. Gabriel packte ihn am Kragen und rammte ihm die Faust auf die Nase. Blut spritzte umher.

„Aufhören!“, rief Ariana erschrocken, das Atmen fiel ihr plötzlich schwer. Nigel ruderte wild mit den Armen und schlug nach Gabriel, doch der wich geschickt aus und setzte zum Gegenhieb an. „Nein!“ Sie musste ihn aufhalten. Verzweifelt hängte sie sich an seinen Arm.

So, als wöge sie nichts, machte Gabriel einen Satz nach vorn und schloss die Finger um Nigels Hals. Ihr Bräutigam stieß einen erstickten Laut aus.

„Nein“, flüsterte Ariana entsetzt. Nigel verdrehte die Augen, und sein Gesicht lief tiefrot an. „Gabriel, hört mich an. Er ist kein Kämpfer.“

„Er war bei Euch in der Abtei.“

„Er ist nur ein Musikant. Lasst ihn los!“

Gabriel hob ihren Bräutigam ein Stück vom Boden hoch und bedachte sie mit einem bösen, rachsüchtigen Blick. „Lasst meinen Arm los. Und jetzt kniet Euch hin und bettelt um sein Leben, wenn Ihr nicht wollt, dass er stirbt.“

Während sie noch zögerte, schüttelte er Nigel. Der röchelte auf, und seine Fingerknöchel traten vor Anstrengung weiß hervor, als er versuchte, Gabriels Griff um seinen Hals zu lockern.

Heilige Mutter Gottes. Gabriel würde ihn töten, wenn sie nicht tat, was er von ihr verlangte. Dieser Barbar. Sie ließ seinen Arm los und sank auf die Knie. Sie hörte, wie ihre Leute unruhig auf den Kirchenbänken herumrutschten. Sie vor ihren eigenen Leuten derart zu demütigen – so etwas hatte nicht einmal Ivan getan.

Abwartend starrte Gabriel sie an.

Sie konnte nicht anders. Allein hatte Nigel nicht die geringste Chance gegen ihn. „Bitte, ich flehe Euch an. Er ist doch nur ein Fiedelspieler.“

Ein Ausdruck arroganter Befriedigung glomm in Gabriels Augen auf. Er ließ Nigel wieder zu Boden, und ihr Bräutigam sank keuchend in sich zusammen.

„Es ist nicht, wie Ihr glaubt“, krächzte Nigel. Hilfesuchend streckte er einen Arm nach Ariana aus.

Gabriel packte seine Hand und drehte ihm zwei Finger um.

Ariana schrie auf.

Nigels Gesicht war schmerzverzerrt. Er öffnete den Mund, aber er brachte nur ein Röcheln zustande.

„Bitte! Nicht seine Hände", flehte sie. Wie konnte Gabriel nur so grausam sein? Das Fiedelspiel war doch alles, was Nigel auf der Welt hatte. „Ihr Ungeheuer. Er kann sich doch gar nicht verteidigen."

Mit einem angewiderten Blick versetzte er Nigel einen Fußtritt. Nigel sah Ariana an, stand aber nicht auf.

Ariana wollte sich zu ihm beugen, aber Gabriel riss sie grob zur Seite. Verzweifelt sah sie sich um. Wie konnte sie nur wieder Herrin der Lage werden? Ihre Gedanken überschlugen sich. Jason klammerte sich mit zitternden Händen an sie. Sie legte den Arm um seine Schultern und wich zurück, um Abstand zwischen sich und Gabriel zu legen.

Die Hochzeitsgäste verfolgten die Szene mit Entsetzen. Jasons Kinderfrau Beth kaute an ihren Fingernägeln, und Margaret machte den Eindruck, als fiele sie gleich in Ohnmacht. Ihre Leute waren einfache Menschen vom Land, keine Krieger oder Söldner. Wenn Gabriel sie alle vernichten wollte, konnte sie nichts dagegen tun.

„Was wollt Ihr?", fragte sie tapfer.

Er packte ihren Oberarm, und seine Finger bohrten sich tief in ihr Fleisch. „Ich will nur, was mir gehört." Sein Blick ließ keinen Zweifel aufkommen, dass er sie damit meinte.

Sie konnte ihn nur fassungslos anstarren. All die vielen Nächte, in denen sie sich nach ihm gesehnt hatte … Ihr wurde übel bei dem Gedanken. „Ich gehöre Euch nicht."

Selbst sein Lachen klang finster, und das gefährliche Glitzern in seinen Augen verursachte ihr eine Gänsehaut. Wieder wurde sie sich seiner großen Ähnlichkeit mit Ivan bewusst. „Ihr wärt gut beraten, mich zu fürchten."

Ihr Herz klopfte zum Zerspringen, und das Kind in ihrem Leib begann zu treten. Sie streckte abwehrend die Hände aus, als er wieder näher an sie herantrat. Jason wimmerte und barg das Gesicht in den Falten ihres Gewandes.

Jetzt traten zwei der Barbaren vor, packten Nigel und zerrten ihn zum Kirchentor, das von Gabriels Männern bewacht wurde.

„Ariana!", keuchte Nigel. Seine braunen Augen waren schreckgeweitet.

Sie wollte ihm zu Hilfe eilen, aber Gabriel hielt sie fest. „Geht zu ihm, und ich breche ihm sämtliche Finger."

Voller Panik sah sie sich in der Kirche um. Alle verfolgten gebannt die Szene, aber keiner von ihren Leuten machte Anstalten, ihr beizustehen.

„Ihr gehört mir", sagte er ganz ruhig.

Wieder spürte sie diesen bitteren Geschmack im Mund. Das war nicht mehr derselbe Mann, den sie früher gekannt hatte. Sie zitterte und schlang die Arme noch fester um Jason. Die Tritte des ungeborenen Kindes verursachten ihr starke Schmerzen, und wenn Gabriel sie nicht festgehalten hätte, wäre sie wahrscheinlich wie ein Stoffpuppe zu Boden gesunken. „Was wollt Ihr?", wiederholte sie.

Seine Hände schlossen sich fester um ihre Arme. „Rache."

Einen Moment lang verschwamm alles vor ihren Augen. Sie schluckte, und ihr war, als befände sie sich mitten in einem schrecklichen Albtraum. Ihre Brust schmerzte beim Atmen, ihre innere Stimme der Vernunft verhöhnte sie. *Und von diesem grausamen, barbarischen Bauern ohne jedes Ehrgefühl hast du einst geträumt!*

Jason wickelte sich immer weiter in ihr Gewand ein. Durch sein Ziehen und Zerren straffte sich der Stoff, ihre Figur zeichnete sich jetzt deutlicher als zuvor darunter ab.

Gabriels Blick fiel auf die sanfte Wölbung, die durch das weit fallende Gewand verborgen gewesen war. Er runzelte die Stirn. „Ich wusste nicht, dass Ihr ein Kind erwartet.“

Wieder schluckte sie, ihr Atem ging stoßweise. Sie wollte sich nicht anmerken lassen, wie verwundbar sie sich fühlte. Ein paar der Hochzeitsgäste hüstelten taktvoll.

„Ich nehme an, es ist von mir.“

Das Hüsteln wurde zu einem ungläubigen Raunen.

Ihre Wangen brannten vor Scham. Wie hatte sie nur bei diesem *Tier* liegen können? Am liebsten hätte sie die Röcke gerafft und wäre mit Jason aus der Kirche geflohen, doch ihr Sohn hielt ihre Beine umschlungen und hing mit seinem ganzen Gewicht an ihr. Es gab kein Entrinnen.

Gabriel drückte einem seiner Männer die Armbrust in die Hand und drehte Ariana zum Altar um. Mit der freien Hand zog er den Geistlichen heran.

„Fahrt mit der Zeremonie fort, Priester. Es muss nur der Name des Bräutigams geändert werden.“

Ariana hielt erschrocken den Atem an. Um Gottes willen, nein! Waren sie erst verheiratet, könnte sie ihn nicht mehr gerichtlich dafür belangen, dass er sich ihren Besitz gewaltsam angeeignet hatte.

„Ihr habt meine Burg“, brachte sie mühsam hervor. „Es gibt keinen Grund, warum wir heiraten sollten.“

„Selbstsüchtig durch und durch, wie alle Adeligen“, zischte er. „Ich werde nicht zulassen, dass mein Sohn als Bastard aufwächst.“

„Aber das Aufgebot ist noch nicht richtig bestellt …“, wandte der Geistliche ein. Gabriel warf ihm einen warnenden Blick zu, und der Mann verstummte vor Angst.

Ariana hielt sich an ihrem Sohn fest. Auch wenn ihre Knie noch so sehr zitterten, sie musste sich gegen ihn behaupten.

Gabriel zu heiraten, bedeutete ein Leben in Gefangenschaft.

„Das ist aber wider das Gesetz", erklärte sie. „Ich werde nicht ..."

Er lächelte höhnisch. „Glaubt Ihr, ich schere mich um *Gesetze?*"

Sie erschauerte. Wie hatte sie die Selbstherrlichkeit der Männer satt. „Es sind noch gar keine Papiere aufgesetzt worden", versuchte sie es noch einmal.

Genauso gut hätte sie gegen eine Wand reden können. Er sah sie nur kurz an, dann wandte er sich wieder an den Geistlichen. „Los, Priester, bringt die Zeremonie zu Ende."

Entsetzt schüttelte sie den Kopf. „Nein!"

„Ihr habt gar keine andere Wahl." Gabriel nickte seinen Männern zu. Ein großer behaarter Rotschopf trat vor und griff nach Jason. Ihr Sohn trat mit seinen dünnen Beinen wild um sich.

„Mum!", schrie er. Es war eins der wenigen Wörter, die er gelernt hatte, ehe er taub geworden war.

Es zerriss ihr das Herz. Sie wollte sich zu Jason umdrehen, aber Gabriel hielt sie eisern fest.

Der Rothaarige schleifte den Jungen über die Bodenfliesen.

„Mum!"

„Jason!" Angst schnürte ihr die Kehle zu, und sie versuchte verzweifelt, sich Gabriels Griff zu entwinden.

„Heiratet mich, und ihm wird nichts geschehen."

Resigniert hörte sie auf, gegen ihn anzukämpfen. Gabriel war über einen Kopf größer als sie und stark wie ein Bär.

„Bitte. Ich flehe Euch an. Mein Kind ist unschuldig."

„Ja, aber Ihr seid es nicht."

„Ihr würdet doch sicher nicht einem Kind etwas antun, nur um Eure Ziele zu erreichen." Prüfend betrachtete sie sein Gesicht und versuchte, darin etwas von dem Gabriel wiederzufinden, dem sie sich hingegeben hatte. Die rote Narbe hob sich von seiner gebräunten Haut ab, und seine Augen wirkten kalt und hart. Wo waren seine Wärme, seine Freundlichkeit geblieben? „Bitte!“ Sie hatte den brennenden Wunsch, Jason zu berühren und ihm zu versichern, dass alles gut werden würde. „Lasst ihn in Ruhe. Er ist doch taub, er versteht gar nicht, was hier geschieht.“

Ein weicherer Ausdruck trat in seine Augen, verflog aber so rasch, wie er gekommen war. „Legt das Ehegelübde ab.“

Grenzenlose Verzweiflung übermannte sie. Männer eigneten sich etwas an, auch wenn es ihnen nicht gehörte, und sie benutzten die Menschen in ihrer Umgebung, wenn sie sich dadurch einen Vorteil versprachen. „Ihr könnt Euch alles nehmen, was Ihr wollt. *Mich* braucht Ihr doch gar nicht.“

Er zog sie weiter nach vorn. „Es wäre keine Strafe, Euch einfach gehen zu lassen. Nein, ich werde erst einmal Euren Stolz und Eure Sturheit aus Euch heraustreiben.“

Sie erschauerte. Wieder streifte ihr Blick die Narbe auf seiner Wange.

Der behaarte Mann hielt Jason vor sich wie einen Schild. Der Junge wimmerte leise, und seine grünen Augen waren vor Angst geweitet. „Mum“, schluchzte er. „Mum.“

Ariana streckte die Hand nach ihm aus. „Es ist alles gut“, tröstete sie ihn, auch wenn sie wusste, dass er sie gar nicht hören konnte.

Auf welche Art wollte Gabriel sich wohl an ihr rächen? Sie atmete tief durch, um nicht die Fassung zu verlieren. Was auch immer er vorhatte – sie konnte es ertragen. Jason zuliebe *würde* sie es ertragen.

Gabriel gestattete ihr, ihren Sohn zu berühren, dann zerrte er sie zurück an seine Seite. „Los, Priester, führt die Zeremonie fort!“, herrschte er den Geistlichen an. „Ihr könnt an der Stelle weitermachen, wo es heißt: ‚Nehmt Ihr diese Frau hier …‘.“

Stotternd und stammelnd machte der Mann sich an seiner

Bibel zu schaffen.

Nigel, der immer noch von zwei starken Männern festgehalten wurde, begann zu schreien. „Ariana! Hilfe!“

Sie drehte sich um. Die Männer hatten ihm sein dünnes Haar zerzaust und waren gerade dabei, ihn zu entkleiden. Was für Barbaren, ihn so zu demütigen an dem Tag, der eigentlich sein Hochzeitstag hätte sein sollen. „Hört auf!“ Wie konnte man ein so sanftes, freundliches Geschöpf derart behandeln?

„Was sollen wir mit ihm machen?“, wollte einer der Männer, der ein Fellwams trug, von Gabriel wissen.

Der zuckte nur mit den Achseln. „Ihr werdet schon ein Verlies für ihn finden.“

„Die Feuchtigkeit dort wird ihn umbringen“, protestierte Ariana laut.

Nigel zitterte am ganzen Leib. Er sah sich ängstlich nach Gabriel um, als die Männer ihn schon zur Kirchentür schleiften. „Es war nicht meine Idee, sie zu heiraten, Mylord“, rief er mit vor Furcht schriller Stimme.

Hatte sie eben noch Mitleid mit ihm gehabt, so schlug dieses nun in Abscheu um. Sie hatte gewusst, dass er nicht gerade eine Kämpfernatur war, aber seine unverzügliche Bereitwilligkeit, sie und Jason aufzugeben, war einfach abstoßend. Hatte sie es erst für einen Vorteil gehalten, dass er so leicht beeinflussbar war, fand sie sein Verhalten jetzt nur noch erbärmlich.

„Schafft ihn fort, ehe ich ihn vor allen Leuten erschlage.“ Damit drehte Gabriel sich wieder zu dem Priester um. „Fangt an“, forderte er ihn auf.

Zitternd suchte der Mann in der Bibel nach der Stelle, bei der er vorhin zu lesen aufgehört hatte. „W-w-wie sagtet Ihr, lautet doch gleich Euer Name?“

„Gabriel of Whitestone.“

„Wollt Ihr, Gabriel of Whitestone, diese Frau zu Eurer Euch

rechtmäßig angetrauten Gemahlin nehmen; wollt Ihr sie lieben und ehren, in guten wie in schlechten Tagen, bis dass der Tod Euch scheidet, so wahr Euch Gott helfe?"

„Ja, ich will."

„Und wollt Ihr, Lady Ariana of Rosebriar, d-diesen Mann zu Eurem Euch r-r-rechtmäßig angetrauten Gemahl nehmen; wollt Ihr ihn lieben …" Der Mann stotterte jetzt so sehr, dass sie ihn kaum verstehen konnte. „Ihn lieben und ihm gehorchen …"

„Nein. Nein, das will ich nicht. Ich werde ihn heiraten, aber gehorchen werde ich diesem Mann nie."

Der Geistliche hüstelte und sah Gabriel hilfesuchend an.

„Ihr werdet mir in *jeder* Hinsicht gehorchen, Mylady."

„Nein." Niemals.

Er nickte dem Mann zu, der Jason festhielt, und der kniff ihm daraufhin in den Arm. Der Junge schrie schmerzerfüllt auf, und dieser Laut traf Ariana mitten ins Herz.

Ihr drehte sich der Magen um. Gabriel wusste, dass sie alles für Jason tun würde. Dass er dieses Wissen so niederträchtig ausnutzte, erfüllte sie mit Hass.

„Bring den Jungen nach draußen, bis seine Mutter sich beruhigt hat und die richtigen Worte spricht", befahl Gabriel.

Der Rothaarige schleifte den sich heftig wehrenden Jason aus der Kirche. „Mum!", schrie Jason noch einmal. Doch dann wurde es still, als die Kirchentür hinter ihm ins Schloss fiel.

Ariana glaubte, alles wie durch einen Nebel zu sehen. Sie hatte keine andere Wahl. Sie hatte überhaupt keine Wahl. „Bitte", flüsterte sie, und all ihr Zorn wich der Angst um Jason.

Gabriel atmete tief durch, seine Miene wirkte gleichgültig und unergründlich. „Gelobt, dass Ihr mir gehorchen werdet."

„Ich … ich hasse Euch."

„Das sagtet Ihr bereits."

„Es ist die Wahrheit."

Einen Augenblick lang schien er ruhiger zu werden. „Nein, das ist es nicht. Ihr seid nur zornig, weil ich auf diese Weise meinen Anspruch auf Euch geltend mache, und Ihr befürchtet, ich wäre wie mein Bruder."

„Nun, seid Ihr das etwa nicht? Ihr und Eure Barbaren."

„Ihn zu lieben und ihm zu gehorchen, in g-g-guten wie in schlechten Tagen, bis dass der Tod Euch scheidet, so wahr Euch Gott helfe?", sprach der Geistliche stotternd zu Ende.

„Sagt es", drängte Gabriel. „Sagt: ‚Ich will'."

„Ich will", stieß sie mühsam hervor.

„Damit erkläre ich Euch für Mann und Frau", bemerkte der Priester so schnell er konnte, als wäre er froh, dass das Ganze gleich vorbei sein würde. „Ihr dürft die Braut jetzt küssen." Damit klappte er die Bibel zu und trat drei Schritte zurück.

Großer Gott, wieder war sie mit einem Ungeheuer verheiratet. Die Kirchenwände schienen plötzlich auf sie zuzukommen, sie glaubte, zwischen ihnen ersticken zu müssen. Ihr Herz klopfte zum Zerspringen.

Gabriel zog sie an sich. „Ich tue Kindern niemals etwas an", teilte er ihr kurzangebunden mit. Ariana kam nicht mehr dazu, das Gesicht zur Seite zu wenden, schon spürte sie seine Lippen hart auf ihren. Ihr wurde schwindelig. Sein Kuss war nicht sanft und verspielt wie früher, er war fordernd und schien sie bestrafen zu wollen.

Insgeheim verfluchte Ariana ihren verräterischen Körper, der sich wohl zu viele Nächte nach Gabriel gesehnt hatte. Ihr Zorn hatte keine Auswirkungen auf die Gefühle tief in ihrem Innern.

Sie hasste ihn. Sie begehrte ihn. Konnte ihre Demütigung denn noch schlimmer sein?

„Mylady." Unvermittelt gab er sie frei.

Sie starrte ihn nur wortlos an – ob er irgendetwas dabei empfunden hatte?

Sein Blick war rätselhaft, als er zu seinen Leuten sprach. „Hier, geleitet meine *Gemahlin* ins Schlafgemach zu unserer Hochzeitsnacht."

Furcht, Zorn, Verlangen, Verbitterung – sie konnte nicht sagen, welches Gefühl am stärksten war. „Das kann nicht Euer Ernst sein."

„Ihr gehört jetzt mir", sagte er und zeigte zum Ausgang, während er sich nun erneut an die Barbaren wandte. „Nehmt sie mit. Ich komme bald nach, um diese Angelegenheit zwischen uns zu einem Ende zu bringen."

15. KAPITEL

Schweigend wurde sie von den düsteren Barbaren zu ihrem Gemach gebracht, sodass Ariana sich unwillkürlich an einen Trauerzug erinnert fühlte. Die Welt schien nichts anderes als ein Sarg zu sein, ihr Sarg. Zwei von Gabriels Männern, ein Einäugiger und ein großer Dünner, hatten sie in dic Mitte genommen, als sie mit schweren Schritten durch die Gänge der Burg zur Kemenate gingen. Bislang hatte Ariana sieben Männer in Gabriels Gefolge gezählt.

Übelkeit stieg in ihr auf, als sie über die Schwelle ihres Gemaches trat, ihr war, als schritte sie durch ein Friedhofstor. Mit einem Schauer schwor sie sich, alles zu ertragen, was Gabriel vorhaben mochte. Für Jason und ihr ungeborenes Kind konnte sie das schaffen.

Als hätte es ihre Gedanken erahnt, begann sich das Kind in ihrem Leib wieder zu bewegen. Beruhigend strich sie mit der Hand über ihren Bauch. Die Dienstmägde hatten das Gemach bereits für die Hochzeitsnacht vorbereitet. Die edlen Vorhänge des Himmelbetts waren zurückgezogen, ein anheimelndes Feuer angezündet. Der angenehme Geruch von frischer Minze und Bienenwachs hing in der Luft. Kerzenlicht warf einen warmen Schimmer auf Arianas Habseligkeiten.

Ihre Habseligkeiten! Nicht seine.

Wieder fühlte sie, wie Verzweiflung in ihr aufstieg. Wie konnte er es wagen, sie zu dieser Ehe zu zwingen! Sie lief über die Holzbohlen des Fußbodens hinüber zu ihrem Frisiertisch und ließ sich auf den davorstehenden Stuhl fallen. Auf der Tischplatte hatte sich eine Reihe von Gegenständen versammelt – drei Kämme, eine Bürste, fünf Haarbänder, zwei Schultertücher, ein Tiegel mit Bleipulver, ein kleines Spiegelglas und noch eine Anzahl anderer, typisch weiblicher Utensilien.

Sie sah sich im Raum um. Die letzten Jahre hatte sie damit

zugebracht, sich aller Dinge zu entledigen, die daran erinnerten, dass jemals ein Mann dieses Gemach betreten hatte. Wenn sie nach dem Tod ihres Gemahls die ganze Burg hätte abbrennen und eine neue bauen können – sie hätte es getan. Seit Ivans Tod hatte sich kein Mann mehr hier aufhalten dürfen.

Geistesabwesend zog sie den Kamm durch ihre langen roten Locken. Sie hatte ihren Gemahl getötet – Gott sei Dank, dass er nicht mehr am Leben war –, weil er sich an Jason vergriffen hatte. Aber trotz ihrer anfänglichen Befürchtungen glaubte sie Gabriel, dass er Kindern niemals etwas zuleide tun würde. Ihr blieb wohl nichts anderes übrig, als auf irgendeine Weise Frieden mit ihm zu schließen.

Sie legte den Kamm wieder auf den Frisiertisch und betrachtete sich in dem kleinen Spiegel. Winzige Falten zeichneten sich auf ihrer Stirn ab. Sie versuchte, sie mit den Fingern glatt zu streichen, aber es gelang ihr nicht. Sie sah nicht aus wie eine strahlende Braut, sondern verhärmt und eingefallen. Und sie fühlte sich sogar noch viel erschöpfter, als sie aussah. Das Kind trat, und abwesend strich sie über ihren Bauch.

Als sie den Kamm wieder in die Hand nehmen wollte, entdeckte sie ein winziges Stück Pergament, das unter einem anderen Kamm aus Schildpatt hervorlugte. Neugierig zog sie es aus seinem Versteck. In einer gestochen scharfen Handschrift stand dort zu lesen: *Das Gift ist in dem blauen Tontopf.*

Arianas Hände begannen zu zittern. Voller Unbehagen starrte sie auf das kleine Stück Papier. In den letzten fünf Jahren hatte sie viele Mitteilungen erhalten, Anweisungen, irgendwo hinzugehen oder irgendetwas zu tun, aber keine von ihnen war ihr derart *unheimlich* vorgekommen. Es war, als hätte jemand ihre mörderischen Gedanken von eben erfasst. Wer würde eine solche Nachricht hinterlassen? Und warum?

Nachdenklich stand sie auf und ging zum Glockenstrang hinüber, um nach Francine zu läuten, ihrer Zofe. Vielleicht hatte sie ja jemanden während der Hochzeitszeremonie in das Gemach gehen sehen.

Doch ehe sie noch dazu kam, am Strang zu ziehen, flog die Tür mit solcher Wucht auf, dass eine in der Nähe stehende Kerze durch den Luftzug erlosch. Gabriel! Erschrocken eilte Ariana zum Tisch zurück und versteckte den kleinen Zettel blitzschnell in einem Tiegel mit weißem Gesichtspuder. Wenn Gabriel diese Nachricht entdeckte, würde es zwischen ihnen niemals Ruhe geben.

Sie setzte eine gelassene Miene auf und hob den Kopf. Gabriel stand in der offenen Tür, sein dunkles Haar fiel ihm weich über die Schultern. Er hatte sich das Gesicht gewaschen, und das flackernde Kerzenlicht betonte seine markanten Züge.

„Da gibt es noch eine offene Angelegenheit zwischen uns", meinte er und blickte zum Bett hinüber.

Ariana zuckte zusammen. Solche „Angelegenheiten" kannte sie nur allzu gut. Wie viele Nächte war sie von Ivan gezwungen worden, ihren ehelichen Pflichten nachzukommen? Die Erinnerungen an den Schmerz und die Demütigungen waren noch allzu lebendig. „Unsere Ehe wird nur auf dem Papier bestehen", teilte sie Gabriel mit, und ihre Stimme klang selbstbewusster, als Ariana sich fühlte. „Ich bin bereits in anderen Umständen, es ist also nicht nötig, den Akt noch einmal zu wiederholen."

„Tatsächlich?" Gabriel trat über die Schwelle.

Sie rutschte ausweichend mit dem Stuhl nach hinten.

„Ihr könnt mir nicht entkommen."

Sie fühlte sich wie ein wildes Tier im Käfig, eingesperrt, um bei irgendeinem grausamen Kampf die Männer zu ergötzen.

„Bleibt, wo Ihr seid", warnte sie ihn.

„Nein, *Gemahlin,* das werde ich nicht tun." Mit langen Schritten kam er auf sie zu. „Da sind noch ein paar Dinge, mit denen wir uns beschäftigen müssen."

Sie griff nach dem Spiegel, um ihn notfalls Gabriel entgegenzuschleudern. „Ich werde nicht mit Euch Unzucht treiben."

„Bei mir liegen", verbesserte er. „Nicht Unzucht treiben."

„Wie bitte?"

„Unzucht begeht ein unverheiratetes Paar", erklärte er trocken. „Das haben wir bereits hinter uns. Jetzt können wir nur noch miteinander ins Bett gehen."

Seine Augen funkelten belustigt, und ihre Gereiztheit nahm zu. Wenn er ging, bewegte er sich mit einer fast katzengleichen Anmut. Sie sah, wie seine Muskeln sich an- und wieder entspannten, und auf einmal konnte sie das sinnliche Knistern im Raum fast körperlich spüren. Das war nun *ganz* anders als damals mit Ivan. Der Abstand zwischen ihnen verringerte sich.

Sie wich zurück, und ihr Herz klopfte zum Zerspringen. „Bleibt stehen, sage ich."

Er kam noch einen Schritt näher.

Voll panischer Angst sprang sie auf, rannte um den Frisiertisch herum und sah gehetzt vom Bett zum Wandschirm, auf der Suche nach einem Versteck. Verzweifelt presste sie sich mit dem Rücken an die Wand, das Atmen fiel ihr plötzlich schwer. Die Erinnerungen hielten sie zu fest in ihrem Bann.

Vor Jahren hatte Ivan sie genau hier in die Enge getrieben. Er war verärgert, weil sie ihren ehelichen Pflichten nicht bereitwillig genug nachgekommen war. Ivan hatte sie gegen die Wand gedrängt und sie so lange ins Gesicht geschlagen, bis sie zusammengebrochen war. *Widersetze dich mir nie wieder, Weib!*

Sie hörte, wie etwas über den Boden schabte. Durch den Nebel vergangener Erlebnisse sah sie, wie Gabriel den Frisierstuhl gelassen aus dem Weg räumte und auf sie zukam. Jetzt wirkte er nicht länger reizvoll auf sie, sondern riesig und unheimlich. Ob er sie schlagen würde, weil sie sich ihm widersetzte?

Schützend schlang sie die Arme um ihren Leib. „Warum tut Ihr das?"

„Weil Ihr mir gehört." Sein Blick wirkte äußerst entschlossen.

Heilige Mutter Gottes. Ihre Knie zitterten. Sie *konnte* das einfach nicht ertragen. Ihr früherer Gedanke, mit ihm Frieden zu schließen, kam ihr jetzt völlig absurd vor. Sie war inzwischen viel zu unabhängig geworden, um sich nun wieder den Vorschriften eines Gemahls zu beugen. Nicht jetzt. Nie wieder!

Plötzlich merkte sie, dass sie noch immer den Spiegel in der Hand hielt, und schleuderte ihn Gabriel mit aller Kraft entgegen. Der Spiegel flog über seine linke Schulter und zerschellte klirrend an der Tür.

Gabriel hielt inne und betrachtete teilnahmslos die Scherben auf dem Boden. Nur ein Kiefermuskel zuckte leicht in seinem Gesicht. „Ihr werdet lernen, Euch zu benehmen", bemerkte er.

Die Furcht machte sie unbesonnen. Nie wieder würde sie sich tatenlos einem Mann unterwerfen. Sie suchte nach etwas anderem, was sie nach ihm werfen konnte – und entdeckte eine Vase. Diese nahm sie nun in die Hand und holte mit dem Arm aus. „Geht weg!"

Mit zwei Schritten war er bei ihr und packte ihr Handgelenk mit eisernem Griff. „Lasst das." Seine Stimme klang gefährlich ruhig. Sie schluckte. Ganz langsam zwang er ihren Arm nach unten, bis die Vase wieder den Tisch berührte. „Und jetzt lasst sie los", befahl er.

Verzweiflung über ihre eigene Hilflosigkeit überkam sie, aber sie gehorchte. Entschlossen hob sie das Kinn, selbst wenn sie sich am liebsten auf dem Bett zusammengerollt und geweint hätte. „Wenn ich ein Mann wäre …", begann sie.

„Ihr seid aber keiner."

Sie sah ihn aufgebracht an. Voller Hass betrachtete sie seine starke, breite Brust und die muskulösen Arme, verfluchte ihn wegen seiner männlichen Überlegenheit, die einfach für sich sprach: *Ich bin hier der Herr.* „Niemals werde ich mich einem

Mann beugen."

„Das mag sein, aber Ihr werdet damit aufhören, meinen Kopf als Zielscheibe zu benutzen." Er ließ sie plötzlich los und setzte sich auf den Stuhl vor ihrem Frisiertisch.

Ariana stolperte zur Fensterbank und ließ sich auf einem Kissen nieder. „Ich werde keine gute Gemahlin sein. Ich werde Euch das Leben zur Hölle machen."

Gabriel starrte seine frisch angetraute Gemahlin an und wusste nicht, ob er sie zum Bett zerren oder sie erwürgen sollte. Er würde Ariana noch demütig und mit gebrochenem Stolz erleben, dafür würde er sorgen, und wenn es das Letzte wäre, was er täte. Seine Nackenmuskeln schmerzten vor Anstrengung und unterdrücktem Zorn. Der Abt hatte ihn als Spielzeug behalten, um seinen grausamen Sadismus zu befriedigen – viele Monate lang, für Taten, die Gabriel nie begangen hatte. Sein Bruder war gehängt worden wegen eines Verbrechens, das er nie begangen hatte. „Ihr habt mir bereits das Leben zur Hölle gemacht, Mädchen." Er beugte sich vor, und sein noch nicht ausgeheilter Rücken schmerzte bei dieser Bewegung. „Ich musste die Strafen für Eure Vergehen ausbaden."

„Für *meine* Vergehen?"

„Ihr wart diejenige, die die Kerze umgeworfen hat, durch die es zum Brand in der Kirche kam. Wenn Ihr nicht weggelaufen wärt ..."

„Wenn Ihr mich nicht *verfolgt* hättet." Die Art, wie sie hochmütig das Kinn anhob und beiläufig mit den Smaragden ihrer Halskette spielte, löste neuen Ärger in ihm aus. Sie hatte edlen Schmuck getragen, während seine Familie beinahe verhungert wäre. Nur der Gedanke, ihr diesen verdammten Stolz auszutreiben, hatte ihm die Kraft gegeben, die Peitsche des Abtes ertragen zu können.

„Ich dachte, Ihr wärt tot", sagte sie schließlich.

Er lächelte grimmig. „Da habt Ihr falsch gedacht."

„Was ist denn geschehen?"

„Ich habe den Abt mit bloßen Händen erschlagen und mir den Weg in die Freiheit erkämpft."

Sie runzelte die Stirn. „Mir hat man gesagt, Ihr wärt nicht mehr am Leben."

Diese kleine Hexe. Sie war doch eigens in die Abtei gekommen und hatte dafür gesorgt, dass er weggebracht wurde.

Sie erschauerte unter seinem Blick und rieb sich die Arme, als wäre ihr kalt. „Was passierte, nachdem Ihr geflohen wart?"

„Ich begab mich zum König nach London."

„Und er hat Euch erlaubt, mich zu heiraten?"

„Nein." Gabriel dachte grimmig an das Gespräch mit dem Regenten zurück. Was den Bischof betraf, so hatte sich das Missfallen des Königs in Grenzen gehalten, aber er hatte Gabriel gestattet, nach eigenem Belieben mit Ariana zu verfahren. Ob er sie heiraten oder aufhängen wollte – es war Gabriels eigene Entscheidung, wie er Rache nehmen wollte. Hauptsache, die Krone hatte nicht mehr unter dem Spion der Nacht zu leiden. „Er gab mir die Erlaubnis, mit Euch nach eigenem Belieben zu verfahren." Er warf ihr einen langen, mehrdeutigen Blick zu, und sie fühlte eine plötzliche Schwäche.

„Das habe ich nicht verdient. Ich habe nichts Böses getan."

Unbändiger Zorn stieg in ihm auf. Er konnte immer noch ihre Augen spüren, wie sie ihn betrachteten, als die Mönche mit Hacken und Rechen auf ihn einschlugen. „Ihr habt dafür gesorgt, dass ich dort mein Leben verlieren sollte."

„Das ist nicht wahr."

„Ihr habt mich belogen …"

„Euch belogen?"

„Als Ihr sagtet, Ihr würdet mich heiraten."

Sie warf ihm einen verächtlichen Blick zu. „Genau das, was ein Schuft wie Ihr verdient."

„Ihr herzloses, selbstsüchtiges Frauenzimmer", stieß er hervor. Er musste an die langen Monate denken, in denen seine Geschwister kaum noch etwas zu essen hatten, weil er im Verlies der Abtei vor sich hin vegetierte und nicht für sie sorgen konnte. Und sein Bruder … „Wegen Eurer Taten als Spion der Nacht ist mein Bruder gehängt worden."

„Gehängt? Das ist unmöglich." Sie wirkte aufrichtig erschrocken, ihre Unterlippe bebte. Gut. Ein wenig Angst konnte ihr nicht schaden. „Ich habe ihn doch in London gesehen."

„Und mit Sicherheit habt ihr ihm dieselbe Behandlung zuteil werden lassen wie mir", höhnte er. Nur mit Mühe unterdrückte er den Wunsch, ihren Frisiertisch mit all dem hübschen Tand darauf ins Feuer zu werfen. „Ich sollte Euch und Euren Sohn vor die Tür setzen und Euch verhungern lassen."

„Ganz sicher nicht. Schließlich erwarte ich ein Kind."

Was für ein Hochmut. Die Schwangerschaft als Schild zu benutzen, um sich zu schützen, war einfach jämmerlich – aber damit hätte er rechnen müssen. Er ließ den Blick über sie schweifen. Ihr Bauch wölbte sich sanft unter dem Gewand vor, und auch ihre Brüste waren größer als damals, als er und Ariana beieinander gelegen hatten.

Sein Kind wuchs in ihr heran. Der Gedanke war fast zu verwirrend, um ihn wirklich begreifen zu können. Sein Beschützerinstinkt meldete sich und überlagerte flüchtig seinen Zorn. Schließlich gelang es ihm aber, seine Besorgnis zu verdrängen. Jeder freundliche Gedanke besudelte das Gedenken an Eric.

Nervös befingerte sie den bestickten Saum ihres Ärmels. Wie zart und weich ihre Hände aussahen … Nun, vielleicht ließ es ihre Schwangerschaft nicht zu, dass er sie aus dem Anwesen warf, aber er hatte auch nicht vor, sie in edlen Gewändern umherwandeln zu lassen, während seine Geschwister Lumpen trugen. Ihre Kleider würden nach kleinen Umänderungen wunderbar seinen Schwestern passen.

„Entkleidet Euch."

Sie zuckte zusammen. „Nein, das werde ich nicht tun."

Er stand auf und ging auf sie zu. Alle Farbe wich aus ihrem Gesicht, und er merkte sofort, dass sich hinter ihrem selbstbewussten Auftreten nackte Angst verbarg. Sie gab einen erstickten Laut von sich, und er musste innerlich schmunzeln. Vielleicht konnte ihm das zum Vorteil gereichen.

„Ich möchte eines klarstellen, Ariana. Ich bin eigentlich nicht hergekommen, um Euch zu heiraten. Aber da die Dinge sich nun einmal so entwickelt haben, wird hier nur einer das Sagen haben, und dieser eine Mensch bin ich."

Er hatte erwartet, dass sie klein beigeben würde, stattdessen atmete sie tief durch und straffte die Schultern. „Fort mit Euch, Barbar. Wenn Ihr etwas von mir wollt, werdet Ihr Gewalt anwenden müssen."

Gabriel zuckte zusammen. Er wollte sie Demut lehren, nicht sie erniedrigen. „Ich habe nicht vor, Euch Gewalt anzutun, weder jetzt noch in Zukunft. Und nun entkleidet Euch, oder ich übernehme das."

Sie legte sich schützend die Hand an den Hals.

„Sofort, Gemahlin." Er berührte die vergoldeten Knöpfe ihres Mieders. Nur sehr reiche Leute konnten sich solche Verschlüsse an ihren Gewändern leisten.

Sie schüttelte seine Hand ab. „Das kann nicht Euer Ernst sein."

Er packte ihr Handgelenk und streckte ihren Arm seitlich aus.

„Lüstling!"

„Trotzdem, legt Euer Gewand ab."

Ihre Blicke bohrten sich ineinander, und Gabriel zählte innerlich bis zwanzig. Er wusste nicht genau, was er tun würde, falls sie sich tatsächlich weigern sollte, und machte ein besonders verstimmtes Gesicht, um sie einzuschüchtern.

In ihren Blick trat ein zögernder Ausdruck, und er spürte,

dass sich die Waagschale zu seinen Gunsten neigte.

„Ungeheuer!“

„Vielleicht“, räumte er milde ein, denn der Sieg schien in greifbare Nähe gerückt zu sein. „Legt das Gewand ab.“

Mit zornig funkelnden Augen nahm sie ihr Mieder in ihre Hände und riss es mit einer einzigen schnellen Bewegung auf. Die Knöpfe flogen durch die Luft, und ihre Brüste drängten sich heraus.

Wie groß sie waren! Wirklich viel größer als früher. Ariana trug zwar ein dünnes Unterkleid aus Leinen, aber die dunklen Höfe schienen dennoch hindurch. Gabriel hatte noch nie eine Schwangere so weit entkleidet gesehen, und einen Moment lang war er vollkommen sprachlos.

Gabriel war nicht darauf vorbereitet, wie sehr ihn ihr Anblick erregte. Seine Gemahlin. Sein Kind. Er legte die Hand flach auf ihren gerundeten Bauch, und Ariana erschauerte, wich aber nicht zurück. Wie fest und warm sie sich anfühlte. Unter seiner Handfläche spürte er eine federleichte Bewegung, und ihn erfüllte andächtiges Staunen.

Jetzt versuchte sie doch, seine Hand abzuschütteln, aber er ließ es nicht zu. „Wusste Euer Bräutigam, dass Ihr mein Kind unter dem Herzen tragt?“

Ihre Augen wurden schmal. „Wie arrogant von Euch anzunehmen, dass es Euer Kind ist.“

„Es *ist* meines.“

Wütend verschränkte sie die Arme vor der Brust und sah aus dem Fenster. Dadurch wurden ihre Brüste leicht angehoben, und er verspürte einen neuerlichen Stich der Erregung. Er trat einen Schritt zurück, weil er sich nicht sicher war, ob er sich beherrschen konnte.

„Ihr hattet vor, mein Kind Nigel unterzuschieben, um Eure vornehme Haut zu retten.“

Sie drehte sich um und sah ihn vorwurfsvoll an. „Es ist Eure

Schuld, dass ich ein Kind erwarte."

„Ariana." Er atmete tief durch, um seinen aufgestauten Zorn zu beschwichtigen. Sechs lange Monate hatte er sich danach gesehnt, sich endlich rächen zu können. Dieser Gedanke war das Einzige gewesen, was ihn unter der Peitsche des Abtes am Leben erhalten hatte. Wie alle Edelfrauen war sie eine stolze Hexe. Es würde ihr ganz gut anstehen, ein wenig von ihrem hohen Podest geholt zu werden. Er ließ die Hand sinken.

„Ich wünschte, Ihr würdet fortgehen." Ihre Stimme klang verbittert.

„Nein, Ariana, das werde ich nicht machen. Je eher Ihr mich als Euren Herrn akzeptiert, desto einfacher wird Euer Leben sein."

Ein erstickter Laut entrang sich ihrer Kehle. „Und wenn ich das nicht tue?"

Er ging zurück zum Frisiertisch und setzte sich wieder auf den Stuhl. Mit übereinandergeschlagenen Beinen lehnte er sich zurück und dachte über ihr neues gemeinsames Leben nach. Die Schwangerschaft erschwerte natürlich manches – er konnte Ariana nicht einfach übers Knie legen, so wie sie es eigentlich verdient hätte. Wenn er ganz ehrlich sein sollte, hatte er keine Ahnung, was er mit ihr machen sollte.

Auch Ariana ließ sich wieder auf das Kissen am Fenster sinken, und Gabriel glaubte, in ihren Augen einen Anflug von Panik zu entdecken. Ihr Hochmut hatte eindeutig einen Dämpfer erlitten.

„Was habt Ihr vor?", fragte sie angstvoll.

„Ich werde Euch beibringen, auf alle meine Wünsche einzugehen."

Ariana schnaubte leise, und er hätte beinahe gelacht. Vielleicht würde es doch unterhaltsamer sein, sie zu bändigen, als sie aus der Burg zu vertreiben, wie er ursprünglich vorgehabt hatte.

„Vielleicht", fuhr er fort, „indem Ihr auf meine persönlichen

Bedürfnisse eingeht. Meine Stiefel putzt oder Euch um meine Kleidung kümmert, ganz wie eine anständige Gemahlin das tun sollte."

Er wurde belohnt mit einem weiteren empörten Schnauben, bei dem sich ihr Busen heftig hob und senkte.

„Vielleicht trage ich Euch auch auf, mich zu baden."

Das Unterkleid drohte ihr von den Brüsten zu rutschen.

Nein. Sosehr er das alles auch genoss, er konnte dieses Spiel nicht fortsetzen. So groß war seine Selbstbeherrschung nicht. „Ariana, ich habe Euch geheiratet, weil es so am besten war."

„Für Euch, meint Ihr wohl." Sie verlagerte ihr Gewicht auf dem Kissen. „Männer glauben immer, das Beste für sie muss auch das Beste für die Frauen sein", fügte sie verbittert hinzu.

„Ariana, das ist ungerecht. Ich hatte eigentlich nur vor, Euren Besitz zu übernehmen, nicht, mir auch noch eine Gemahlin aufzuhalsen. Ich habe Euch geheiratet zum Wohl unseres Kindes."

„Wie könnt Ihr beurteilen, was gerecht ist, nach dem, was Ihr heute getan habt?"

„Was *ich* getan habe?"

„Ihr habt meine Hochzeit gestört …"

„Die Hochzeit mit diesem *Jüngling* hätte gar nicht erst geplant werden dürfen." Sein Zorn regte sich erneut.

Sie fuhr mit den Fingern die feinen Seitennähte des elfenbeinfarbenen Kissens nach, auf dem sie saß, und warf ihm einen hochmütigen Blick zu. „Nigel ist kein Jüngling."

„Jedenfalls ist er nicht Manns genug, um mit Euresgleichen umgehen zu können."

Sie straffte sich. „Ich brauche keinen an meiner Seite, der mich gängelt."

Er zeigte vielsagend auf die Spiegelscherben auf dem Boden. „Mylady, mit Euch muss man sich sogar sehr oft und sehr eingehend befassen."

Sie wandte das Gesicht wieder ab und sah hinaus in den Außenhof. Gabriels Ärger legte sich.

„Er ist nicht geeignet, Euch zu beschützen", kam er ihr entgegen.

„Ich brauche keinen Schutz."

„O doch. Eine reiche Erbin, die ganz allein und dazu noch in anderen Umständen ist, bietet eine ideale Zielscheibe."

„Ich wäre ja nicht allein gewesen."

„Diese graue Maus, die Ihr da heiraten wolltet, kann man wohl kaum als Beschützer bezeichnen."

„Eine Frau kann gut für sich selbst sorgen."

Er blickte auf ihren gewölbten Leib. „Auch für ihre Kinder?"

Sie drehte sich wieder zu ihm um und sah ihn wutentbrannt an. „Ihr seid Schuld an meinem Zustand."

„Ein Grund mehr, warum ich als Gemahl besser geeignet bin als er."

Sie nahm eines der Zierkissen von ihrem Fenstersitz und presste es so fest an sich, als wollte sie die Füllung herausquetschen. „Ich wollte eigentlich überhaupt nicht heiraten."

„Und doch sind wir jetzt Mann und Frau."

Wütend warf sie das Kissen nach ihm. Es prallte von seiner Brust ab und landete auf dem Frisiertisch. Puder aus einem Tiegel stob in die Luft.

Gabriel zog eine Augenbraue hoch. „Habt Ihr vor, unser ganzes Eheleben lang mit Spiegeln und Kissen nach mir zu werfen?"

„Nein." Sie stand auf und sah plötzlich aus wie eine Rachegöttin. „Ich habe vor, Euer Essen zu vergiften."

„Aber, aber, meine Gemahlin. Erinnert mich daran, dass ich Euch von der Küche fernhalte."

„In meinem eigenen Zuhause könnt Ihr mich wirklich von gar nichts fernhalten."

„Selbstverständlich, wenn Ihr mich vergiften wollt."

Aufgebracht verschränkte sie wieder die Arme vor der Brust.

„Ariana, ich bin hier jetzt der Burgherr. Je eher Ihr zur Vernunft kommt, desto leichter wird das Leben für uns sein." Er spielte mit einem Haarband auf dem Frisiertisch.

Sie griff nach einem weiteren Kissen, überlegte es sich dann offenbar aber doch anders und ließ es auf dem Fenstersitz liegen. Ihre Schultern sanken herab, und plötzlich empfand er tatsächlich so etwas wie Mitleid mit ihr.

Nach einer Weile sah sie ihn an. „Ihr hättet Nigel nichts antun dürfen."

„Er geht Euch nichts mehr an."

„Ihr müsst ihn freilassen."

Er drückte die Finger so fest gegeneinander, dass die Knöchel knackten. „Euch zuliebe ist er am Leben gelassen worden. Seine Wunden werden versorgt. Stellt meine Nachsicht nicht auf die Probe."

Tief durchatmend stand Ariana auf. „Ich habe Pflichten, denen ich nachgehen muss."

Insgeheim bewunderte Gabriel ihre Haltung und ihre Entschlossenheit. Vielleicht konnten sie eines Tages doch miteinander auskommen, wenn sie sich in ihr Los gefügt hatte.

„Ihr dürft Euren Verpflichtungen nachgehen, aber eines muss klar sein, Ariana – *mit dem Auskundschaften ist ein für alle Mal Schluss.* Und nun entkleidet Euch weiter. Ich werde den Dienstmägden auftragen, Euch neue Gewänder zu bringen."

Mit einem verächtlichen Blick gehorchte sie.

Gabriel war nicht ganz wohl in seiner Haut. Ariana hatte bereits drei Ehemänner gehabt. Vielleicht sollte er einmal Nachforschungen anstellen, wie sie zu Tode gekommen waren.

16. KAPITEL

Ariana betrachtete missbilligend die vielen schmutzigen Fußabdrücke auf der Treppe, als sie eine halbe Stunde später mit Gabriel auf dem Weg in die große Halle war. Nachdem er verkündet hatte, dass er ihr keine Gewalt antun und Jason nicht misshandeln wolle, hatte sie beschlossen, dass sie sich irgendwie arrangieren würden.

Sie trug ein wollenes Gewand, das dort, wo das Leinenunterkleid die Haut nicht bedeckte, fürchterlich kratzte. Zweifellos hatte er auf einem derartigen Gewand bestanden, um sie zu demütigen. Dieser Schuft! Noch nie im Leben hatte sie etwas so Schreckliches getragen.

Kopf hoch, sagte sie sich entschlossen. Von solch einer Kleinigkeit durfte sie sich nicht aus der Fassung bringen lassen. *Das Gewand ist noch deine geringste Sorge.* Verheiratet oder nicht, sie musste einen Haushalt führen und sich um die Bediensteten kümmern. Sie musste herausfinden, wer die unheimliche Nachricht in ihrem Gemach hinterlassen hatte und was Gabriel mit Nigel angestellt hatte, damit sie ihn befreien konnte. Hoffentlich hatte Gabriel die Wahrheit gesagt und Nigels Wunden wurden wirklich versorgt.

Sie seufzte. Sobald sie ihren Freund befreit hätte, würde sie diese neuerliche Ehe ertragen wie die vorangegangenen. Dieser Gemahl konnte auch nicht schlimmer sein als die anderen drei. Außerdem hatte sie im Laufe der Jahre so das eine oder andere im Umgang mit Männern gelernt, um an deren Seite zu bestehen.

Schmutzklumpen, die verdächtig nach Pferdemist rochen, bedeckten die Flure. Erbitterung machte sich in ihr breit. Nein, sie würde sich die Kontrolle über ihren Besitz *nicht* aus der Hand nehmen lassen. Ihre schönen Vorhänge an den Fenstern hingen schief, überall sah sie schmutzige Abdrücke auf dem sonst so makellosen Leinen, als hätte man es benutzt, um sich die Hände daran abzuwischen.

„Eure Tiere verwüsten meine Burg."

„*Meine* Burg", verbesserte er und hielt sie am Ellenbogen fest.

Arroganter Schuft!

Schon im Flur wehte ihnen ein fremder Geruch aus der großen Halle entgegen – nach Männern, Schweiß und ungewaschener Kleidung. Entsetzt betrat Ariana diesen Raum und starrte fassungslos auf das Durcheinander. Wohin sie auch sah, überall flegelten sich Männer herum, die sich lautstark miteinander verständigten. Eine Dienstmagd schrie auf, als sie an einer Gruppe von Würfelspielern vorbeikam und ihr einer der Männer einen herzhaften Klaps auf das Hinterteil versetzte.

Ariana schüttelte entgeistert den Kopf. So konnte das nicht weitergehen, auf gar keinen Fall. Fünf Jahre lang war es hier alles makellos gewesen – die Vorhänge gewaschen, die Böden geschrubbt und die Luft frei von Gerüchen und Lärm. Seit dem Tod ihres letzten Gemahls hatte kein Mann mehr im Innenbereich des Bergfrieds gewohnt. Die Männer lebten entweder in den Unterkünften für die Wachen oder in ihren eigenen Katen.

„Hör mal, Ian", brüllte ein Fettwanst mit schwarzem Bart.

Ein paar Männer drehten sich zu ihm um, und der Dicke gab einen anhaltenden Rülpser von sich. Die Männer johlten und schlugen ihm begeistert auf den Rücken. Ein anderer Barbar klopfte sich auf den Bauch und rülpste womöglich noch lauter.

Ariana begann allmählich, vor Wut zu kochen. „Schmutzige, widerwärtige Schweine!"

„Hütet Eure Zunge. Das sind alles gute Männer."

Noch ehe sie antworten konnte, sprang Jason, der an der Feuerstelle gesessen hatte, auf und warf ein Büschel Binsenstreu in die Luft. Die Strumpfhose und das Gewand, das er bei der Hochzeit getragen hatte, waren völlig verschmutzt und zerrissen. Gütiger Gott. Ariana dachte an die Nachricht, die sie in ihrem Gemach vorgefunden hatte. Gabriel zu vergiften, das schien fast eine vernünftige Lösung zu sein.

„Jason!"

Als hätte er sie gehört, drehte sich der Siebenjährige zu ihr um und machte ein schuldbewusstes Gesicht. Nach einem wütenden Seitenblick zu Gabriel gab sie ihrem Sohn ein Zeichen, sofort zu ihr zu kommen.

Mit gesenktem Kopf schlurfte der Junge auf sie zu.

„Was hast du mit *diesen* Männern zu schaffen?", schalt sie, obwohl er sie gar nicht hören konnte. Energisch begann sie, den Schmutz aus seiner Kleidung zu reiben. Jason zog langsam ein kurzes Messer aus seinem Gürtel und zeigte es Ariana.

„Ein Messer", rief sie entsetzt. Stirnrunzelnd drohte sie dem Jungen mit dem Zeigefinger.

Er zuckte kleinlaut die Achseln und wies auf einen Mann, der an einem der Langtische saß. Der Barbar war riesig, wenn auch nicht ganz so groß wie Gabriel. Er hatte braunes verfilztes Haar und trug eine Augenklappe.

Ariana wandte sich zu Gabriel um. „Wie könnt Ihr es wagen, Eure Wilden in meine Halle zu lassen? Rohlinge, die kleinen Kindern Messer geben?"

Gabriel lächelte etwas angespannt. „*Meine* Halle, Gemahlin. Und Rodney ist absolut vertrauenswürdig. Meine Geschwister sind schon seit Jahren ständig mit ihm zusammen, und keines von ihnen ist je von ihm verletzt worden." Er zögerte. „Nun, abgesehen von Sams Arm."

„Sams Arm?", rief sie.

Der Mann, dem ihr Vorwurf gegolten hatte, drehte sich um und zwinkerte ihr mit seinem gesunden Auge zu.

Gabriel räusperte sich und führte sie am Ellenbogen zur Estrade, ohne ihre Frage zu beantworten. Ariana zog Jason an der Hand hinter sich her, während sie überlegte, wie sie die Männer am besten aus dem Wohnbereich verbannen konnte. Wahrscheinlich würden sie später die Langtische wegrücken wollen, um in der Halle zu nächtigen.

In der offenen Tür zur Küche stand Margaret, die Köchin, und ihre Finger schlossen sich so fest um einen Krug, als hielte sie ein Huhn in den Händen, dem sie das Genick brechen wolle. Ihre Lippen formten unablässig irgendwelche Heiligenbeschwörungen, aber sie brachte keinen Ton heraus.

Ariana entzog Gabriel ihren Arm, um zu ihrer Köchin zu gehen.

Gabriel hielt sie zurück. „Wohin wollt Ihr?"

„Ich will mich um *Euer* Abendessen kümmern, Mylord", gab sie steif zurück. Sie bedeutete Jason, sich auf einen Stuhl zu setzen, und eilte zu Margaret.

Sie war noch keine drei Schritte weit gekommen, als ein riesiger Wolfshund unter einem der Tische hervorsprang und sie umstieß.

„Du lieber Himmel!" Ariana richtete sich wieder auf und sah stirnrunzelnd auf den Hund. „Was ist denn das?"

„Ein Hund", bemerkte Gabriel gedehnt.

Jason streichelte das Tier, als wären die beiden längst die besten Freunde. Er strahlte über das ganze Gesicht, und seine Augen funkelten vor Freude.

Ariana bedachte Gabriel mit einem vernichtenden Blick. „Ich meinte, was hat dieses *Ding* in meiner Halle zu suchen?"

Gabriel bückte sich und kraulte den Vierbeiner hinter dem Ohr. „Gemahlin, das ist Hund."

„Hund?", wiederholte sie verständnislos, doch dann fiel ihr wieder ein, dass er ja auch seinem Pferd keinen richtigen Namen gegeben hatte.

Das große Tier wedelte fröhlich mit dem Schwanz.

Gabriel streichelte es liebevoll mit seiner verstümmelten Hand. „Hund, das ist meine Gemahlin, Lady Ariana."

„Wie könnt Ihr … Gütiger …" Ariana war sprachlos. Seit Ivans Tod hatte sie Hunde im Wohnbereich nicht mehr zugelassen, und sie hatte nicht vor, dieses Verbot jetzt wieder aufzuheben.

Jason vergrub die Finger im Fell des Wolfshundes, der sich daraufhin vor Wohlbehagen schüttelte.

„Nein, Sohn. Fort von dem schmutzigen Vieh." Sie schob ihn ein wenig von dem Hund weg.

Mit wippender weißer Haube gesellte sich nun Margaret zu ihnen. „Ach, du Schreck. Ich hatte ihnen ausdrücklich gesagt, dass er hier nicht hereinkommen darf, Herrin."

Sowohl Jason als auch der Hund sahen sie mit flehendem Blick an. Das Tier schmiegte sich ganz dicht an ihren Sohn, und er streichelte es inbrünstig.

Ariana zeigte kopfschüttelnd zur Tür. „Hinaus! In dem Fell des Köters hausen bestimmt Ungeziefer."

Jasons Unterlippe fing an zu zittern, und in seinen Augen schimmerten Tränen, als sollte er sein Leben hergeben und nicht nur irgendeinen schrecklichen übelriechenden Hund.

Der riesige Wolfshund sah Ariana treuherzig an, trottete zu ihr und leckte ihr hingebungsvoll die Hand.

„Igitt!" Sie wischte sich die Hand an ihrem Gewand ab und warf Gabriel aufgebracht einen vernichtenden Blick zu. „So geht das nicht. Auf gar keinen Fall."

Plötzlich sprang ihre große graue Katze von der Fensterbank auf den Tisch neben der Feuerstelle. Laut bellend schoss der Hund los, um sie zu jagen. Becher, Teller und Binsenstreu flogen durch die Luft, als die wilde Jagd unter Tischen und zwischen Stühlen hindurch begann. Margaret schrie auf.

„Aufhören!", rief Ariana laut.

„Haltet ihn fest!", brüllte Gabriel.

Immer mehr Teller fielen klirrend zu Boden. Dienstmägde kreischten. Männer lachten. Die Katze miaute kläglich, und Jason – Ariana bedachte ihn mit einem strengen Blick – stand auf und klatschte in die Hände.

„Der Himmel stehe uns bei. So geht das nun schon seit der Hochzeit, Herrin", klagte Margaret.

Ariana hob ein heil gebliebenes Tablett auf und beschloss, wieder Ordnung in ihren Haushalt zu bringen. „Hinaus mit dir, du räudiges Ungeheuer", schrie sie und schwenkte dabei drohend das Tablett durch die Luft.

Der Hund blieb stehen, setzte sich hin und sah sie aus großen Augen an, als würde er bereuen, was er veranstaltet hatte.

Ariana schäumte vor Wut und zeigte zur Tür. „Hinaus!"

Jetzt legte das Tier sich hin und drehte sich ergeben auf den Rücken.

„Grundgütiger." Margaret stemmte ihre fleischigen Hände in die Hüften.

„Schafft das Tier hinaus", forderte Ariana Gabriel auf.

Er räusperte sich. „Er ist es einfach nicht gewohnt, mit Katzen zusammen zu sein"

„Raus!" Sie versuchte nun, den Hund mit eindeutigen Gesten wegzuscheuchen. „Fort mit dir!"

Der Hund sah zwischen Gabriel und Ariana hin und her.

„Ihr lebt jetzt auf einem hochherrschaftlichen Besitz, Mylord. Wenn Ihr der Herr dieser Burg sein wollt, dann müsst Ihr Eure Tiere dazu erziehen, sich so zu verhalten, wie es Eurem Rang entspricht."

Gabriel brachte ein halbwegs zerknirschtes Gesicht zustande und zeigte zur Tür. „Geh, Hund."

Der Wolfshund klemmte den Schwanz ein und trottete mit hängendem Kopf aus der Halle. Auf der Türschwelle drehte er sich dreimal um sich selbst, streckte sich dann aus und legte den Kopf auf die Pfoten.

„In ein paar Tagen wird er sich schon viel besser benehmen“, meinte Gabriel achselzuckend. „Da ist noch so viel Neues, mit dem er erst klarkommen muss.“

„Sorgt dafür, dass er verschwindet“, beharrte Ariana.

„O ja“, pflichtete Margaret ihr bei. „Wir haben schon Hundehaare in der Suppe.“ Sie schwenkte verzweifelt die Arme. „Die Küche ist nur noch ein einziges Tollhaus, Herrin.“

„Ich werde augenblicklich nach dem Rechten sehen.“ Ariana wand ihr langes Haar zu einem Knoten und ließ Gabriel mit einem empörten Blick stehen.

Sobald sie und Margaret nicht mehr in Hörweite der anderen waren, neigte sie sich zur Köchin. „Hast du Nigel gesehen?“, flüsterte sie.

„Nein, Herrin, seit der Kirche nicht mehr.“ Margaret machte große Augen und rang die Hände. „Ihr glaubt doch nicht, dass sie ihn umgebracht haben, oder? Euer neuer Gemahl ist ein so starker Mann, und er schien weder für Nigel noch für die Hochzeit viel übrig zu haben. Ich dachte im ersten Moment, er würde uns alle erschlagen. Großer Gott, was hatte ich für eine Angst, Herrin. Aber was hätten wir tun sollen?“

Ariana seufzte. Sie hätte Nigel nicht vor Margaret erwähnen dürfen – die Frau war von Natur aus schon sehr furchtsam. Beruhigend klopfte sie der Köchin auf die Schulter. „Reg dich nicht auf. Ich bin mir sicher, dass es Nigel gut geht. Wir müssen jetzt einfach sehen, dass wieder etwas Ruhe einkehrt, dann ist bestimmt bald alles so wie immer. Wenigstens fast.“

„Hoffentlich. Und hat er bereits seine ehelichen Rechte eingefordert, Herrin? Tragt Ihr deshalb dieses Bauerngewand?“ Margaret ließ den Blick über das Wollkleid schweifen. „Er hat es getan, nicht? O Gott, dieser Grobian. Hat das andere Gewand zerrissen, nicht wahr?“

„Gabriel hat mir nichts zuleide getan. Aber ist nach der Hochzeit vielleicht jemand in mein Gemach gegangen?“ Ariana wechselte hastig das Thema.

„Nein, Herrin."

Ariana griff zu einem Obstmesser und drückte es Margaret in die Hand. Aus Erfahrung wusste sie, dass ihre Köchin viel seltener Gott anrief, wenn sie ein Küchenutensil in der Hand hatte. „Hast du irgendjemanden hier herumschleichen sehen?"

Margaret sah zu den Männern in der Halle. Rodney erwiderte ihren Blick äußerst interessiert mit seinem gesunden Auge. „Ihr meint, abgesehen von diesem Männerpack hier?"

„Ja."

„Nein, niemanden. Warum fragt Ihr, Herrin? Und warum tragt Ihr denn nun dieses einfache Gewand?"

Ariana überhörte die Frage, nahm sich eine Schürze und band sie sich um. „Da war eine Nachricht in meinem ..."

„O Gott, das habe ich ja ganz vergessen. Euer Cousin hat eine Nachricht geschickt, Herrin." Sie reichte Ariana eine Pergamentrolle, das Siegelwachs zeigte den Abdruck des bischöflichen Wappenrings.

Ihr Herzschlag stockte. Ein Auftrag. Wie sollte sie unter Gabriels wachsamen Blicken einen solchen erledigen? Nach ihrem letzten Gespräch zweifelte sie nicht daran, dass Randall, ihr Cousin, sein Versprechen wahrmachen würde, sie wegen des Mordes an Ivan vor den Richter zu bringen, wenn sie nicht mehr für ihn spionierte. Sie schaute sich prüfend um.

In dem Moment stürmte eine Horde Kinder in die Halle, die sogar noch mehr Lärm machten als die Männer und der Wolfshund zusammen. Ariana schob die Pergamentrolle in ihren Gürtel und ging zurück in den großen Raum, um etwas gegen den Tumult zu unternehmen. Mit den Forderungen ihres Cousins würde sie sich später befassen.

„Und hier werden wir leben?", fragte ein kleiner Junge mit großen Kulleraugen und ziemlich langem roten Haar.

„So ist es. Jedenfalls hat das Gabriel gesagt."

„Seht doch nur – all das Essen", rief ein anderer. Dieser hatte buschiges aschfarbenes Haar und eine zerrissene Hose.

Arme und Beine der Kinder waren dünn wie Stöcke, sie ragten aus zu klein gewordenen Kleidern.

„Gütiger Gott, die schon wieder!" Margaret machte auf dem Absatz kehrt, eilte die Kellertreppe hinunter und knallte die Tür hinter sich zu, als wäre ihr ein wilder Eber auf den Fersen.

Blonde, rote und braune Haarschöpfe sprangen über Tische und Bänke, tobten durch die ganze Halle.

Entsetzt kehrte Ariana zu Gabriel zurück, der sich lässig auf dem Stuhl des Burgherrn zurückgelehnt hatte und einen Humpen Ale in der Hand hielt.

„Wer sind diese Kinder?"

Gabriel nahm einen kräftigen Schluck und wischte sich den Mund mit dem Ärmel ab. „Gemahlin, ich möchte Euch meine Familie vorstellen."

17. KAPITEL

Ariana starrte auf die bunte Horde verwahrloster Kinder, die durch die Halle rasten. Gabriels *Familie?* Die schmutzigen Füße wiesen darauf hin, dass die Kinder seit Wochen, womöglich seit Monaten kein Bad mehr genommen hatten. Ihre Haare waren allesamt verfilzt und lang, sodass man Jungen und Mädchen so gut wie nicht voneinander unterscheiden konnte.

Die alte Ordnung wiederherzustellen, beinhaltete wohl doch etwas mehr als Hunde aus der Halle zu vertreiben. Sie rieb sich die Hände an der Schürze ab und bereitete sich darauf vor, sich der Herausforderung zu stellen.

„Los!“, rief einer der kleineren Jungen – zumindest hielt sie ihn für einen. „Wettlauf bis zu dem Tisch da und wieder zurück.“

„Einverstanden. Auf die Plätze ... fertig ... los!“

Ähnlich wie vorhin Hund und Katze jagten die Kinder über die Tische, auf denen das Geschirr erneut klirrte.

„Eure Familie?“

„Ja, und eine bessere kann man sich wahrlich nicht vorstellen“, bestätigte Gabriel mit stolzgeschwellter Brust. „Ich mache Euch mit ihnen bekannt.“ Er zeigte auf die verschiedenen Kinder, die durch die Halle flitzten. „Sam, Myron, Joel ...“

Ariana musste so schnell ihre Blickrichtung ändern, dass ihr ganz schwindelig wurde. Das war ja, als ob man versuchen wollte, Bienen zu zählen.

„... Heather, Gareth, Oliver ...“

Ein Wuschelkopf benutzte einen der Vorhänge, um sich daran auf den Sims der Feuerstelle zu schwingen.

„Nicht!“, rief Ariana, allerdings vergeblich. „Nicht mit den schmutzigen Füßen.“

Durch den allgemeinen Lärm hörte sie plötzlich Jason

losbrüllen. Sie drehte sich um und sah, wie ein schon größerer Junge ihm eine Holzente aus den Händen riss. Mit einem Grunzlaut streckte Jason die Hand nach seinem Spielzeug aus.

Der andere ahmte ihn spöttisch nach. „Du glaubst wohl, du bist hier der König, was? Na, dann komm und hol sie dir zurück." Er hielt die Ente hoch über seinen Kopf.

Jason sprang immer wieder hoch, erreichte sie aber nicht. „Mum!"

„Rufst nach deiner Mum, wie? Die kann dir auch nicht helfen."

„Lass ihn in Ruhe", rief Ariana dem Jungen zu und wollte Jason schon zu Hilfe eilen, aber Gabriel hielt sie zurück.

„Das sind Kinder. Sie sollen das unter sich ausmachen."

„Aber er ist taub und kann sich nicht zur Wehr setzen." Sie entwand ihm ihren Arm, ging zu dem Jungen und nahm ihm die Ente weg, um sie Jason zurückzugeben.

„Muttersöhnchen", höhnte der größere Junge, ehe er sich wieder zu den anderen Kindern gesellte.

Ein lautes Krachen ertönte hinter ihr, und als sie sich umdrehte, sah sie, wie eines der älteren Kinder einen Tisch zum Bockspringen benutzte. Eine Platte mit Schweinebraten fiel zu Boden. Daraufhin stürzte der Wolfshund erneut in die Halle, um sich über das Fleisch herzumachen. Dabei prallte er gegen Arianas Bein. Rodney lachte augenzwinkernd.

„Schluss jetzt!" Verzweifelt schwenkte sie die Arme. „Schluss, sonst bleibt von meiner Halle nichts mehr übrig." Oder von meinem Verstand, fügte sie im Stillen hinzu.

Immer mehr Teller gingen zu Bruch, und dann flog plötzlich eine silberne Platte wie ein Geschoss durch die Luft und traf mit einem Knall eines der Bleiglasfenster. Ein Regen aus Scherben ging über die Halle nieder.

„Die kostbare Scheibe", keuchte Ariana fassungslos.

Das zerstörte Fenster schien Gabriel nun doch aus seiner Lethargie zu wecken. „Halt!“, brüllte er mit donnernder Stimme. Alle Kinder, bis auf zwei, wurden still. Diese beiden waren noch zu sehr in ihr Spiel auf einem Tisch vertieft, auf dem sie sich Scheingefechte mit den Fleischmessern lieferten. „Sam, Gareth, Schluss jetzt.“

Totenstille breitete sich in der Halle aus, als die zwei Störenfriede sich umdrehten und Gabriel erstaunt anstarrten. Sie ließen die Messer fallen, eins landete klirrend auf dem Tisch, das andere auf dem Boden. „Hinunter, sofort!“, befahl Gareth.

Sie sprangen vom Tisch und stolperten über einen schlafenden Krieger. Wie konnte man bei so einem Tumult nur schlafen? Der Mann bäumte sich kurz auf, schnarchte laut und sank dann wieder zu Boden, um friedlich weiterzuträumen.

Ariana zählte die Jungen und Mädchen durch, die sie mit einer Mischung aus Neugier, Missbilligung und Ehrfurcht betrachteten. Es waren sechs. Sechs! Und keines ähnelte dem anderen auch nur im Entferntesten.

„Kinder, ich möchte euch mit Ariana bekannt machen.“

„Wie geht es euch?“, fragte sie abwesend und bemerkte aus dem Augenwinkel heraus, wie eines der Kinder auf die Umrandung der Feuerstelle sprang.

Gott musste sie hassen. Das ist die einzige Erklärung, dachte Ariana, als sie einige Stunden später mit schweren Schritten auf dem Weg zu ihrem Gemach war.

Dass sie einem Grobian, der von einer Horde schmutziger Kinder begleitet wurde, das Jawort gegeben hatte, während der gute, sanftmütige Nigel in einem feuchten Verlies dahinvegetierte, war einfach eine zu grauenhafte Vorstellung. Ganz zu schweigen von dem schrecklich kratzenden Kleid, das Gabriel ihr aufgezwungen hatte. Vielleicht bestrafte Gott sie ja jetzt dafür, dass sie Ivan umgebracht hatte und anrüchige Geheimnisse ausspionierte.

Wie hatte sie bloß je glauben können, dass sie Gefühle für Gabriel hegte? Vielleicht hatte der Mondschein sie geblendet. Er war schlicht der nervenaufreibendste, überheblichste und unerträglichste Mensch, der ihr je begegnet war.

Jason hatte sich schon vor Stunden in seine Kammer zurückgezogen. Sobald sie in ihrer stillen Kemenate war, verriegelte sie die Tür und schleppte sich zu ihrem Bett. Erschöpft warf sie sich quer über ihr Lager.

Das Kind in ihrem Leib regte sich wieder, und sofort musste sie daran denken, dass der nervenaufreibende, überhebliche und unerträgliche Mensch immerhin sein Vater war. Vom Mondlicht geblendet? Dass sie nicht lachte, sie hatte damals anscheinend völlig den Verstand verloren.

Das Pergament in ihrem Gürtel knisterte, daher drehte sie sich auf den Rücken und zog es hervor.

Meine liebste Cousine, stand da geschrieben. Sie seufzte. Was gab es denn nun schon wieder?

> *Ihr seid zu einem Fest zu Ehren der Duchess of York eingeladen. Bitte richtet meinen lieben Freunden, der Countess of Carth und ihrem Gemahl, meine wärmsten Empfehlungen aus.*

Es folgten noch das Datum, an dem das Fest stattfinden sollte, eine Wegbeschreibung und zum Schluss die übliche verschnörkelte Unterschrift. Ach, nicht schon wieder ein langweiliges Fest mit lauter Adeligen und Höflingen. Die Countess Cyrille of Carth war dieses Mal das Opfer. Ariana würde sie beschatten und alle Ungereimtheiten oder frivolen Geheimnisse an ihren Cousin weitergeben müssen. Immer dann, wenn Randall solche Botschaften schickte, hatte er bereits irgendeinen vagen Verdacht. Bereits ein harmloses Kokettieren konnte von Bedeutung sein.

Das Fest sollte in weniger als einer Woche stattfinden. Zweifelsohne hatte er ein paar Beziehungen spielen lassen, damit sie so kurzfristig noch eingeladen wurde. Ariana spürte, wie sich die Schlinge um ihren Hals immer weiter zuzog. Rasende Kopfschmerzen pochten hinter ihren Schläfen. Gleich morgen früh müsste sie ihre Schneiderin beauftragen, ihr etwas Passendes zum Anziehen zu nähen.

Doch jetzt wollte sie erst einmal nur noch schlafen.

Es klopfte laut.

Sie drehte sich auf die Seite und starrte die massive Tür an.

Erneutes Klopfen.

„Lasst mich in Ruhe."

„Ariana", ertönte Gabriels tiefe Stimme. „Öffnet die verdammte Tür."

„Nein. Lasst mich in Frieden." Die Kopfschmerzen waren mittlerweile fast unerträglich.

„Macht sofort auf, Ariana. Andernfalls werde ich Nigel die Haut vom Leibe ziehen."

Sie erschauerte. Männer wie Gabriel mochten einen gewissen Ehrenkodex Kinder und Frauen betreffend haben, aber nicht in Bezug auf andere Männer, nicht einmal gegenüber so sanften, liebenswürdigen wie Nigel.

Das Klopfen wurde lauter.

Resignierend stand sie auf, weil sie erkannte, dass sie keine Ruhe finden würde, solange sie nicht öffnete.

„Denkt an Nigel", drohte Gabriel und hämmerte gegen die Tür.

„Hört endlich mit diesem Klopfen auf. Ich komme ja schon." Was für ein Mensch! Während sie den Riegel wegschob, schwor sie sich, Nigel so schnell wie möglich zu befreien, damit Gabriel ihn nicht mehr als Druckmittel einsetzen konnte.

Sie öffnete die Tür, und er betrat das Gemach mit raubtierhaft geschmeidigen Schritten. Ariana zuckte vor Überraschung zusammen. Er hatte ein Bad genommen und frische Kleidung angelegt – Beinlinge und ein gut geschneidertes grünes Gewand. Sein dunkles, noch nasses Haar war nach hinten gekämmt, einzelne Wassertropfen fielen noch auf seine breiten Schultern. Er war atemberaubend. Sofort verdrängte sie diesen lästigen, typisch weiblichen Gedanken, schloss die Tür hinter ihm und lehnte sich dann dagegen.

„Sperrt mich nicht aus, Gemahlin."

Müde verschränkte sie die Arme vor der Brust. „Das ist mein Gemach."

„Aber nur, weil es mir so gefällt."

Vor Erschöpfung konnte sie nicht mehr denken, geschweige denn mit ihm streiten. „Schön." Sie machte einen übertriebenen Knicks vor ihm. „Was immer Ihr wünscht, *Mylord.*"

Ihr spöttischer Tonfall trug ihr einen ungehaltenen Blick von ihm ein. Sie beachtete ihn gar nicht. Alles, wonach sie sich im Moment sehnte, war etwas Seelenruhe, damit sie schlafen konnte. Am kommenden Tag könnte sie sich noch früh genug mit den Problemen in ihrem Leben beschäftigen.

Sie legte sich wieder zu Bett und drehte sich auf die Seite. Das Kind trat heftig. Auch das noch, jetzt musste sie sich erleichtern. Mühsam erhob sie sich erneut und schleppte sich zum Ankleidezimmer, in dem sich auch der Abtritt befand.

Gabriel betrachtete sie stirnrunzelnd, als sie an ihm vorbeiging. Sie hatte dunkle Ringe unter den Augen, und in dem schlichten Gewand wirkte ihr Bauch noch größer. Nachdenklich sah er ihr nach, als sie die Tür zu dem kleinen Ankleidezimmer hinter sich zuzog.

Er hatte damit gerechnet, dass ein so oberflächliches Geschöpf wie Ariana außer sich sein würde, ein geflicktes, schäbiges Bauerngewand tragen zu müssen, aber sie hatte sich mit keinem einzigen Wort darüber beklagt. Zwar hatte sie sich den ganzen Abend lang immer wieder verstohlen gekratzt, doch selbst dabei hatte er ihr angesehen, dass sie sich durch das Gewand nicht gedemütigt fühlte, sondern nur gereizt war.

Sein Vorhaben, ihrem Stolz einen kleinen Dämpfer zu verpassen, war gescheitert – sie sah nach wie vor vornehm aus, und ihre innere Kraft brachte ihn dazu, sich irgendwie *klein* zu fühlen, weil er sich auf diese Art an ihr zu rächen versuchte. Auch im bäuerlichen Gewand war sie ihm vom Rang her weit überlegen.

Eine Weile sah er sich im Gemach um. Er hatte bereits gewusst, dass sie vermögend war, aber das hier übertraf seine kühnsten Vorstellungen. In allen Ecken und Nischen des Anwesens stand kostbarer Zierrat, die Möbel schienen ausnahmslos von Meisterhand gemacht, und die seidenen Kissen und Pelze auf Betten und Stühlen waren erlesen gearbeitet.

Einen Augenblick lang musste er an Cyrille denken, die er beinahe geheiratet hätte. Ob sie wohl auch so prunkvoll lebte? Auf einmal konnte er sich besser in sie hineinversetzen als je zuvor in der Vergangenheit.

Sie war nicht vor dem Altar erschienen. Stattdessen hatte sie ihm die Nachricht zukommen lassen, dass sie den Earl heiraten würde, aber dass sich dadurch an ihrer Beziehung nichts zu ändern brauchte. Für eine Liebelei war er gut genug, aber nicht für eine Ehe. Jahrelang hatte er alle Edelfrauen wegen ihrer Verwöhntheit und Selbstsucht gehasst, doch nun, da er all diesen Reichtum vor sich sah, wurde ihm klar, dass er ihr nie das hätte bieten können, was der Earl of Carth ihr gab. Trotzdem nagte es noch immer an seinem Stolz, dass sie einen buckeligen alten Mann ihm vorgezogen hatte. Niemand in seiner Obhut hatte je Hunger leiden müssen, wenigstens nicht bis zu dem Zeitpunkt, als ihn der Abt einsperrte. Jahr für Jahr wurde das eine oder andere Kind krank und benötigte die Dienste eines Baders oder Apothekers, und immer musste er dafür viel Geld bezahlen. Doch es war ihm stets gelungen, es aufzubringen.

Er ließ den Blick noch einmal durch das prächtige Gemach schweifen. Ja, vielleicht hatte er zu hart über Cyrille geurteilt.

Ariana kehrte gähnend zurück, und jeder Gedanke an seine frühere Liebe war ausgelöscht. Er sah seiner Gemahlin an, dass sie kurz davor war, zusammenzubrechen. Sie stolperte ein wenig, und sofort war er bei ihr, um sie aufzufangen.

Flüchtig flackerte Dankbarkeit in ihrem Blick auf, doch sofort verschanzte sie sich wieder hinter ihrer üblichen Gereiztheit. „Ich kann allein zu Bett gehen." Sie schüttelte seinen Arm ab.

„Ich werde nicht zulassen, dass Ihr stürzt und mein Kind gefährdet."

„Ich bin in anderen Umständen, aber nicht hilflos", gab sie ungehalten zurück. Im selben Moment stieß sie mit dem Bauch gegen den Frisiertisch.

Plötzlich war sein ganzer Beschützerinstinkt geweckt. Mit einer raschen Bewegung hob er sie auf seine Arme und trug sie zum Bett. Der leichte Duft ihres Haares stieg ihm in die Nase, es war irgendein exotischer Geruch. Ambra. Er kannte ihn von seinen Reisen ins Heilige Land, als er seine Schwester gesucht hatte. Nur die Reichsten konnten sich ein so kostbares Aroma für Seife leisten. Menschen wie seine Gemahlin.

Seine Gemahlin. Trotz seiner Bedenken, was die Ehe anbelangte, fand er, dass sich das gut anhörte. Er legte Ariana sanft auf das Bett und rechnete damit, dass sie sofort von ihm abrücken und mit einem Kissen nach ihm werfen würde. Stattdessen sah sie ihn verwundert an. „Warum habt Ihr das getan?"

„Was getan?"

„Mich getragen."

Er zuckte die Achseln, nicht gewillt, genauer über seine Empfindungen nachzudenken. Sie hatte ihn verhöhnt. Sie hatte ihn zum Sterben zurückgelassen. Gabriel hatte eigentlich vorgehabt, sie den Winter über auszusetzen. Sie hätte eine der Bettlerinnen werden sollen, die sich immer vor der Küche einfanden. Dann hätte er ihr Geld benutzt, um die Abtei Stein für Stein abzureißen. Doch nun ertappte er sich dabei, dass er den Gedanken nicht ertrug, sie könnte stolpern – und noch weniger den, sie könnte hungern und frieren.

Mit dem Daumen strich er leicht über die drei Sommersprossen auf ihrer Wange. Sie erschauerte, wich ihm aber nicht aus. Einen Moment lang dachte er daran, sie zu küssen.

Plötzlich runzelte sie beunruhigt die Stirn. „Gabriel?"

Zum ersten Mal redete sie ihn mit seinem Namen an, und er klang tief in seinem Herzen nach. „Ja?"

„Haben Eure Männer Nigel etwas angetan?"

Er unterdrückte einen Fluch.

Plötzlich sah er sich wieder vor dem Abt knien. *Ihr seid zu stolz, Sünder.* Der Abt hatte ihm sein Essen auf den Boden geworfen. *Leckt es auf, Sünder. Kostet die Barmherzigkeit Gottes.*

In Gedanken schlug er die Tür zu diesen Erinnerungen zu. Eine so herzlose Frau brauchte von seiner Schwäche nichts zu wissen.

„Schlaft jetzt, Ariana", sagte er, ohne auf ihre Frage einzugehen. „Morgen ist es immer noch früh genug, unser gemeinsames Leben zu beginnen."

18. KAPITEL

Am anderen Morgen begutachtete Ariana entsetzt ihre verwüstete Halle und beschloss, etwas zu unternehmen, ehe gar nichts mehr zu retten war. Die Langtische waren an die Wände gerückt worden, und überall lagen umgestürzte Stühle herum.

Wenigstens hatte Gabriel ihr erlaubt, ihr dunkelblaues Gewand mit dem Hermelinbesatz anzuziehen – die Ordnung ließ sich um so vieles leichter wiederherstellen, wenn klar zu erkennen war, wer das Sagen hatte. Ein Seidenschleier bedeckte ihr Haar, das zu einem bis zur Taille reichenden Zopf geflochten war. Warum er seine Meinung hinsichtlich ihrer Kleidung wieder geändert hatte, war ihr ein Rätsel, aber sie hatte schon vor Jahren den Versuch aufgegeben, das oft merkwürdige Gebaren von Ehemännern zu verstehen.

Margaret eilte auf Ariana zu und schwenkte einen Besen. Sie wirkte sogar noch aufgebrachter und nervöser als sonst. „Grundgütiger. Nichts als eine Horde großer fauler Tiere." Sie deutete auf die noch anwesenden Krieger. „Hinaus mit euch, ihr elenden Faulenzer. Hinaus!" Sie schlug Rodney beherzt mit dem Besen auf den Kopf. „Weg hier, sage ich. Wir können nicht arbeiten, solange ihr uns faul im Weg herumsteht."

Margaret wandte sich wieder an Ariana, und ihre Unterlippe zitterte vor Empörung. „Bei allen Heiligen, Herrin, wir müssen sie irgendwie loswerden."

Ariana seufzte schwer und rieb sich den Staub von den Händen. „Das sehe ich genauso, Margaret. Ganz genauso."

„Erst musste ich sie aus der Küche vertreiben, und dann setzten sie sich hier einfach auf die Tische. Großer Gott. Ich sage Euch, Herrin, Ihr müsst sie loswerden." Margaret warf dem Mann, der ihr am nächsten stand, einen giftigen Blick zu.

„Wir bekommen das Problem in den Griff", versprach Ariana. „Konntest du herausfinden, ob nach der Hochzeit jemand in mein Gemach gegangen ist?“

„Umgeben von all diesen räudigen Ungeheuern hier? Grundgütiger. Sie waren den ganzen langen Vormittag hier, haben gegessen, gerülpst und Gott weiß was sonst noch gemacht.“

„Ich bitte um Verzeihung, gute Frau.“ Gabriel stand in der offenen Tür und lehnte sich lässig an den Rahmen. Sein Lächeln war entwaffnend.

Margaret starrte ihn an und war sichtlich aus der Fassung gebracht. Sie murmelte etwas Unverständliches vor sich hin.

Seine Augen funkelten vergnügt. „Die Männer haben Hunger und würden sich über eine Kleinigkeit zu essen sehr freuen, noch dazu angerichtet von einem so hübschen Ding wie dir.“

Hübsches Ding? Ariana glaubte, sich verhört zu haben.

Margaret öffnete und schloss ein paar Mal den Mund. „Nun, ja, natürlich“, stammelte sie schließlich.

„Das reicht“, schaltete Ariana sich ein. Das fehlte ihr gerade noch, dass Gabriel den Küchenbediensteten mit leeren Schmeicheleien den Kopf verdrehte.

In diesem Moment stürzten vier von Gabriels Geschwistern in die Halle, ein Rotschopf, zwei braunhaarige Kinder und ein blondes Wesen. Zwei von ihnen landeten auf dem Boden und begannen, sich lautstark zu prügeln. Streu flog in der Luft herum, als die Kinder sich darin wälzten. Die beiden anderen, ein kleineres und ein größeres schlaksiges Kind, standen dabei und feuerten sie händeklatschend an.

„Los, Sam, gib’s ihm.“

„Myron, pass auf.“

Die raufenden Kinder stießen gegen einen Tisch, und laut klirrend fielen die Teller zu Boden.

„Halt!“, rief Gabriel, aber die Jungen hörten nicht auf ihn. „Sam! Myron!“

Er griff in die Auseinandersetzung ein und zog den kleineren Jungen von dem größeren herunter. „Hör auf, Sam. Sonst bekommst du noch einen weiteren Zahn ausgeschlagen."

Gabriel hielt Sam fest, einen drahtigen kleinen Jungen mit wilder blonder Haarmähne, während Myron, das ältere und etwas stämmigere Kind, sich vom Boden aufrappelte. Ariana erkannte in ihm den Jungen, der Jason am Vortag so zugesetzt hatte. Obwohl er wahrscheinlich das Doppelte von Sam wog und sicher auch ein paar Jahre älter war, hatte er eine blutende Lippe und ein blaues Auge davongetragen. Über Sams Wange zog sich ein langer roter Kratzer.

„Aber, Kinder", rief Ariana aus.

„Benehmt Euch gefälligst", schimpfte Gabriel. „Und entschuldigt Euch."

„Niemals", begehrte der Kleinere auf. „Er hat jeden einzelnen Schlag verdient."

„Warte, dich kriege ich." Myron ballte bereits die Fäuste.

Gabriel packte ihn am Schlafittchen und schüttelte ihn heftig. „Schluss jetzt."

Der Junge sah Gabriel aufgebracht an, wurde aber ruhig.

„So, und nun räumt den Schlamassel auf, den ihr angerichtet habt."

Myrons Augen wurden schmal, doch tatsächlich bückte er sich und begann damit, die Scherben aufzuheben. Ariana atmete auf. Wie es aussah, hatte Gabriel diese Rasselbande wenigstens einigermaßen im Griff.

„Und du, Sam, gehst mit Ariana. Du wirst in der Küche helfen, bis du ein paar Manieren gelernt hast."

„In der Küche?" Sam verzog das Gesicht. „Wie ein Mädchen?"

„Du *bist* ein Mädchen."

„Ein Mädchen?" Ariana sah auf das ungekämmte Kind. Auf die schmutzigen Beinlinge. „Du bist ein Mädchen?"

Sam stemmte eine Hand auf die Hüfte und reckte trotzig

das Kinn vor. „Na und?“

„Ich fasse es nicht“, murmelte Ariana. Langsam wusste sie wirklich nicht mehr, wo sie überhaupt anfangen sollte, Ordnung zu schaffen. „Warum trägst du Beinlinge?“

Sam sah jetzt nicht mehr ganz so keck aus. „Ich habe noch nie ein Gewand gehabt.“

„Das ist nicht wahr“, widersprach Myron. „Du hattest eines, aber du hast es zerrissen.“

Sam streckte ihm die Zunge heraus.

„Da! Hast du das gesehen?“ Myron wollte sich auf sie stürzen, aber Gabriel hielt ihn fest.

Ariana richtete sich nun zu ihrer vollen Größe auf und schlug einen strengen Tonfall an. „Kinder, wenn ihr euch nicht benehmt, gibt es kein Frühstück.“

Myron drehte sich zu ihr um. „Ich habe aber Hunger.“

„Dann solltest du dich jetzt an deine guten Manieren erinnern“, gab Ariana zurück.

Hinter ihr in einer Ecke gab Rodney einen Rülpser von sich.

Ariana fuhr herum. „Das gilt auch für die Männer. Margaret ist eine begnadete Köchin. Sie macht herrliche Pasteten und weißes Brot, bei dem einem das Wasser im Munde zusammenläuft. Aber wenn sie unsere Mahlzeiten zubereiten soll, dann will ich hier keinen Mann mehr in der Halle sehen, während die Küchenbediensteten ihre Arbeit verrichten.“ Sie sah ein paar von den Barbaren direkt in die Augen. „Hinaus, alle – Kinder, Männer und Hunde. Wir werden in Kürze das Frühstück einnehmen. So Gott will, werden wir einen Weg finden, friedlich und gut gesättigt miteinander zu leben.“

Bei der Aussicht auf eine gute Mahlzeit hatten sich die ersten Männer bereits erhoben. Der eine, den sie Ian nannten, zupfte an seinem Bart. Rodney zwinkerte ihr mit seinem einen Auge zu und schob das Messer, das er eben geschärft hatte, zurück in seinen Gürtel. „Pasteten und weißes Brot, sagt Ihr?"

„Ja", bestätigte Ariana. „Pasteten und weißes Brot, wenn Ihr geht. Getrocknetes Fleisch und schimmelige Rüben, wenn Ihr bleibt." Sie drehte sich mit hochgezogenen Brauen zu Gabriel um. „Es sei denn, Mylord weiß, wie man eine Küche führt."

Die Männer tauschten bedeutungsvolle Blicke. Ian räusperte sich und stand auf. Dann verließ er mit schlurfenden Schritten die Halle. Die anderen folgten ihm.

„Grundgütiger. Gott segne Euch, Herrin", rief Margaret aus und wischte sich die Hände an ihrer Schürze ab. Die weiße Haube saß ganz schief auf ihrem Kopf.

„Das war ziemlich beeindruckend, Gemahlin", bemerkte Gabriel gedehnt, sobald seine Männer fort waren. Seine Augen funkelten belustigt. „Vielleicht solltet Ihr mit einem eigenen Trupp Männer in die Schlacht ziehen."

Dass er sich auf ihre Kosten zu amüsieren schien, ärgerte sie, und sie warf ihm einen scharfen Blick zu.

Er fing an zu lachen. „Und welchen Auftrag hat meine Gemahlin, die Feldherrin, für mich?"

Sie verdrehte achselzuckend die Augen. „Verrichtet irgendeine Männerarbeit", schlug sie ironisch vor. „Prüft die Verteidigungsanlagen oder etwas in der Art."

Er beugte sich vor und küsste sie unvermittelt auf die Wange.

Stirnrunzelnd hob sie die Hand an die Wange. Ihre Haut brannte dort, wo er sie mit den Lippen berührt hatte. „Wozu sollte das gut sein?", entfuhr es ihr.

„Ihr brauchtet das." Seine Mundwinkel zuckten verdächtig. „Wenn Ihr mich bittet, werde ich es wieder tun."

Was für ein eingebildeter Mensch. Sie würde ihn niemals um seine Küsse bitten.

Er betrachtete sie etwas länger, als es eigentlich schicklich war. „Nun, dann kümmere ich mich jetzt um die Verteidigung, und Ihr geht Euren Verpflichtungen nach, Mädchen.“ Augenzwinkernd wandte er sich zum Gehen.

Dieser Mann reizte sie wirklich bis zur Weißglut. Sie räusperte sich. Erst die Arbeit, dann das Vergnügen. „Sam … Samantha, komm bitte mit mir.“ Sie wollte die Näherinnen bitten, dem Mädchen ein Kleid zu schneidern, während sie an dem Gewand für das Fest arbeiteten, das Ariana auf Wunsch ihres Cousins besuchen sollte. Vielleicht konnte sie sich ja auch bei ihnen ein wenig umhören, ob eine von ihnen jemanden gesehen hatte, der die Nachricht mit dem Hinweis auf das Gift in ihr Gemach geschmuggelt haben konnte.

Sie sah Gabriel nach, als er mit ausgreifenden Schritten zum Ausgang lief. Er hatte sie geküsst. Aber warum, um Himmels willen? Schließlich hatten sie nicht aus Liebe geheiratet.

Ob er sich wirklich um die Verteidigungsanlagen kümmern würde? Sie verdrängte das leise Gefühl der Erleichterung darüber, dass sich außer ihr noch jemand anderes dieser Aufgabe annehmen wollte. In Wirklichkeit war es manchmal ziemlich anstrengend, ganz allein für das Wohlergehen der Burg verantwortlich zu sein.

Auf der Türschwelle blieb er noch einmal stehen und sah Sam ernst an. „Mach meiner Gemahlin keinen Ärger.“

„Das würde mir im Traum nicht einfallen“, gab Sam vorlaut zurück.

Nachdem sie das Frühstück zu sich genommen hatten, das so köstlich geschmeckt hatte, wie von Ariana versprochen, verbrachte Gabriel einen Großteil des Tages damit, sich mit den Wehranlagen von Rosebriar vertraut zu machen und die Stärke der Mauern und der Wachen zu prüfen. Der Bergfried selbst war nicht so gewaltig, aber die Mauern umspannten einen riesigen Innenhof, der genauso kunstvoll gestaltet war wie das Innere der Burg. Mehrere sehr gepflegte Gärten waren hier angelegt worden, einer für Küchenkräuter, einer für alle möglichen Blumen und einer nur für Rosen. In einer Ecke war ein übergroßes Schachbrett aus Holz mit über einer Elle langen Figuren aufgebaut, in der gegenüberliegenden Ecke befand sich, in selber Größe, ein Mühlespiel. Es waren die schönsten Gärten, die Gabriel je gesehen hatte. Der Mensch, der sie pflegte, musste seine Arbeit wirklich sehr lieben.

Nachdem Gabriel all das begutachtet hatte, setzte er eine Liste mit den Dingen auf, die zur Verstärkung der Mauern benötigt wurden. Für einen Abschnitt wurde Mörtel gebraucht, dazu neue Holzbalken, um ein paar wurmstichige zu ersetzen. Überhaupt schien es nur sehr wenige Wachposten zu geben, und so nahm er sich vor, schnellstmöglich weitere Männer einzustellen.

Kurz vor dem Eingang zum Bergfried kam plötzlich ein junger Mann in einem weiten roten Umhang auf ihn zugeeilt. Im Laufen schob er sich die Kapuze vom Kopf ... Es war sein Bruder Eric!

Gabriel erstarrte, als hätte er einen Geist gesehen. Seine Kehle war mit einem Mal wie zugeschnürt.

„Gabriel! Ich bin sofort aufgebrochen, als ich hörte, dass du am Leben bist. In all den vergangenen Monaten hatten wir dich für tot gehalten."

Gabriel rieb sich die Augen. „Eric?"

„Du siehst blass aus, Bruder. Bist du krank?"

Gabriel war, als hätte man ihm einen kraftvollen Stoß vor die Brust versetzt. Eine ganze Weile konnte er seinen Bruder nur wortlos ansehen.

„Gabriel? Ist alles in Ordnung?"

Erst jetzt löste sich die Starre in ihm, und er umarmte Eric ungestüm.

„Du erdrückst mich", rief Eric lachend aus.

Himmel, der Junge war mittlerweile fast so groß wie er. „Ich nahm an, dass *du* tot bist.“ Er hielt seinen Bruder ein Stück von sich entfernt und betrachtete ihn von Kopf bis Fuß. Sofort fiel ihm auf, wie fein gearbeitet der Umhang und sein Gewand waren, das er daruntertrug. „Woher hast du diese teure Kleidung?“

„Von Ariana.“

„Von Ariana?“

„Sie kam nach London und fand mich im Kerker. Daraufhin kaufte sie mich frei und gab mich zu einem Apotheker in die Lehre.“

„Das hat sie getan?“

„Ja.“ Eric nickte.

Um Gabriel drehte sich alles. „Bist du sicher?“

Eric tippte sich an die Stirn, als hätte er Zweifel an Gabriels Geisteszustand.

Verdammt. Er hatte Ariana die Schuld an Erics Tod gegeben, und sie war nach London gereist, um ihn zu retten.

„Gibt es bei euch auch etwas zu essen?“, wollte Eric wissen.

Gabriel musste lachen. „Du denkst doch immer nur an deinen Magen. Hast du die anderen schon gesehen?“

„Nein, noch nicht. Aber vor ein paar Monaten habe ich Gold geschickt.“

„Ach?“

„Damit die Familie gut durch den Winter kommt.“

Gabriel atmete tief durch, schlang den Arm um die Schultern seines Bruders und führte ihn zur großen Halle. Am liebsten hätte er den Jungen nie mehr aus den Augen gelassen. Und bei seiner Gemahlin war jetzt wohl eine Entschuldigung fällig.

„Weißt du, wo sie Nigel hingebracht haben?“, fragte Ariana ihre erste Näherin, Dionne, in verschwörerischem Flüsterton, während die anderen bei Samantha Maß nahmen.

„Nein, Mylady.“ Dionnes Leinenkopftuch geriet heftig in

Bewegung, als sie den Kopf schüttelte. Sie ging ein wenig gebeugt, und Altersflecken hatten sich auf ihren Händen gebildet, aber dennoch besaß sie noch fast alle ihre Zähne. „Ich mache mir Sorgen. Ein neuer Gemahl, noch dazu ein großer, breitschultriger. Den anderen haben wir alle seit der Hochzeit nicht mehr gesehen. Edwina, die das Ale braut, glaubt jedoch, sie hätte ihn einmal nachts schreien hören."

Ariana wand sich innerlich. Der arme Nigel. Wenn sie doch nur sicher gewusst hätte, in welchem der Verliese er war, dann gäbe es vielleicht eine Gelegenheit, ihn zu befreien. Er verdiente es nicht, dort in der feuchten Kälte zu sein – sie hatte buchstäblich darum betteln müssen, dass er sie heiratete.

„Was sollen wir nur tun, Mylady?"

„Wir müssen herausfinden, wo sie ihn festhalten." Ariana tätschelte Dionnes schmale Hand und sah sich um.

In der Ecke stand Samantha mit zwei Näherinnen und schien zwischen Entsetzen und Begeisterung zu schwanken. Sie kicherte bei jeder neuen Bahn Seide oder Samt, die ihr umgelegt wurde, und quietschte, wenn sie versehentlich gekniffen wurde.

„Wo ist Edwina?", wollte Ariana wissen.

„Draußen. Sie stolziert auf dem Übungsplatz herum und tut so, als rupfe sie Unkraut aus dem Gras. Sie kokettiert schon den ganzen Tag mit diesem Einäugigen."

„Rodney", sagte Ariana missmutig. Gerade einmal der zweite Tag, an dem sie diese Wilden um sich hatten, und schon ließen die Frauen ihre Arbeit liegen, um den Männern schöne Augen zu machen. „Sag Edwina, wenn du sie siehst, sie soll sich auf der Stelle bei mir melden."

„Ja, Mylady."

„Ach, noch etwas – ist während der Hochzeit jemand in der Nähe meines Gemachs gewesen, der eine Nachricht dort hätte hineinschmuggeln können?"

Dionne zuckte nur die Achseln und schüttelte den Kopf.

Schade. Niedergeschlagen trat Ariana an eines der offenen Fenster und sah hinunter in den Innenhof. Auf dem Rasen tobte Jason mit Gabriels riesigem Hund. Das fröhliche Lachen ihres Sohns hallte bis zu ihr herauf, und sie schüttelte resigniert den Kopf. Dann würde der Köter eben bleiben. Keine Mutter konnte dem Lachen ihres Kindes widerstehen. Irgendwie würde sie sich mit dem Wolfshund schon anfreunden. Jasons Strumpfhose hatte einen Riss, und ein Schmutzstreifen zog sich über seine Wange, trotzdem musste sie lächeln.

„Braucht Ihr sonst noch etwas, Mylady?", fragte Dionne.

Ariana drehte sich um. „Ein Gewand für meinen neuen Gemahl und ein weiteres für mich. Etwas Passendes für ein großes Bankett. Ich benötige beides bis zum Wochenende."

Deutlich konnte sie Gabriel in einem smaragdgrünen Gewand vor sich sehen. Er würde *großartig* ausschauen in dieser Farbe, die das Grün seiner Augen sicher noch betonte.

Nachdem Samanthas Anprobe zu Ende war, brachte Ariana sie in einer der Kammern unter und gab den Bediensteten Anweisungen, auch für die anderen Kinder Räume herzurichten. Den Rest des Tages verbrachte sie mit allerlei häuslichen Pflichten, aber auch mit der Suche nach Edwina, damit sie diese wegen Nigel befragen konnte. Bedrückt, weil sie nicht so recht vorankam, ging sie schließlich in den Garten, um etwas Unkraut zu jäten und Zeit zum Nachdenken zu haben. Vielleicht fand sie dort ja auch Edwina.

Die Brauerin stand am Rand des Übungsplatzes und himmelte immer noch Rodney an. Dieser Mann war so hässlich! Ariana schüttelte den Kopf über den Geschmack, den manche Frauen hatten.

Sie musste an Gabriel denken und fragte sich, ob sie wohl auch immer ein so verträumtes Gesicht machte, wenn sie ihn ansah. Seit dem Frühstück hatte sie nicht mehr mit ihm gesprochen, dennoch hatte sie den ganzen Tag über immer wieder an ihn denken müssen. Das war sicherlich ein großer Unterschied zu ihren früheren Ehemännern – bei ihnen hatte sie sich die größte Mühe gegeben, so zu tun, als existierten sie gar nicht. Gabriel hatte jedoch etwas an sich, das es unmöglich machte, ihn zu ignorieren. Vielleicht lag es an dem Kuss, den er ihr gegeben hatte. Sie runzelte die Stirn. Das war wirklich schändlich – an Gabriels Küsse zu denken, während ihr guter Freund im Verlies Qualen litt.

Edwina seufzte, und Ariana ging zu ihr hinüber, um sie nach den Geräuschen zu fragen, die sie angeblich gehört hatte.

„Mylady!" Edwina schrak zusammen, als hätte man sie mit dem Finger im Marmeladentopf erwischt. Ihre Haube war verrutscht, als hätte sie diese in großer Hast angelegt. Wahrscheinlich war sie so von Rodney abgelenkt gewesen und hatte gar nicht bemerkt, dass die Haube nicht richtig saß.

Ariana ließ ihr einen kurzen Augenblick, um sich zu sammeln. „Edwina, ich muss dich etwas fragen." Sie zog eine Braue hoch. „Und ich möchte wissen, ob du vielleicht Hilfe brauchst, damit du dich an deine Arbeit machen und Ale brauen kannst."

Edwina errötete. „Richtig, Mylady. Ja, natürlich." Unsicher sah sie sich noch einmal nach Rodney um.

„Dionne sagt, du hättest nachts Geräusche vernommen. War das vielleicht Nigel …?"

Edwina machte große Augen und zerknüllte ihre Schürze zwischen den Fingern. „Das stimmt, Mylady. Es war kurz nach der Hochzeit – ein Mann weinte und schrie ganz laut. So etwas habe ich noch nie gehört."

Nervöse Unruhe breitete sich in Ariana aus. Endlich eine Spur. Sie beugte sich näher zu Edwina. „Wo?"

„Unter dem Weinkeller."

Großer Gott. Rosebriar war vor dreihundert Jahren erbaut worden. Es verfügte über drei unterirdische Verliese und ein Labyrinth von Katakomben. In dem Verlies unter dem Weinkeller stand eine alte Folterbank, auch waren dort Daumenschrauben aufgestellt. Ariana erschauerte. Besaß Gabriel die gleichen sadistischen Neigungen wie sein Halbbruder? Auf der Hochzeit war er außer sich vor Zorn gewesen.

„Seid Ihr wohlauf, Mylady?"

„Ja, ja. Glaubst du, das könnte Nigel gewesen sein?"

Edwina nickte. „Ich habe gesehen, wie sie nach der Hochzeit einen dünnen Mann die Treppe hinuntergeschleppt haben."

Ariana wickelte sich fester in ihren Umhang und dachte nach. „Wir müssen einen Weg finden, ihn zu befreien."

„Ich hoffe nur, er bekommt genug zu essen."

Ariana hob den Kopf. „Essen. Das ist es."

„Was ist was, Mylady?"

„Diese Männer hier." Sie zeigte auf die Krieger, die sich auf dem Platz im Schwertkampf und Bogenschießen übten. „Sie sind schmackhafte Mahlzeiten nicht gewohnt. Sie haben sich fast überschlagen, als ich ihnen weißes Brot in Aussicht stellte. Wir werden also ein ausgiebiges Festmahl mit viel Ale und Gewürzwein veranstalten. Ich schicke die Frauen hinaus auf die Wiesen, sie sollen so viel Baldrian wie möglich sammeln. Wir haben doch diese Kräuter, die den Baldriangeschmack überlagern dürften. Das bringt uns ein paar ungestörte Stunden, in denen wir uns hinunterschleichen und Nigel in Sicherheit bringen können."

Edwina rang die Hände. „Richtig, Mylady. Aber Euer Gemahl ist ein sehr großer Mann, nicht wahr? Er wird nicht allzu erfreut darüber sein."

Ariana überlegte. Nein, er würde tatsächlich nicht erfreut sein. Aber es ging nicht anders – sie musste Nigel aus diesem Verlies holen. „Mir wird schon etwas einfallen. Wann ist das neue Ale fertig?“

„In gut einer Woche, Mylady.“

Ariana nickte. „Danke, Edwina. Mach das Ale so stark wie möglich.“

„Ja, Mylady.“ Edwina warf einen letzten Blick auf Rodney, ehe sie sich wieder auf den Weg in den Braukeller machte.

Ariana bückte sich und zupfte Unkraut aus einem dichten Büschel Rosmarin. Das Bücken fiel ihr schwer mit ihrem Bauch, aber die kühle Erde an ihren Fingern fühlte sich himmlisch an. Manchmal hatte sie das Gefühl, als wären die Pflanzen ihre besten Freunde. Sie hatten ihr geholfen, drei Ehen zu überstehen, und sie würden ihr auch bei der vierten helfen.

Während sie im Garten arbeitete, überlegte sie, wie sie das Festmahl ausrichten sollte. Sie war so in Gedanken versunken, dass sie Gabriel erst hörte, als er unmittelbar hinter ihr stand. Erschrocken erhob sie sich. „Ihr hättet Euch früher bemerkbar machen können“, sagte sie vorwurfsvoll.

Seine grünen Augen funkelten, und eine schwarze Haarsträhne fiel ihm in die Stirn. „Und mir Euren Gesichtsausdruck entgehen lassen?“

„Was macht Ihr hier?“

„Ich wollte nachsehen, ob Ihr Euch mit unserer Verbindung ausgesöhnt habt.“

„Es wäre auf jeden Fall hilfreich, wenn Ihr Eure Männer von meinen Frauen fernhalten würdet, während sie arbeiten.“

„Kommt, setzt Euch zu mir“, forderte er sie auf und führte sie zu einer Bank.

„Habe ich überhaupt eine Wahl?“

Er zog die Brauen hoch. „Nein, natürlich nicht.“

Sie rieb sich die Erde von den Händen und setzte sich.

„All die vielen Pflanzen – kümmert Ihr Euch selbst darum?“

Sie nickte. Er war doch bestimmt nicht gekommen, um mit ihr über Gartenarbeit zu reden. „Das Unkrautjäten beruhigt mich. Und ich liebe es, die Pflanzen wachsen zu sehen." Als er nichts sagte, was auf den wahren Grund seines Kommens hindeutete, fuhr sie fort. „Ich hätte gern noch ein paar violette Stauden zu den rosafarbenen und weißen dort in der Ecke."

Er nickte.

„Ihr seid nicht erschienen, um über Blumen zu sprechen", vermutete sie.

Er nahm ihre Hand. „Ich weiß, dass Ihr Euch vor dieser Ehe fürchtet, aber ich glaube, wir können noch einmal einen neuen Anfang wagen."

Ariana war verwirrt. „Ach, ja?" Er war so viel freundlicher als am Vorabend.

„Ich weiß über Eric Bescheid." Er zögerte, und ihm schien nicht ganz wohl zu sein. „Er ist heute Morgen hier eingetroffen."

War das seine Art, Entschuldigung zu sagen? Sie drehte sich nun so zu ihm, dass sie ihm direkt in die Augen sehen konnte. Gab es vielleicht doch noch Hoffnung, dass ihre Ehe harmonisch verlaufen würde? Möglich, allerdings nicht, solange ihr Freund noch im Verlies saß. „Nigel ..."

Sie erschrak, als Gabriel sich abrupt erhob. „Eure Treue ist fehl am Platze", teilte er ihr knapp mit. „Vergesst ihn."

„Aber ich dachte, Ihr würdet ihn vielleicht frei..."

Seine Augen wurden schmal, und sie schluckte. Nein, es hatte keinen Sinn, mit ihm über Nigels Freilassung zu reden. Sie würde sich selbst darum kümmern müssen. Tief durchatmend streckte sie ihm die Hand entgegen. „Bitte, Mylord, ich wollte Euch nicht verärgern. Setzt Euch wieder zu mir."

Er betrachtete sie prüfend, dann nahm er erneut neben ihr Platz und streckte die Beine aus.

Ariana setzte eine betont unschuldsvolle Miene auf. „Wie fandet Ihr Euren Bruder vor?"

„Gesund und edel gekleidet." Er ließ die Schultern hängen,

als hätte er ein schlechtes Gewissen.

Sehr gut. Sie kannte die Männer gut genug, um zu wissen, wann die günstigste Gelegenheit war, um einen Gefallen zu erbitten. „Wir sind am Wochenende zu einem Bankett auf Baron Roberts Landsitz eingeladen. Ich würde gern dort hingehen."

Nachdem sie fünf Jahre lang ihre Entscheidungen selbst gefällt hatte, widerstrebte es ihr, jetzt um etwas derart Banales wie einen Besuch bitten zu müssen. Aber Gabriel hätte es niemals hingenommen, wenn sie ihn vor vollendete Tatsachen gestellt hätte. Also musste sie eben tun, was nötig war, wenn sie an dem Bankett teilnehmen wollte. Ihr Cousin hatte ihr ganz eindeutig damit gedroht, sie des Mordes zu bezichtigen, wenn sie nicht täte, was er von ihr verlangte.

„Wo liegt dieser Landsitz?"

„Nicht weit von hier. Die Gemahlin des Barons hat Geburtstag. Wir sollen über Nacht dort bleiben."

Gabriel trommelte mit den Fingern. Eine weiße Blüte schwebte durch die Luft und landete auf seinem Gewand.

Bittend legte sie ihm die Hand auf den Arm. „Für einen Neubeginn unserer Ehe."

Er sah aus, als hätte er soeben eine Kröte verschluckt. „Also gut. Wir gehen hin."

Erfreut neigte sie sich zu ihm und küsste ihn rasch auf die Wange. Doch bevor er darauf reagieren konnte, kam Heather, das kleine Mädchen mit den glatten dunklen Haaren auf sie zugerannt.

„Gabriel! Gabriel! Komm schnell, Joel hustet wieder und bekommt keine Luft."

Er sprang auf und eilte seiner Schwester hinterher. Ariana folgte den beiden seufzend.

Joel war in einer der Kammern im Westflügel und rang nach Luft. Sein kleines Gesicht war beinahe ebenso rot wie sein

Haar, und Tränen rollten über seine Wangen.

Gabriel nahm ihn auf den Arm, und das Kind umschlang ihn fest mit seinen dünnen Armen und Beinen. „Ruhig, ganz ruhig“, murmelte Gabriel und klopfte dem Jungen auf den Rücken.

Nach und nach traten auch die anderen Kinder in die Kammer; sie waren eindeutig sehr besorgt um ihren Bruder. Samantha rang die Hände, und selbst Myron wirkte bedrückt. So etwas hatte Ariana noch nie erlebt. Sie war so daran gewöhnt, allein zu sein und für sich selbst zu sorgen, dass sie nie auf den Gedanken gekommen war, wie schön es sein musste, von einer fürsorglichen Familie umgeben zu sein.

Sie sah fasziniert zu, wie sich der Junge allmählich beruhigte und wieder gleichmäßiger atmete. Es war, als hätte Gabriel irgendwelche Zauberkräfte.

„Er hat öfter solche Erstickungsanfälle, und dann gerät er in Panik. Niemand kann ihn beruhigen, nur Gabriel“, flüsterte Samantha Ariana zu.

„Seine Arznei ist aufgebraucht, und wir haben kein Gold, um beim Apotheker neue zu holen“, erklärte Myron.

„Kein Gold“, plapperte Oliver ihm nach.

„Wir haben es mit einem Tauschgeschäft versucht, aber unsere Hühner sind noch nicht fett genug“, berichtete ein anderes Kind.

Gabriel verzog das Gesicht, und Arianas Herz flog ihm zu. Der Kleidung der Kinder nach zu urteilen, war ihm dieses Szenario wohl nicht fremd.

„Was benötigt Ihr?“, fragte sie und legte ihm leicht die Hand auf den Rücken.

Gabriel sah sie an, Joel noch immer fest im Arm. Der Junge schnaufte jetzt leise. Er hatte die Augen geschlossen und war entweder eingeschlafen oder einfach nur erschöpft nach den durchlittenen Qualen.

„Der Apotheker rührt einen eigenen Trank für ihn an", berichtete Samantha. „Aber er ist sehr teuer." Wieder rang sie die Hände. „Ich war so selbstsüchtig und habe nur an mein neues Kleid gedacht, dabei braucht Joel doch seine Arznei."

„Wo ist der Laden des Apothekers?", wollte Ariana rasch wissen, um Samantha von ihren Selbstvorwürfen abzulenken.

„Im Dorf, Mylady." Samantha zupfte an einer Strähne ihres blonden Haares, das schon viel weniger verfilzt war, nachdem Ariana Francine beauftragt hatte, es zu kämmen und zu ölen.

„Findest du allein dorthin?"

„Nein."

Myron hob die Hand. „Aber ich." Er sah noch immer ganz bedrückt aus.

Ariana betrachtete ihn prüfend. Vielleicht war ihr erster Eindruck von ihm nicht ganz richtig gewesen. Er schien sich große Sorgen um seinen Bruder zu machen.

„Geh zum Verwalter und sag ihm, er soll mit ein paar Goldmünzen zu den Stallungen kommen. Dort treffen wir uns und fahren ins Dorf, um die Arznei für Joel zu erstehen."

Erleichterung breitete sich auf Samanthas Zügen aus.

„Ja, Mylady." Myron rannte bereits los.

„Wir sind sobald wie möglich wieder da." Arianas Röcke raschelten, als sie mit energischen Schritten zur Tür ging.

Bis zum Abendessen konnte Joel wieder ganz normal atmen. Während sie speisten, sah Gabriel seine Gemahlin immer wieder verstohlen von der Seite her an. Verdammt. Er fühlte sich entsetzlich, weil er sie zu dieser Ehe gezwungen hatte. Die Art, wie sie seine Geschwister behandelte, zeigte, dass sie eine richtige Heilige war. Zuerst hatte sie Eric gerettet. Dann hatte sie Joel versorgt. Und darüber hinaus hatte sie die Bediensteten angewiesen, alle zu baden und neu einzukleiden, selbst Samanthas Haar wirkte ausnahmsweise gebändigt. Jason und Gareth winkten sich sogar über den Tisch hinweg zu.

Sie war wirklich eine gute Frau.

Ariana fielen immer wieder die Augen zu. Sie sah todmüde aus, und er beschloss, sie sofort zu Bett zu bringen, sobald das Mahl beendet war. Vor dem Bankett, zu dem sie eingeladen waren, graute ihm, aber das war das Mindeste, was er leisten konnte, nach allem, was sie für seine Geschwister getan hatte.

„Seid Ihr fertig?“, fragte er unvermittelt.

Sie legte den Essdolch auf den Tisch. „Ja, Mylord.“

„Es ist Zeit fürs Bett.“

Ariana erbleichte. Verdammt, er hatte schon wieder einen Fehler gemacht. Sanft nahm er ihre Hand und küsste die Innenfläche. „Ich wollte Euch keine Angst einjagen. Wir werden nur gesittet nebeneinander schlafen. Ihr seht völlig erschöpft aus.“

Erleichterung breitete sich auf ihren Zügen aus, und sie erhob sich mit ihm. In ihrem Gemach angelangt, setzte sie sich auf die Bettkante und rieb sich die Schläfen. Ihr blaues Gewand bauschte sich um ihre Füße. „Ich danke Euch.“

„Nein, ich danke Euch für das, was Ihr für Joel getan habt.“

Einen Moment lang sahen sie sich verlegen an. Dann gähnte sie und blickte zum Glockenstrang hinüber. „Darf ich jetzt nach meiner Zofe läuten? Ich brauche ihre Hilfe beim Entkleiden.“

Sein Verlangen regte sich plötzlich. „Nein, ich selbst werde Euch zur Hand gehen.“

Sie erstarrte, lief aber nicht weg oder warf mit Gegenständen nach ihm, als er sich ihr näherte. Was für ein Fortschritt seit gestern Abend, dachte er. Er legte ihr die Hände auf die Schultern und drehte sie um, damit sie ihm den Rücken zukehrte.

„Ariana.“ Er küsste sie auf den Nacken und genoss den Duft ihrer Haut. Fast rechnete er damit, dass sie zur Tür flüchten würde, aber sie erschauderte nur leicht. „Erinnert Ihr Euch, wie es auf dem Felsen am Wasserfall zwischen uns war?“

Ihr hörbares Einatmen war ihm Antwort genug. Wieder küsste er sie, dieses Mal näher an ihrem Ohr, und begann langsam, ihr Mieder aufzuschnüren.

„Gabriel …“ Ihre Stimme klang schrill, und er merkte, dass sie kurz davor war, wieder in Panik zu geraten.

„Ganz ruhig, Ariana. Ganz gleich, welche Anweisungen ich Euch erteilen werde – die, gegen Euren Willen in mein Bett zu kommen, ganz bestimmt nicht. Ich bin Euch noch mit Eurem Gewand behilflich, und dann werden wir schlafen. Wir haben noch viel Zeit für unser Vergnügen, wenn zwischen uns mehr Vertrauen herrscht.“

19. KAPITEL

Mit einem geflochtenen Korb über dem Arm überquerte Ariana den Außenhof, um mit ihren täglichen Aufgaben zu beginnen. Sie wollte sich vergewissern, wie weit ihre Frauen mit dem Sammeln der Baldrianblüten waren. Glenna, die Hebamme, erwartete sie auch an diesem Tag, um festzustellen, wie Arianas Schwangerschaft voranschritt.

Der Spaziergang ins Dorf und durch die Wiesen würde eine willkommene Abwechslung sein vom Alltag auf der Burg. Die Luft war kühl, und Ariana ging schneller für den Fall, dass es zu regnen anfing.

Auf der anderen Seite des Geländes tobten Jason und der Wolfshund durch das hohe grüne Gras. Gabriel stand ganz in der Nähe und sah ihnen zu.

Nun warf er eine braune Kugel in die Luft, einen selbstgemachten Lederball. Neugierig kam sie ein paar Schritte näher und erkannte, dass Gabriel Jason zeigte, wie man warf.

Jason winkte ihr zu, als Gabriel den Ball in seine Richtung zielte. Der Hund fing ihn stattdessen auf und brachte ihn zurück zu seinem Herrn. Gabriel nahm ihm den Ball ab und winkte Jason zu sich. Dann drückte er dem Jungen das Spielzeug in die Hand und machte ihm mit ausgreifenden Armbewegungen vor, was er tun sollte.

Seltsam. Sehr seltsam.

Jason warf den Ball, allerdings flog er nicht sehr weit. Sofort ließ er die Schultern hängen, und tiefes Mitleid erfüllte Ariana. Da er nicht in der Lage war, sich richtig zu verständigen, dauerte es bei ihm stets dreimal so lang wie bei einem gut hörenden Kind, eine neue Fähigkeit zu erlernen.

Gabriel holte ihn wieder zu sich heran und machte ihm erneut die richtige Bewegung vor. Jason versuchte es noch einmal, und nun flog der Ball schon bedeutend weiter. Jason hüpfte aufgeregt auf und ab und zog lachend an Gabriels Kleidung. Ariana zuckte zusammen. Genau diese Lebhaftigkeit und überschäumende Begeisterung hatte Ivan nicht ausstehen können. Sie setzte sich in Bewegung, um ihren Sohn von ihrem Gemahl wegzuholen.

Gabriel sah auf und bedeutete ihr, zu bleiben, wo sie war. „Ruhig, Ariana. Gleich ist er so weit, dann kann er es." Er bückte sich nach dem Ball und zeigte Jason noch ein paar Mal, wie er es anstellen sollte, ehe er ihm den Ball in die Hand drückte, damit er es selbst versuchte.

Und dieses Mal gelang ihrem Sohn ein wirklich guter, weiter Wurf. Außer sich vor Begeisterung jagte der Wolfshund schwanzwedelnd hinter dem Ball her und brachte ihn zurück.

Jason klatschte entzückt in die Hände, und Gabriel lachte, während er ihm anerkennend auf den Rücken klopfte. Ariana war zutiefst gerührt. Sie kannte keinen anderen Mann, der einem tauben Kind so etwas beibringen würde.

Gabriel überließ Jason und den Hund ihrem neuen Spiel und kam auf sie zu. „Ich glaube, er hat Hund einen Namen gegeben."

„Einen Namen? Aber er kann doch gar nicht sprechen."

Gabriel hob die Hand zum Mund und öffnete und schloss sie in raschem Wechsel, als ahmte er ein Sprechen nach. „Ich bin mir nicht ganz sicher, aber anscheinend macht er genau das, um den Hund auf sich aufmerksam zu machen."

Ariana neigte den Kopf zur Seite und beobachtete Jason und den Vierbeiner eingehender. Tatsächlich führte Jason genau die Handbewegung aus, die Gabriel ihr eben gezeigt hatte.

Sie nickte nachdenklich. Wenn das wirklich so war, konnte das ein Durchbruch sein, eine neue Möglichkeit, sich mit Jason zu verständigen. Schweigend standen sie eine Weile da, während Ariana über diese neuerliche Entwicklung und auch über ihren neuen Gemahl nachgrübelte. Er war so ganz anders als die Männer, denen sie sonst begegnete. Trotz der widrigen Umstände ihrer Hochzeit, fühlte sie sich plötzlich sehr zu ihm hingezogen.

„Wo wollt Ihr hin, Gemahlin?"

Sie zeigte auf ihren Korb. „Ins Dorf. Glenna, die Hebamme, erwartet mich", erklärte sie, dankbar einen so guten Grund nennen zu können.

„Ich begleite Euch."

„Nein." Wenn er mitkam, konnte sie unmöglich nach ihren Baldrian sammelnden Frauen sehen. „Es macht mir nichts aus, allein zu gehen, das habe ich schon immer getan. Außerdem wollte mir Edwina Gesellschaft leisten."

Er zuckte die Achseln. „Es ist ein schöner Tag für einen Spaziergang."

Sie sah zum bedeckten Himmel hinauf. „Es ist grau in grau. Ihr habt doch bestimmt Pflichten, denen Ihr nachgehen müsst."

Er lächelte, und sie war überrascht, wie jungenhaft er plötzlich wirkte. „Erst das Vergnügen, dann die Pflicht, Mylady."

Sie bedachte ihn mit einem schiefen Blick. „Ich kenne das Sprichwort eigentlich genau andersherum."

„Dann benötigen wir vielleicht einmal ein neues Sprichwort?"

„Mylord, Ihr braucht wirklich nicht mitzukommen", versuchte sie es noch einmal.

Er rührte sich nicht von der Stelle.

Eine Weile nagte sie nachdenklich an ihrer Unterlippe. „Noch nie ist ein Gemahl mitgegangen, wenn ich Besorgungen machen musste", gestand sie schließlich.

Er strich mit dem Finger sacht über ihr Kinn, und sie zitterte unwillkürlich. „Ariana, Ihr hattet genug Ehemänner, vor denen Ihr Euch gefürchtet habt. Es würde Euch guttun, wenn Ihr Euch an *mich* gewöhntet." Damit nahm er ihre Hand und ging mit ihr auf das Tor zu.

Verwirrt folgte sie ihm. Wie klein sich ihre Hand in seiner anfühlte. Wie zart und weiß sie sich gegen seine gebräunte Hand ausnahm …

Auf dem kurzen Weg hinab ins Dorf kamen sie an einem Teich und an einer alten Bauernkate vorbei. Es war ein seltsames Gefühl, von einem Gemahl begleitet zu werden, und sie wusste nicht recht, was sie davon halten sollte.

„Die Kate der Hebamme ist gleich da vorne rechts“, erklärte sie nach einer Weile und zeigte auf ein kleines Haus, vor dessen Fenstern Kräuter zum Trocknen aufgehängt waren.

„Ich bin schon einmal hier gewesen.“

„Tatsächlich?“

„Ja, mit meiner Mutter.“

„Eure Mutter hat Euch hierher gebracht?“

„Sie war oft in anderen Umständen.“ Er zuckte die Achseln, und mit einem Mal wollte Ariana unbedingt mehr erfahren.

„Wie war es für Euch, der Sohn einer … einer …“ Sie wusste nicht weiter und wurde rot.

„Der Sohn einer Dirne zu sein?“, vollendete er ihre Frage.

Sie nickte verlegen.

„Nun, es kamen oft wohlhabende Männer zu uns, und das Leben war ziemlich turbulent. Immer, wenn einer von Mums ‚Freunden‘ erschien, wurde uns aufgetragen, die Kate zu verlassen. Die hohen Herrschaften tauchten auf, sie brachten etwas Gold mit, und bisweilen hinterließen sie ein neues Leben in ihrem Leib.“

Sie grübelte über seine Worte nach. Kein Wunder, dass er für die Mitglieder des Adels nur Verachtung übrighatte. „Wie war ihr Name?“

„Roselle. Habt Ihr Geschwister?“

„Nein.“

„War es nicht fad, so ganz ohne Schwestern und Brüder?“

Sie überlegte. Ihr Leben war nicht öde gewesen, aber voller Arbeit. „Nein, Langeweile kannte ich nicht. Ich wurde Waise, als ich erst vier Jahre alt war, und dadurch ein Mündel der Krone. Mit zwölf wurde ich das erste Mal verheiratet."

„Ihr wart doch noch ein Kind."

Seufzend dachte sie an ihren ersten Mann William zurück. „Das ist richtig, aber zum Glück war mein Gemahl nicht oft da."

„Anstatt einen Haushalt zu führen, hättet Ihr mit Puppen spielen sollen."

„Ich habe getan, was getan werden musste. Hier, wir sind da." Sie klopfte an die Tür der Kate, und Glenna, eine knochige Frau mit hüftlangem silbergrauen Haar, öffnete ihr.

Gabriel musste draußen warten, während die Hebamme Ariana untersuchte.

„Kerngesund", teilte sie Gabriel mit, als sie fertig war. „Und ich würde sagen, dieses Kind wird leichter zur Welt kommen als das letzte. Ihr passt gut auf sie auf, verstanden?"

Gabriel nickte gelassen. Falls Glennas Verhalten ihn störte, so ließ er sich jedenfalls nichts davon anmerken.

Nachdem sie die Hebamme verlassen hatten, schlenderten sie durch die kopfsteingepflasterten Straßen, wo Ariana Tuche und Vorräte für die Burg erstand. Sie unterhielten sich über dieses und jenes, über die Führung des Bergfrieds und wen sie nun einstellen sollten, der ein paar der morschen Balken gegen neue ersetzen konnte. Gabriel hörte aufmerksam zu und machte Vorschläge. Ariana fand es schön, jemanden zu haben, mit dem sie über solche Dinge reden konnte.

Am Ende der Dorfstraße fand sie Mohnsamen für Margaret und Goldfäden für Dionne. Die Frauen würden sich bestimmt sehr über diese kleinen Zusatzgaben freuen.

Gabriel lehnte sich an die Ladenmauer, während sie ihre Einkäufe bezahlte. „Bringt Ihr Euren Damen immer etwas mit?"

„Gelegentlich. Es hält sie bei Laune. Es sind alles gute Frauen." Sie verstaute ihre Errungenschaften im Korb und machte sich auf den Rückweg. Die Luft war empfindlich kühl geworden, es wurde Zeit, nach Rosebriar zurückzukehren. Wie schon auf dem Hinweg nahm er wieder ihre Hand.

Sie ertappte sich dabei, dass sie Gabriels Gesellschaft genoss – weder drängte er sie, noch hielt er sie auf; er schien einfach zufrieden darüber zu sein, sie durch den Alltag zu begleiten. Das war eine ganz neue Erfahrung für sie.

Als sie wieder an der alten Bauernkate vorbeikamen, drückte Gabriel Arianas Hand. „Also bringt Ihr Euren Bediensteten gern etwas mit. Aber was ist mit Euch? Von wem bekommt Ihr Geschenke?"

Sie zuckte die Achseln. Was benötigte sie schon groß? Sie hatte vornehme Gewänder, Schmuck und andere Dinge, die für sie standesgemäß waren. Es fehlte ihr eigentlich an nichts. „Ich brauche nichts."

Gabriel sah sich um und verließ dann den Weg. „Wartet hier, Mylady." Er bückte sich und pflückte mehrere lange, breite Grashalme.

Mit zur Seite geneigtem Kopf wartete sie ab.

Er begann, die Halme zu falten und zu flechten. Neugierig geworden, unterließ sie dennoch jegliche Bemerkung. Gabriel sah sie an, während er die Halme umeinander wand, und lächelte dabei wissend. Plötzlich wurde ihr heiß. Er machte ihr den Hof. Ein Gemahl, der galant zu ihr war.

Nach wenigen Augenblicken reichte er ihr das kleine Kunstwerk. „Eine Rose für meine Gemahlin."

Überrascht betrachtete sie sein Geschenk. Er hatte die Halme so gefaltet, geknickt und miteinander verbunden, dass sie tatsächlich wie eine Rosenblüte aussahen. In seiner großen Hand wirkte sie zierlich und anmutig.

Verblüfft sah Ariana zu ihm auf. Seine Mundwinkel zuckten, aber er verriet mit keinem Wort, was in ihm vorging.

„Meine Mutter hat mir das beigebracht“, erklärte er achselzuckend.

Ihre Fingerspitzen berührten sich, als sie ihm die Blume abnahm, und wieder wurde ihr brennend heiß.

Sie züchtete unzählige Rosenarten. Sie besaß gestickte Rosen auf ihren Festtagsgewändern. Sie konnte sich kostbaren Schmuck in Rosenform leisten. Aber noch nie zuvor hatte ihr jemand eine Rose *geschenkt,* in welcher Form auch immer.

Eine Weile sahen sie sich an. Dann hob sie die Blume an ihre Nase und atmete den würzigen Duft des Grases ein. „Das ist die schönste Blume, die ich je gesehen habe, Mylord.“

Er nahm ihre Hand, und sie machten sich auf den Heimweg nach Rosebriar.

20. KAPITEL

Ariana beobachtete, wie Gabriel sich krampfhaft an der Kante der großen Tafel festhielt, und fragte sich, ob es wirklich eine gute Idee gewesen war, an Baron Roberts Bankett teilzunehmen. Sie hatte vor, für ihren Cousin Informationen über Cyrille, die Countess of Carth, zu sammeln, aber beim Anblick ihres Gemahls bekam sie ein schlechtes Gewissen, dass sie ihn gedrängt hatte, sie zu begleiten. Er sah hinreißend aus in seinem neuen grünen Gewand – doch seine finstere Miene machte diese Wirkung zunichte. Ihr war nicht klar gewesen, dass er sich bei diesem Bankett so unwohl fühlen würde.

Gaukler und Jongleure führten ihre Kunststücke vor, Musikanten spielten dazu auf. Der Duft von frischem Brot und üppigen Speisen umgab sie. Ale und Gewürzwein flossen in Strömen. Erschöpfte Bedienstete hasteten von Tisch zu Tisch und trugen immer neue Schinken, Aale und Wildbret auf. Lachend und plaudernd amüsierte sich der Adel in der großen Halle.

Gabriel und sie hatten eine Art Frieden geschlossen, und Ariana gefiel es gar nicht, dass ihre Fortschritte nun einen Rückschlag erlitten. Er hatte ihr noch mehr Grasrosen und einige Wildblumensträuße geschenkt. Nie hatte er eine Bemerkung dazu gemacht oder eine Gegenleistung verlangt, aber sie wusste, was er ihr damit sagen wollte. Sie hatte sich immer um andere gekümmert. Sie ging großzügig mit ihrem Gold um. Sie gab und gab und gab. Aber niemand machte ihr Geschenke.

Jetzt, da sie verheiratet waren, hätte er ihre Schatztruhen leeren können, um nutzlosen Tand zu kaufen, stattdessen gab er viel mehr – er gab etwas von sich. Bei dem Gedanken, wie der wilde, ungezähmte Gabriel Blumen für sie auf den Wiesen pflückte, wurde ihr warm ums Herz.

„Geht es Euch gut, Mylord?“, erkundigte sie sich und legte ihm die Hand auf den Unterarm.

„Ja." Er presste die Kiefer so angestrengt aufeinander, dass sie schon befürchtete, er würde sich einen Zahn ausbeißen. Seit sie Rosebriar verlassen hatten, war er zunehmend gereizter geworden, und mittlerweile war seine Laune unausstehlich.

Vielleicht sollte sie vorschlagen, wieder zu gehen. Aber nein. Cyrille würde hier sein. Solange ihr Cousin ihr weiter drohte, musste sie für ihn spionieren, um ihn sich vom Leibe zu halten. Außerdem war die Countess keine Freundin von ihr – sie war reizvoll, hochmütig und nicht besonders liebenswert –, also hatte Ariana keine Skrupel hinsichtlich ihres Auftrages.

Sie winkte einen Pagen herbei, damit er Gabriels Kelch auffüllte, und sah sich suchend in der Halle um. Vielleicht gelang es ihr ja, schnell an die Informationen heranzukommen, dann konnten Gabriel und sie umso eher nach Rosebriar zurückkehren. Im Grunde mochte sie solche Bankette nicht sonderlich. Und wie heiß es hier war! Sie fächelte sich Kühlung zu.

Sie griff nach einem wie eine kleine Armbrust geformten Esswerkzeug und spießte damit ein Stück Lammbraten auf. „Kostet, Mylord", bat sie ihn und reichte ihm das Fleisch. Vielleicht besserte sich seine Laune ja dadurch.

Er nahm die Miniaturarmbrust, drehte sie zwischen seinen langen Fingern und legte sie auf den Tisch. „Das ist albern. Erwachsene Männer, die sich mit Spielzeug vergnügen."

Sie seufzte enttäuscht, weil er sich nicht hatte aufmuntern lassen. Ein Mann, der es gewohnt war, seine Beute mit richtigen Waffen zu erlegen, fand sicher kein Vergnügen an solchem Tand. Vielleicht sollte sie später mit ihm ein wenig in den Garten gehen, um ihn aus seiner schlechten Laune zu holen.

Die Musikanten stimmten eine lebhafte Weise an, und ein paar der Adeligen trafen auf der Tanzfläche zu einem dieser höfischen Reigen zusammen. Ariana spürte, wie sich Gabriels Arm unter ihrer Hand anspannte.

„Mylord, was ist?"

Mit grimmiger Miene starrte er ihr Opfer an. Schön wie immer, trug Cyrille ein besticktes blaues Gewand und eine kunstvoll gearbeitete Hörnerhaube, deren spitzen Enden Ariana vage an einen Teufel erinnerten. Ihr Gemahl, ein gebückter grauhaariger Greis, stützte sich schwer auf einen Krückstock.

Die Countess lachte gerade herzhaft mit Lord Longue, dessen ganzer Stolz die vielen Ellen Spitze an seinem Kragen und die übertrieben langen Schnabelschuhe waren. Mit roten Schnüren waren die Schnäbel an seinen Knien festgebunden, damit er nicht über sie stolperte. Lächerlich. Der Mann sah aus wie ein eitler Pfau. Ariana hätte beinahe die Augen verdreht, als Cyrille ihm kokett mit ihrem Federfächer auf den Arm schlug.

„Wir gehen“, stieß Gabriel zähneknirschend hervor.

Ariana erschrak. Sie hatte noch nicht das Geringste in Erfahrung gebracht, womit sie ihren Cousin hätte zufriedenstellen können. „Aber, Mylord …“

„Kommt.“ Er zog sie mit sich hoch.

„Man wird über uns reden, wenn wir nicht noch bleiben.“ Sie nahm seinen Arm. „Wie wäre es mit einem Spaziergang im Garten? Lord Robert besitzt ein wunderbares Labyrinth.“

„Ich gehöre nicht hierher.“ Gabriel sah sich hastig nach Cyrille und dem Pfau um.

„Unsinn. Trinkt wenigstens Euer Ale.“ Wie konnte sie ihn nur dazu bringen, zu bleiben? Gerade applaudierten die Gäste begeistert einem der Gaukler, der einen Salto geschlagen hatte.

„Nein. Kommt jetzt, Gemahlin.“ Er zog sie so schnell mit sich zum Ausgang, dass sie kaum mit ihm Schritt halten konnte. Sie gab sich zwar alle Mühe, aber ihre fortschreitende Schwangerschaft und das Festgewand behinderten sie sehr.

„Langsamer“, flüsterte sie verzweifelt. „Ich kann nicht so schnell.“ Was hatte er bloß?

„Gabriel!“, ertönte ein spitzer Aufschrei aus der Menge.

Gabriel erstarrte, und Ariana drehte sich um. Cyrille rauschte siegesgewiss auf sie zu, und die Hörner ihrer Haube bebten.

„Gabriel?"

„Cyrille."

Ariana beobachtete abwechselnd Cyrilles strahlendes Gesicht und Gabriels versteinerte Miene. Die Narbe an seinem Kinn trat besonders weiß hervor. „Ihr kennt Euch?"

Cyrille bedachte sie mit einem geringschätzigen Blick. „Gabriel und ich sind *ganz* alte Freunde."

Ariana verdrängte einen jähen Stich der Eifersucht und zwang sich zu einem Lächeln. „Wie reizend, Euch wiederzusehen, Countess. Ist Euer Gemahl wohlauf?"

Cyrille zog eine Augenbraue hoch, die der Mode entsprechend zu einer dünnen Linie gezupft worden war. „In den letzten Tagen hustet er mehr als sonst. Altersschwäche, wisst Ihr. Und wie geht es Euch? Lord Robert sagte, Ihr hättet erst vor Kurzem geheiratet. Wie bemerkenswert, dass Ihr ausgerechnet hier Eure … Flitterwochen feiern wollt", meinte sie süffisant.

Ohne Zweifel hatte sie die ganze schreckliche Geschichte von der erzwungenen Hochzeit gehört, sicher auch, wie Gabriel Nigel ins Verlies geworfen hatte. Arianas Wangen glühten.

„Kümmert Euch um Eure Angelegenheiten", gab Gabriel zurück und sah zur Tür.

„Ehrlich, Gabriel." Cyrille fächelte sich mit schmollendem Gesichtsaudruck Luft zu. „Ihr seid mir doch nicht mehr böse wegen dieser banalen Missverständnisse vor einigen Jahren."

Sie bedachte ihn mit einem langen, prüfenden Blick, der Ariana zur Weißglut reizte. Das war wirklich die schlimmste Vertreterin ihrer Art – eine gutaussehende Frau, die ihre Schönheit benutzte wie einen Zauberstab und auf die die Männer reihenweise hereinfielen. Ariana stellten sich die Nackenhaare auf.

„Ihr habt also eine gute Partie gemacht", stellte Cyrille fest. Eingehend musterte sie sein grünes Gewand und die neuen Beinlinge, bis sie seine alten Stiefel entdeckte – blank poliert und sauber, aber dennoch alt und abgetragen. Sie kicherte. „Diese Schuhe, Gabriel. Noch dazu zu einem Bankett."

„Wir hatten keine Zeit ...", begann Ariana.

„Lassen Sie nur, meine Liebe", winkte Cyrille ab. „Wir wissen doch beide, dass er eigentlich ganz andere Talente hat."

Gabriel drehte sich abrupt zu Ariana um. „Gemahlin, bitte holt mir einen Humpen Ale." Seine Augen schienen sie anzuflehen, ihm nicht zu widersprechen. In dem Moment wurde ihr klar, dass sie keinen Grund zur Eifersucht hatte, ganz gleich, was zwischen ihm und Cyrille jemals vorgefallen sein mochte.

Widerstrebend gehorchte sie. „Wie klug von Euch, Eure Gemahlin fortzuschicken", hörte Ariana Cyrille sagen, sobald sie ihr den Rücken zugekehrt hatte. Sie ballte die Fäuste. Hoffentlich hatte sie Gabriels Blick eben richtig gedeutet.

„Mein lieber Gabriel." Cyrille lachte laut. „Ich hätte mich doch um Euch gekümmert. Ihr brauchtet Euch nicht so eine alte Frau aufzuhalsen."

Ariana verlangsamte ihre Schritte.

„So eine Burg ist ein ganz schönes Unterfangen für jemanden von Eurer Herkunft. Woher soll der Sohn einer Dirne wissen, wie man einen solchen Besitz verwaltet?"

Wütend fuhr Ariana herum und dachte gar nicht mehr daran, das Ale zu holen. Mochte Gabriel auch denken, allein mit so etwas fertig werden zu können, aber das hier war eine Auseinandersetzung unter Frauen. Und sie würde es nicht hinnehmen, dass eine andere seine Ehre in den Schmutz zog, schon gar nicht so eine verschlagene Füchsin wie Cyrille. Mit erhobenem Zeigefinger marschierte sie auf die Countess zu. „Ganz gleich, welche Gerüchte Ihr über meinen neuen Gemahl gehört habt – ich versichere Euch, er ist mehr als fähig, Rosebriar zu führen. Hütet Eure Zunge."

Cyrille betrachtete sie wie ein lästiges Insekt, das man zerquetschen sollte, und wandte sich wieder an Gabriel. „Seid vorsichtig, Herr von Rosebriar, sonst endet Ihr noch wie der letzte Gemahl von Ariana. Ihr solltet sie vielleicht einmal fragen, wie er wirklich ums Leben gekommen ist."

Eisige Kälte stieg in Ariana auf, als Cyrille mit schwingenden Röcken davonging.

Gabriel nahm die Hand seiner Gemahlin und machte sich auf den Weg zur Tür. „Wir gehen."

Ariana hielt ihn zurück. „Nein, Mylord, ich bitte Euch. Wenn Ihr jetzt geht, werdet Ihr hier nie wieder eingelassen."

„Das will ich auch gar nicht, das habe ich nicht nötig."

„Nein, vielleicht nicht. Aber Ihr seid auf ihren Respekt angewiesen, damit Rosebriar weiterhin blüht und wir die besten Preise für unsere Wolle erzielen."

Er runzelte die Stirn, und sie wusste, dass sie gewonnen hatte. Gabriel war kein Mann, der sich vor seiner Verantwortung drückte. Er würde nur das Beste für ihren Besitz wollen.

„Kommt." Sie führte ihn weiter und überlegte flüchtig, welcher Art wohl die Beziehung zwischen ihm und Cyrille gewesen war. „Ich hole Euch jetzt einen Humpen Ale, und dann wollen wir ein wenig im Labyrinth lustwandeln."

Kurze Zeit später schlenderten sie auf den Pfaden zwischen den sorgfältig gestutzten Hecken des Irrgartens. So etwas hatte Gabriel noch nie gesehen. Dieses ganze Anwesen und all die herausgeputzten Höflinge bereiteten ihm tiefstes Unbehagen. Er sehnte sich nur noch danach, nach Rosebriar zurückzukehren und nach seinen Geschwistern zu sehen. Aber Ariana hatte gesagt, hier zu bleiben wäre gut für ihren Wollhandel und somit auch für das Wohl der Leute auf der Burg, also würde er die nächsten Stunden wohl oder übel ertragen müssen. Sie verstand es gut, erfolgreich zu wirtschaften, und er verließ sich auf ihr Urteil. Doch Vergnügen bereitete ihm das Ganze nicht.

Fackeln erhellten die Rasenflächen, Rauchfahnen stiegen

von ihnen in den Nachthimmel auf. Endlose Heckenreihen boten genügend lauschige Verstecke für Liebende. Ein Glück, dass sie nicht mehr in der stickigen, lauten Halle waren. Er hatte genug von Edelfrauen, die ihm hinter vorgehaltener Hand Andeutungen machten, wo sie nach Mitternacht anzutreffen sein würden, und von adeligen Männern, die ihn misstrauisch beobachteten. Ganz zu schweigen von diesen albernen, kindischen Armbrüsten an Stelle von Essdolchen.

Dass Cyrille Anspielungen gemacht hatte, er sei ein unfähiger Burgherr, aber ein fähiger Liebhaber, ärgerte ihn. Befürchtete er, dahinter könnte sich ein Funken Wahrheit verbergen?

„Mylord, geht doch bitte etwas langsamer. Das ist ein Spaziergang, kein Wettrennen." Ariana war völlig außer Atem.

Gabriel gehorchte. Er nahm ihre Hand und führte sie in eine der Nischen, wo ein flacher Findling so geschickt hinplatziert worden war, dass es so aussah, als läge er zufällig da.

„Woher kennt Ihr Cyrille?", fragte sie, sobald sie sich auf dem Stein niedergelassen hatte.

„Sie ist ein Niemand." Ariana neigte den Kopf zur Seite und wartete augenscheinlich auf eine bessere Erklärung. „Habt Ihr es ernst gemeint, als Ihr sagtet, ich wäre ein guter Burgherr?"

„Ja. Woher kennt Ihr Cyrille?"

Gabriel seufzte. Sie würde keine Ruhe geben, bis sie nicht die ganze Geschichte in allen unrühmlichen Einzelheiten erfahren hätte. „Ich kannte sie vor langer Zeit."

„Und Ihr wart in sie verliebt?", hakte Ariana nach.

„Das dachte ich jedenfalls." Er verzog das Gesicht und sah hinauf zu den Sternen. „Wir wollten heiraten."

„Heiraten?"

Er nickte. Wie verhasst ihm diese Geschichte war. Allein vom Erzählen bekam er einen schalen Geschmack im Mund. „Ich wartete am Altar, und sie schickte mir eine Nachricht, dass Söhne von Dirnen und Edelfrauen einfach nicht heirateten."

Arianas Hand lag warm auf seiner Schulter. „Ich war ein Narr.“ Er sah sie an, und in dem Augenblick wurde ihm klar, dass er ihre Zurückweisung nicht ertragen könnte. Er hatte gedacht, alle vornehmen Damen wären wie Cyrille, aber er hatte sich geirrt. Ariana hatte Eric gerettet. Und Joel. Sie war vor Cyrille für ihn eingetreten. Sie hatte seine Geschwister ernährt, eingekleidet und gewaschen. Und er hatte sie gefangen genommen, sie verführt, geschwängert und gezwungen, ihn zu heiraten. Sie hatte etwas Besseres verdient als einen Bauern wie ihn. Unvermittelt stand er auf und zog sie zu sich hoch. „Sie hat die Wahrheit gesagt, Ariana. Ich bin nur der Sohn einer Dirne, und ich hätte Euch nicht zwingen dürfen, mich zu heiraten.“

Sie schluckte. „Mylord ...“

Doch er war kein Lord. Er war der Sohn einer Dirne. Das ausschweifende Fest bereitete ihm Unbehagen. Sein neues Gewand scheuerte an seinem Körper. Er wollte seine Lederbeinlinge, seine Armbrust und in die Nacht hinausreiten – vielleicht sogar zum Wasserfall – und dort ein Bad nehmen, und nicht in irgendeinem Badezuber. Er hatte Ariana nichts zu bieten außer Grasrosen und Wildblumensträußen.

Mit langen Schritten führte er sie hastig aus dem Labyrinth in den Bergfried, die Flure entlang bis zu dem Gemach, das Lord Robert für sie vorgesehen hatte. Ariana atmete schwer und hielt sich den Bauch. „Lieber Himmel, Gabriel. Ist etwa der Teufel hinter uns her?“

Er sah sich in dem prachtvoll ausgestatteten Gemach um. Nein, solche Reichtümer konnte er ihr nicht geben – eines jedoch schon. Er konnte die Erinnerungen an Ivan auslöschen und ihr ihre Leidenschaft zurückgeben. Allein der Gedanke versetzte sein Blut in Wallung, und er konnte es kaum erwarten, wieder in Rosebriar zu sein. Im Moment jedoch brauchte er etwas Zeit für sich allein, um nachzudenken.

„Schlaft. Ich bin bald zurück.“ Damit verließ er den Raum.

21. KAPITEL

Zwei Stunden später fiel Gabriels großer warmer Arm quer über Arianas Brust. Sie schrak auf und hörte leises Atmen. Um sie herum war alles dunkel. Tiefe, rabenschwarze Dunkelheit.

Leise wimmernd biss sie sich auf die Lippe, um nicht aufzuschreien. Ihre Bediensteten achteten immer darauf, dass das Feuer nicht ausging und sie im Dunkeln lag, aber sie war ja nicht zu Hause.

Ihr Herz klopfte. Sie starrte ins Schwarz und zwang sich mühsam, gleichmäßig zu atmen. Ein und wieder aus. Es ist nur die Angst eines Kindes, beschwor sie sich immer wieder, dennoch fühlte sie sich wie gelähmt.

Ein Rascheln. Das hölzerne Kopfende des Bettes schabte an der Steinmauer. Ariana schrie und setzte sich ruckartig auf.

Eine Hand legte sich über ihren Mund. „Still, Mädchen, ich bin es doch nur."

Nach Luft ringend, schlug sie um sich und öffnete die Lippen, um gegen die Handfläche zu schreien.

„Ganz ruhig, Ariana." Seine tiefe Stimme und sein Duft hüllten sie ein, und sie spürte, wie die Angst ganz langsam von ihr abfiel. Einen Herzschlag lang durchzuckte sie das Verlangen, an seiner Handfläche zu lecken, um zu wissen, ob er so gut schmeckte, wie er duftete. Er zog die Hand jedoch fort, ehe sie diesen aberwitzigen Wunsch in die Tat umsetzen konnte.

„Lasst mich", keuchte sie immer noch atemlos.

„Beruhigt Euch. Ihr seid in Sicherheit", tröstete er.

Sie zwang sich, tief durchzuatmen, und seine Worte hallten in ihr wider. Sicherheit. In einer Ehe hatte sie sich noch nie sicher gefühlt. Und jetzt? Sie schluckte. Die Richtung, die ihre Gedanken nahmen, war ihr nicht ganz geheuer. „Wann seid Ihr gekommen?", fragte sie.

„Vor Kurzem erst."

Er rückte von ihr ab, aber sie konnte seine Wärme noch spüren. Dann hob und senkte sich die Matratze, und die Wärme ließ nach. Sie merkte, dass er sich aufsetzte, und hörte ihn mit der Zunderbüchse und der Kerze hantieren.

Funken stoben auf, bevor die Kerzenflamme die Dunkelheit vertrieb. Ariana betrachtete ihn wortlos. Ein Schauer überlief sie. Er war stark. Und – wie sie sich streng in Erinnerung rief –, sie mochte keine starken Männer.

Aber vielleicht war er ja stark genug, um die Dämonen der Nacht zu vertreiben? Eigentlich hätte sie vor ihm ebensolche Angst haben müssen wie vor Ivan. Sie dachte nach. Sie hatte Angst vor der Dunkelheit, vor Albträumen, vor dieser Ehe, vor der Zukunft. Vor Gabriel hatte sie jedoch keine Angst. Mit Ausnahme von Nigel hatte sie sich bisher vor jedem Mann zumindest ein wenig gefürchtet. Selbst die Männer, die sie bewachten, hielt sie auf Distanz.

Fasziniert von dieser neuen Erkenntnis streckte sie die Hand aus und berührte ihn. Warme feste Muskeln zuckten unter ihren Fingern. Sie riss die Hand fort, als hätte sie sich verbrannt. Was fiel ihr nur ein!

Gabriel lachte leise, nahm ihre Hand und legte sie sich wieder flach auf die Brust. „Ich mag es, wenn Ihr mich berührt."

Ihr wurde heiß. „Ich sollte das nicht tun", widersprach sie.

„Warum nicht?"

Sie geriet ins Stottern, weil ihr keine Antwort darauf einfiel.

Er neigte den Kopf zur Seite. Sein schulterlanges dunkles Haar wirkte zerwühlt. „Warum habt Ihr geschrien?", wechselte er plötzlich das Thema.

Sie wand sich innerlich. Wie sollte sie ihm bloß von ihrer kindischen Angst erzählen? Er selbst hatte sich wahrscheinlich noch nie im Leben vor irgendetwas gefürchtet. „Ich hatte einen

Albtraum“, log sie.

Er hob die Kerze hoch und betrachtete eindringlich ihr Gesicht. Im schwachen Schein der Flamme wirkten seine Augen schwarz statt grün.

Ariana lächelte angespannt und wartete darauf, dass er seine Prüfung beendete.

„Ihr lügt“, meinte er schließlich.

„Keineswegs.“

„Doch.“ Unendlich behutsam legte er die verstümmelte Hand unter ihr Kinn. „Erzählt mir, wovor Ihr Euch fürchtet.“

„Ich sagte es doch bereits, es war nur ein schlimmer Traum.“

Er nahm ein paar Kissen und steckte sie ihr unter Kopf und Schultern, damit sie eine halb sitzende Stellung einnehmen konnte. „Da war kein Traum“, stellte er ruhig fest. „Es gab nur uns beide. Bin ich so furchteinflößend?“

„Nein. Ja. Nein.“ Sie verschränkte die Arme und sah zum Baldachin hinauf.

„Ariana.“ Seine Stimme wurde noch tiefer, fast sinnlich. „Das war das zweite Mal, dass Ihr solche panische Angst gezeigt habt, dabei beweist Ihr in anderen Situationen ungewöhnlichen Mut, zum Beispiel, als diese Wegelagerer mich angriffen. Ganz zu schweigen, wie Ihr bei Cyrille für mich eingetreten seid. Kommt, sagt es mir.“

Er verschlang seine Finger mit ihren. Durch seine Verstümmelung lagen ihr Ringfinger und ihr kleiner Finger unmittelbar nebeneinander, doch das änderte nichts an der Kraft, die von seiner Hand ausging. Vorsichtig berührte sie die Narben. „Ihr sagtet, Euer Finger wäre von Sklavenhändlern abgetrennt worden. Was geschah sonst noch?“

Er drückte ihre Hand fester. „Wenn ich es Euch erzähle, gesteht Ihr mir dann, wovor Ihr Angst habt?“

„Warum sollte ich?“, erwiderte sie ungewollt gereizt. Sie

hatte einfach nicht den Mut, ihm alles zu sagen.

Er ließ sie los und hob seine Hand in den Schein der Kerze. Sie warf einen unheimlichen Schatten auf die Bettvorhänge.

„Ivan hatte jemanden dafür bezahlt, meine Schwester zu entführen", berichtete er und bewegte die Finger. „Dieses verdammte, gierige Schwein. Bedienstete gelten als Eigentum, sie werden nicht wie menschliche Wesen behandelt. Ich versuchte, gegen sie anzukämpfen. Sie schnitten mir die Finger ab."

All ihre Gereiztheit war verflogen. „Ivan hat das getan?" Ihre Stimme klang jetzt klein und schwach. „Großer Gott."

Mit knappen Worten wiederholte er noch einmal die grauenhaften Ereignisse in jener Nacht, in der seine Schwester entführt worden war.

Ariana erschauderte. „Und danach? Was habt Ihr getan?"

„Ich habe sie gesucht. Ich verbrachte meine Knabenzeit auf Schiffen und in den Gassen und stahl mir mein Essen zusammen, während ich weiter nach ihr Ausschau hielt. Ich brachte mehrere Schurken und Straßenräuber zur Strecke und wurde allmählich immer besser darin."

„Aber Eure Schwester?"

„Ich fand sie in einem Harem." Seine sonst so sinnliche Stimme klang jetzt hart und brüchig. „Ich brachte sie nach Hause, aber sie hat sich nie wieder ganz von diesen schrecklichen Ereignissen erholt. Sie lebt jetzt in unserer alten Kate und will keine Fremden sehen." Seine Augen funkelten im Kerzenschein.

„Es war nicht Eure Schuld."

„Wovor habt Ihr Angst, Ariana?" Gabriel kam zum eigentlichen Thema zurück.

„Ich?"

„Ja."

Sie holte tief Luft und schloss die Augen. „Ich habe Angst vor der Dunkelheit."

Schweigen. „Vor der Dunkelheit?“ Er fing an zu lachen.

Dumpfer Zorn breitete sich in ihr aus. Wie dumm von ihr zu glauben, sie hätte ihm ihre Ängste anvertrauen können. Sie setzte sich auf, packte ein Kissen und schlug es ihm gegen die Brust. Durch den Luftzug wurde die Kerze ausgeblasen, doch sie war zu wütend, um die plötzliche Dunkelheit zu bemerken. Wieder hieb sie mit dem Kissen auf ihn ein. Er lachte noch lauter. Sie vernahm ein reißendes Geräusch, und Federn kitzelten ihre Nase, als das Kissen zerriss. „Das ist nicht lustig.“

Das Kissen wurde ihr aus den Händen gerissen, starke Hände schlossen sich um ihre Handgelenke. Gabriel drückte Ariana zurück auf die Matratze. Ihr Instinkt sagte ihr, sie sollte sich wehren, doch plötzlich regte sich unerwartet Verlangen in ihr.

„Ergebt Euch, Mädchen. Wenn ich Euch etwas zuleide tun wollte, hätte ich das längst getan, dessen seid Ihr Euch doch sicher bewusst.“

Ganz langsam entspannte sie sich. Gabriel saß rittlings auf ihren Schenkeln, um sie daran zu hindern, sich aufzurichten. Durch das Gewand spürte sie, wie sich etwas zwischen ihre Beine drückte, und erst jetzt merkte sie, dass Gabriel nackt war. Das Gewand war ihr bis zu den Schenkeln hochgerutscht. Sie erschauerte.

„Habt Ihr jetzt Angst?“, fragte er und ließ ihr Handgelenk los, um vorsichtig über ihren Unterarm zu streicheln.

Sie hätte eigentlich Angst haben sollen. Im Dunkeln, allein mit einem großen, starken Mann hätte sie Furcht empfinden müssen. Aber war das auch so?

Sie konnte seiner Stimme anhören, dass er lächelte. „Ich werde Euch jetzt loslassen, aber bleibt so liegen. Bewegt Euch nicht.“ Ein Knistern lag mit einem Mal in der Luft, als er sie freigab. Sie gehorchte. „Und nun konzentriert Euch auf meine Stimme. Allein auf meine Stimme.“

Sie bewegte sich nicht. Es erschien ihr plötzlich sehr wichtig, dass sie tat, was er verlangte. Dieses neue Spiel war über alle Maßen erregend. So etwas hatte sie mit Ivan nie erlebt.

„Atmet tief und gleichmäßig, Ariana."

„Ich kann nicht."

„Ihr könnt nicht?"

„Das Kind."

Er drehte sie ganz leicht auf die Seite, ohne die Lage ihrer Hände zu verändern. Plötzlich lag sie viel bequemer.

„Habt Ihr Angst?"

„Nein." Sie schüttelte erstaunt den Kopf, denn das entsprach der Wahrheit.

„Gut. Lasst Eure Hände so. Es wird nichts geschehen, was Ihr nicht wünscht. Könnt Ihr mir vertrauen?" Bedächtig strich er über die Lücke zwischen ihrem Zeigefinger und dem Mittelfinger. „Dreht Eure Handflächen nach oben."

„Warum?"

„Weil Euch das noch verwundbarer macht." Sie hörte, wie er kurz den Atem anhielt, als sie gehorchte. „Und ich möchte, dass Ihr mir vertraut."

Mit den Fingern malte er Kreise auf ihre Handfläche. Ein Schauer des Entzückens überlief sie.

„Warum habt Ihr Angst im Dunkeln?"

„Ich ..." Ivans Gesicht tauchte flüchtig vor ihr auf und verschwand wieder, als Gabriel mit dem Finger einen weiteren kleinen Kreis auf ihrer Handfläche zog.

„Ich möchte, dass Ihr Euch vorstellt, Eure Hand sei die weiblichste Stelle Eures Körpers", flüsterte er da.

Zwischen ihren Schenkeln breitete sich ein Gefühl glühender Wärme aus.

Er berührte die Stelle, wo ihr Handballen an den Muskel zu ihrem kleinen Finger angrenzte. „In uralten Schriften heißt es, dass dieser Punkt mit den geheimsten Stellen einer Frau verbunden ist." Noch mehr zarte Kreise. „Hattet Ihr schon immer Angst im Dunkeln?"

„Nein", gab sie flüsternd zu.

Er hörte auf, die Hand zu bewegen. „Erzählt mir davon."

Sie nagte an ihrer Unterlippe. „Ivan kam nachts zu mir. Manchmal allein, manchmal nicht." Ein eisiger Schauer überlief sie bei der Erinnerung.

„Und?" Ein neuer Kreis, und ihre Furcht wich Verlangen.

Sie fühlte sich benommen, und sosehr sie sich auch bemühte, es gelang ihr nicht, einen klaren Gedanken zu fassen.

„Entspannt Euch. Hört auf, vernünftig denken zu wollen, und fühlt einfach nur." Seine Stimme hüllte sie ein wie eine Decke.

„Ich glaube, es machte ihm Vergnügen, mich zu erschrecken. Wenn ich eine Kerze angezündet hatte, konnte er das nicht. Dann fiel er gleich über mich her."

Gabriel küsste sie auf die Stirn. „Er ist fort. Es gibt nur noch uns beide." Und dann fing er unvermittelt leise zu singen an. Ein Wiegenlied.

Ariana hielt den Atem an. „Dieses Lied habe ich immer in Gedanken gesungen, wenn er zu mir kam. Meine Mutter hat es mir früher vorgetragen."

„Was ist mit ihr geschehen?"

„Sie starb, als ich noch klein war. Ich erinnere mich nur noch an dieses Lied."

Wieder küsste er sie, dieses Mal auf die Wange. „Und Euer Vater?"

„An ihn kann ich mich gar nicht mehr erinnern. Die meiste Zeit meines Lebens war ich ein Mündel des Königs."

„Ich werde Euch jetzt etwas sagen, Ariana – wann immer Ihr fortan Angst im Dunkeln habt, sagt es mir. Dann singe ich Euch dieses Lied."

Ihre Kehle war wie zugeschnürt. Noch nie zuvor hatte ihr

jemand angeboten, für sie zu singen, Nigel ausgenommen. Kein Wunder, dass Joel sich beruhigt hatte, als Gabriel ihn auf den Arm genommen hatte. Kein Wunder, dass seine Geschwister so an ihm hingen. Er war ein Mann, der Albträume allein durch ein Wort vertreiben konnte.

Wieder summte er das Lied, rau und weich zugleich, ganz anders, als ihre Mutter diese Weise immer gesungen hatte. Oder als sie sich selbst damit getröstet hatte. Die Melodie rief nach ihr, voller Verheißung, sinnlich und betörend. Ariana war wie berauscht von seiner Stimme.

Alle Anspannung wich von ihr, sie fühlte sich federleicht. Und die ganze Zeit malte er kleine Kreise auf ihre Handfläche.

„Ihr braucht im Dunkeln niemals Angst zu haben, Ariana", murmelte er. „Die Dunkelheit ist dazu gemacht, zu *fühlen.* Fühlt das hier." Er strich mit dem Finger erst über die linke Handkante, dann über die rechte. „Stellt Euch vor, das wären Eure weiblichsten Stellen."

„Ich kann nicht", flüsterte sie, obwohl sie genau dort bereits in Flammen zu stehen schien.

Unbeirrt fuhr er fort, zu summen und kleine Kreise zu ziehen. „Und hier ist die Stelle, an der Eure Lust gipfelt", sagte er und drückte leicht einen Punkt unter ihrem Mittelfinger.

Sie zuckte leicht zusammen, denn ihr war, als hätte er sie tatsächlich dort berührt, an jener empfindsamen Stelle, die er auf dem Felsen mit der Zunge liebkost hatte.

Erneute Kreise, dieses Mal mit etwas mehr Druck.

Sie befeuchtete ihre Lippen. Die Flammen drohten sie zu verzehren. Unruhig bewegte sie sich auf der Matratze hin und her, ihr Körper drängte sie, sich zu ergeben, aber ihr Gewissen meldete sich plötzlich. Solange Nigel in einem Verlies Qualen litt, durfte sie nicht nur an sich denken.

„Mylord?" Sie griff nach Gabriels Hand, damit er innehielt. Sie spürte die Wärme, die von ihm ausging und ahnte, dass er sie ebenso begehrte wie sie ihn. Vielleicht ließ er jetzt wegen Nigel mit sich verhandeln.

„Ja?"

„ Darf ich Euch einen Vorschlag machen?"

„Was für einen?"

„Lasst Nigel frei, und ich werde Euch freiwillig eine gute Gemahlin sein."

Grollend legte er sich neben sie. „Ihr wollt Euch mir ergeben, wenn ich Nigel freilasse?"

„Bitte! Ich kann es nicht ertragen, dass er in einem Verlies verenden soll."

Er setzte sich auf. „Genug von Nigel."

„Aber er ist mir ein guter Freund."

„Nicht mehr."

„Ihr könnt doch nicht bestimmen, wer meine Freunde sind." Sie entzog ihm ihre Hand und verschränkte die Finger. Ihre Handfläche brannte immer noch dort, wo Gabriel sie berührt hatte, und nicht nur diese brannte. Aber er brauchte das nicht zu wissen.

„Nigel bleibt in dem Kerker als Pfand, damit Ihr Euch gut benehmt."

Bei seinem plötzlich veränderten Tonfall bekam sie eine Gänsehaut. Niedergeschlagen drehte sie sich auf die Seite und starrte zur Tür. Die Matratze gab nach, als er sich wieder hinlegte und sich dicht an Arianas Rücken schmiegte.

Sie erstarrte, als er mit dem Finger eine Linie von ihrer Schulter bis zu ihrer Hüfte und wieder zurück zog. Sie hob den Kopf.

„Ruhig", murmelte er und nahm ihre Hand in seine.

Als er sich nicht weiter bewegte, entspannte sie sich ein wenig. Er tat gar nichts. Er lag einfach nur hinter ihr und hielt ihre Hand. Doch in Gedanken konnte sie seine Stimme hören. *Stellt Euch vor, das wären Eure weiblichsten Stellen.*

Sie versuchte, sich Nigels Gesicht vorzustellen, doch es wollte ihr nicht gelingen. Was für ein schlechter Mensch sie war, einen Freund so schnell zu verraten. Sie schwor, gleich nach ihrer Rückkehr ihre Pläne für das Fest in die Tat umzusetzen.

Ihr war heiß. Ab und zu zuckten Gabriels Finger. Sie krampfte die Hände fest zusammen, weil sie das Verlangen nicht spüren wollte, das er in ihr auslöste, wenn er den Daumen auch nur ganz leicht bewegte. Es war wirklich, als wären alle Nerven ihrer Handflächen direkt mit ihren geheimsten Stellen verbunden. Genau, wie er gesagt hatte.

Sie versuchte, an das Verlies zu denken, in dem Nigel jetzt schlief, um die Kraft aufzubringen, Gabriel abzuschütteln. Es gelang ihr nicht. Schließlich schloss sie die Augen und tat, als schliefe sie. Doch Gabriel ließ ihre Hand nicht los.

22. KAPITEL

Kurze Zeit später war Ariana sich sicher, dass Gabriel eingeschlafen war. Ganz vorsichtig entzog sie ihm ihre Hand und setzte sich im Bett auf. Großer Gott, wie konnte sie Nigel so schnell vergessen haben? Sie rieb sich die Stirn.

In ihrem Leben ging mittlerweile alles drunter und drüber. Ivan. Randall, ihr Cousin. Nigel. Gabriel. Seufzend stand sie auf, um Randalls Auftrag endlich auszuführen. Es war schon nach Mitternacht, sicher hatte das nicht mehr ganz so schickliche Treiben inzwischen begonnen.

„Ariana?" Gabriel hob schlaftrunken den Kopf.

Sie strich ihm leicht über die Wange. „Schlaft weiter. Ich sehe nur rasch nach meiner Zofe Francine. Sie fühlt sich an fremden Orten nicht wohl."

„Kommt bald wieder."

„Ja."

Er drehte sich um, gähnte, und schlief sofort wieder ein.

Sie musste lächeln. An Gabriel vorbeizukommen war leichter gewesen als erwartet. Wenn der Rest jetzt auch noch so reibungslos abliefe, war sie zurück, ehe er wieder aufwachte. Und wenn alles immer so einfach ginge, könnte sie vielleicht beides miteinander vereinbaren – für Randall spionieren und Gabriel eine gute Gemahlin sein.

Sie zog sich rasch an, schlich aus dem Gemach und machte sich auf den Weg zur großen Halle, wo sich noch immer Leute aufhielten. Bestimmt würden sie trinken bis zum Morgengrauen.

Als sie Cyrille nirgendwo in der großen Halle entdecken konnte, begann sie, die Flure des Bergfrieds zu durchstreifen. Mehrfach stieß sie auf angetrunkene Liebespaare und musste sich verstecken. Die Tür zu Lord Roberts Gemach stand einen Spalt offen. Als Ariana sie lautlos ein Stück weiter öffnete, sah sie ihn beim Liebesakt mit Lord Seymours Gemahlin.

Hinter einer anderen Tür konnte sie einen betrunkenen Adeligen hören, der einem der Küchenjungen befahl, ihn zu entkleiden. Der Junge versuchte – allerdings ohne Erfolg –, ihm klarzumachen, dass er dafür eigentlich nicht zuständig sei.

Ariana schüttelte den Kopf und eilte weiter. Ein besonders schrilles Kichern weckte ihre Aufmerksamkeit: Cyrille. Endlich!

Sie schlich leise zur Tür der Countess. Sie vernahm Stöhnen und Kichern, aber die Tür war fest geschlossen, sodass sie nicht sehen konnte, mit wem sich Cyrille amüsierte. Pech. Sie war also gezwungen, zum Fenster zu gehen. Auf Zehenspitzen machte sie sich auf den Weg zum Ausgang und zählte dabei gewissenhaft die Türen, an denen sie vorbeikam.

Im Garten eilte sie die Blumenbeete entlang und versteckte sich dann hinter einem Rosenstrauch, von dem aus man durch das Fenster blicken konnte. Das alles war nicht ganz unbeschwerlich, weil ihr runder gewordener Leib sie behinderte. Zum Glück war sie jedoch nicht übermäßig dick und schwerfällig wie manch andere Frau während der Schwangerschaft. Glenna hatte recht gehabt mit ihrer Behauptung, sie sei kerngesund.

Cyrille trug ihre Hörnerhaube und sonst nichts. Auf allen vieren kniete sie auf dem Bett, und der Pfau neckte sie von hinten mit den langen Spitzen seiner Schnabelschuhe, die er von den Knien losgebunden hatte. Die Countess stöhnte und bewegte die Hüften aufreizend hin und her. Wie abstoßend.

Nach einer Weile sank sie mit dem Oberkörper auf die Matratze und stöhnte besonders laut auf, als der Pfau mit der Schuhspitze in sie eindrang.

Ariana wandte sich ab. Sie hatte genug gesehen. Angewidert schüttelte sie sich und drehte sich um, dabei verfing sich eine Strähne ihres Haares in den Dornen des Rosenstrauches. Doch ehe sie sich befreien konnte, legte sich eine große Hand über ihren Mund. Jemand schlang den Arm um sie und hielt sie eisern fest.

„Ihr seht nach Eurer Zofe, Gemahlin?“, flüsterte Gabriel.

Sie erschrak zu Tode und fing an zu zittern.

Gabriel zog sie hinter dem Strauch hervor, hob sie auf seine Arme und eilte mit ihr zurück in ihr Gemach.

„Ich kann das erklären“, begann sie. „Ich …“

„Kein Wort, bis wir in unserem Gemach sind, sonst tragt Ihr auf dem Heimweg nach Rosebriar eine Schandmaske.“

So wütend hatte sie ihn seit der Hochzeit nicht mehr erlebt. Die Narbe an seinem Kinn leuchtete weiß im Mondlicht. Ariana biss sich auf die Unterlippe.

In ihrem Gemach setzte er sie unsanft auf dem Bett ab und zündete eine Kerze an.

„Ich …“

Er sah sie finster an und zog eine Augenbraue hoch.

Sie beschloss, dass es am besten war, wenn sie schwieg, bis sich sein Zorn ein wenig gelegt hatte. Die Schandmaske war wie ein eiserner Käfig, der um den Kopf befestigt wurde, und eine Vorrichtung enthielt, mit der die Zunge heruntergedrückt wurde. Die meisten hielten sie für veraltet, aber John, der Schmied, setzte sie seiner Frau noch häufig auf. Ariana hatte keine Lust herauszufinden, ob Gabriel dieses Gerät für aus der Mode gekommen hielt oder nicht.

„Das war der wahre Grund, warum wir an diesem Bankett teilgenommen haben, nicht wahr?“

Sie verstand, dass das gar nicht als Frage gedacht, sondern eine Feststellung war. Vorsichtig nickte sie.

Er setzte sich in einen Stuhl an der Feuerstelle und schlug die Beine übereinander. „Ich habe mich doch ziemlich klar ausgedrückt – kein Spionieren mehr.“

Sie überlegte, was oder ob sie überhaupt antworten sollte.

„Ich hatte Euch für nicht so verräterisch wie andere Edelfrauen gehalten. Doch nun musste ich herausfinden, dass Ihr Euren Körper verkaufen würdet, um Nigel zu retten, und dass Ihr keine Skrupel habt, andere zu bespitzeln."

Ihre Schuldgefühle regten sich, und sie wollte etwas sagen, aber er ließ sie erst gar nicht dazu kommen.

„Ich habe Euch gewarnt, dass nach der Hochzeit das Auskundschaften ein Ende haben muss."

Wenn es denn so einfach gewesen wäre, damit aufzuhören. Aber ihr Cousin würde sie dem Henker ausliefern, wenn sie ihn nicht weiter mit den Informationen versorgte, die er haben wollte. Sie rutschte zur Bettkante und stand auf. „Mylord", begann sie und wartete ab. Als er sie nicht zum Schweigen brachte, ging sie durch das Gemach und streckte ihm die Hand entgegen. „Darf ich sprechen?"

Seine Finger schlossen sich fester um die Armlehne des Stuhls, und er griff nicht nach ihrer Hand. „Ariana, wie häufig geht Ihr dieser Tätigkeit nach?"

Zögernd erwiderte sie: „Nicht oft."

Jetzt griff er doch nach ihrer ausgestreckten Hand und zeichnete langsam einen Kreis auf die Handfläche.

Sie erschauderte, als sich unerwartet ihr Verlangen regte, und sie versuchte, ihm ihre Hand zu entziehen.

„Spielt nicht mit mir, Ariana. Ihr könnt nicht gewinnen." Noch ein Kreis.

Das Gemach schien sich plötzlich um sie zu drehen. Himmel, was hatte er in dieser Nacht nur mit ihr angestellt?

„Die Wahrheit jetzt. Wie oft?"

Immer mehr Kreise, bis ihr heiß wurde und sie glaubte, vor Glut zu schmelzen. Er hatte recht – sie hatte nicht die geringste Ahnung von diesem Spiel. „Alle zwei bis drei Wochen."

„War die Wahrheit denn so schwierig auszusprechen?" Er ließ ihre Hand los, und sie strich mit den Fingern über ihre Handfläche. Die Haut dort schien zu brennen. Wie machte er das nur?

„War das eben das erste Mal seit unserer Hochzeit?"

„Ja."

„Ich habe dem König bei meiner Ehre versprochen, dass er keinen Ärger mehr wegen des Spions der Nacht bekommt."

Flüchtig blickte sie zur Tür und wünschte sich, davonlaufen zu können – wie sie es schon so oft getan hatte. Ihre Kehle war wie zugeschnürt. Wenn sie weitersprach, würde Gabriel sie dem König ausliefern. Und wenn sie schwieg, zeigte Randall sie als Mörderin an.

Sie erschauerte. Es gab keinen Ort, an den sie hätte fliehen können. Vor sechs Monaten hatte sie beschlossen, weiterhin Spionin zu bleiben, anstatt Gabriel zu vertrauen. Sie sah auf seine verstümmelte Hand. Er hatte die Finger verloren beim Versuch, seine Schwester zu retten. Sie erinnerte sich daran, wie diese Hand aussah, wenn sie Joel den Rücken streichelte. Oder wenn er Grasrosen für sie flocht.

Er war ein Barbar. Aber er war auch ein Mann, der sich um die Seinen kümmerte. Dieses Mal musste sie ihm wohl oder übel vertrauen.

„Gabriel." Sie nahm seine Hand und kniete sich vor ihn. Seine Miene war ausdruckslos, und er saß ganz still da. Sie nahm all ihren Mut zusammen. „Gabriel, ich brauche Hilfe." Sie sah, wie der Zorn aus seinem Blick wich. „Ich will gar nicht spionieren. Mein Cousin. Jason. Ivan." O Gott, es war alles so furchtbar schwierig zu erklären! Sie befeuchtete ihre Lippen und suchte nach den richtigen Worten. Als ihr nichts einfiel, holte sie tief Luft. „Ich habe Ivan getötet", platzte sie heraus.

Er beugte sich weiter vor, und der Druck seiner Hand verstärkte sich. Ihr Herz klopfte zum Zerspringen. In den Augen der Kirche war der Mord an einem Gemahl ein Verbrechen gegen Gott. Würde Gabriel das auch so sehen?

„Was ist geschehen?", fragte er ruhig. Er stellte beide Beine auf den Boden und zog Ariana dazwischen, sodass sie ganz von seiner Umarmung eingehüllt war.

Grenzenlose Erleichterung durchströmte sie, weil er sie nicht hochgezerrt und geradewegs nach London geschleppt hatte. Sie atmete auf und schmiegte sich dichter an ihn. Wie warm er sich anfühlte. „Ich musste es tun. Um Jason zu schützen." Sie ließ ihre Gedanken treiben, bis sie das Gefühl hatte, nur Gabriel hielte sie noch auf dem Boden. „Er hatte keine Geduld mit Kindern, schon gar nicht mit altklugen Zweijährigen. Er schlug brutal auf seine Ohren, und sie fingen an zu bluten. Ich versuchte, mit dem Kind wegzulaufen."

Gabriel drückte sie an sich, als versuchte er, ihr etwas von ihrer Last abzunehmen.

„Im Wald griff er uns dann an." Zitternd klammerte sie sich an seine Hand.

„Ihr habt das einzig Richtige getan."

Sie hob den Kopf, um ihm in die Augen zu sehen. „Mein Cousin beseitigte Ivans Leiche und erzählte allen, er wäre von Wegelagerern ermordet worden. Keiner wagte, an seiner Aussage zu zweifeln, immerhin ist er der Bischof. Danach fing er an, mich um Verschiedenes zu bitten – ich sollte hier und da Informationen für ihn sammeln. Ehrlich gesagt, weiß ich nicht, was er damit anfängt. Er hat Kontakte in ganz England."

Gabriel zog sie hoch, damit sie sich auf seinen Schoß setzte. Sie lehnte den Kopf an seine Brust und atmete tief seinen ihm so eigenen Duft nach frischer Luft ein, obwohl er mittlerweile neue Gewänder trug und den Tag eher im Bergfried verbrachte.

„Anfangs fand ich es recht einfach, sogar unterhaltsam, herumzuschleichen und die frivolen Geheimnisse des Adels zu erkunden. Doch schon bald wurde mir klar, dass er nicht vorhatte, mich jemals damit aufhören zu lassen." Gedankenverloren starrte sie ins Feuer. „Er wird mich als Mörderin anzeigen."

„Ihr hättet mir das schon viel eher sagen sollen." Gabriel strich ihr über die Wange. „Ich werde Euch beschützen."

Ganz gleich, ob das wahr war oder nicht, es fühlte sich himmlisch an, jemanden zu haben, der so etwas versprach. Sie seufzte.

„Ihr müsst mir auch darin ganz und gar vertrauen." Er nahm ihre Hand und zeichnete einen Kreis auf die Innenfläche. „So wie Ihr mir mit Eurer Angst vor der Dunkelheit vertraut habt."

Sie schloss die Augen und hatte das Gefühl, in eine Welt abzutauchen, in der es nur noch sie beide gab. Mit der freien Hand hob er ihr Kinn an.

„Ich kann Euch keine Reichtümer schenken, Ariana. Aber ich kann Euch Kraft geben, wenn Ihr es zulasst."

Ihr Herzschlag beschleunigte sich, und sie schlang die Arme um ihn. Das Gemach schien sich wieder um sie zu drehen, als er aufstand und sie zum Bett trug. Plötzlich fühlte sie sich lebendig und vollkommen ausgehungert nach seinen Liebkosungen. Sie begann, ihn leidenschaftlich zu küssen. Er stöhnte tief und streifte ihr in aller Hast die Gewänder ab.

„Wie schön Ihr seid." Seine Stimme klang rau vor Bewunderung, als er mit den Händen andächtig über ihren straffen gerundeten Bauch strich. Noch nie im Leben hatte ein Mann sie so voller Verlangen betrachtet. Eilig entledigte er sich seiner Stiefel und Beinlinge.

Wie groß er war ... Genau, wie sie ihn in Erinnerung hatte. Ungeduldig schob sie sein Gewand weiter nach oben, um ihn dort zu berühren. Er stieß einen erstickten Laut aus, ließ sich auf den Rücken fallen und zog Ariana mit sich, sodass sie rittlings auf ihm saß. Ihr langes rotes Haar hüllte sie beide ein.

Gabriel sog hörbar den Atem ein. „Kommt über mich, Ariana."

Sie errötete. „So etwas habe ich noch nie gemacht."

„Dann wird es Zeit, es auszuprobieren."

Er sagte das mit solchem Ernst, dass sie unwillkürlich lachen musste. Er stimmte in ihr Lachen ein, und seine makellosen Zähne schimmerten im Kerzenschein.

Schließlich legte er ihr die Hände auf die Hüften, um ihr behilflich zu sein. Mühelos nahm sie ihn in sich auf, und sie stieß einen leisen Schrei aus. Sie fühlte sich erfüllt wie nie zuvor im Leben. „Gabriel, darauf habe ich viel zu lange gewartet."

„Ja, viel zu lange."

„Ich habe Euch vermisst. In all den Monaten, in denen ich dachte, Ihr wärt tot, habe ich mich nach Euch gesehnt. Ich hätte Euch schon damals heiraten sollen, so wie Ihr das wolltet."

„Jetzt sind wir ja verheiratet." Er legte die Hände über die zarten Knospen ihrer Brüste.

Ein Gefühl fast schmerzhafter Erregung durchzuckte sie. „Sie sind so überempfindlich", keuchte sie.

Eine Weile liebkoste er ihre Brüste, dann streichelte er wieder ihren Bauch. Unter seinen Händen konnte er die leichten Bewegungen des Kindes spüren. Ein glückliches Lächeln breitete sich auf seinen Zügen aus.

Ariana legte die Hände auf seine Schultern, schloss die Augen und wiegte sich vor und zurück. Nie zuvor hatte sie die Initiative ergreifen können, und sie genoss es nun voller Staunen. Sie beugte sich nach vorn, lehnte sich dann wieder zurück und erkundete, welche Empfindungen das in ihr auslöste.

Gabriel strich ihr sacht mit dem Finger über den Arm und nahm schließlich ihre Hand. Sanft presste er seinen Daumen auf ihre Handfläche, und Ariana stockte der Atem. Ihr Verlangen steigerte sich beinahe ins Unerträgliche. *Stellt Euch vor, das wären Eure weiblichsten Stellen.* Sie riss die Augen auf. Wie kam es, dass er solche Macht über ihren Körper besaß, obwohl er einfach nur dalag und ihre Hand streichelte?

„Versucht nicht, vernünftig zu denken", murmelte er. „Fühlt einfach nur."

Sie gab ihrem Verlangen nach und beschleunigte ihren Rhythmus. Dann wurde sie wieder langsamer. Schneller. Langsamer. Sie seufzte, jede Empfindung war aufwühlender als die vorangegangene. Bedächtig ließ sie ihre Hüften kreisen.

Gabriel stöhnte, und sie sah ihm ins Gesicht. Seine Züge waren verzerrt vor Lust, und er vergrub die Finger in dem Leinenlaken. Ein Gefühl grenzenloser Macht durchströmte sie.

Ariana gab jede Zurückhaltung auf. Gabriel legte die Hände wieder auf ihre Hüften. Eine Zeit lang bewegten sie sich in vollem Einklang und schwelgten im Einswerden ihrer Körper. Sie öffnete die Schenkel weiter, um ihn noch tiefer in sich aufzunehmen, und plötzlich begann sie, heftig zu zucken. Mit einem Aufschrei erreichte sie den Gipfel ihrer Lust. Fast im selben Moment spürte sie, wie er sich stöhnend in ihr verströmte.

Völlig erschöpft ließen sie sich eine Weile treiben. Mit geschlossenen Augen genoss sie die Mattigkeit, die jetzt von ihr Besitz ergriff. Als er sich eine Ewigkeit später von ihr löste, legte sie sich neben ihn und bettete den Kopf auf seiner Brust.

Es dauerte Stunden, bis Ariana wieder an Nigel dachte.

23. KAPITEL

„Wohin gehen wir?", fragte Ariana lachend, als Gabriel ihr die Hände über die Augen legte und sie aus dem Bergfried führte.

„Ich habe ein Geschenk für Euch."

Am Morgen hatte er ihr abermals einen Wildblumenstrauß gebracht, und sie musste wieder an das denken, was er ihr bei Lord Robert gesagt hatte: *Ich kann Euch keine Reichtümer schenken, aber ich kann Euch Kraft geben.*

Diese Kraft war viel mehr wert als alle Reichtümer.

Flüchtig empfand sie Schuldgefühle wegen Nigel, aber sie tröstete sich mit dem Gedanken, dass sie schon bald in der Lage sein würde, ihn zu befreien. Bis dahin sollte nichts ihre Beziehung zu Gabriel überschatten.

Jason rannte auf sie zu, und Gabriel war gezwungen, die Hand von ihren Augen zu nehmen. Er hob den Jungen hoch, und der umarmte ihn freudig. Dann machte er seine Geste für „Hund". Gabriel ließ ihn wieder herunter, und Jason tollte davon, um mit dem Wolfshund zu spielen.

Ariana schob ihre Hand in Gabriels und sah ihn fragend an. „Und? Was ist nun mit dem Geschenk?"

„Es ist am Wasserfall."

Ihr wurde heiß bei der Erinnerung an das, was dort geschehen war.

„Kommt, Mylady."

Lächelnd folgte sie ihm zu den Stallungen.

Kurze Zeit später ließ Gabriel seinen Hengst an dem Busch anhalten, unter dem sie hindurchkriechen mussten. Zum Glück behinderte sie ihre fortgeschrittene Schwangerschaft dabei nicht. Auch bei ihrem ersten Kind war das schon so gewesen – sie hatte sich gesund und beweglich gefühlt bis weit in den achten Monat hinein.

Sie richtete sich auf und betrachtete den Weiher und den Wasserfall. Der Ort sah ganz anders aus, als sie ihn in Erinnerung hatte. Rund um den kleinen See blühten violetter Fingerhut und Lavendel. Sie hielt den Atem an. Es wirkte noch schöner und verwunschener als zuvor. Die Wasseroberfläche kräuselte sich sanft, Farnwedel schwankten leicht im Wind. Der erdige Geruch von Moos hing in der Luft.

Gabriel lächelte. „Ich bin froh, dass es Euch gefällt. Ich habe ein paar für Euren Garten aufgehoben." Er zeigte zur Seite.

Als Ariana sich umdrehte, entdeckte sie einen Spaten und mehrere kleine Töpfe mit Fingerhutpflanzen. Ihr wurde beinahe schwindelig, als sie zu begreifen begann. „Ihr habt diese Blumen hier selbst *gepflanzt?*"

Sie sah fassungslos zwischen den Blumen und Gabriel hin und her. Er musste sie auf den Wiesen ausgegraben und sie auf allen vieren mühsam zu diesem Weiher gebracht haben.

„Warum?"

„Ihr sagtet, Ihr hättet gern violette Blumen für Euren Garten. Ich wollte, dass Ihr jedes Mal, wenn Ihr sie anseht, an diesen Ort denkt und an das Schöne, das wir hier geteilt haben."

Ihr wurde die Kehle eng. „Das habt Ihr für mich getan?"

„Nur für Euch."

Sie fiel ihm um den Hals und küsste ihn. Mit Gabriel bestand das Leben aus Grasrosen, violetten Blumen und Wasserfällen. Aus Wärme, Leidenschaft und Zärtlichkeit. Die Männer und die Kinder verbreiteten viel Durcheinander und Lärm, aber auch viel Fröhlichkeit. Bevor Gabriel gekommen war, hatte sie ein friedliches, aber eintöniges Leben geführt. Sie hatte gar nicht gemerkt, *wie* eintönig es gewesen war. Jeden erdenklichen Reichtum hatte sie besessen – aber keine Freude. Es war, als hätte sie vorher gar nicht richtig gelebt.

„Ich liebe Euch.“ Die Worte kamen ihr über die Lippen, ehe sie diese zurückhalten konnte.

Lachend erwiderte er ihren Kuss. „Wirklich und wahrhaftig?“

Sie schluckte. Wenn doch nur nicht Nigels Gefangenschaft zwischen ihnen gestanden hätte.

24. KAPITEL

Zwei Tage später unterbrach Margaret für einen kurzen Moment ihre Arbeit in der Küche, um Ariana eine Nachricht von Randall zu übergeben. Voller Unbehagen brach Ariana das wächserne Siegel.

Meine liebe Cousine,
Ich habe von Euch noch gar nicht gehört, wie Euch Lord Roberts Bankett gefallen hat. Ich hoffe, Ihr seid wohlauf. Ich möchte doch auf gar keinen Fall, dass Euch etwas Bedauerliches zustößt.

Ihr wurde ganz flau zumute. Randall erwartete eine Antwort. Ob er wohl auf Rosebriar auftauchen würde, wenn sie ihm nichts zukommen ließe? Vielleicht sollte sie hastig über ein paar Begebenheiten während des Banketts schreiben und diesen Brief zur Abtei bringen.

Aber nein. Seit der Feier bei Cyrille war die Beziehung zwischen ihr und Gabriel aufgeblüht, und sie wollte diesen Frieden nicht gefährden. Und im Grunde genoss sie es, dass ihr jemand etwas von der Last abnahm, eine Burg zu führen, erst recht, seit die Männer sich tagsüber nun von der Küche und der großen Halle fernhielten. Gabriel hatte keine Erfahrung darin, eine Burg zu verwalten, aber er interessierte sich sehr für die Verteidigung. Er hatte den Wachen und den älteren Männern so viele Fragen dazu gestellt, dass ihm sein Lerneifer sehr schnell ihren Respekt eingetragen hatte.

Und doch – obwohl sie sich gut verstanden und die letzten Nächte in leidenschaftlichen Umarmungen verbracht hatten, war Nigel immer noch nicht frei. Gabriel hatte gesagt, ihr alter Freund müsse im Verlies bleiben als Pfand, dass sie sich gut benahm. Er musste doch einsehen, dass das jetzt gar nicht mehr nötig war.

Trotzdem beschloss sie, Gabriel Randalls Nachricht zu zeigen. Wegen ihres Cousins wollte sie den zerbrechlichen Frieden zwischen ihnen nicht aufs Spiel setzen.

Edwina betrat die Küche und kicherte, wie immer, wenn Rodney ihr mit seinem einen Auge hinterhersah. Ihrer Beschwingtheit nach zu urteilen, würde die nächste Lieferung Ale vorzüglich sein.

„Das Ale, Edwina?", wollte Ariana wissen.

„Ist fast fertig, Mylady. Ganz recht."

Gut. Der Baldrian war gepflückt, und Margaret schlachtete und rupfte schon seit Stunden Hühner. Noch ein paar Tage, und sie konnte Nigel befreien. Dann konnten Gabriel und sie endlich eine richtige Ehe führen. *Falls* ihr Cousin sie nicht bis dahin am Galgen hängen ließe.

„Oh, Mylady, geht es Euch gut?" Margaret legte den Holzlöffel beiseite und wischte sich die Hände an der Schürze ab. „Ihr seht bekümmert aus."

Ariana steckte Randalls Nachricht in ihren Gürtel. „Ich bin nur müde." Sie klopfte auf ihren Bauch. „Das Kind wird immer schwerer. Ich gehe eine Weile in den Garten." Sie wollte sich noch einmal ihre violetten Blumen ansehen.

Margaret rang etwas verlegen die Hände. „Da ist etwas, das ich Euch gestehen muss, Mylady."

„Ja, Margaret?" Wahrscheinlich hatte sie die Erbsen zu lange gekocht. Sie nahm sich jedes kleine Missgeschick in der Küche immer sehr zu Herzen.

„Ich … ach je."

Ariana beugte sich zu ihr und strich ihr ermutigend über den Arm.

„Ich war besorgt wegen Eurer Heirat. Ich kannte Lord Gabriel damals doch noch gar nicht. *Ich* habe die Nachricht wegen des Giftes in Euer Gemach gelegt."

„Was höre ich da von Gift?" Gabriel betrat die Küche. Ariana und Margaret zuckten erschrocken zusammen.

„Großer Gott. Grundgütiger." Margaret war kreidebleich.

Mit vier Schritten war Gabriel bei ihnen und küsste Ariana auf die Stirn. „Wolltest du mich vergiften, Margaret?"

Ariana sah ihn an und bemerkte, wie seine Augen belustigt funkelten. Er scherzte nur. Er hatte nicht den geringsten Verdacht. Wahrscheinlich hatte er nur das Wort „Gift" aufgeschnappt.

„Ich ... ich ...", stammelte Margaret.

„Liebe Güte, Gabriel", unterbrach Ariana sie hastig und küsste ihn auf den Mund. Jetzt mochte er vielleicht scherzen, aber damit wäre es vorbei, wenn er etwas von Margarets Nachricht oder dem geplanten Festessen erfuhr. „Sie bekommt noch schreckliche Angst, wenn Ihr sie weiter so grimmig anseht."

Er schmunzelte und war sichtlich erfreut, dass sie ihn hier mitten in der Küche geküsst hatte. Liebevoll legte er den Arm um Ariana.

Sie warf Margaret einen warnenden Blick zu. Die Köchin verstand – und wandte sich wieder ihren Kochtöpfen zu.

Ariana zog den Brief ihres Cousins aus dem Gürtel. „Mylord, der Bischof hat mir eine Nachricht geschickt."

Stirnrunzelnd nahm Gabriel ihr das Pergament ab und führte sie in den Kräutergarten außerhalb der Küchentüren. Frischer Rosmarinduft stieg ihr in die Nase.

„Soll ich Euch den Brief vorlesen?", fragte sie.

Er entrollte das Schriftstück. „Ich kann selber lesen."

„Ach." Sie wusste selbst nicht, weshalb sie sich so darüber freute. Die meisten Adeligen hielten das Lesen für unter ihrer Würde und überließen so etwas lieber den Schreibern und Rechtsgelehrten. Von den drei Ehemännern, die sie vorher gehabt hatte, war William der Einzige gewesen, der lesen konnte.

Eine tiefe Unmutsfalte trat auf seine Stirn, als er die Zeilen überflog, dann steckte er das Pergament ein. „Ich werde mich darum kümmern."

Sie nagte an ihrer Unterlippe. „Was habt Ihr vor?"

„Besitzt Ihr noch andere Mitteilungen?", erkundigte er sich, ohne auf ihre Frage einzugehen. „Mit einem etwas verdächtigeren Inhalt?"

„Nein. Sie sind stets so gehalten – unauffällig und verschleiert. Ihm ist klar: Ich kann nicht enthüllen, was ich über ihn weiß, ohne mich selbst zu belasten."

„Ich werde zur Abtei gehen und mit ihm reden."

Ariana wurde das Herz schwer. Wenn Gabriel ihretwegen etwas zustieße, würde sie es nicht ertragen können. Als er das letzte Mal zur Abtei gegangen war, hatte man ihn in Ketten gelegt. „Nein, Gabriel, das dürft Ihr nicht."

„Er wird mich anhören. Er muss jetzt in Thornbury sein, wenn Ihr den Brief schon so bald nach dem Bankett erhalten habt."

„Nein, das ist kein guter Plan." Sie schüttelte den Kopf und pflückte einen Rosmarinzweig ab. „Er ist zu mächtig."

„Ich werde nicht zulassen, dass er Euch belästigt."

Sie drehte sich zu ihm um und legte ihm die Hand auf die Brust, die sich warm und fest unter ihren Fingern anfühlte. Ihr Verlangen regte sich. „Bitte. Es wäre nicht klug."

„Was soll ich Eurer Meinung nach sonst tun?"

„Einfach abwarten", bat sie. „Ich werde ihm einen Brief schicken."

Er machte ein Gesicht, das deutlich zum Ausdruck brachte, was er davon hielt. „Das ist Frauenart. Ich werde mit ihm sprechen und darauf bestehen, dass er uns in Ruhe lässt."

Sie wand sich innerlich. Ihr kam Gabriels Plan viel zu gefährlich vor. „Es wäre wirklich am besten, einen Brief zu schicken. Dann können wir sehen, wie er reagiert, und uns entsprechend vorbereiten."

Stirnrunzelnd legte er seine Hand über ihre. „Mir gefällt das nicht."

„Es ist zu riskant, zur Abtei zu gehen."

„Pah, da ist doch nur eine Horde Mönche."

„Die Euch immerhin schon einmal bezwungen haben."

Er machte ein finsteres Gesicht. „Da war ich unbewaffnet und versuchte, niemandem wehzutun. Wenn sie mich jetzt angreifen, werden sie mir kein einziges Haar krümmen können."

„Ich kenne meinen Cousin", beharrte sie. Es durfte keinesfalls dazu kommen, dass Gabriel sich überstürzt auf ein Gespräch mit Randall einließ. Das wäre, als würde er sich geradewegs in die Höhle des Löwen begeben.

Sie zupfte die spitzen Nadeln des Rosmarins ab. Damit konnte Margaret den Baldriangeschmack überlagern. Warum war es bloß so schwierig, einfach nur in Ruhe leben zu können? „Gebt mir doch eine Chance, Gabriel."

Er atmete tief durch und nickte. „Also gut. Aber Euer Vorgehen gefällt mir nicht. Ihr werdet mir sofort Bescheid sagen, wenn neue Nachrichten von ihm eintreffen."

„Ja, Mylord." Im Stillen dachte sie, dass sie dies auf gar keinen Fall tun würde. Nicht, wenn das zur Folge hätte, dass er mit einer Handvoll Männer loszog, um den Bischof in seine Schranken zu weisen.

In den kommenden Tagen erhielt Ariana vier weitere Schreiben von ihrem Cousin, die sie sofort verbrannte. Sie setzte einen Brief an ihn auf, in dem sie ihm mitteilte, dass sie durch ihre neue Ehe nicht mehr die gleichen Freiheiten hatte wie vorher, und bat ihn, für ihre veränderte Situation Verständnis zu zeigen. Mit etwas Glück reichte das aus und er ließ sie in Ruhe.

Die Woche verging wie im Flug. Margaret beschwor sämtliche Heiligen, während sie das Festmahl vorbereitete, und Ariana hatte alle Hände voll damit zu tun, wiederum ihre Köchin zu beruhigen. Edwina hingegen schien ganz begeistert von der Idee, die Männer – zumindest Rodney – betrunken zu machen. Dionne konnte es kaum erwarten, dass Ariana Gabriel das neue Gewand überreichte, das sie und die anderen Näherinnen geschneidert hatten. Den Kragen hatte Ariana selbst bestickt.

Und fast täglich brachte Gabriel ihr Blumen. Jason tollte mit dem Wolfshund herum, und jeden Tag nahm Gabriel sich etwas Zeit, um mitzuspielen. Es sah auch so aus, als versuchten die anderen Kinder, sich allmählich mit Jason anzufreunden.

Ariana hatte vergeblich versucht, mit Gabriel über Nigel zu sprechen. Wenn er ihn einfach freilassen würde, brauchten die Frauen sich nicht damit abzumühen, ein mit Schlafkräutern versetztes Festmahl zuzubereiten. Warum entschieden Männer sich immer für den schwierigsten Weg? Aber jedes Mal, wenn sie das Thema zur Sprache brachte, verfinsterte sich seine Miene.

Der Tag des Festmahls war gekommen. Ariana achtete nicht auf das unruhige Gefühl in ihrem Innern und beobachtete das fröhliche Gelage. Auf den Tischen standen Zinnteller und Platten mit Fleisch, das von Margaret mit Baldrian präpariert worden war. Minnesänger und Gaukler unterhielten die Anwesenden. Die Männer lachten, und Dienstmägde huschten eifrig hin und her. Mit etwas Glück würden alle bis Mitternacht fest eingeschlafen sein, sodass sie Nigel befreien konnte.

„Ich muss sagen, Herrin, das war ein köstliches Mahl", lobte Rodney. Sein eines Auge wirkte bereits etwas glasig.

Gabriel sah Ariana an und lächelte verträumt. Sie hatte das Gefühl, als würden seine Augenlider allmählich schwerer. „Wunderbar, Gemahlin. Ganz wunderbar."

Ihr fiel auf, dass er leicht nuschelte. Endlich wirkte auch bei ihm die Mischung aus Baldrian und Ale. „Trinkt noch einen Humpen, Mylord. Das neue Ale ist Edwina ganz besonders gut gelungen, nicht wahr?"

„O ja.“ Er nickte, und sie schenkte ihm nach. „Aber Ihr habt Euer Essen kaum angerührt, Ariana“, stellte Gabriel fest.

Sie klopfte auf ihren gerundeten Leib. „An manchen Abenden bekomme ich kaum noch etwas hinunter. Dafür habe ich morgen bestimmt umso größeren Appetit.“

Er nickte und trank.

Ariana nahm ihren Kelch, tat aber nur so, als würde sie trinken. Über den Rand des Gefäßes hinweg verfolgte sie das Geschehen. Die Dienstmägde hatten den Auftrag, Fleisch und Ale so lange nachzureichen, wie die Männer essen und trinken wollten. Bis jetzt schien das gut zu klappen.

Gabriel gähnte. „Es war ein langer Tag.“

Sie legte ihm die Hand auf den Arm. „Vielleicht sollten wir uns heute früher zurückziehen?“ Je eher sie das hinter sich brachte, desto besser.

„Meine Gemahlin …“ Er zog sie an sich. „Küsst mich.“

Sie sah sich unbehaglich um. „Wir befinden uns in der Halle, Mylord. Das schickt sich nicht.“

„Ach, kommt schon. Küsst mich.“ Leicht schielend sah er sie an, und Ariana hätte beinahe das Gesicht verzogen. Männer und Ale! „Mylord“, ermahnte sie ihn.

Er stand leicht schwankend auf und zog sie mit sich hoch. „Meine Gemahlin will hier in der Halle nicht geküsst werden, daher bringe ich sie jetzt zu Bett, um mich richtig mit ihr zu vergnügen“, rief er laut.

Rodney johlte begeistert, und Ian klopfte sich lachend auf die Schenkel.

Das Blut schoss ihr in die Wangen. Hastig ergriff sie Gabriels Hand und führte ihn aus der Halle. Schnell fort von hier, ehe er noch Schlimmeres von sich gäbe.

„Sie hat es ja ziemlich eilig.“ Rodney lachte.

„Kommt jetzt“, flüsterte Ariana energisch. Hoffentlich antwortete er Rodney jetzt nicht. Am liebsten hätte sie ihm den

Mund zugehalten. Er war offensichtlich weitaus betrunkener, als es am Tisch den Anschein gehabt hatte. Nun, es war nicht seine Schuld, wie sie sich eingestehen musste.

Noch auf dem Flur hatte sie bereits das Gefühl, ein Bündel Aale hinter sich herzuziehen. Gabriels Arme waren überall, immer wieder versuchte er, sie zu umarmen und zu küssen. Er entledigte sich des Gürtels und ließ ihn unter einer der Wandfackeln fallen.

In ihrem Gemach führte sie ihn sofort zum Bett. Er ließ sich darauf fallen, zog sie mit sich und fing an, sie zu küssen.

„Ariana. Ariana, meine Gemahlin." Er vergrub die Finger in ihrem Haar. „Ich liebe Euch. Ihr seid eine gute Gemahlin."

Sie machte sich steif, weil sie nicht wusste, was sie sagen sollte. Währenddessen bedeckte er ihr Gesicht und ihren Hals mit zahllosen kleinen Küssen.

„Ariana, meine Liebste. Sagt, dass Ihr mir verziehen habt, weil ich Euch zur Ehe gezwungen habe. Ich möchte eine Ehe, die auf Vertrauen aufgebaut ist."

Seine Worte, mochten sie auch noch so trunken sein, weckten ihr schlechtes Gewissen. Schon sehr bald würde sie dieses Vertrauen missbrauchen, das in den letzten Tagen zwischen ihnen gewachsen war. „Ich … ich vergebe Euch, Gabriel."

Er küsste sie weiter und streifte ihr langsam das Gewand ab. Liebevoll strich er mit der Hand über ihren Bauch. „Ich werde es nie müde, Euch anzusehen, meine Liebste. Ich bin so glücklich, dass mein Kind in Euch heranwächst."

Sie konnte ihm nicht widerstehen. Wie immer, wenn er sie berührte, empfand sie ein warmes Prickeln auf der Haut.

„Ich begehre Euch", murmelte er und schnürte seine Beinlinge auf. „Ich begehre Euch so sehr."

Ariana seufzte. Am kommenden Tag würde alles anders sein. „Ich begehre Euch ebenso, Gabriel." Sie schlang die Arme um ihn. Auch sie konnte von ihm niemals genug bekommen, und auf einmal war ihr Verlangen nach ihm übermächtig.

„Gabriel?"

Seine Lippen an ihrem Hals bewegten sich nicht mehr.

„Gabriel?"

Er war eingeschlafen.

Langsam ließ sie ihn auf das Lager sinken. Sanft legte sie die Hand auf seine Wange, dann strich sie mit dem Finger über die Narbe an seinem Kinn.

Er seufzte zufrieden im Schlaf.

Liebevoll küsste sie ihn auf die Wange, ehe sie sich neben ihn legte und ihre Finger mit seinen verflocht. „Ich hoffe nur, dass Ihr mich morgen früh immer noch liebt", murmelte sie vor sich hin.

25. KAPITEL

Ariana wartete, bis Gabriel leise schnarchte, ehe sie den Versuch unternahm, ganz leise aufzustehen. Er hatte sich dicht an ihren Rücken geschmiegt und seinen Arm um sie geschlungen. Es fühlte sich gut an, in seinen Armen zu schlafen, warm und geborgen. Im Gemach war es dunkel, aber er hatte die Dämonen der Nacht vertrieben, und sie empfand keine Furcht mehr.

Im Schlaf hielt er ihre Hand ganz fest, und seine Finger drückten sich in ihre Handfläche. Sie zuckten leicht, und sofort wurde ihr heiß. Würde sie denn nie mehr imstande sein, seine Hand zu halten, ohne dass sich sofort ihr Verlangen regte?

Je eher sie Nigel befreite, desto besser. Dann brauchte sie nicht länger ein schlechtes Gewissen zu haben, das ihre Liebe zu Gabriel überschattete. Sie dachte ohnehin viel zu selten an Nigel, und das machte ihr Angst. Es ziemte sich nicht, solche Wonnen zu erleben, während er im Verlies leiden musste.

Sie bewegte sich leicht und wartete ab, ob das Rascheln der Laken Gabriel aufweckte. Er rührte sich nicht, und so schob sie vorsichtig seinen Arm fort.

Sie hatte darauf bestanden, Nigel selbst zu befreien, weil sie den Gedanken nicht ertragen konnte, dass eine der anderen Frauen bestraft würde. Gott allein wusste, was Gabriel tun würde, wenn er von Nigels Entkommen erfuhr. Natürlich würde er sehr zornig reagieren, aber in den letzten Tagen hatte er doch sicher gemerkt, wie sehr sie sich bemühte, eine gute Ehe zu führen. Sie liebte ihn, er liebte sie. Bestimmt verstand er ihre Gründe, sobald er sich etwas beruhigt hatte.

Sein Arm war bleischwer, als sie ihn auf das Bett senkte. Sie hielt inne und beobachtete Gabriel eine Zeit lang. Er war wunderschön, wenn er schlief, seine Züge wirkten viel weicher. Die feinen Linien um seine Augen verrieten, dass er gern lachte.

Erst das Vergnügen, dann die Pflicht, pflegte er sie aufzuziehen, wenn sie mal wieder den Alltag zu ernst nahm.

Weil er so ungewöhnlich reglos schlief, streckte sie die Hand aus, um sich zu vergewissern, ob er noch atmete. Aber Margaret war bei der Verwendung der Kräuter vorsichtig gewesen. Sein Körper strahlte Wärme aus, und seine Brust hob und senkte sich in gleichmäßigem Rhythmus. Gut.

Sie glitt aus dem Bett und achtete darauf, dass es sich dabei nicht zu sehr bewegte. Die Laken raschelten. Ariana wartete einen Moment, aber Gabriel rührte sich nicht. Erleichtert atmete sie auf, doch dann erschauerte sie, als ihre Füße den Boden berührten. Fern von Gabriels wärmendem Körper empfand sie die Nacht als unangenehm kühl.

Gabriel drehte sich auf die andere Seite, und ihr blieb fast das Herz stehen. Nein, er schlief weiter. Rasch kleidete sie sich an und nahm eine Kerze, die Zunderbüchse und einen Schlüsselbund vom Tisch. Beunruhigt schlich sie auf Zehenspitzen zur Tür. Irgendwie ging alles zu einfach.

Mit einem letzten Blick auf Gabriel öffnete sie leise die Tür und spähte in den Flur hinaus. Er war leer. Sie steckte den Schlüsselbund in ihren Gürtel, damit die Schlüssel nicht gegeneinanderstießen, und setzte ihren Weg fort. Mehrere Männer lagen auf den vielen Fluren schlafend auf dem Boden, aber niemand erwachte.

Kurze Zeit später stand sie vor der Tür zu dem Verlies unter dem Weinkeller und war dankbar, dass es überall so ruhig gewesen war. Margaret und Edwina hatten gute Arbeit geleistet, und Ariana wollte dafür sorgen, dass sie dafür belohnt wurden.

Ein leises Schuldgefühl nagte an ihr, weil sie es Gabriels liebevoller Hilfe zu verdanken hatte, dass sie ihre Furcht vor der Dunkelheit verloren hatte und sich jetzt sogar an einen so düsteren Ort wie dieses Verlies wagte.

Es war derart still, dass ihr unbehaglich wurde. Nervös sah sie sich um, aber es war niemand zu sehen. Der Schein ihrer Kerze fiel auf das schwere Schloss an der Eisentür.

„Nigel“, flüsterte sie und unterdrückte ihr Unbehagen. „Nigel.“

Hinter der dicken Eisentür war ein Ächzen zu hören.

Sie suchte nach dem passenden Schlüssel an ihrem Bund und führte ihn in das Schloss. Knarrend schwang die Tür zum Verlies auf. Ein feuchter, abgestandener Geruch schlug ihr entgegen. Ariana fröstelte. Warum hatte sie nicht wenigstens einen Umhang mitgenommen?

„Nigel“, rief sie erneut.

Eine dünne, schmutzige Gestalt, die im Dunkel kaum auszumachen war, bewegte sich in dem schimmeligen Stroh. Eine von Ratten angefressene Decke rutschte ihr von den Schultern.

„Ariana?“ Nigels Stimme war kaum mehr als ein Stöhnen.

„Nigel.“ Sie eilte zu ihm und kniete sich neben ihn. Von dem Stroh ging ein beißender Gestank aus. „Schnell, Nigel, wir müssen uns beeilen. Die Wachen schlafen alle.“

Unsicher stand er auf. Sein dünnes Haar stand wirr in alle Richtungen ab, und auf der Stirn und der Wange hatte er dunkle Blutergüsse.

„Großer Gott, was haben sie mit Euch gemacht?“

„Ich habe versucht, mich zu wehren“, erklärte er matt.

„O nein.“ Der Gedanke, dass Gabriels Barbaren einem so sanftmütigen Menschen wie Nigel etwas antun konnten, erfüllte sie mit ohnmächtigem Zorn. „Beeilt Euch.“ Sie hielt sich die Nase zu, häufte Stroh an und breitete die dreckige Decke darüber aus. In dem dämmerigen Licht sah das vielleicht aus, als schliefe dort ein Mensch.

Nigel musste sich auf sie stützen, als sie den Kerker verließen. Ariana führte ihn so schnell es ging zu dem Geheimgang im hinteren Teil der Burg. Der Horizont färbte sich bereits rosa.

„Geht“, forderte sie ihn auf. „Es bleibt nicht mehr viel Zeit.“

„Aber Ariana, was wird aus Euch?“

„Mir wird nichts geschehen.“

„Nein.“ Mit kalten Fingern griff er nach ihrer Hand. „Kommt mit mir.“

„Ich kann nicht. Jason ist hier.“ *Ich liebe Gabriel.*

Er versuchte, sie in den Geheimgang zu ziehen. „Wir werden zurückkommen und ihn holen.“

„Nein.“ Schon allein der Gedanke war für sie unerträglich. „Ich würde niemals meinen Sohn verlassen.“

„Aber ...“

„Geht endlich.“

Sein blondes Haar schimmerte im Mondlicht. „Ich werde Euch schreiben.“

„Das ist gut. Aber nun beeilt Euch.“

Er zog den Kopf ein und verschwand im Geheimgang. Erleichtert aufatmend schloss sie die Tür hinter ihm. Ihre Gedanken überschlugen sich.

Es war leicht gewesen, Nigel zu befreien, aber wenn Gabriel wach geworden war und nach ihr suchte, dann brauchte sie eine Begründung, warum sie nachts durch die Flure strich.

Sie machte sich auf den Weg zu Jasons Kammer. Sie würde einfach behaupten, sie wäre aufgestanden, um nach ihrem Sohn zu sehen.

Vor Jasons Tür erhob sich gerade Ian und rieb sich den Schlaf aus den Augen. Sie zuckte zusammen. Ian war mindestens einen Kopf größer als Gabriel und hatte einen gewaltigen, an den Enden nach unten gebogenen Schnauzbart, der bewirkte, dass Ian ständig missbilligend auszusehen schien.

„Warum seid Ihr hier, Mylady?“ Seine Stimme klang noch

ganz verschlafen.

„Ich wollte nach meinem Sohn sehen." Sie straffte die Schultern und sprach so beherrscht sie konnte. „Bitte tretet zur Seite."

Er versperrte ihr den Weg. „Nein, Anweisung von Gabriel. Ich darf niemanden vorbeilassen."

„Damit meinte er aber doch sicher nicht Jasons Mutter. Es dauert auch nicht lange." Sie machte ein besorgtes Gesicht, und diesen Ausdruck brauchte sie nicht einmal vorzutäuschen.

Der Mann druckste eine Weile herum, die Enden seines Schnurrbarts wippten auf und ab. Seine gutmütigen braunen Augen passten gar nicht so recht zu seiner Größe und seinem Körperumfang.

„Bitte, Sir." Sie berührte seinen Arm.

„Ariana!" Eine Stimme dröhnte durch den Flur. Ariana schrak zusammen. „Ariana, wo seid Ihr?"

Gabriel! Hatte er Nigels Flucht bereits bemerkt? „Ich bin hier", rief sie zurück und hoffte, dass sie sich ruhig anhörte. Je länger sie Gabriel ablenken konnte, desto mehr Zeit blieb Nigel, sich in Sicherheit zu bringen.

Ian hielt sie am Oberarm fest. „Hier, Sir."

Das Herz schlug ihr bis zum Hals, als Gabriel um die Ecke bog und auf sie zukam. Sie wollte vor ihm keine Schwäche zeigen, deshalb widerstand sie dem Wunsch, einfach wegzulaufen. „Guten Morgen, Gabriel", zwang sie sich gelassen zu sagen und küsste ihn auf die Wange.

Durchdringend sah er sie an. Ahnte er etwas? Sie lächelte betont liebenswürdig. „Ich hoffe, Ihr habt gut geschlafen."

„Sehr gut sogar. Ehrlich gesagt, ich glaube, ich habe mich die ganze Nacht nicht ein einziges Mal bewegt. Aber was macht Ihr hier?" Er strich mit dem Finger über ihren Arm.

„Ich wollte nach meinem Sohn sehen", erwiderte sie.

„Und geht es ihm gut?"

„Ich weiß es nicht, ich habe ihn noch nicht zu Gesicht bekommen."

Mit einer Handbewegung schickte er Ian fort. Er öffnete die Tür, nahm ihre Hand und führte sie in Jasons Kammer.

Dankbar drückte sie seine Hand. Hätte es nur sie und ihn auf der Welt gegeben, wäre das Leben längst nicht so kompliziert. Sie sandte ein Stoßgebet zum Himmel, dass noch niemandem Nigels Verschwinden aufgefallen war.

Auf der Feuerstelle züngelten die Flammen und tauchten den Raum in ein sanftes Licht. Ariana stieß mit dem Fuß versehentlich gegen die Holzente, einen kleinen Haufen Steine und anderes Kinderspielzeug, während sie über den Teppich ging.

Tief durchatmend verdrängte sie jeden Gedanken an Nigel. Seine Abwesenheit würde noch früh genug entdeckt werden, und dann konnte sie immer noch überlegen, was sie tun sollte.

Jason lag friedlich auf dem Bett. Er hatte sich auf der Seite liegend zusammengerollt, eine Hand ruhte unter seinem Kinn. Leise seufzend schlich sie zu ihm, um ihn zu berühren. Lächelnd legte sie ihm die Hand an die Wange. Gabriel war ihr gefolgt. Er legte den Arm um sie und flüsterte ihr ins Ohr: „Kinder sind wunderhübsch, wenn sie schlafen, nicht wahr?"

Ein Kichern ertönte von der anderen Seite des Bettes her. Ein rothaariger Junge von etwa acht Jahren wurde sichtbar.

„Gareth!", rief Gabriel.

Jason erwachte sofort. Im Gegensatz zu ihr war er beim Aufwachen fast immer augenblicklich guter Laune. Fröhlich lächelte er sie und Gabriel an.

„Du bist ja schon wach", sagte sie und winkte ihm zu.

Er winkte zurück, seine Art der Begrüßung.

„Komm, steh auf. Lass uns spielen", rief der Rotschopf, sprang auf das Bett und nahm Jasons Hand. Jason grinste und gab einen hohen aufgeregten Laut von sich.

„Heute werden wir richtig viel Spaß haben. Wir gehen nach draußen und machen zuerst Bockspringen, dann klettern wir auf Bäume, dann kämpfen wir mit unseren Holzschwertern, und dann …“ Gareths Redeschwall ebbte nicht ab. Jason nickte, als hätte er jedes Wort verstanden.

Ariana rang die Hände. „Gareth, mein Lieber, du darfst nicht so wild mit ihm umgehen, er ist doch taub.“

Gareth grinste sie an. „Keine Sorge, Mylady. Wir beide verstehen uns bestens, ehrlich. Wir haben gestern Abend auch schon gespielt, als die Erwachsenen beim Festmahl waren. Heute wollen wir auch zur Wiese und Schmetterlinge fangen und auf Heuhaufen klettern und …“

Jason nickte eifrig, und Gabriel lachte.

„Ich bin mir nicht sicher, ob das so eine gute Idee ist“, wandte Ariana vorsichtig ein.

Jason legte bittend die Handflächen zusammen und sah sie aus großen Augen flehend an.

„Ach, Mylady, erlaubt es doch“, drängte Gareth. „Es passiert schon nichts. Wir spielen nur ein bisschen, dann gehen wir in die Küche und stibitzen uns etwas Zuckerbrot, und dann …“

Gabriel legte ihr die Hand auf die Schulter. „Lasst die Kinder ruhig herumtoben, Ariana. Es tut ihnen gut.“

Sie sah in Jasons erwartungsvoll leuchtende Augen. Trotz ihrer Bedenken brachte sie es nicht übers Herz, ihrem Sohn einen Spielkameraden zu verweigern. Durch seine Taubheit war er nur selten mit anderen Kindern zusammen gewesen. Selbst diejenigen, die ihn nicht mieden, hatten Eltern, die befürchteten, Taubheit könnte vielleicht ansteckend sein und sich auf ihre Kinder übertragen.

Vielleicht war das ein Neubeginn. Aber vielleicht schickte Gabriel auch sie und Jason fort, wenn er von Nigels Verschwinden erfuhr, und dann würde Jason einsamer sein als je zuvor. Sie riss sich zusammen. Nein. Gabriel war ein vernünftiger

Mensch, er würde sie nicht fortschicken.

„Also gut. Aber bleibt in der Nähe, damit ich euch im Auge behalten kann", trug sie Gareth auf. Mit einer entsprechenden Geste erinnerte sie Jason daran, sich mit einem Haselstöckchen die Zähne zu reinigen. Er nickte und sprang aus dem Bett. Gareth rannte plappernd hinter ihm her.

„Es wird ihnen doch nichts passieren, oder?", fragte sie Gabriel immer noch besorgt.

Er lächelte. „Sie passen großartig zusammen. Jason kann nicht sprechen, und Gareth kann gar nicht damit aufhören."

Ariana sah den Kindern nachdenklich nach, als diese die Treppe hinunterhüpften. Das alles war noch so ungewohnt für sie. „Ich werde Beth schicken, damit sie auf sie aufpasst."

Gabriel drehte sie zu sich herum und legte ihr die Hände auf die Schultern. „Euer Sohn ist nicht hilflos."

„Er kann nicht hören."

Sanft drückte er ihre Arme. „Er kommt ganz wunderbar zurecht. Aber wir beide müssen jetzt etwas anderes klären."

Ihr Herz setzte einen Schlag aus. „Gabriel, ich …"

„Ich habe das auf Eurer Frisierkommode gefunden." Gabriel zog ein kleines zusammengefaltetes Stück Pergament aus seinem Gürtel. Die Nachricht, die Margaret am Abend der Hochzeit in ihrem Gemach hinterlassen hatte. Im Trubel der Vorbereitungen für das Festmahl hatte Ariana völlig vergessen, es wieder aus dem Versteck in ihrem Pudertopf herauszuholen.

Mit zitternden Fingern entfaltete sie das Pergament und tat, als hätte sie es noch nie zuvor gesehen. *Das Gift ist in dem blauen Tontopf.*

Sie setzte eine ahnungslose Miene auf und sah Gabriel an.

„Das muss Margaret geschrieben haben", sagte er, als wäre ihm plötzlich eingefallen, wie die Köchin vor ein paar Tagen über Gift geredet hatte.

Ariana schluckte. „Sie hat es nicht so gemeint."

„Ich werde mit ihr reden."

Großer Gott, die Köchin würde der Schlag treffen. „Sie hat nur versucht, mir zu helfen", protestierte Ariana. „Es besteht kein Grund, mit ihr zu reden. Die Angelegenheit hat sich bereits erledigt."

Gabriel zog eine Augenbraue hoch. Er nahm ihre Hand und machte sich auf den Weg zur Küche.

26. KAPITEL

Margaret ließ das Nudelholz fallen, als sie Gabriel in die Küche stürmen sah.

„Margaret?"

„Großer Gott. Grundgütiger."

Ariana erschrak. Sie musste ganz schnell etwas unternehmen, ehe Margaret womöglich die ganze Geschichte mit dem Festmahl beichtete. Sie ging zur Köchin, legte ihr die Hand auf den Arm und warf ihr einen warnenden Blick zu.

„Bei allen Heiligen im Himmel", jammerte Margaret und zerknüllte ihre Schürze mit den Händen. „Ich wollte das alles nicht, aber es war die einzige Möglichkeit, Euch alle die ganze Nacht zum Schlafen zu bringen. Ich war auch ganz vorsichtig bei der Dosierung. Es ist doch niemand zu Schaden gekommen, oder? Großer Gott."

Gabriel machte ein verwirrtes Gesicht und dachte anscheinend angestrengt nach.

O nein! Ariana drehte sich hastig zu ihm um und küsste ihn auf den Mund, in der Hoffnung, ihn dadurch abzulenken. Aber anders als die vorherigen Male reagierte er dieses Mal nicht. Er blieb einfach nur reglos stehen.

„Die schlafenden Männer. Das Festmahl gestern Abend ...", begann er zögernd.

„Herr! Herr!" Rodney kam in die Küche geeilt, sein eines Augen war weit aufgerissen. „Herr, der Gefangene ist fort."

„Der Gefangene?"

„Nigel." Er blinzelte in Arianas und Margarets Richtung.

„Großer Gott. Grundgütiger."

„Ni..." Gabriel packte Ariana bei den Schultern. „Das war Euer Werk."

Jetzt war alles aus. War da jemals so etwas wie Vertrauen zwischen ihnen gewesen – nun war es jedenfalls mit einem

Schlag zerstört. Genau wie sie befürchtet hatte.

Er legte ihr eine Hand in den Nacken. „Ihr widersetzt Euch mir?“

Alle Farbe wich aus ihrem Gesicht. Sie versuchte zurückzuweichen, aber er hielt sie eisern fest. „Bitte, Gabriel. Ich weiß, dass Ihr wütend seid, aber ich kann es erklären.“

„Ihr habt uns betäubt.“

„Ich konnte ihn einfach nicht dort lassen.“

Ehe sie sich versah, hob Gabriel sie auf seine Arme. Margaret trat ängstlich von einem Fuß auf den anderen und rang die Hände. Gabriel warf ihr einen strengen Blick zu. „Um dich kümmere ich mich später.“

Margaret sah aus, als bekäme sie jeden Augenblick einen Anfall.

Ariana begann, sich heftig in seinen Armen zu wehren. „Mylord, nein. Verschont sie.“

„Seid still. Ihr verdankt es nur Euren gesegneten Umständen, dass ich Euch jetzt nicht über meine Schulter werfe, Euch nach oben trage und so bestrafe, wie Ihr es verdient habt.“

Kurz darauf setzte Gabriel sie auf ihrem Bett ab und trat dann ein Paar Schritte zurück. In nur mühsam beherrschtem Zorn öffnete und ballte er die Fäuste.

Ariana erstarrte. Ihre alte Furcht kehrte zurück. Aber Gabriel war doch eigentlich kein Mann, der sie schlagen würde, oder?

„Was soll ich bloß mit Euch machen?“ Er wich noch weiter zurück, als hätte er Angst, ihr zu nahe zu sein. „Ich habe Euch schon einmal gesagt, dass ich von Haus aus kein strenger Herr bin, aber ich kann es sein. Ich kann nicht zulassen, dass Ihr wichtige Geiseln befreit.“

„Nigel ist doch nicht so wichtig. Er ist doch nur ein einfacher Musikant.“

„Ein Musikant, der Euch heiraten wollte.“

„Gabriel ...“ Sie kniete sich auf die Matratze. „Ihr habt Streit mit mir, nicht mit Nigel. Er wollte mich gar nicht heiraten, ich musste ihn förmlich anflehen, es zu tun.“

Gabriel lehnte sich an den Bettpfosten. „Ihr werdet ihn vergessen.“

Sie neigte den Kopf zur Seite und betrachtete ihn prüfend. Entdeckte sie da eine Spur von – Eifersucht? „Gabriel, Nigel und ich waren nur ...“

Er fiel ihr mit einer schroffen Handbewegung ins Wort. „Eure Beziehung zu Nigel interessiert mich nicht. Je eher Ihr ihn vergesst und mich als Euren Gemahl akzeptiert, desto leichter wird alles für uns.“

„Ihr müsstet doch bemerkt habe, dass ich das längst getan habe.“

„Genug.“

Sie setzte sich wieder hin. „Gabriel, ich will, dass wir eine gute Ehe führen. Ich liebe Euch doch.“

„Genug.“ Ihr Bekenntnis schien ihn noch zorniger zu machen. „Edelfrauen sprechen von Liebe und anderen schönen Dingen, wenn es einem bestimmten Zweck dient.“ Er seufzte schwer und verschränkte die Arme vor der Brust. „Ihr treibt die Dinge zu weit, Ariana. Meine Männer sind gute Männer, aber keine ausgebildeten Krieger. Meine Befehlsgewalt über sie ist nicht auf einen abgelegten Eid zurückzuführen, sondern beruht auf den Gesetzen des Rudels.“

„Den Gesetzen des Rudels?“

„Was tut ein Mann für gewöhnlich, wenn seine Frau sich ihm derart widersetzt?“, wollte er wissen, als hätte er ihre Frage nicht gehört.

Sie wurde totenblass. Sie kannte das Schicksal von Frauen, die ihren Gemahl verärgert hatten, nur zu gut. Selbst fromme Männer kannten in solchen Fällen kein Erbarmen.

„Ariana, ein Anführer kann es sich nicht leisten, vor seinen Männern Schwäche gegenüber Gefangenen und Untergebenen zu zeigen. Das ist der beste Nährboden für Meuterei."

Sie erschauerte. „Aber sie müssen doch sehen, dass unsere Ehe harmonisch ist."

Die Unmutsfalte auf seiner Stirn vertiefte sich. „Ihr habt meine Nachsicht ausgenutzt."

„Nachsicht?" Die Angst ließ sie leichtsinnig werden. „Ihr habt unsere Hochzeit gewaltsam unterbrochen und ihn ins feuchte Verlies geworfen, ehe Ihr Euch meine Burg angeeignet habt. Und das nennt Ihr *Nachsicht?*"

„Hat man Euch Schaden zugefügt?", grollte er.

Sie runzelte die Stirn.

„Hat man?"

„Nein", gab sie zornig zu.

„Ist Eurem Sohn Schaden zugefügt worden? Oder Euren Leuten?"

Sie lehnte sich argwöhnisch zurück.

„Man hat Euch nichts zuleide getan. Man hat Eurem Sohn nichts zuleide getan. Man hat Euren Leuten nichts zuleide getan. Die Frauen waren stets in Sicherheit. Antwortet mir, Ariana – wie viele *Adelige* hätten sich wohl so verhalten?"

Zerknirscht musste sie zugeben, dass er recht hatte. Viele Adelige, die sie bereits kannte, hätten ihr zwar galant den Hof gemacht, aber ihre Leute sehr schlecht behandelt. Und plötzlich war sie sich in einer Hinsicht vollkommen sicher – was immer er auch mit ihr vorhaben mochte, schlagen würde er sie nicht.

„Ich möchte Euch zeigen, welche Nachsicht ein Adeliger walten lässt", sagte er plötzlich mit verbitterter Stimme. Ganz langsam ließ er die Arme sinken, fasste den Saum seines Obergewandes und zog es sich langsam über den Kopf. Dann drehte er sich um, damit Ariana seinen Rücken sehen konnte.

Seine Haut war mit hässlichen roten Wülsten übersät. In harten Zickzacklinien verliefen sie von seinen Schultern nach unten und verschwanden in seinen Beinlingen. Ein besonders hervortretender Striemen dehnte sich von seiner Hüfte bis zum Kreuz aus. In sein Schulterblatt war ein großes „E“ eingebrannt.

Ariana wurde übel. Erst jetzt wurde ihr bewusst, dass sie seit der Hochzeit noch nie seinen Rücken gesehen hatte. Wegen ihrer Schwangerschaft hatte sie beim Liebesakt immer auf ihm gesessen, und er hatte dabei nie das Obergewand ausgezogen, nur, wenn es ganz dunkel gewesen war. „Großer Gott“, entfuhr es ihr.

„Vielleicht solltet Ihr Euch einmal mit Eurem vornehmen Cousin und Nigel über Nachsicht unterhalten?“

„Mein Cousin hat das getan?“ Vor Entsetzen war ihre Kehle plötzlich wie zugeschnürt.

„Nein. Das war *Nigel.*“

„Ich …“ Einen Moment lang war sie sprachlos. „Ich glaube Euch nicht. Nigel ist Musikant, ein sanftmütiger Mann.“

Er ging durch das Gemach zu einer Truhe und öffnete sie. Ariana betrachtete wie erstarrt die vielen Narben auf seinem Rücken. Entsetzt stand sie auf, um zu ihm zu gehen.

„Gabriel …“

Er richtete sich auf, und sie sah das Spiel seiner Muskeln unter der geschändeten Haut. „Nigel ist der Liebhaber Eures Cousins.“

Ihr wurden die Knie weich. „Das … das … das kann nicht wahr sein.“

Sein Blick schien sie förmlich zu durchbohren, als er ihr eine Kette entgegenhielt, die er aus der Truhe genommen hatte. Das Ende der Kette streifte klirrend den Boden. „Ich musste zu ihrem Vergnügen auf allen vieren vor ihnen kriechen.“

„Nein“, hauchte sie fassungslos. Die Vorstellung, dass ein so stolzer Mann derart erniedrigt wurde, ließ sie schwindeln.

„Doch“, rief er und schüttelte die Faust. Die Kette rasselte.

Sie konnte und wollte das einfach nicht glauben. „Nigel hätte so etwas niemals getan.“

„Euer Nigel ist ein verdammter Feigling, aber er hat keinerlei Skrupel, das Brandeisen zu benutzen.“

Eisige Kälte kroch Ariana über den Rücken. „Gabriel, ich schwöre Euch bei allem, was mir heilig ist – ganz gleich, was Ihr zu sehen geglaubt habt, Nigel hat das nicht getan. Er hätte das nicht tun können.“

Seine grünen Augen funkelten vor Zorn. „Er war dort.“

„Das ist nicht möglich.“ Sie berührte seinen Arm. Warum glaubte er ihr nur nicht?

Er legte die freie Hand über ihre und hielt sie fest.

„Es tut mir leid, dass Ihr solche Qualen erleiden musstet, Gabriel. Es tut mir wirklich von Herzen leid. Aber Nigel hätte so etwas nie getan.“ Plötzlich verspürte sie so etwas wie Furcht.

„Er *hat* es getan.“ Er ließ den Blick von ihr zu einem Wandbehang und wieder zurück wandern. „Ihr bringt mich in eine Zwickmühle, Gemahlin. Ich kann meine Männer nicht richtig anführen, wenn sie glauben, ich würde mit meiner eigenen Gemahlin nicht fertig. Darüber hinaus habt Ihr Euch mir widersetzt, indem ihr einen Gefangenen befreit habt, der wahrscheinlich hätte bezeugen können, dass der Bischof hinter dieser Spionagegeschichte steckt. Ihr hattet gesagt, Ihr würdet mir vertrauen, dass ich mich um Euren Cousin kümmere.“

Sie versuchte, ihre Hand von seinem Arm zu nehmen, aber er hielt sie unbarmherzig fest. Ihr Gespräch hatte eine seltsame Richtung eingeschlagen, die ihr Unbehagen bereitete.

„Was soll ich tun, Ariana?“

Sie starrte ihn an.

Eine dunkle Haarsträhne fiel ihm in die Stirn und verlieh ihm etwas Verwegenes. „Kommt, Ariana. Kämpft nicht gegen mich an. Ihr habt mir schon genug Schmerz verursacht."

Das schlechte Gewissen lastete wie ein Stein auf ihrem Herzen. Sie folgte ihm, obwohl sie unsicher war, was er vorhatte.

Am Bettpfosten blieb er stehen. „Steigt auf das Bett."

Sie zuckte zusammen.

Er hörte sich an, als wäre er mit seiner Geduld fast am Ende. Die Kette klirrte auf dem Boden. „Ich werde Euch nicht wehtun, auch wenn wir beide wissen, dass ich durchaus das Recht dazu hätte." Er zeigte auf das Bett.

Vor Angst krampfte sich ihr Magen zusammen. Zögernd kletterte sie auf das Nachtlager.

„So ist es gut. Und nun legt Euch hin."

Sie gehorchte. „Gabriel?"

Er umfasste ihr Fußgelenk.

Erschrocken setzte sie sich auf.

Ganz sanft legte er ihr die Hand auf die Brust. „Hütet Euch vor Gefechten, die Ihr nicht gewinnen könnt. Ich möchte Euch nicht zum Gehorsam zwingen, aber ich werde es tun, wenn es sein muss."

Die Entschlossenheit in seiner Stimme bereitete ihr eine Gänsehaut. Eindringlich sah er sie an. Sie versuchte, aus seinem Blick herauszulesen, was er gerade empfand – Leidenschaft, Willensstärke, Zorn. Langsam legte sie sich wieder zurück auf das Bett.

Mit der Hand streifte er ihr Bein, seine Finger fühlten sich warm und fest an, als sie ihr Fußgelenk umfassten. Die Kette rasselte, und er hielt sie Ariana wie ein bizarres Geschenk entgegen.

Sie runzelte die Stirn.

Kaltes schweres Eisen schloss sich um ihr Gelenk. Gabriel sagte nichts.

„Was habt Ihr denn vor?“ Sie versuchte, ihren Fuß wegzuziehen.

„Das ist die Kette, mit der sie mich an einen Pfosten fesselten, wenn sie mich auspeitschten. Ich habe sie benutzt, um mir den Weg in die Freiheit zu erkämpfen, und ich habe sie behalten, damit ich in meiner Entschiedenheit, mich zu rächen, niemals schwach werde.“ Er hielt ihren Fuß weiterhin fest und sah sie an. „Ihr werdet hierbleiben.“

Ihre Augen weiteten sich. „Ihr wollt mich in meinem eigenen Gemach gefangen halten?“

„Auf *meinem* Bett“, verbesserte er. „Das ist mehr Gnade, als mir Euer Cousin erwiesen hat.“

Ihr Blick fiel auf eine rote Narbe auf seiner Schulter, und wieder regte sich ihr schlechtes Gewissen. „Gabriel, ich schwöre bei allem, was mir heilig ist – ich wusste nicht, dass Ihr noch am Leben wart. Ich war gekommen, um Euch …“

Er machte ein finsteres Gesicht. „Ich weiß mit den Dingen, die Ihr für heilig haltet, nichts anzufangen. Ich lasse Euch die Wahl: Seid meine Gefangene hier auf dem Bett oder nehmt Nigels Platz im Verlies ein.“

„Im Verlies?“ Ein Schauer überlief sie. Im Verlies war es dunkel. Sehr dunkel. Ohne Gabriels tröstliche Nähe kam ihr diese Dunkelheit dort unten äußerst furchteinflößend vor. „Ich kann nicht ins Verlies gehen“, flüsterte sie.

Er umfasste wieder ihren Knöchel, und seine Hand fühlte sich heiß an ihrer Haut an. „Entscheidet Euch“, stieß er hervor.

Sie betrachtete ihn eine Weile. Wenn sie doch nur etwas hätte tun können, um seinen Zorn zu beschwichtigen. Oder das, was vorgefallen war, wieder ungeschehen machen. „Wenn ich das widerspruchslos tue, seid Ihr dann weniger zornig?“

Er neigte den Kopf zur Seite. „Vielleicht.“

„Wie lange werdet Ihr mich gefangen halten?“

Er zog eine Augenbraue hoch. „So lange es mir gefällt."

„Gabriel ..."

„Das Bett oder das Verlies?"

„Das Bett", gab sie nach.

„Gut."

Sie hielt die Augen fest geschlossen, als er die eiserne Fußfessel zuschnappen ließ.

27. KAPITEL

Fünf Tage später zerrte Ariana ungeduldig an der Kette. Wenn sie doch nur nach unten gehen und sich um die alltäglichen Arbeiten kümmern könnte. Sie hätte gern Unkraut gejätet und Rüben gehackt – alles nur Erdenkliche, um sich von ihren Schuldgefühlen abzulenken. Gabriel war in der Abtei ausgepeitscht und gebrandmarkt worden, und sie allein trug die Schuld an dem Feuer, nicht er.

Er war sich so sicher, dass Nigel ihn gebrandmarkt hatte. Nigel, der doch angeblich seine Zeit damit verbrachte, Fiedel für den Bischof zu spielen. Sie konnte sich das kaum vorstellen.

Für ihr körperliches Wohlergehen wurde gesorgt, dennoch machte sie das Nichtstun rastlos. Bedienstete brachten ihr Essen und Wasser, leerten das Nachtgeschirr und trugen den Badezuber in ihr Gemach. Zweimal am Tag erschien Rodney und holte sie zu einem Spaziergang ab. Er sprach nie mit ihr, sosehr sie ihn auch anflehte. Die Bediensteten machten einen großen Bogen um sie, wenn sie draußen war.

Gelegentlich sah sie Jason, wie er mit dem Wolfshund oder mit Gareth spielte. Er wirkte glücklich und lachte immer. Jeden Tag, wenn sie mit Rodney unterwegs war, rannte er auf sie zu und umarmte sie. Wenigstens brauchte sie sich um seine Sicherheit und sein Wohlergehen keine Sorgen zu machen.

Drei Mal hatte sie Gabriel draußen gesehen, und jedes Mal hatte er ihr den Rücken zugekehrt. Er lief jetzt meistens mit bloßem Oberkörper herum, als hätte er wieder seine früheren barbarischen Angewohnheiten angenommen. Das eingebrannte „E“ hob sich deutlich von seiner gebräunten Haut ab. Die Vernarbung war wulstig und uneben, und Ariana konnte sich vorstellen, wie er gelitten haben musste.

Hätte sie doch nur mit ihm sprechen können, um sich bei

ihm zu entschuldigen oder ihm zu sagen, dass sie ihn liebte. Aber das hätte er ihr natürlich nicht geglaubt. Beim letzten Mal hatte ihn ihre Liebeserklärung wütend gemacht. Sie seufzte. Ihr blieb nichts anderes übrig, als abzuwarten. Er konnte doch nicht für immer und ewig wütend bleiben.

Licht fiel durch das Fenster auf das Bett, und zwar an der Stelle, an der die Vorhänge zurückgezogen waren. Die Kette rasselte, als Ariana aufstand und aus dem Fenster auf den Außenhof blickte, in dem die Männer ihre Kampfübungen machten. Die Kette war lang genug, ihr etwas Bewegungsfreiheit zu lassen, nur bis zur Tür reichte sie nicht.

Mit klirrenden Schwertern gingen die Männer in Scheingefechten aufeinander los. Ian und Rodney umkreisten sich lauernd. Und da war auch Gabriel. Sie winkte ihm zu, in der Hoffnung, ihn auf sich aufmerksam machen zu können. Doch selbst wenn er sie gesehen hatte, so ließ er sich nichts anmerken.

Er stand da und hatte sich die Armbrust über die Schulter gelegt. Flüchtig wunderte sie sich, warum er seine Narben bisher verborgen hatte. Dass er jetzt kein Hemd mehr trug, erschien ihr wie ein Akt trotziger Verachtung, als wollte er allen zeigen, welche Schmerzen sie ihm bereitet hatte.

Sie wand sich innerlich. Wenn er ihr Schuldgefühle einjagen wollte, so war ihm das bestens gelungen. Bei jeder Bewegung seiner Muskeln hoben sich auch die Narben hervor. Während der Buchstabe schon fast abgeheilt war, wirkten ein paar der Peitschenstriemen noch ziemlich frisch.

Jetzt machte er die Armbrust schussbereit. Bestimmt brannte dabei sein Rücken höllisch, aber er ließ sich nichts davon anmerken. In einiger Entfernung war an einem Heuballen eine hölzerne Zielschreibe befestigt worden. Gabriel legte an, zielte und schoss den Bolzen ab.

Ariana sah mit leichtem Unbehagen, dass er genau ins

Schwarze getroffen hatte, und setzte sich resigniert wieder auf das Bett.

Ein leises Klopfen ertönte, und Margaret trat ein. „Herrin. Grundgütiger."

„Margaret! Was machst du denn hier?"

„Der Herr hat mir verboten, in die Küche zu gehen. Bei allen Heiligen, das Essen schmeckt bestimmt furchtbar, Herrin."

Ariana seufzte nur.

Nun hatte Margaret die Fußfessel entdeckt und schlug die Hände über dem Kopf zusammen. „Er hat Euch ans Bett gekettet?", rief sie in hellem Entsetzen.

„Beruhige dich, Margaret. Gabriel hat mir nichts zuleide getan."

„Aber er hat Euch ans Bett gefesselt. Wir dachten alle, er hätte Euch nur in Eurem Gemach eingeschlossen. Wenn es mir gelingen würde, mich in die Küche zu schleichen – das Gift ist immer noch in dem blauen Tontopf."

„Still, Margaret, es ist alles gut. Gabriel wird sich schon wieder beruhigen." Hoffentlich, dachte sie. Sie *musste* ihn einfach zur Vernunft bringen ... wenn sie denn je die Gelegenheit dazu bekäme, mit ihm zu sprechen. Margaret fern von ihrer geliebten Küche – das war, als setzte man Wildkaninchen im Ziergarten aus. Die Frau würde noch das ganze Burgvolk durcheinanderbringen. „Wie geht es Jason?"

„Wunderbar. Er spielt jetzt mit den anderen Kindern. Beth und ich haben ihm ein wenig geholfen, sich mit ihnen zu verständigen." Margaret zog eine Papierrolle aus ihrer Schürzentasche. „Das hier ist vom Bischof gekommen."

Ariana wurde blass. Nicht noch ein Brief von Randall!

Draußen im Flur ertönten Schritte, und Margaret huschte blitzschnell hinter den Wandschirm. „Grundgütiger. Er hat mir verboten, Euch aufzusuchen. Er hat es uns allen verboten." Als die Schritte verhallten, lief sie hastig zur Tür. „Ich muss mich beeilen. Guten Tag, Herrin."

Nachdem Margaret fort war, brach Ariana das Wachssiegel und entrollte das Papier.

Liebste Cousine,
ich habe noch immer nichts von Euch gehört und fürchte um Eure Sicherheit. Ich werde Euch bald meine Aufwartung machen.

Heilige Mutter Gottes! Ihr Cousin wollte herkommen? Dann käme es höchstwahrscheinlich zu einem Blutbad zwischen ihm und Gabriel. Sie starrte auf den Brief in ihren zitternden Händen, und ihr war, als wäre er schwer wie ein Stein. Sie musste irgendetwas tun, um den Bischof fernzuhalten. Gabriel war ja nicht gewillt, der Vernunft Gehör zu schenken.

Die Kette schnitt leicht ein an ihrem Fußgelenk, als sie sich nach einer Feder und Tinte streckte. Dann riss sie eine Ecke von dem Pergament ab und schrieb mit winzigen Buchstaben ein paar Informationen über Cyrille auf.

Da Margaret nichts mehr in der Küche zu tun hatte, könnte sie ja vielleicht die Nachricht zur Abtei bringen, wenn sie denn den Mut fand, Ariana noch einmal zu besuchen. Es war nicht weit bis dorthin, und ihr Mann konnte sie begleiten.

Die Tür flog auf und Gabriel betrat das Gemach. Ariana zuckte zusammen und schob die Nachricht hastig unter ihr Kopfkissen.

„Gabriel." Sie setzte sich auf und sah ihm entgegen.

Die Armbrust lag über seiner Schulter. Ein feiner Schweißfilm bedeckte sein Gesicht und seinen nackten Oberkörper. „Wie geht es Euch?", fragte sie ruhig. Wie seltsam, Nettigkeiten auszutauschen wie jedes andere Ehepaar auch – als ob es da keine Nachricht unter dem Kissen gäbe, als wäre sie nicht an das Bett gekettet.

Seine nur schlecht zusammengeschnürten Beinlinge weckten ihre Aufmerksamkeit. Unwillkürlich musste sie wieder an ihre letzte Liebesnacht denken, ehe sie Nigel befreit hatte und bei Gabriel in Ungnade gefallen war.

Er räusperte sich, und sie spürte, wie ihre Wangen zu glühen anfingen. Himmel, er hatte sie dabei ertappt, dass sie *dort* hingestarrt hatte.

„Ich hoffe, Ihr habt gut geschlafen", sagte er.

„Ja." Sie schlug die Beine unter, und die Kette klirrte gegen den Bettpfosten. „Seid Ihr gekommen, um mich freizulassen?"

„Nein." Er trat auf sie zu. „Ich bin gekommen, um Euch mitzuteilen, dass ich mich auf die Jagd nach Nigel machen werde."

Sein unheilvoller Tonfall verursachte ihr eine Gänsehaut. „Gabriel, hört mich an. Ganz gleich, was Ihr auch glaubt, Nigel wäre niemals zu so etwas fähig."

Seine Miene wurde noch finsterer. „Sprecht nicht von ihm, Gemahlin. In vierzehn Tagen bin ich zurück."

Sie erschrak. „Ihr wollt mich hier angekettet zurücklassen?"

„Ja. Eine Dienstmagd wird Euch Essen bringen."

„Ihr behandelt mich wie ein Haustier", rief sie aus.

„Nein, wie eine Gemahlin, die sich schlecht benommen hat."

„Gabriel, ich schwöre Euch, das ist nicht nötig."

„Ihr bleibt hier."

„Und wenn Ihr zurückkehrt, lasst Ihr mich dann frei?"

„Nein."

Ihre Besorgnis nahm zu. Sie hatte gehofft, sein Zorn hätte sich mittlerweile etwas gelegt, aber dem war offensichtlich nicht so. „Aber Ihr könnt mich doch nicht ein Leben lang an dieses Bett ketten!"

„Das kann ich, wenn mir danach ist."

Sie erschauerte. „Gabriel, bitte!"

Das Bett gab nach, als er sich neben Ariana setzte, die Armbrust am Fußende ablegte und nach ihrem Knöchel griff. Seine Nähe und sein Duft schienen sie plötzlich einzuhüllen, bis alle ihre Sinne nur noch auf ihn ausgerichtet waren.

Mit dem Finger strich er über ihr Schlüsselbein, über ihre Schulter und den Arm entlang. Sie spürte ein erstes Flattern im Bauch. Nun hatte er ihre Handfläche erreicht – und er zeichnete einen kleinen Kreis darauf.

Stellt Euch vor, das wären Eure weiblichsten Stellen. Ihr wurde heiß vor Verlangen. „Gabriel." Sie streckte die Arme nach ihm aus.

Plötzlich hielt er inne und zog seine Hand fort. „Ganz gleich, welche Gefühle Ihr für Nigel hegt, Euer Körper gehört mir."

Sie presste die Lippen aufeinander und machte sich ganz steif, um gegen ihr Verlangen anzukämpfen. Ihr Körper verhielt sich wie eine Marionette, deren Fäden von einem Meister des Puppenspiels gezogen wurden. Gabriel brauchte nur einmal mit dem Finger zu schnippen, und sie war zu allem bereit. Und sie beide wussten es.

„Mein Körper gehört nur mir."

Er schmunzelte, danach griff er nach ihrem Fußgelenk und hob ihr Bein an. Weil sie sich vorher so starr gemacht hatte, verlor sie das Gleichgewicht und fiel zurück auf das Bett. Er legte sich ihren Fuß auf die Schulter und strich mit der Hand über die Innenseite ihres Beines immer weiter nach oben, bis er die Grenzen des Schicklichen erreicht hatte.

„Hört auf damit." Das Flattern wurde zu einem Beben, die Wärme in ihrem Innern zu lodernder Glut.

Egal, wo er sie anfasste, jede seiner Berührungen fand eine ihrer weiblichsten Stellen. Sie wurde ganz still und wünschte verzweifelt, sie hätte sich die Mühe gemacht, ein Unterkleid anzuziehen. Doch in den vergangenen fünf Tagen hatte sie nichts anderes getan, als hier auf dem Bett zu liegen und zu fühlen, wie ihr Leib immer mehr anschwoll. Das Unterkleid hatte auf ihrer Haut gekratzt, also hatte sie es einfach ausgezogen. Wenn er die Hand nur ein kleines bisschen höher schob, erführe er von ihrem unanständigen Geheimnis. Sie hielt den Atem an. Großer Gott, es war unmöglich, einen klaren Gedanken zu fassen, wenn Gabriel so nah bei ihr war.

„Vielleicht sollten wir uns einmal über unsere Ehe unterhalten“, meinte er gedehnt. Er bewegte seine Hand nicht, nahm sie aber auch nicht fort.

„Ich bin ans Bett gekettet, Mylord.“ Sie befeuchtete ihre Lippen und versuchte, ihre wachsende Erregung zu ignorieren. „Das kann nicht die richtige Art sein, eine Ehe zu führen.“

Er lächelte wie ein Pirat, der im Begriff stand, ein kostbares Juwel zu rauben. Langsam drehte er seinen Kopf und blickte vielsagend auf ihre Fußfessel. „Im Gegenteil, ich finde, das ist sogar eine sehr gute Art. So könnt Ihr mir nicht entkommen.“

Seine raue Stimme brachte ihr Blut nur noch mehr in Wallung. Ein erstickter Laut entrang sich ihrer Kehle. Ihr Verstand sagte ihr, dass sie diese Situation nicht genießen durfte, aber ihr Körper sprach eine andere Sprache. Sie presste die Beine fest zusammen, damit er nichts von ihrer Erregung merken konnte. Wenn er doch nur die Hand wegnehmen würde …

„Trotz allem verbindet uns Leidenschaft, Ariana“, murmelte er.

Sie presste die Schenkel noch mehr zusammen, doch im selben Moment zuckte sein Finger ein wenig. Nein!

Er lächelte. Triumphierend. Wissend.

Ihre Wangen glühten vor Scham, und sie wandte das Gesicht zur Seite. So sollte es nicht sein. Fünf Tage lang hatte er sie mit Nichtachtung gestraft. Sie hätte wütend auf ihn sein müssen. Aber sie genoss es gar, ihm so ausgeliefert zu sein!

„Mylady.“ Er zog die Hand fort, umfasste ihr Fußgelenk

und ließ ihr Bein wieder neben sich auf das Bett sinken. Dann beugte er sich vor, legte die Hand unter ihr Kinn und zwang sie, ihn anzusehen. Seine Finger waren feucht, und ihr stieg ihr eigener Duft in die Nase.

„Gabriel …“ Sie musste sich erst räuspern. „So können wir nicht weitermachen.“

Er zeichnete mit dem Finger die Umrisse ihres Mundes nach. „Doch, das können wir“, widersprach er sanft. „Ihr gehört mir.“

Sie seufzte resigniert. Die empfindsamen Knospen ihrer Brüste richteten sich auf, als hätte ihr Körper Gabriel bereits als Herrn und Meister akzeptiert. Sie stemmte die Hände gegen seine Brust, aber er rührte sich nicht von der Stelle. Stattdessen beugte er sich vor, nahm ihren Kopf zwischen seine Hände und küsste sie. Ariana gab auf und erwiderte seinen Kuss. Leidenschaft flammte in ihr auf. Vielleicht konnte sie ihm ja beweisen, dass sie wirklich eine gute Ehe führen wollte, und dann würden sie wieder so weiterleben wie zuvor. Sie vergrub die Finger in seinem Haar und zog ihn noch dichter an sich.

Er verlagerte sein Gewicht und begann, ihre Brüste zu liebkosen. Stöhnend schloss Ariana die Augen.

Plötzlich hielt er inne und richtete sich auf. Ein Schatten legte sich über seine Züge. „Was ist das?“

Um Gottes willen, der Brief, den Margaret für sie in die Abtei bringen sollte. Sie riss ihm den Fetzen aus der Hand. „Nichts.“

Gabriel zog eine Braue hoch, nahm ihr das Pergament wieder aus der Hand und setzte sich neben sie, den Rücken ans Kopfende lehnend.

Am liebsten hätte sie geschrien.

„Ihr schreibt Eurem Cousin über Cyrille“, meinte er vorwurfsvoll.

Sie brachte keinen einzigen Ton heraus.

„Ihr hattet gesagt, Ihr würdet so etwas nicht mehr tun."

Seine plötzliche Kälte ließ sie erschauern. Die Kette an ihrem Fuß kam ihr mit einem Mal geradezu schmerzhaft schwer vor. Ihre zarte Hoffnung auf Versöhnung hatte sich zerschlagen. „Gabriel."

Er schwang die Beine über die Bettkante, stand auf und sah sie durchbohrend an. „Sobald das Kind geboren ist, schicke ich Euch ins Kloster."

„Gabriel!" Erschrocken setzte sie sich auf.

Er wedelte vielsagend mit dem Pergament.

„Großer Gott, Gabriel, Randall hat vor, herzukommen. Ich weiß, Ihr seid wütend auf mich, aber ihr müsst mich anhören."

Ganz flüchtig flackerte so etwas wie Verwundbarkeit in seinem Blick auf, wich dann aber wieder finsterem Zorn.

„Ich bitte Euch. Mein Cousin hat mir schon viele solcher Nachrichten geschickt." Sie berührte seinen Unterarm. „Ich wusste nicht, was ich tun sollte."

„Er hat Euch schon oft Briefe geschickt? Warum wurde ich nicht darüber informiert?"

Sie achtete nicht auf die klirrende Kette und kniete sich auf die Matratze. „Ihr wolltet ja nicht mit mir reden."

„Seit wann schickt er sie?"

Sie schwieg. Schon bevor Gabriel aufgehört hatte, mit ihr zu sprechen, hatte er welche geschickt.

Nachdenklich drehte und wendete er das Pergament.

Tränen der Verzweiflung brannten in ihren Augen. Wie konnte sie ihm das bloß erklären? „Ich hätte Euch Bescheid sagen sollen", gab sie zu.

Seine Wut schien sich etwas zu legen, obwohl seine Miene immer noch düster war.

„Ich hatte schreckliche Angst, Ihr würdet allein zur Abtei reiten und Euch könnte etwas zustoßen. Und wenn ich ihm etwas schicke, lässt er uns vielleicht in Ruhe." Sie verschränkte die Arme vor der Brust. „Außerdem mag ich Cyrille nicht."

Die Falten auf seiner Stirn glätteten sich ein wenig. „Ach nein?"

„Nein."

„Warum nicht?"

„Nur eine Närrin würde Euch vor dem Altar stehen lassen, Mylord."

Ihr war, als hellte sich sein Blick etwas auf. Er lief zur Feuerstelle und kam wieder zurück.

„Gebt mir die Briefe."

„Ich habe sie verbrannt."

„Ich verstehe. Auf welche Weise lasst Ihr Randall Eure Nachrichten zukommen?"

„Da ist ein loser Stein unter dem Altar. Darunter verstecke ich sie, und dann lege ich einen eiförmigen Stein auf den Brunnenrand, zum Zeichen, dass ich ihm die gewünschten Informationen geliefert habe."

Er warf ihr einen weiteren nachdenklichen Blick zu, nahm seine Armbrust vom Bett und ging zur Tür. „Ich habe Rodney Anweisung gegeben, Euch freizulassen, wenn ich in vierzehn Tagen nicht zurück bin."

Ihr stockte der Atem. „Nein, Gabriel, bitte. Das ist viel zu gefährlich."

„Zerbrecht Euch nicht mehr den Kopf über diese Angelegenheit. Ich bin Euer Gemahl, und nun kümmere ich mich darum."

„Gabriel, nein, Ihr habt damit nichts zu tun."

„Doch."

„Ihr habt keine Ahnung, wozu er fähig ist. Er hat so viele, die für ihn arbeiten."

„Ich verstehe etwas davon, mich lautlos irgendwo einzuschleichen und mit Leuten fertig zu werden, die andere tyrannisieren. Ihr müsst mir vertrauen." Er klopfte auf seine Armbrust.

Ariana schwieg bedrückt.

„Ich werde Euch freilassen, wenn ich zurückkehre."

Eine Stunde später betrat Ian das Gemach, seine Schnauzbartenden hingen womöglich noch tiefer herab als sonst. „Gabriel hat mich geschickt, Euch das hier zu geben." Er warf angewidert eine Grasrose auf das Bett. „Denkt wohl, ich sei ein Botenjunge", grollte er und zog sich hastig wieder zurück.

Ariana lächelte. Also hatte Gabriel ihre Beziehung doch noch nicht verloren gegeben. Sie hob die kleine Blume an ihre Nase und sog den würzigen Grasduft ein.

28. KAPITEL

Gabriel versteckte sich hinter einer niedrigen Mauer und sah sich prüfend in der Kathedrale um. Er wartete auf die Gelegenheit, unbemerkt die Pergamentrolle unter dem losen Stein verstecken zu können.

Er vermisste sie schon jetzt, seine widerspenstige, temperamentvolle Gemahlin, und verdrängte ein leichtes Schuldgefühl, ihr die Kette nicht abgenommen zu haben. Es war zu ihrem eigenen Wohl. Er traute ihr durchaus zu, dass sie ihm nacheilen und versuchen würde, ihn von seinem Vorhaben abzuhalten.

Der Morgen war kalt und leicht nebelig. Gabriel blies sich in die Hände und rieb sie aneinander. Plötzlich musste er an Arianas Gesichtsausdruck denken, als sie gesagt hatte, sie möge Cyrille nicht, und ihm wurde warm ums Herz.

Das Klirren von Schaufeln und Hämmern durchdrang die Luft. Überall liefen Handwerker herum und stellten Messungen für den Wiederaufbau der Kathedrale an.

Übel gelaunt begutachtete er ihre Fortschritte. Am liebsten wäre er losgerannt und hätte die Kirche Stein um Stein wieder niedergerissen, als Rache für die Demütigungen, die er erlitten hatte. Mit äußerster Willenskraft zwang er sich, Geduld zu bewahren. Rache braucht Zeit, sagte er sich, um die zornige Bestie in seinem Innern zu beschwichtigen. Die Verantwortlichen würden schon noch zur Rechenschaft gezogen werden.

Vorerst wollte er nur die Nachricht als Köder hinterlegen und dann abwarten, was geschah. Wenn der Bischof käme, um sie sich zu holen, würde er ihn sich schnappen, allein und unbewacht. Das wäre viel besser, als ungeschützt in die schwer bewachten Quartiere des Bischofs vorzudringen.

Langsam zog die Sonne ihre Bahn über den Himmel. Als die Dämmerung anbrach, sammelten die Handwerker ihre Werkzeuge ein und bereiteten sich zum Gehen vor. Von seinem Versteck aus konnte Gabriel den Altar sehen, vor dem er Ariana zum ersten Mal begegnet war. Sie war wunderschön gewesen in ihrem blauen Gewand. Und erst der herrliche Anblick ihres feurigroten Haares! Er war froh, dass er ihr den Schleier abgerissen und dieser prachtvollen Haarflut die Freiheit geschenkt hatte. Im Grunde waren ihren Locken wie sie selbst – leidenschaftlich und viel zu ungezügelt.

Er konzentrierte sich wieder auf seine Aufgabe und zählte die Schritte bis zum Altar ab. Es würde nicht lange dauern, dort hinzulaufen, den Stein beiseite zu schieben, die Nachricht darunterzulegen und zu seinem Versteck zurückzueilen. Dann müsste er nur noch warten, bis der Bischof auftauchte.

Eine Stunde später war es endlich dunkel, und weit und breit war niemand mehr zu sehen. Gabriel spannte seine Armbrust, er wollte lieber kein Risiko eingehen. Tief gebückt eilte er zum Altar, versenkte die Nachricht im Versteck, hinterließ einen Stein auf dem Brunnenrand und bezog wieder Stellung hinter seiner Mauer.

Er atmete tief durch und begann zu warten.

In der Nacht fing es zu regnen an, und die Luft wurde unangenehm feucht und klamm. Gabriel stellte sich vor, wie Ariana jetzt friedlich in seinem warmen Bett schlief.

Bei Sonnenaufgang verlor Gabriel allmählich die Geduld. Den größten Teil des Tages und der Nacht waren seine Gedanken um die Frau gekreist, die an seine Lagerstätte gekettet war. Dunkles Verlangen stieg in ihm auf, während er überlegte, was er mit ihr machen sollte. Gewissensbisse regten sich in ihm, weil er ihr die Kette nicht abgenommen hatte – andererseits hatte sie sein Vertrauen schon zu oft missbraucht.

Auf jeden Fall ging er viel zu nachsichtig mit seiner Gemahlin um. Er musste sie ein wenig bändigen. Noch nie hatte er eine Frau gesehen, die so übersprudelte vor Leidenschaft – und doch so unsicher war, wie sie damit umgehen sollte. Und die so gefangen war in ihren Pflichten und ihrer Verantwortung. Sie verstand es großartig, die Burg zu verwalten und die Kinder, die Küche und den Garten in Ordnung zu halten. Tatsächlich, in dieser Hinsicht brauchte sie ihn überhaupt nicht.

Doch niemand kümmerte sich um *sie.* Sie hatte Angst vor der Dunkelheit, vor ihrem Cousin, vor ihren ureigenen weiblichen Sehnsüchten. Sie wollte nicht mehr spionieren, doch die Furcht vor Randall hinderte sie daran, damit aufzuhören. Wenn er sie dazu bringen könnte, ihm zu vertrauen und sich von ihm ein paar ihrer Bürden abnehmen zu lassen, wären sie vielleicht imstande, ein wirklich schönes Leben zu führen.

Durch die offene Kirchentür sah er plötzlich einen großen, sehr schlanken Mann auf dem Vorplatz. Ein breitkrempiger Hut beschattete sein Gesicht. Er ging zum Brunnen, sah sich ein paar Mal vorsichtig um und schlüpfte dann in die Kathedrale.

Gabriel war jetzt ganz gespannte Wachsamkeit. Das war nicht der Bischof.

Kurze Zeit später verließ der Mann das Gotteshaus wieder, und Gabriel schulterte seine Armbrust, um ihm lautlos zu folgen. Der Unbekannte lief auf ein hell erleuchtetes Fenster der Abtei zu. Irgendetwas an ihm kam Gabriel bekannt vor. Er versuchte, einen Blick auf das Gesicht zu erhaschen – und wurde gleich darauf belohnt, als der Mann stehen blieb und sich die Stirn abwischte.

Nigel!

Also war dieser Weichling zu seinem Liebhaber zurückgekehrt. Gabriel hatte eher angenommen, dass ein solcher Feigling sich eigentlich einen viel weiter entfernten Unterschlupf aussuchen würde. Wenn er ehrlich war, so ergab Nigels Rolle in diesem Spiel überhaupt keinen Sinn. Und Ariana hatte ihn leidenschaftlich verteidigt.

Von hier aus gesehen wirkte der Mann viel zu sanft und schmächtig, um ein Brandeisen schwingen zu können. Gabriel versuchte, sich jenen Tag wieder in Erinnerung zu rufen, aber das Bild war viel zu verschwommen. Fest stand, dass Nigel dabei gewesen war. Gabriel hatte beobachtet, wie er den Griff des Brandeisens berührt hatte.

Ehe Nigel die rettende Tür erreichen konnte, warf sich Gabriel auf ihn und zerrte ihn hinter einen großen Busch.

Nigel stieß einen hohen Schrei aus. „Ihr!“

„Still, verdammte Memme, sonst muss ich Euch töten.“

„Gabriel. Mylord.“ In Nigels Augen stand blankes Entsetzen. „Ich hatte nichts Schlechtes vor. Ariana hat mich befreit.“

Wie feige, die Schuld an seiner Flucht ihr in die Schuhe zu schieben. „Wo ist Euer Liebhaber, der Bischof?“

Nigel zuckte zusammen. „Er ist nicht mein Liebhaber.“

„Ach, nein?“

„Nein.“

„Ihr wart an dem Tag in der Nähe, als man mich gebrandmarkt hat.“ Sein Zorn war so übermächtig, dass er Nigel am liebsten alle Finger gebrochen hätte. Danach würde er nie wieder ein Instrument spielen können. Beim letzten Mal hatte Ariana ihn noch daran gehindert, aber nun war sie nicht da. Er fing an, Nigels Finger zusammenzudrücken.

Der Mann begann zu zittern, und ein Schluchzen entrang sich seiner Kehle. „Mylord, bitte nicht meine Hände. Ich hege keinerlei Gefühle für Arianas Cousin, das schwöre ich. Ich bin genauso in diese Sache verwickelt wie sie. Der Bischof bezahlt mich allein dafür, dass ich für ihn musiziere.“

„Ich habe Euch aber an dem Tag gesehen, an dem man mir das ‚E‘ eingebrannt hat. Ich sah, wie Ihr die Hand nach dem Brandeisen ausstrecktet.“

Nigel wurde blass. „Ich … ich war da. Ich sollte für den Bischof spielen. Der Abt ist ein schrecklicher Mensch, weiß Gott. Ich versuchte, das Eisen aus dem Feuer zu ziehen, damit es nicht so heiß werden würde. Ach, wie ich diesen Ort hier hasse.“

Nach Arianas glühender Verteidigung und beim Anblick dieses den Tränen nahen Menschen befielen Gabriel erste Zweifel. „Warum seid Ihr dann hierher zurückgekehrt?"

„Meine Fiedel ist noch hier. Ich wollte sie holen und mir dann woanders Arbeit suchen, aber der Bischof hat mich erwischt. Er sagte, ich müsse zuerst die Nachricht aus dem Versteck am Altar holen, danach würde er mich aus seinen Diensten entlassen. Falls ich mich weigerte, würde er meine Fiedel zu einem Instrument des Teufels erklären und sie verbrennen lassen. Ich konnte das nicht ertragen. Sie ist doch alles, was ich habe."

Der Himmel mochte ihm beistehen, aber Gabriel glaubte ihm. „Ihr seid also gewiss nicht der Liebhaber des Bischofs?"

Nigel schüttelte sich. „Nein."

Langsam ließ Gabriel ihn los. „Randall erpresst Ariana."

Nigel hielt erschrocken die Luft an. „Nein. Nicht Lady Ariana."

Gabriel betrachtete die zitternde Gestalt vor ihm. Er hatte noch immer nichts für verweichlichte Männer wie ihn übrig, aber er brauchte ihn. „Ihr müsst dem König berichten, was Ihr über den Bischof in Erfahrung gebracht habt."

Nigel wurde noch blasser und schüttelte den Kopf.

Gabriel begann, erneut seine Finger zusammenzudrücken.

Wimmernd sank Nigel in sich zusammen. „Bitte, nicht. Ich werde es tun. Aber das wird mich den Kopf kosten."

„Ihr kommt mit mir zurück."

„Bitte, nein! Noch einmal ertrage ich das Verlies nicht. Ich schwöre Euch, ich habe mit den Dingen, von denen Ihr sprecht, nicht das Geringste zu tun."

„Und warum wolltet Ihr Ariana heiraten?"

Nigel schluckte. „Mylord, das war nicht meine Idee."

„Das sagtet Ihr bereits."

Nigel nagte an seiner Unterlippe. „Ich war damit nicht einverstanden, bis sie mir erklärte, dass unsere Ehe nie vollzogen werden sollte."

„Wie bitte? Welcher Gemahl würde in so etwas denn einwilligen?"

Nigel holte tief Luft, und sein Gesicht lief dunkelrot an. „Ich bin Eunuch", flüsterte er.

„Eunuch?", wiederholte Gabriel erschrocken.

„Ich habe keine Liebhaber, weder Männer noch Frauen, Mylord. Meine einzige Liebe ist die Musik." Er sah Gabriel flehend an. „Bitte, sagt Ariana nichts davon. Sie ist eine leidenschaftliche, heißblütige Frau und würde es nicht verstehen."

„Wie kam es dazu?"

„Mein Vater hasste meine Liebe zur Musik. Als ich mich weigerte, mit Schwertern zu spielen oder zu kämpfen, wurde sein Zorn immer größer. Eines Nachts befahl er seinen Männern, sich auf mich zu stürzen. Dabei sagte er: ‚Wenn der Junge sich weigert, zu kämpfen wie ein Mann, dann kann er genauso gut ein Mädchen sein.'" Er schluchzte jetzt so, dass sein ganzer Körper davon geschüttelt wurde. „Danach hat meine Familie mich enteignet. Ariana ist meine einzige Freundin gewesen."

Sämtliche Verachtung für Nigel hatte sich schlagartig verflüchtigt. „Ich …" Worte kamen Gabriel nutzlos vor. Er hatte seinen eigenen Vater nicht gekannt, aber man sagte ihm, dass er dem verstorbenen Lord of Rosebriar so ähnlich sah, dass er nur sein Sohn sein konnte. Aber seinen Erzeuger nicht zu kennen, war immer noch besser als das hier. Was für Bestien waren manche Adelige, dass sie ihre Kinder so behandelten? Er klopfte Nigel auf die Schulter, und eine Weile schwiegen sie beide.

„Ihr müsst gegen den Bischof aussagen, um Ariana zu retten", versuchte Gabriel es ein weiteres Mal, als er sah, dass Nigel sich wieder halbwegs beruhigt hatte.

„Ich weiß nicht, wo ich hingehen soll, wenn ich gegen meinen Herrn aussage."

Gabriel atmete tief durch. „Ich bin mir sicher, dass Rosebriar einen Musikanten gut gebrauchen könnte."

Zum ersten Mal, seit sie miteinander sprachen, trat so etwas wie ein Hoffnungsschimmer in Nigels Augen. „Ist das wahr? Ihr würdet mich in Eure Dienste nehmen?"

„Ja."

Nigel ließ sich auf ein Knie herab, als wollte er einen Eid ablegen. „Ich schwöre bei allem, was mir heilig ist, dass ich Euch stets untertänig sein werde, wenn Ihr mich von diesem Ort wegholt. Am liebsten möchte ich die Abtei nie wiedersehen."

Gabriel fühlte Verlegenheit in sich aufsteigen, als er Nigel beim Aufstehen behilflich war. „Ihr müsst schnellstens von hier verschwinden. Unten am Fluss steht eine Kate. Meine Schwester Eleanor lebt dort allein, sie wollte nicht nach Rosebriar ziehen." Er zog einen Ring vom Finger. „Gebt ihr den und sagt ihr, ich hätte Euch geschickt, sie solle Euch Obdach bieten. Sie spricht zwar nicht, aber wenn sie diesen Ring sieht, wird sie Euch bei sich aufnehmen."

„Sie spricht nicht?"

„Das ist eine lange Geschichte. Ich erzähle sie Euch später."

„Ich kann nicht ohne meine Fiedel fortgehen."

Gabriel schnaubte. „Ich werde sie für Euch holen."

„Sie befindet sich in der Geheimkammer des Bischofs."

„Gut. Dann werde ich genau dort hingehen und sie an mich nehmen. Eigentlich hatte ich mir den Bischof vorknöpfen wollen, aber nach Euren Enthüllungen wende ich mich nun wohl lieber geradewegs an den König."

29. KAPITEL

Kindsmörder!“ Ein weißhaariges Weib unterbrach seine Arbeit im Garten und schleuderte Gabriel vernichtende Blicke entgegen, als er am nächsten Tag durch das Tor von Rosebriar ritt. Die Alte spie auf den Boden. „Elender Barbar!“

Stirnrunzelnd sah er sie an.

„Ich habe keine Angst vor Euch.“ Die Vormittagssonne fiel auf ihr strähniges Haar. Sie war alt und bucklig, aber ihre klaren blauen Augen blitzten. „Es heißt, Ihr hättet sie an das Bett gekettet. So behandelt man seine Gemahlin nicht. Es geschähe Euch recht, wenn das Kind stirbt.“

Gabriel nahm die Zügel kurz und brachte seinen Hengst zum Stehen. „Was meinst du damit, Weib? Mein Kind ist zur Welt gekommen?“ Sein Herzschlag beschleunigte sich.

„Es kam um Mitternacht, viel zu früh.“

Ihm wurde beklommen zumute. Es war wirklich noch zu früh. Ariana war bei bester Gesundheit gewesen, als er aufgebrochen war. Es war noch lange nicht ihre Zeit. „Ist mein Kind tot zur Welt gekommen?“

„Nein, aber ein so winziges Kind wird nicht lange leben. Horcht, es ertönen bereits Klagelieder.“ Sie bückte sich, rupfte weiter Unkraut heraus, und für einen Moment glaubte Gabriel, sie wolle es ihm an den Kopf werfen. In der Ferne vernahm er die klagenden Töne eines Dudelsacks.

Im Galopp trieb er sein Pferd auf den Bergfried zu. Das Kind tot? Lieber Gott, nein! Sofort schnaubte er verächtlich auf. Gott erhörte Bastarde nicht, hatte er das nicht längst gelernt?

„Gabriel.“ Am Fallgatter traf er auf Rodney. Tiefe Furchen waren in seine Stirn gegraben, und sein eines Auge war blutunterlaufen und glanzlos.

Gabriel schwang sich hastig vom Pferd und warf die Zügel einem Stallburschen zu. „Was ist mit meinem Kind?“

„Schon bald nach Eurem Aufbruch setzten bei Ariana die Wehen ein.“ Rodney rannte hinter ihm her, als Gabriel in die Burg stürmte und zwei Stufen auf einmal nehmend die Treppe zu Arianas Gemach hinaufeilte.

„Warum hat man mir keinen Boten geschickt?“

„Wir haben sogar drei losgeschickt. Zwei konnten Euch nicht finden, der dritte ist noch nicht zurückgekehrt.“

„Lebt das Kind noch?“

„Es hat viel Blut gegeben“, wich Rodney aus.

„Und meine Gemahlin?“

„Sie versucht, sich zu erholen.“ Rodney starrte auf den Boden.

Die Schuldgefühle drohten Gabriel zu überwältigen. Wie hatte er sie nur allein lassen können? Und noch dazu ans Bett gekettet?

Rodney spielte mit dem Heft seines Kurzdolchs. „Man hat bereits nach dem Priester gerufen.“

In Windeseile erreichte er ihr Gemach. Die Tür war verriegelt, er rüttelte kräftig daran. „Ariana!“

Er hörte sie leise aufschreien.

Verzweifelt hämmerte er mit der Faust gegen die Tür. „Aufmachen, sofort, oder ich trete die Tür ein.“

„Auch das noch“, hörte er jemanden murren. Glenna, die Hebamme. Er erkannte ihre Stimme.

Er nahm Anlauf und rammte die Tür mit der Schulter. Sie blieb verschlossen.

„Hört auf“, rief Ariana.

Wieder warf er sich gegen die Tür. Diesmal knarrte sie in den Angeln.

„Da soll doch …“, schimpfte Glenna aus dem Gemach.

Mit aller Kraft warf er sich ein drittes Mal an die Tür, und dieses Mal gab sie nach und fiel mit lautem Krachen ins Gemach auf den Boden.

Glenna sah ihn wütend an. „Was sollte das? Ich war doch auf dem Weg."

„Gabriel." Ariana lag im Bett und runzelte die Stirn. Sie drückte ein winziges Bündel an ihre Brust. „Das war nun wirklich nicht nötig."

Ihr Haar sah aus, als hätten Ratten darin genistet, und ihre Haut war fleckig, als hätte Ariana seit Tagen nicht geschlafen. Auf dem Frisiertisch türmten sich blutbefleckte Tücher.

„Ich habe Euch doch gesagt – schließt mich niemals aus." Außer sich vor Sorge, trat er an ihr Bett. Sie hatte dunkle Ringe unter den Augen und wirkte völlig erschöpft. Zu erschöpft, um sich um ein Neugeborenes kümmern zu können. „Wo ist mein Kind?"

„Ihr brauchtet wirklich nicht die Tür einzutreten."

Er wollte etwas erwidern, doch in dem Moment verrutschte das Tuch um das Bündel und ein runzliger Säugling wurde sichtbar. Er war so klein, dass er mühelos in Gabriels Handfläche gepasst hätte. Großer Gott, warum hatte er sie bloß allein gelassen? Eine Weile konnte er nichts sagen. „Das Kind lebt?"

Wie auf ein Stichwort hin schlug das Kleine die Augen auf. Es lebte! Sein Kind war am Leben! Am liebsten hätte er die Arme in die Luft gereckt und einen Triumphschrei ausgestoßen. Stattdessen blieb er wie angewurzelt stehen und betrachtete das Neugeborene.

Sein Gesicht ähnelte einer missgestalteten Pflaume. Es war dunkelrot, schimmerte aber gleichzeitig gelblich und war vollkommen verrunzelt. Der Kopf wirkte merkwürdig in die Länge gezogen. Ohne jeden Zweifel war es das schönste, vollkommenste und wunderbarste Geschöpf, das er je gesehen hatte. „Donnerwetter", stieß er schließlich hervor, ihm fiel nichts anderes ein.

Das Bündel bewegte sich, aber es wirkte matt und sah tatsächlich ziemlich gelb aus. Ariana warf Gabriel einen vorwurfsvollen Blick zu. „Müsst Ihr denn so laut sein?"

Er streckte die Arme nach dem Kind aus, aber Glenna stellte sich vor ihn. „Wascht Euch erst die Hände", schimpfte sie.

Er starrte auf seine von der Reise schmutzigen Finger und kam sich vor wie ein unbeholfener Tölpel. Trotzdem bedachte er Glenna mit einem scharfen Blick; sie brauchte ja nicht zu wissen, dass er ihr Recht gab.

Er richtete sich auf, ging zur Tür und sah den Flur hinunter. „Rodney, hierher! Der Dudelsackspieler soll mit seinen Klageliedern aufhören, und der verdammte Priester braucht auch nicht zu kommen. Mein Kind lebt."

„Aber, Sir, ein so winziges Geschöpf wird den Tag nicht überleben."

„Ich habe schon viele dieser Art gesehen. Keines hat es geschafft. Es wäre besser, den Priester zu holen", bemerkte Glenna.

„Mein Kind wird *nicht* sterben." Nicht, wenn ich es verhindern kann, schwor er sich grimmig.

Rodney wiegte voller Bedenken den Kopf. „Lasst es lieber taufen, damit seine Seele den Himmel betreten kann."

„Du hältst den verdammten Priester von meinem Kind fern. Es braucht Nahrung und Wärme, keine Taufe. Los, verschwinde. Das Begräbnis ist abgesagt."

Rodney verschwand achselzuckend.

Gabriel kehrte zum Bett zurück, schlang die Hände um den Bettpfosten und beugte sich vor, um das Kind besser sehen zu können. Es würde leben. Es musste leben. Eines der Kissen rutschte vom Bett, und das Kind rang nach Luft.

„Wollt Ihr es nicht stillen?", fragte er.

„Sie bekommt kaum Luft, wie soll sie dann trinken?" Ariana blickte besorgt auf ihre winzige Tochter.

Gabriel legte die Armbrust auf das Bett, ging zum Waschtisch und goss Wasser aus einem silbernen Krug in die Schüssel, um sich die Hände zu waschen. Sorgfältig trocknete er sich ab, ehe er wieder zu Ariana und seiner Tochter zurückkehrte. „Gebt mir das Kind."

Glenna stellte sich zwischen ihn und das Bett. „Lasst uns in Ruhe. Hier ist momentan kein Platz für Männer. Lasst sie doch wenigstens die wenigen Augenblicke mit ihrem Kind genießen, die ihr noch bleiben."

Eine alte Wunde riss in ihm auf.

„Ihr seid hier nicht willkommen", teilte Glenna ihm mit. „Nur ein Ungeheuer lässt seine Gemahlin ans Bett gekettet zurück." Sie wandte ihm den Rücken zu und tupfte Ariana mit einem feuchten Lappen die Stirn ab. „Ganz ruhig, Mylady."

Ariana war sehr blass. Sanft wiegte sie das Kind in ihrem Arm. „Atme, mein Kleines, bitte, atme", murmelte sie.

„Ans Bett gekettet", wiederholte Gabriel benommen. „Aber Rodney hatte doch den Schlüssel."

„Das hat uns sehr viel genützt, weil Ihr ihm die Anweisung erteilt habt, sie erst nach vierzehn Tagen zu befreien." Sie warf ihm einen vernichtenden Blick zu.

„Rodney hat doch nicht etwa …" Die Kette klirrte, und damit war seine Frage auch schon beantwortet.

„Er ist ein verdammt sturer Narr. Er sagte, wenn er die Fußfessel löse, müsse er in ihrer unmittelbaren Nähe bleiben. Das hätte uns gerade noch gefehlt, dass dieser Rüpel uns vor den Füßen herumgelaufen wäre." Schimpfend huschte die Hebamme um das Bett und hob Tücher vom Boden auf. Gabriels Gewissen erdrückte ihn fast. „Besser, Ihr verschwindet einfach. Wir können Euch hier nicht gebrauchen." Sie zeigte zur Tür.

„Ich werde nicht weggehen."

Das Kind öffnete greinend den Mund. Es brauchte unbedingt Milch.

„Nun stillt sie doch", verlangte Gabriel.

Ariana sah ihn aufgebracht an und nickte dann ebenfalls Richtung Tür. „Gabriel, lasst uns allein. Sucht jemanden, der die Tür wieder repariert."

Verzweiflung machte sich in ihm breit. Er packte Glenna bei den schmalen Schultern und hob sie einfach zur Seite.

„Hört auf, Gabriel." Ariana strich sich eine Haarsträhne hinter das Ohr. „Jetzt ist nicht die Zeit, männliche Arroganz an den Tag zu legen."

Das Kind strampelte schwach, seine Atemnot verschlimmerte sich.

Gabriel streckte die Hände nach ihm aus, aber Ariana wehrte ihn mit dem Ellenbogen ab. „Lasst das!"

In diesem Moment kam Margaret ins Gemach geeilt. „Großer Gott!" Sie rang die Hände. „Euer Cousin, der Bischof, ist eingetroffen. Ich sagte ihm, Ihr liegt im Kindbett, aber er meinte, er sei gekommen, um das Kind zu segnen und Euch gute Nachrichten zu überbringen."

„Mein Cousin", rief sie.

„Randall", stieß Gabriel gleichzeitig hervor.

Das Kind hörte auf, sich zu bewegen, und wurde ganz schlaff. „Um Gottes willen", murmelte Ariana und massierte verzweifelt die kleine Brust.

„Ich habe ihn gebeten, unten zu warten", fuhr Margaret hastig fort. „Grundgütiger. Ich habe noch nie so einen großen Tross gesehen. Pferde, Truhen, Juwelen, Bedienstete – er muss reicher sein als der König."

Ariana drückte ihr neugeborenes Kind an sich, das soeben wieder zu atmen begonnen hatte. Die Ankunft ihres Cousins verhieß nichts Gutes. Sie sah Gabriel an. „Wo ist Jason?"

Laute Schritte ertönten im Flur. Rodney stürzte ins Gemach. „Verzeiht. Ich habe versucht, sie aufzuha…"

Zu spät. Der Bischof schob ihn zur Seite und marschierte

mit einer ganzen Armee von Wachen ins Gemach.

Ariana setzte sich auf und hielt die Arme schützend um ihr Kind geschlungen. Wenn sie gekonnt hätte, wäre sie aufgesprungen und geflohen. „Cousin!“ Sie fühlte sich auf einmal noch schwächer, als sie es sowieso schon war. Großer Gott, sie würden alle sterben, wenn es in ihrem Gemach zu einem Blutbad käme. Wütend sah sie die vielen Männer an. „Haltet ein!“

Gabriel warf ihr einen Seitenblick zu. „Damit habt Ihr nichts zu schaffen, Gemahlin. Das hier ist Männersache.“

„Nein, *Gemahl.* Es wird Frauensache, wenn ihr Kind darin verwickelt wird.“ Sie zog rasch die Bettdecke höher und verdeckte das Gesicht ihrer Tochter. Die Männer brauchten ja nicht gleich zu sehen, *wie* verwundbar sie war. „Hinaus mit Euch, und zwar alle.“ Die Kette klirrte leise. „Gabriel ...“, begann sie bittend, aber er bedachte sie nur kurz mit einem warnenden Blick. Sie schwieg. Angekettet oder nicht, vor den Leuten des Bischofs würde sie sicher nicht mit ihm streiten.

„Lady Ariana of Rosebriar,“ Randall ging auf sie zu, „ich bin hier im Namen der Heiligen Kirche von Rom. Ihr seid des Mordes an Eurem Gemahl Ivan of Rosebriar angeklagt. Das hier ist Robert of Lionsgate, der Landvogt der Grafschaft. Er wird Euch jetzt in Gewahrsam nehmen.“

Ein großer Mann mit einer Knollennase trat vor, eingerahmt von zwei schwer bewaffneten Wachen.

Ariana stockte der Atem.

Bevor die Männer sie erreichen konnten, stellte Gabriel sich ihnen in den Weg.

Der Saum der Bischofsrobe raschelte über den Teppich, und der Duft von Weihrauch breitete sich im Gemach aus. „Gabriel“, schnurrte Randall. „Bitte, tretet zur Seite. Wir haben unsere Anweisungen. Außerdem müssen wir Euch zum Tod des Abtes von Thornbury ein paar Fragen stellen.“

Gabriel zog seinen Dolch und richtete ihn auf den Bischof.

„Verschwindet, bevor ich Euch das Herz herausschneide."

Der Bischof wandte sich an den Mann, der neben ihm stand und die Robe eines Gelehrten trug. „Blasphemie gegen einen Diener der Kirche. Habt Ihr das aufgeschrieben?"

„Hinaus!", brüllte Gabriel. „Sonst zerreiße ich Euch mit bloßen Händen."

Die Wachen des Bischofs zogen ihre Schwerter.

Ariana zuckte zusammen. Gabriel schien wütend genug, sie alle umbringen zu wollen, aber es waren viel zu viele.

Randall machte ein höhnisches Gesicht. „Ergebt Euch. Wir sind in der Überzahl."

Gabriel nahm die Dolchspitze zwischen die Finger und holte aus. „Ich brauche nur Euch zu töten."

Zwei Wachen stellten sich vor den Bischof und zückten die Schwerter. Gabriel tat einen Schritt zur Seite, um besser zielen zu können. Ariana hielt den Atem an, als die Wachen näher kamen. Das Kind strampelte in ihrem Arm, es atmete jetzt kräftiger.

Gabriel schleuderte den Dolch genau in dem Moment, als sich einer der Männer auf ihn stürzen wollte. Er versank bis zum Heft in der Schulter des Bischofs.

Randall quiekte schrill. „Tötet ihn!"

Ariana schrie erschrocken auf, als sich einer der Männer auf Gabriel stürzte und gegen die Wand drängte. Mit einem einzigen Schwung stieß Gabriel ihn zur Seite und wirbelte gerade noch rechtzeitig herum, um dem Schwerthieb eines weiteren Angreifers auszuweichen. Einen dritten stieß Gabriel mit solcher Wucht gegen die Wand, dass er davon abprallte und gegen ihr Bett rempelte.

Am anderen Ende des Gemachs hielt Randall sich die Schulter. Er fletschte die Zähne, Blut rann an seinem Arm herunter.

Verzweifelt sah Ariana sich nach etwas um, womit sie Gabriel zu Hilfe kommen könnte. Unter der Bettdecke lugte der Abzug der Armbrust hervor. Die Waffe war zugedeckt worden, als sie die Decke hochgezogen hatte, um ihr Kind zu verbergen.

Sie legte das Kind vorsichtig neben sich und griff nach der Armbrust. Aber wenn sie einen umbrachte, rückte doch bestimmt sofort ein anderer nach, oder? Ihre Hand zitterte. Und was war, wenn sie aus Versehen Gabriel traf?

Großer Gott. Sie beobachtete Randall, der gespannt den Kampf verfolgte. Niemand achtete auf sie. Jetzt bot sich die Gelegenheit. Wenn er tot wäre, hätten seine Leute keinen Anführer mehr, und vielleicht konnte Gabriel die allgemeine Verwirrung zu seinem Vorteil nutzen. Ihre Entscheidung war gefällt. Sie hob die Armbrust an und zielte auf Randalls Brust. Sie wollte nie wieder Angst vor ihm haben müssen.

Er drehte sich zu ihr um, als hätte er etwas geahnt. „Cousine …"

Ariana atmete tief durch und drückte ab.

30. KAPITEL

Der Bolzen schlug mit einem dumpfen Laut ein. Randall brüllte auf. Gabriels Angreifer wandten sich verblüfft ab und verschafften ihm so die Gelegenheit, sich freizukämpfen, genau wie Ariana erhofft hatte. Der Bischof starrte sie eine Weile mit großen Augen an, ehe er auf die Knie sank.

Sie stöhnte leise und begann zu zittern. Schon wieder hatte sie einen Mann getötet.

Das Kind rang nach Luft. Ariana drückte es an sich und rieb fest über die kleine Brust, damit ihm das Atmen leichter fiel.

Mit aller Kraft versetzte Gabriel dem nächststehenden Mann einen Hieb auf den Kopf. Zwei andere liefen los, um sich um ihren Herrn zu kümmern. Ein weiterer legte einfach die Waffe ab und warf dem Bischof einen verächtlichen Blick zu, als wäre er froh über seinen Tod. Die anderen standen nur reglos herum und sahen fassungslos zwischen Ariana und dem gefallenen Kirchenmann hin und her.

Alles in ihr zog sich zusammen, sie war auf einmal todmüde. Die Umrisse des Gemachs verschwammen vor ihren Augen, aber sie zwang sich, wach zu bleiben, damit sie weiter die Brust des Kindes massieren konnte.

Laute Schritte ertönten vom Flur her, doch je näher sie kamen, desto leiser schienen sie zu werden. Ariana fühlte sich schwach, ihr war schwindelig.

Gabriels Männer drängten ins Gemach. Rodneys Auge funkelte vor Zorn, als er das Schwert hochhielt. „Herr, sie hatten uns umzingelt. Wir mussten uns erst freikämpfen, aber wir haben es geschafft."

Die verbliebenen Wachen des Bischofs tauschten vielsagende Blicke und legten die Waffen nieder. „Hatte ohnehin nie viel für das fette Schwein übrig", murmelte einer von ihnen.

Gabriel sah seine Männer an. „Dem Himmel sei Dank, dass

ihr so tüchtige Kämpfer seid. Ich hatte noch keine Zeit, so viele Krieger anzuwerben, wie wir eigentlich benötigen."

Die Stimmen wurden leiser. Ariana hatte nicht mehr die Kraft, den Kopf zu heben, und ihr war, als befände sich Sand unter ihren Lidern.

„Schafft dieses Ungeheuer fort." Gabriel stieß mit dem Stiefel gegen die Leiche des Bischofs. „Und seine Männer treibt ihr in der großen Halle zusammen."

Arianas Magen krampfte. Das Bett fühlte sich feucht und klebrig um sie herum an. Als sie nach unten blickte, entdeckte sie einen großen Blutfleck auf dem Laken unter ihren Hüften. Das Blut schien in einem nicht enden wollenden Fluss aus ihr herauszuströmen. Ihr Magen krampfte erneut, und sie erbrach sich auf das Bettzeug.

„Mylady!" Glenna nahm ihr hastig das Kind ab.

Ariana stöhnte, ihr fielen die Augen zu. Sie spürte einen Arm um sich. Jemand tupfte ihr vorsichtig das Gesicht ab.

Dann wurde alles schwarz um sie.

Drei Wochen später stand Gabriel vor dem schmucklosen Grabhügel aus Steinen. Die Sorge um Ariana, die immer noch krank daniederlag, hatte ihn aus dem Bergfried getrieben, und er war hergekommen, um nachzudenken.

Kein Kreuz oder Grabstein aus Marmor markierte das Grab. Es war nur eine Ansammlung von Steinen unter einer Eiche.

Die letzte Ruhestätte seiner Mutter.

Sie hatte ihren Lebensunterhalt als Dirne verdient und alle ein bis zwei Jahre ein Kind zur Welt gebracht. Nach dem letzten Kind war sie schließlich einer Blutkrankheit erlegen. Kein Gotteshaus hätte es zugelassen, dass eine Dirne ein Grab auf seinem Friedhof erhielt. Obwohl die Kirche stets betont hatte, sie wäre keine gute Frau gewesen – als schlecht konnte man sie auch nicht bezeichnen. Sie hatte immer alles getan, damit ihre

Kinder nicht verhungern mussten.

Gabriel kniete am Grab nieder, und in seinem Herzen war eine tiefe Müdigkeit. Nie war er sich seiner Wurzeln deutlicher bewusst als in den letzten Wochen.

Ariana lag im Bett, schwach und immer wieder blutend. In einem Zustand zwischen Schlafen und Wachen stöhnte sie und schlug mit den Armen um sich. Voller Schuldgefühle verfolgte er, wie sie von Tag zu Tag blasser und schwächer wurde. Wie hatte er sie nur ans Bett gefesselt zurücklassen können, als er sich auf die Jagd nach Nigel gemacht hatte?

Das Grab seiner Mutter erinnerte ihn einmal mehr daran, dass er der Sohn einer Dirne war. Kein Adeliger, kein Lord. Vielleicht hatte Cyrille recht gehabt mit ihrer Bemerkung, er sei kein würdiger Gemahl.

Wieder sah er Ariana vor sich, wie sie stolz und zornig vor dem Altar gestanden hatte, als er sie zur Hochzeit zwang. Ich hasse Euch, hatte sie damals gesagt. Und als er nach der Geburt des Kindes in ihr Gemach gekommen war, hatte sie ihn aufgefordert zu gehen.

Seine Schultern zuckten. Plötzlich verspürte er das Bedürfnis zu beten. Er kannte keine richtigen Gebete. Man hatte ihm von klein auf erklärt, dass Gott die Gebete derer, die in Sünde geboren wurden, nicht erhörte. Aber vielleicht machte Gott ja dieses eine Mal eine Ausnahme.

Er faltete die Hände und senkte den Kopf. *Gott, bitte lasse sie leben. Lass sie nicht für meine Untaten büßen.* Das war das erste Gebet, das er seit vielen Jahren sprach, und er wusste nicht, ob er es richtig gemacht hatte. Vielleicht gehörte mehr dazu, als nur um etwas zu bitten. Das Kind war jetzt kräftiger, es würde älter und stärker werden. Es gab keinen Grund, sich länger in Arianas Leben einzumischen.

Erneut neigte er den Kopf und beendete sein Gebet. *Dann werde ich fortgehen und sie nie wieder belästigen.*

31. KAPITEL

Ariana blinzelte. Sie fühlte sich entsetzlich schwach. Ein paar Locken klebten an ihrer Stirn, doch als sie die Hand hob, um sie wegzustreichen, hatte sie kaum die Kraft dazu.

„Grundgütiger, Herrin!“, hörte sie Margarets besorgte Stimme. „Ihr seid wach?“

Es fiel Ariana furchtbar schwer, die Augen ganz zu öffnen, und als sie ihren Kopf der Köchin zuwandte, machte sich ein dumpfes, schmerzhaftes Pochen hinter ihren Schläfen bemerkbar. „Margaret?“ Ihre Stimme war kaum mehr als ein Krächzen.

„Gott sei Dank. Wir haben uns solche Sorgen um Euch gemacht, Herrin.“

Das Gemach drehte sich um sie, und sie musste ein paar Mal tief durchatmen, ehe sie die Augen wieder aufmachen konnte.

„Wo ist mein Kind?“ Ihr Mund war völlig ausgetrocknet.

„Es ist bei Beth.“

„Es lebt?“

„Ja. Glenna glaubte, wie wir alle, das Kind würde sterben. Es war so winzig. Euer Gemahl wollte jedoch nichts davon hören. Er behielt die Kleine Tag und Nacht bei sich; er wärmte sie mit seinem eigenen Körper und sorgte dafür, dass sie Milch zu trinken bekam. Ehrlich gesagt, ich habe noch nie erlebt, dass ein Mann so um das Leben eines derart schwachen und kleinen Kindes gekämpft hat, vor allem um das eines *Mädchens.*“

Ariana lächelte matt. Das sah Gabriel ähnlich, sich so um die zu sorgen, die unter seiner Obhut standen. „Wo ist Mylord?“

„Er ist fort, Herrin. Seit gut drei Wochen.“

„Fort?“ Sie setzte sich mühsam auf, doch davon wurde ihr übel, und sie ließ sich wieder zurücksinken. „Wohin? Wie lange habe ich geschlafen?“

„Wochen, Herrin. Mehr als einen Monat.“

„Wochen?“ Sie sah Margaret erstaunt an.

„Wir haben Euch Brühe und Wasser eingeflößt, aber nur manchmal habt Ihr kurz die Augen geöffnet“, ließ sich nun Dionne vernehmen.

„Das stimmt. Und Francine hat Euch gewaschen und Euer Haar gebürstet“, fügte Edwina hinzu.

„Aber ...“ Ihr war, als hätte sie nur kurze Zeit geschlafen, und sie war immer noch vollkommen erschöpft. „Was ist mit Gabriel?“

„Er ist fort und hat seine ganze Geschwisterschar mitgenommen. Er meinte, Ihr hättet recht gehabt, er wäre kein würdiger Burgherr.“

„Kein würdiger Burgherr?“

„Weil es ihm nicht gelungen ist, Euch zu beschützen. Weil er Euch ans Bett gekettet hat. Weil ...“

Gabriel hatte sie verlassen. „Wohin ist er gegangen?“

Edwina sah Dionne an, die wiederum Margaret anblickte. „Das weiß niemand, Mylady. Er hat ein paar Männer zur Verteidigung der Burg dagelassen, aber nicht einer weiß, wo er hingegangen ist.“

„Was ist mit Samantha? Myron?“

„Sie sind ebenfalls nicht mehr hier.“

Ariana wurde es schwer ums Herz. „Aber irgendjemand muss doch ...“

„Er ist ein Mann, der in der freien Natur zu Hause ist. Rodney sagt, wenn er nicht gefunden werden will, kann man ihn auch nicht aufspüren.“

„Ich muss ihn suchen.“

„Ach, Herrin, das ist sinnlos. Wir haben schon alle vergeblich nach ihm Ausschau gehalten. Seine Geschwister sind wieder in ihrer alten Kate.“

Trotz ihres rebellierenden Magens setzte Ariana sich auf. In Gedanken hörte sie Gabriels Stimme. *Das ist ein verwunschener Ort. Hier bin ich hergekommen, nachdem mir meine Finger abgetrennt worden waren.*

Der Wasserfall!

„Edwina, sei mir beim Aufstehen behilflich."

„Mylady, ich finde, Ihr solltet lieber im Bett bleiben."

„Großer Gott. Grundgütiger. Bitte, steht nicht auf, Herrin."

„Das ist nicht gerade vernünftig."

Ariana blickte von einer Frau zur anderen, und ihr wurde warm ums Herz, weil sie so besorgt um sie waren. „Helft mir auf", beharrte sie dennoch. „Ich brauche etwas zu essen."

„Sofort, Herrin. Ich bin schon unterwegs." Margaret sah ausgesprochen erleichtert aus.

Mit unsicheren Beinen stand Ariana auf. Gabriel war schon fast einen Monat fort? Sein Fortgehen ergab keinen Sinn für sie, und sie empfand eine Mischung aus Ärger und Verzweiflung. Erst hatte der Mann ihre Burg mit Gewalt übernommen und nun verschwand er einfach? Unmöglich! Stirnrunzelnd versuchte sie, aufrecht zu stehen, ohne sich am Bettpfosten festzuhalten. Ihre Knie zitterten zwar, aber ihre Beine trugen sie.

„Soll ich den Badezuber bringen lassen, Mylady?" Edwina streckte schon die Hand nach dem Glockenstrang aus.

„Ja, bitte."

Je mehr sie sich bewegte, desto stärker fühlte sie sich. Margaret brachte ihr Brühe, Käse und Brot, und auch diese Mahlzeit brachte ihr wieder ein Stück Kraft zurück. Sie zog frische Gewänder an und ließ sich das Haar bürsten und flechten.

Drei Wochen später hatte sie sich so weit erholt, dass sie zu den Stallungen gehen konnte, um sich auf die Suche nach Gabriel zu machen.

Die Tage verliefen ruhig. Zu ruhig. Das Leben kam ihr eintönig und farblos vor ohne die herumtobenden Kinder und das Lachen der Männer. Sie vermisste Gabriels kleine Geschenke, die Wildblumensträuße und die Grasrosen. Das waren alles Dinge, die sie sich von ihrem Gold nicht kaufen konnte.

„Mylady, Ihr wart krank“, gab Tom zu bedenken und versuchte, sie von ihrem Vorhaben abzuhalten.

„Unsinn. Mir geht es wieder so gut wie früher.“ Und das stimmte. Nach den ersten Tagen der Schwäche fühlte sie sich derart ausgeruht, als hätte sie monatelang geschlafen. Sie lächelte vor sich hin. Tatsächlich hatte sie dies auch getan, zumindest einige Wochen lang.

Jason war wohlauf, aber Gareth schien ihm zu fehlen. Der Hund war noch da, und die beiden spielten oft im Außenhof mit dem Lederball.

Jede Nacht ohne Gabriel kam ihr qualvoller vor als die vorangegangene. Ihre Albträume kehrten zurück, und sie ließ wieder eine Kerze brennen, wenn sie schlief.

Tom sattelte Lacey für sie und half ihr beim Aufsitzen. „Vielleicht sollte Euch jemand begleiten.“

Sie schüttelte den Kopf. „Nein, ich reite allein.“

Als sie das Wasser rauschen hörte, besserte sich ihre Stimmung. Ariana ließ sich auf die Knie herab und kroch unter dem Busch hindurch auf den Wasserfall zu. Hoffentlich hatte sie sich nicht geirrt.

Zaunkönige und Rotkehlchen zwitscherten. Der Ort war so verwunschen, wie sie ihn in Erinnerung hatte. Der Weiher lag glitzernd im Sonnenlicht; dort, wo der Wasserfall auftraf, schillerte ein kleiner Regenbogen.

Farn, Bäume, Büsche, Vögel, Libellen und der herrliche Fingerhut – aber von einem Menschen war nichts zu sehen. Nicht einmal ein Anzeichen, das hier jemand gelagert hatte.

Ihr Herz wurde schwer. „Gabriel?“

Stille.

Sie war sich so sicher gewesen, dass er hier war. Seufzend zog sie sich die Schuhe aus und kletterte auf den flachen Felsen, auf dem sie und Gabriel sich das erste Mal geliebt hatten. Verloren starrte sie auf das Wasser.

Er war vor fast zwei Monaten fortgegangen. In dieser Zeit konnte ein Mann eine große Strecke zurücklegen. Sie ließ die Beine baumeln und tauchte die Füße ins warme Wasser. So vieles war zwischen ihr und Gabriel vorgefallen. Vielleicht war er ja gar nicht gegangen, weil er glaubte, ein unwürdiger Burgherr zu sein. Vielleicht war er gegangen, weil er nicht auf Rosebriar bleiben wollte.

Sie erinnerte sich daran, wie fehl am Platze er bei Lord Roberts Bankett gewirkt hatte. War er nach der Geburt des Kindes und der wochenlangen Sorge um die Kleine zu dem Schluss gekommen, dass er keine so engen Bindungen wollte?

Sie öffnete langsam ihr Mieder. Das Wasser sah einladend und warm aus. Vielleicht vertrieb es etwas von der Kälte in ihrem Innern.

Als sie sich ihrer Gewänder entledigt hatte, tauchte sie in den See ein, legte sich auf den Rücken und sah zum Blätterdach der Bäume empor. Gabriel, Gabriel. Sie hatte schon einmal geglaubt, ihn verloren zu haben. Wie sollte sie das nur wieder ertragen? Sie schloss die Augen und ließ sich im Wasser treiben.

„Ariana?“

Erschrocken schlug sie die Augen auf und ließ die Füße auf den Grund des Weihers sinken.

Gabriel stand auf dem Felsen, mit nacktem Oberkörper und Lederbeinlingen. Er war barfuß und – ganz real! Er hatte sich einen kurzen Vollbart wachsen lassen. Ihr Herzschlag stockte. „Mylord.“

„Was macht Ihr hier?“

Sie watete durch das seichte Wasser auf ihn zu. „Ich bin Euretwegen hier.“

Gabriel starrte seine nackte Gemahlin an. Das Wasser hatte ihre Locken geglättet, und das Haar fiel ihr dunkel und schwer über den Rücken. Eine Strähne lag über ihrer Brust. Ihre Alabasterhaut schimmerte im Sonnenlicht.

„Geht dorthin zurück, wo Ihr hergekommen seid, Ariana. Das ist meine Welt. Ihr gehört nicht hierher.“

Jetzt kam sie ganz aus dem Wasser. „Ich bin Euretwegen erschienen“, wiederholte sie.

„Ich bin kein Edelmann.“

„Ihr seid der Herr von Rosebriar.“

„Ihr habt Besseres verdient.“

Sie kletterte auf den Felsen. Das Wasser rann an ihrem lilienweißen Körper herab. Gott, wie schön sie war.

„Ich brauche Euch.“ Sie streckte die Hand nach ihm aus.

„Nein, Ihr braucht mich nicht. Ihr habt genug Vermögen und Verstand, um Euch selbst versorgen zu können.“

„Ich war vor Euch schon drei Mal verheiratet. Ich glaube, ich kann besser beurteilen als Ihr, was ich benötige.“ Sie berührte ihn, Wasser tropfte von ihren Fingern. „Ich schlafe besser, wenn Ihr bei mir seid. Dann sind die Dämonen der Nacht verschwunden.“

„Ariana.“ Er wich zurück. „Beinah hätte ich Euch und unser Kind getötet. Und ich habe mich geweigert, in Bezug auf Nigel auf Euch zu hören. Ich bin ein schlechter Gemahl.“

„Ihr seid hierhergekommen, um Euch selbst zu bestrafen?“

Wie sollte er ihr nur erklären, unter welch quälenden Schuldgefühlen er litt? Oder von seinem Gebet und seinem Versprechen erzählen, das er Gott gegeben hatte? Stirnrunzelnd sah er über das Wasser, um sich von ihrer Nacktheit abzulenken.

„Ich habe gehört, was Ihr für unser Kind getan, wie liebevoll Ihr Euch darum gekümmert habt. Auf die gleiche Art sorgt Ihr Euch um alle, die unter Eurer Obhut stehen. Wie könnt Ihr da sagen, Ihr wärt ein schlechter Gemahl oder Burgherr?"

Er schüttelte den Kopf. Er hatte zu viel Unheil angerichtet, und das Schuldgefühl lastete auf ihm wie ein schwerer Stein. „Ihr wärt beinahe gestorben."

„Seht mich an, Gabriel." Sie legte die Hand auf seinen Unterarm. „Ich bin nicht gestorben. Ich bin hier."

Er hätte sie gern in die Arme genommen, aber er wagte es nicht. Wie sollte er dann sein Versprechen halten? Er erinnerte sich wieder daran, wie verzweifelt er gewesen war. „Ihr wart so krank, und ich hatte solche Angst."

Sie stemmte eine Hand in die Hüfte und sah ihn eindringlich an. „Einst habt Ihr mir gesagt, wir hätten noch ein ganzes Leben lang vor uns, um die Lust unserer Körper zu erkunden. Wollt Ihr Euer Versprechen jetzt schon brechen?"

Erregung durchzuckte ihn bei ihren Worten. Er wusste, dass sein Fleisch nicht stark genug war, ihr widerstehen zu können. „Wie könnt Ihr mich immer noch wollen?", fragte er.

„Wenn ich bei Euch bin, habe ich keine Albträume mehr. Meine Angst vor der Dunkelheit ist verschwunden, genau wie meine Angst vor Männern."

Er streckte zögernd die Hand aus und strich über die weiche Haut ihrer Arme. Eine rote Haarsträhne ringelte sich um sein Handgelenk. Ich werde sie nur ganz kurz berühren, schwor er sich. Seine raue gebräunte Haut bildete einen scharfen Kontrast zu ihrer seidigen Alabasterhaut. Ariana sah aus wie aus feinstem zerbrechlichen Porzellan gemacht.

Lächelnd schlang sie die Arme um seinen Nacken und zog ihn an sich. „Ich habe Euch vermisst", flüsterte sie.

Er gab auf. Er konnte ihr nicht widerstehen, genauso wenig wie er das Atmen aufgeben konnte. Er küsste sie und genoss es, wie bereitwillig sie ihm ihre Lippen öffnete. „Ich habe Euch auch vermisst", murmelte er nach einer Weile. „Meine geliebte, süße Ariana." Sehnsüchtig strich er ihr über den Rücken. Er wollte ihr all die Wonnen schenken, nach denen sie sich sehnte, um ihr zu zeigen, wie viel sie ihm bedeutete.

Lächelnd zog sie an den Schnüren seiner Beinlinge. „Ich begehre Euch so sehr. Ich hatte Angst vor dem, was zwischen einer Frau und einem Mann geschieht, bis Ihr mich gelehrt habt, dass es Lust für uns beide geben kann."

Seine Erregung nahm weiter zu, falls das überhaupt noch möglich war – aber er wollte nichts überstürzen. Sie ist mein, rief eine innere Stimme triumphierend, aber er wusste, dass das nicht stimmte. Er hatte vor Gott ein Gelübde abgelegt. Wenn ihr Liebesspiel vorüber war, würde er sie gehen lassen.

Sehnsuchtsvoll ließ er seine Hände über ihren Rücken streichen und küsste ihren Hals. Seufzend schmiegte sie sich an ihn. Doch plötzlich ließ sie ihn los und streifte ungeduldig seine Beinlinge herunter. Er stöhnt leise auf und leckte Wasser von ihrer Haut, wobei er mit der Zunge eine Spur von ihrem Hals bis zu einer der rosigen Knospen ihrer Brüste zog. Sofort richtete sich diese auf.

„Geht es Euch gut, Ariana?"

Lachend zog sie ihn fester an sich. „Sehr gut sogar."

„Ich meine, immerhin wart Ihr sehr krank."

„Das ist vorbei."

„Schön." Er hob sie hoch. „Schlingt Eure Beine um meine Hüften."

Ihre Augen weiteten sich, als sie tat, worum er sie gebeten hatte. Ganz langsam drang er in sie ein und schloss die Augen. Er wollte nicht, dass dieser Augenblick jemals endete. Das hier war alles, was er ihr geben konnte.

„O, Gabriel!" Sie klammerte sich an ihn. Sie war offensichtlich genauso ausgehungert nach ihm wie er nach ihr.

Eine Weile bewegten sie sich in völligem Einklang miteinander, ganz verloren in dem überwältigen Verlangen, das sie erfüllte. Ariana schloss die Augen und ließ ihre Hüften schneller kreisen. Seine Beine zitterten vor Anstrengung, aber er wollte nicht, dass die Gefühle endeten, die ihn durchströmten. Nicht jetzt. Niemals.

Ariana schrie auf vor Lust und klammerte sich ermattet an ihn, während auch er seine Erfüllung fand. Eine Weile hielt er sie noch fest. Sie war so weich, so wunderschön.

Schließlich löste sie die Beine von seinen Hüften und glitt an ihm herab, bis ihre Füße wieder den Boden berührten. „Und nun lasst uns nach Hause gehen", flüsterte sie und strich mit dem Finger über eine alte Narbe.

„Ariana." Ihm war, als müsste ihm das Herz brechen. „Ich kann nicht."

Sie legte ihm die Hand an die Wange. „Warum denn nicht, um Himmels willen?"

„Das ist sehr schwierig zu erklären."

Sie neigte den Kopf zur Seite und sah ihn forschend an. „Gibt es eine andere Frau?"

„Nein." Großer Gott, eine andere Frau als Ariana konnte er sich nicht einmal vorstellen.

„Was ist es dann?"

„Ich habe Gott etwas versprochen", murmelte er und wand sich innerlich. Wie sich das aus seinem Mund anhörte. Bestimmt würde sie ihn auslachen.

„Ihr habt Gott versprochen, mich nicht mehr zu sehen?", fragte sie verwirrt.

„Ich habe versprochen, Euch nicht mehr zur Last zu fallen, wenn er Euch dafür wieder gesund macht." Er schob Ariana ein Stück von sich, um seine Beinlinge wieder hochzuziehen. „Ihr wart schwer krank."

„Ach so." Sie lächelte. „Aber jetzt könnt Ihr doch sicher wieder nach Hause kommen."

Er zögerte. Er hatte gerade erst herausgefunden, dass Gott die Gebete des Sohns einer Dirne wohl doch erhörte, und er war sich nicht ganz sicher, wie es weiterging. Wenn er nun nach Rosebriar zurückkehrte und sie wieder krank wurde? Nachdenklich betrachtete er den Wasserfall.

„Wie geht es unserer Tochter?"

„Gut."

„Und Euch selbst?"

„Ebenfalls gut."

Er dachte darüber nach. „Ich kann nicht nach Rosebriar kommen." Er durfte ihr Wohlergehen einfach nicht aufs Spiel setzen.

„Aber Gabriel, Ihr seid mein Gemahl."

„Ich will Euch nicht zur Last fallen."

Ariana runzelte die Stirn. „Es ist doch keine Belästigung für mich, wenn Ihr auf Rosebriar lebt."

Er atmete tief durch. So ungern er es auch zugab, aber Cyrille hatte recht – er war kein guter Burgherr, seine Begabungen lagen in anderen Bereichen. „Vielleicht könnten wir uns hier am Wasserfall treffen", schlug er ausweichend vor.

Ihre Augen begannen zu funkeln. „Ihr seid stur."

„Das bin ich nicht."

„Doch! Ihr fehlt mir!"

„Wir können uns doch hier treffen, wann immer Ihr es wünscht."

„Jason vermisst Euch, Eure Tochter ..."

Er presste die Kiefer aufeinander. Es geschah allein zu ihrem und zum Wohl seines Kindes. „Ich kann nicht nach Rosebriar kommen. Bitte drängt mich nicht. Es ist das Beste für Euch."

„Ihr könnt doch gar nicht wissen, was für mich das Beste ist." Sie bückte sich und hob ihr Gewand auf.

„Ariana, meine Liebste, bitte. Wir können uns jederzeit hier treffen."

Sie sah ihn so wütend an, dass er einen Moment glaubte, sie würde ihn ohrfeigen. „Ich bin nicht Cyrille“, sagte sie und zog sich das Gewand über. „So leicht werdet Ihr mich nicht los.“

Er streckte die Hand nach ihr aus, doch sie wich zurück und kehrte ihm den Rücken zu.

Mit schwerem Herzen sah er ihr nach, als sie ihre gemeinsame verwunschene Welt am Wasserfall verließ.

32. KAPITEL

Als Gabriel sich zwei Wochen später auf dem Heimweg zu seiner Kate befand, hatte er das Gefühl, seine ganze Welt wäre aus den Fugen geraten. Seit Arianas Erscheinen am Wasserfall hatte er den Weiher nicht mehr betrachten können, ohne sich gleichzeitig daran zu erinnern, wie sie ausgesehen hatte, als sie aus dem Wasser gekommen war.

Lange genug hatte er wie ein Eremit gelebt. Es wurde Zeit, sein altes Leben wieder aufzunehmen und sich auf die Jagd nach Verrätern oder Rebellen zu machen. Vielleicht ließ dann der Drang nach, in ihre Burg einzureiten und wieder die Rolle des Herrn von Rosebriar zu übernehmen.

Nie im Leben hätte er gedacht, dass sie seinen Vorschlag ablehnen würde, sich ab und zu für ein paar Stunden mit ihm zu treffen. Die Freuden, die sie in ihren Umarmungen fanden, waren das Einzige, womit er sie wirklich beschenken konnte. Aber allein diese Erwähnung hatte sie schon zornig gemacht.

Er hatte sich gewünscht, sie würde vielleicht wiederkommen, aber nach tagelangem vergeblichen Warten hatte er die Hoffnung aufgegeben. Er seufzte niedergeschlagen. Bei ihrem unvorstellbaren Reichtum brauchte sie keinen Mann, der seinen Unterhalt auf ihrer Burg verdiente. Und nun, da Randall tot war und Henry sicher auf dem Thron saß, reichten die Wachen, die Ariana bereits hatte, zu ihrem Schutz vollkommen aus.

Verdammt.

Ein paar der Kinder spielten draußen vor der kleinen Kate, die nur zwei Kammern aufwies. Myron und Heather kämpften gegeneinander mit Holzschwertern.

„Gabriel!“

„Gabriel!“

„Du hast dir einen Bart wachsen lassen.“

Er blieb stehen und begrüßte jedes Familienmitglied mit einer Umarmung. Von Weitem hatte er die Kate öfter gesehen, aber jetzt war es schön, endlich wieder zu Hause zu sein.

Der Wolfshund lag vor der Tür und wedelte mit dem Schwanz. Dass Ariana ihn zurückgebracht hatte, machte ihn traurig. Aber wozu brauchte sie schon einen so großen Hund? Bestimmt hatte sie Jason einen kleinen Hund zum Spielen gegeben. Ach, am besten, er zog unter alles einen Schlussstrich.

Er trat in die Kate und blieb wie angewurzelt stehen. Trogen ihn seine Augen? Ariana stand an der Feuerstelle der Küche mit dem Rücken zur Tür.

Er rieb sich die Augen.

Sie war immer noch da und trug ein schlichtes braunes Gewand mit einer Schürze darüber. Ihr Haar war zu einem einfachen Knoten gebunden, aus dem sich ein paar Strähnen gelöst hatten. Sie wirkte hier so fehl am Platze wie eine Prinzessin in einem Londoner Freudenhaus.

Er straffte die Schultern und räusperte sich.

Mit einer hölzernen Suppenkelle in der Hand drehte sie sich um. Ihre Augen weiteten sich vor Überraschung, dann begann sie zu lächeln. „Gabriel."

Er musste sich am Türrahmen festhalten, so weich waren plötzlich seine Knie. „Was macht Ihr hier?"

„Ich sagte doch – so schnell werdet Ihr mich nicht los." Der Geruch von Rauch und Eintopf hing in der Luft.

„Aber …"

„Ihr sagtet, Ihr hättet gelobt, mir nicht zur Last zu fallen. Aber ich habe ein solches Versprechen nicht abgegeben. Wenn Ihr nicht auf Rosebriar leben wollt, dann bleiben wir eben hier."

Gabriel machte ein finsteres Gesicht. Was hatte denn das nun schon wieder zu bedeuten? „Ihr würdet hier leben?"

„Ich will bei Euch sein." Rauch stieg hinter ihr in feinen

Schwaden von der Feuerstelle auf.

Er lief um den großen Küchentisch herum auf sie zu. „Ihr könnt mich am Wasserfall treffen, wann immer Ihr wollt."

Sie zeigte mit der Kelle auf ihn. „Gabriel, Ihr Dummkopf, ich will mehr von Euch, als nur bei Euch zu liegen."

„Aber Eure Burg, Eure Möbel, Eure vornehmen Gewänder?"

„Halten mir mein Bett nicht warm und können meine Albträume auch nicht verjagen."

Ihre Heftigkeit machte ihn stutzig. Er sah sich in der schäbigen Kate um. Es gab nur zwei Räume, diese Wohnküche und das Schlafzimmer. Die Wände waren in einem guten Zustand, aber keine Wandteppiche oder Bilder zierten das raue Holz. Die einzigen Möbel waren der große Tisch und genügend Stühle für alle. Das Bett war im letzten Winter verkauft worden. Alle schliefen auf dem Boden auf dicken Stapeln von Decken. Hier herrschte viel Fröhlichkeit, aber kein Reichtum.

„Seit wann seid Ihr hier?", wollte er wissen.

„Seit ich damals vom Wasserfall weggegangen bin."

Also vor zwei Wochen.

„Woher wusstet Ihr, dass ich nach Hause zurückkommen würde?"

Ariana zuckte die Achseln. „Ich kümmerte mich um die, für die Ihr die Verantwortung tragt. Ihr seid auch kein Mann, der ein Leben lang Trübsal bläst."

Gabriel nagte an seiner Unterlippe. Das alles war nicht richtig. Sie war eine Dame. Eine Adelige. Sie verdiente Prunk und Juwelen. „Ihr solltet nicht hier sein."

Sie zog eine Augenbraue hoch und drehte sich um, um im Eintopf zu rühren. „Ich gehe nicht weg."

Er ertappte sich dabei, dass er die aufrechte, entschlossene Haltung ihrer Schultern bewunderte. Der Saum ihres Gewands berührte den Fußboden, der, wie er erst jetzt bemerkte, sauber gefegt war. Es sah ihr ähnlich, erst einmal eine gewisse Ordnung ins Durcheinander zu bringen. Wahrscheinlich waren auch die Kinder täglich gewaschen worden. „Ariana …“

„Wenn ich nur in dieser Kate bei Euch sein kann, dann bleibe ich eben hier. Mein Verwalter und die Frauen können sich auch gut ohne mich um Rosebriar kümmern. Das haben sie in den letzten Wochen bereits bewiesen.“

„Was ist mit Jason und der Kleinen?“

„Jason spielt irgendwo draußen mit Gareth, und Samantha passt auf Roselle auf.“

Er spürte plötzlich einen Kloß im Hals. „Ihr habt unsere Tochter nach meiner Mutter benannt?“

„Sie ist ein Teil dessen, was Euch zu dem gemacht hat, der Ihr seid.“

Er hatte plötzlich das Bedürfnis, sie zu berühren und ging zu ihr. „Ariana, meine Liebste.“

Sie lächelte, während er ihr sanft über die Schultern strich. „Gabriel, Ihr habt nur gelobt, mich nicht zu belästigen. Das heißt nicht, dass wir nicht zusammen sein können. Wenn ich Euch als Adelige nicht haben kann, dann werde ich eben Bäuerin.“

Er runzelte die Stirn. „Man kann nicht so einfach Bäuerin werden.“

Sie hielt mahnend die hölzerne Suppenkelle hoch, die sich merkwürdig in ihrer zarten Hand ausmachte. „Doch, ich kann – und keiner wird mich daran hindern. Ich war mit drei Adeligen verheiratet, aber nicht einer von ihnen hat mir je Blumen geschenkt oder meinem Sohn Weitwurf beigebracht. Nicht einer hätte sich so aufopfernd wie Ihr um ein Neugeborenes gekümmert, schon gar nicht um ein Mädchen. Jason ist einsam ohne Gareth. Und ich bin einsam ohne Euch.“

Sie sah aus wie eine heidnische Göttin, die im Begriff stand, die Welt zu erobern. Flüchtig musste er an Cyrille denken, die lieber einen Greis geheiratet hatte, als die Braut eines Bauern zu werden.

„Die Winter können hier manchmal recht hart sein", wandte er ein. „Allerdings hatte ich immer alles irgendwie im Griff."

„Sehr schön."

Sie meinte es ernst, todernst. Er schlang die Arme um ihre Taille. Wie gut sie sich anfühlte. Ihm gefiel die Art, wie sie sich bewegte, und er liebte ihren Duft. Und ihm gefiel, wie sie sich um ihren Sohn, ihre Pflanzen und ihre Frauen kümmerte. Er mochte einfach alles an ihr.

„Ich liebe Euch", sagte er schlicht.

Lächelnd stellte sie sich auf die Zehenspitzen, um ihm einen Kuss zu geben. „Ich liebe Euch auch." Die Suppenkelle fiel klappernd auf den Tisch, und Ariana vergrub die Hände in seinem Haar. Er beugte sich über sie, und ihre Lippen trafen sich.

Klebrige kleine Finger zupften hinten an seinem Gewand. „Gabriel, kannst du mir helfen, das wieder heil zu machen?"

Er hob kurz den Kopf und sah sich um. Joel stand hinter ihm mit einer Holzente, der der Schnabel abgebrochen war. „Ja, Joel, später."

Er küsste Arianas Wange, die leicht nach Rosen duftete. Erneutes Zupfen.

„Ich sagte später, Joel."

„Ich bin nicht Joel, sondern Gareth. Du musst uns helfen, die Pfeile für Myrons Bogen zu finden, und dann wollen wir Bockspringen und ..."

Gabriel atmete tief durch und fuhr Gareth mit einer Hand durch das strubbelige Haar. „Ich bin im Moment beschäftigt."

Ariana lachte. „Es ist besser, Ihr geht zu Ihnen. Ich bin ja hier, ich verschwinde nicht einfach." Sie nahm die Kelle vom Tisch.

Kurze Zeit später hatte Gabriel Joels Ente mit einer Schnur

wieder angebunden und Myrons Pfeile gefunden. Er legte die Hände um Arianas Taille und zog sie an sich, um sie zu küssen. Diesmal tippte ihm jemand gegen das Bein.

Er fuhr herum. Es war Heather.

„Mein Kamm ist weg. Bestimmt hat Oliver ihn."

Verzweifelt sah Gabriel sich in der Kate um, ob es nicht irgendwo einen Winkel gab, in dem er Ariana ungestört küssen konnte. Überall um ihn herum lachten und spielten Kinder. Jetzt kam Jason auf ihn zugerannt und umarmte ihn kurz, ehe er wieder mit Gareth weiterspielte.

Samantha trat in die Kate ein. Sie hielt Roselle auf dem Arm und wirkte beinah erwachsen. Ihr früher so verfilztes Haar war glatt gebürstet und glänzte, und sie trug ein Frauengewand. Das kleine Geschöpf auf ihrem Arm begann, sich zu winden, und gab einen vorwurfsvollen Laut von sich.

Innerlich zerbarst er fast vor Glück. Er nahm Samantha das Kind ab, weil er es endlich wieder im Arm halten und sehen wollte, wie es ihm ging. Er hatte sich so große Sorgen um seine Tochter gemacht. Sie wog bereits deutlich mehr als damals und wurde immer kräftiger, Gott sei Dank.

„Ist sie nicht wunderhübsch?" Ariana berührte seinen Arm.

Gabriel lächelte und bewunderte die rosigen Wangen und die zarte Haut des Kindes. „Genauso hübsch wie ihre Mutter."

Roselle schloss die Augen und kuschelte sich zufrieden an seine Brust. Sein eigenes Kind im Arm zu halten war ein Gefühl, das keinem anderen auf der Welt gleichkam. Er war über alle Maßen dankbar, dass Ariana die Kleine mitgebracht hatte.

Nigel und Eleanor betraten händchenhaltend die Kate und himmelten einander verträumt an. Ihr weizenblondes Haar war zu einem Zopf geflochten, und sie trug ein braunes Gewand.

Obwohl Gabriel lange nicht mehr in der Kate gewesen war,

hatte er die beiden doch ab und zu von Weitem gesehen. Seit Nigels Ankunft war Eleanor völlig verändert. Stundenlang saß sie da und hörte ihm zu, wenn er auf seiner Fiedel spielte. Endlich hatte sie Frieden mit ihrer Vergangenheit geschlossen. Zwei missbrauchte Seelen hatten einander gefunden und schritten gemeinsam ihrer Heilung entgegen. Im Grunde auch nicht viel anders als Ariana und ich, ging es ihm durch den Kopf.

Er lächelte Ariana an, die gerade mit einem langen Stock im Küchenfeuer stocherte. „Ich bin froh, dass Ihr hier seid."

„Gabriel?", fragte Eleanor zögernd.

Er zuckte zusammen. Eleanor hatte gesprochen! Es war das erste Mal, seit sie nach England zurückgekehrt war. Ihre Stimme klang noch schüchtern, aber bei Gott, sie sprach wieder.

„Ja, Eleanor?"

„Ich finde, du solltest nach Rosebriar ziehen", sagte sie scheu und drückte Nigels Hand. Zum Glück hatte Gabriel ihm die Finger nicht gebrochen. Seine Schwester brauchte eine Hand, an der sie sich festhalten konnte.

„Mylord, wir möchten gern heiraten." Nigel führte Eleanors Hand an seine Lippen und küsste sie.

„Ist das wahr?"

„Ja."

Einen Augenblick lang überlegte Gabriel, wie eine Ehe ganz ohne körperliche Liebe wohl sein mochte.

„Wir lieben uns." Nigel und Eleanor sahen sich tief in die Augen.

Gabriel lächelte. Die beiden hatten die Liebe auch ohne Leidenschaft gefunden. Das brachte ihn ins Grübeln. Auch ohne diese Leidenschaft, die sie verband, würde er bei Ariana sein wollen. Er liebte ihre Freundlichkeit, ihre Sorge um ihre Kinder, ihre Fähigkeit, trotz dreier entsetzlicher Ehen immer wieder aufzublühen. Er liebte sie. So wie sie war. Auch als Adelige.

Er sah ihr zu, wie sie den Eintopf umrührte. „Ihr solltet nicht kochen. Wir kehren zurück nach Rosebriar."

„Ich bin hier sehr zufrieden."

Er gab Roselle an Samantha weiter, ging zurück zu Ariana und küsste sie auf die Wange. Heather schob sich zwischen die beiden. „Gabriel?"

Er sah seine Schwester ungehalten an. „Wir brauchen ein eigenes Gemach", stellte er grimmig fest.

Heather hüpfte davon, und Ariana lachte.

Gabriel nahm ihre Hand. Sie war eine so wundervolle Frau. Er hatte sich zwar einmal geschworen, das nie wieder zu tun, doch jetzt ließ er sich auf ein Knie herab. „Wollt Ihr mich heiraten, Ariana?"

„Euch heiraten?" Sie versuchte, ihn wieder hochzuziehen, aber er blieb in dieser Haltung. „Wir sind längst verheiratet."

„Ich möchte eine richtige Hochzeit. Eine, bei der ich weiß, Ihr heiratet mich, weil Ihr es *wollt,* nicht, weil ich Euch dazu zwinge."

Sie runzelte die Stirn.

„Was habt Ihr?"

„Noch nie im Leben ist mir so etwas angeboten worden."

„Also, wollt Ihr mich noch einmal heiraten?"

„Ja, Gabriel, ja." Sie fiel ihm um den Hals. Er richtete sich auf, legte die Hände um ihre Taille und wirbelte Ariana im Kreis herum. Sie lachte, und ihre Röcke flogen.

Die Kinder brachen in wildes Freudengeheul aus. Gabriel ließ den Blick über seine große Familie schweifen. Alle sahen ihn und Ariana erwartungsvoll an. Großer Gott! Er wollte Ariana endlich küssen, sie in den Armen halten und nie wieder gehen lassen.

Er hob sie auf seine Arme und trug sie zur Tür. Hier gab es

einfach keine Ungestörtheit, dafür mussten sie zum Wasserfall. Sie schlang die Arme um ihn und schmiegte sich an ihn. „Sam, übernimm das Kochen. Wir sind bald zurück", rief Gabriel.

Arianas kurzer Protest kam eher halbherzig. Er küsste ihre Wange und trug sie zum Wald. Sein Verlangen nach ihr war übermächtig, und er konnte es kaum erwarten, auch ihre Leidenschaft zu schüren. „Kein Widerspruch, Mylady. Erst das Vergnügen, dann die Pflicht."

– ENDE –

MIRA IST ONLINE FÜR SIE!
www.mira-taschenbuch.de
Das gesamte Taschenbuchprogramm übersichtlich nach Kategorien!
Immer aktuell: Neuerscheinungen und Vorschau auf separaten Seiten!
MIRA TASCHENBUCH

Jessica Trapp
Der Schwur des Ritters
Band-Nr. 25309
5,95 € (D)
ISBN: 978-3-89941-497-4
336 Seiten

Kathleen Harrington
Die List der stolzen Schottin
Band-Nr. 25338
5,95 € (D)
ISBN: 978-3-89941-553-7
400 Seiten

Susan King
Sturm über dem Hochland
Band-Nr. 25333
5,95 € (D)
ISBN: 978-3-89941-547-6
368 Seiten

Lisa Kleypas
Der Earl und die Erbin
Band-Nr. 25323
5,95 € (D)
ISBN: 978-3-89941-536-0
368 Seiten

Julia Quinn
Ein hinreißend verruchter Gentleman
Band-Nr. 25265
5,95 € (D)
ISBN: 978-3-89941-432-5
416 Seiten

Julia Quinn
Penelopes pikantes Geheimnis
Band-Nr. 25223
5,95 € (D)
ISBN: 978-3-89941-340-3
448 Seiten

Kat Martin
Perlen für die Herzogin
Band-Nr. 25345
5,95 € (D)
ISBN: 978-3-89941-561-2
448 Seiten

Lynsay Sands
Wie Fackeln im Sturm
Band-Nr. 25315
5,95 € (D)
ISBN: 978-3-89941-503-2
368 Seiten